臺灣新文學史論叢刊 13

闡釋臺灣的焦慮

劉小新◎著

人間出版社

目錄

黯然回首，但要勇敢的面對新形勢（代序）

呂正惠

　　1976 年下半年我服完兩年兵役，從軍中回到台北，愕然發現臺灣社會變得快不認識了。左翼鄉土文學潮流盛極一時，黨外運動的聲勢一天勝似一天，長期專制的國民黨應付維艱。第二年，國民黨對鄉土文學發起總攻擊，余光中發表聳人聽聞的〈狼來了！〉，一時風聲鶴唳，到了 1978 年，卻平安無事的落幕。1979年美麗島事件爆發，幾乎所有黨外政治運動的領導人都被逮捕。但下一次選舉，所有被捕領導人的家屬，凡參選的全部高票當選。這兩件事證明，國民黨已經喪失了掌控全局的能力。

　　正是在這個充滿期待的時候，我逐漸感受到兩種令人隱憂的思潮正在逐步茁壯。首先是後現代，它先以後設小說及後結構之名出現，提倡文學的後設性及愉樂性，用以解構鄉土文學的使命感。其後，後現代之名堂堂出現，大言不慚的聲稱，臺灣社會已超越現代而進入後現代，除了歌頌臺灣的進步，還推出多元的價值觀，用以分散鄉土文學的聲音。另一項更令人不安的因素是，具有台獨傾向的本土化思潮日漸崛起，並以抨擊陳映真的大中主義情結來壯大自己。到了 1980 年代末，左翼鄉土文學的勢力已

極度萎縮，後現代與本土化思潮各據半邊天下。

多年後我慢慢了解，這兩思潮都有人在背後指導，實際上是更大的政治勢力運作的成果（詳情不必細說了）。再經過一段時間，我又體會到，臺灣1970年代左翼勢力的沒落主要還不取決於臺灣的政治勢力，而是國際局勢演變的結果。1989年至91年蘇聯及東歐集團的崩解、1989年大陸政治局勢的詭譎多變，導至了世界左翼力量的大消解，注定了1990年代是資本主義大復辟的時代。說實在的，當時臺灣的左翼表現得也不好，但即使再好，也不能阻擋這種世界的大潮流。

整個1990年代，臺灣的政局全由李登輝主導，應該說，本土化的思潮是在他主政下壯大，然後才可能產生2000年陳水扁的當選臺灣總統。如果要回顧1990年代的文學思潮，那就是臺灣文學本土論籠罩一切，而後現代思潮及其各種變體努力尋求對抗之道，至於統左派的聲音幾乎無人理會，這種情形到了陳水扁第二任的後半期，即2006-7年左右，才開始有了鬆動的跡象。

這也就是說，從1987年解嚴到2007年的20年間，本土化思潮及台獨的聲浪由日漸成長而如日中天，最後開始出現頹勢。現代化思潮，以及相關的對抗本土化思潮的各種探索可謂五花八門，力求在台獨勢力之外另尋出路，而統左派的聲音始終不絕如縷。這大概就是這20年間臺灣文學思潮的大勢。

劉小新這本《闡釋臺灣的焦慮》就是對這二十年間臺灣文學思潮的剖析。他主要採取橫剖面的分析方式，按照他的思考邏輯，從後現代、後殖民、殖民現代性討論到新左翼和寬容論述。他把解嚴前就已出現的左翼鄉土文學和本土化思潮也放在這二十年的語境中加以剖析，因此並沒有著重追溯這兩種思潮產生的歷史與時代背景。這一點請讀者務必記得。

除了第七章所論的「寬容論述」我當時並沒有注意到，其他關於後現代、後殖民、殖民現代性，以及脫胎於後現代的新左

翼，當時確實是極為流行的思潮，並為一般知識份子所熟知。但我還是想說，我讀完了相關的各章，還是感到非常驚訝，因為劉小新把每一種思潮的來龍去脈都梳理得非常清楚，許多我原來不夠注意的地方，現在才有了進一步認知的機會。應該說，劉小新對資料的整理與分析，都是將來研究這些思潮的人一定要參考的。

　　但是，我所以要為這本書寫一篇序，並不是要推介這本書，因為根本沒有這個必要，任何人只要讀完了本書的第一章，自然就認識到這本書的價值。這篇序的主要目的，是要表達我對這二十年臺灣文學思潮的看法，並從現在的時間點進一步說明其問題性。

　　劉小新在本書的〈結語〉中說：

　　　當代臺灣知識界引入（當代西方）各種理論資源對「何謂臺灣」和「如何闡釋臺灣」這兩個重要問題提出了充滿歧義的觀點和看法，這形成了一種極其複雜的理論格局，也帶來了理論的緊張和焦慮。（335 頁）

　　在當時的我看來，這些所謂的思潮，不過是藉著臺灣問題在就他們所接納的當代西方思潮作一種理論上的「演練」，雖然他們自己認為與臺灣大有關係，我卻覺得根本就是摸不著臺灣的邊的無的放矢。我前面說，看了劉小新的書，我對當時的現象才有更多的認知，這是我要坦白承認的事實，因為很多文章當時就懶得看，覺得它們一點用處也沒有。1988 年 5 月我曾在復刊的《文星》雜誌上發表一篇長文，題目是〈「現代」啟示錄──現代性的一則故事〉，內容是對於 1980 年代以後流行於西方的「現代性」理論和後現代思潮表示懷疑，認為這代表了西方思想的危機。而當時的臺灣知識份子卻大量使用這些值得懷疑的西方思

想，企圖解決臺灣的定位問題，這不是癡人說夢嗎？應該說，那時候我確實是「閉關自守」，把充斥於刊物上的一切新理論排拒在外（當然，這並不是說，我一點也不讀西方著作。）

但我對西方後現代思潮的懷疑，也並非一時心血來潮的胡思亂想。當時我先看了一些西方馬克思主義的書，發現他們都認為西方工人階級已經不革命了，因此，他們主張社會「異類份子」的反叛，主要是學生的反叛。這個反叛失敗了，然後開始流行後現代思潮。我的直接感想是這樣：西方社會已經非常發達，連工人生活都不錯（甚至好過落後國家的知識份子），而西方的思想家卻連這一點都沒想過，他們一點也沒考慮到除了歐美社會之外的廣大落後國家的貧困狀態。這不免讓我覺得，西方思想家怎麼一點都沒有從全球的立場考慮整體人類的前途，怎麼一點「民胞物與」的精神也沒有？這不證明，他們的思想已經不具有前瞻性，而陷入「富極而無聊」的思想泥淖中了嗎？因此，我就大膽判斷，西方思想界已經進入了一個整體性的、無能思考的危機時代。

我當時的想法當然沒有人會相信，我的那一篇文章沒有任何回應，但我一直相信自己的想法是對的。此後，我一直透過大陸的翻譯，注意西方學者的思想動態。我主要的注意對象不是思想著作，而是歷史著作，因為歷史學者比思想人物對時代的變化更具敏感度。在歷史著作中，談到西方未來發展困難的並不少見。最讓我感到意外的是，2010 年我買到一本厚達 650 頁的大書，里亞・格林菲爾德的《民族主義：走向現代的五條道路》（上海三聯書店，2010），書開頭她為本書中譯本所寫的前言就讓我欣喜莫名，她說：

我們正面臨著一場歷史巨變。我們敢於如此斷言，因為促成這一巨變的各種因素已經齊備，我們只須等待它們

的意義充分顯露出來。除非那個至少能夠消滅人類三分之
一的前所未有的浩劫（按，指核子戰爭）降臨人間，否則
沒有什麼能夠阻擋這一巨變的發生。這一巨變就是偉大的
亞洲文明崛起，成為世界的主導，其中最重要的是中華文
明崛起，從而結束了歷史上的「歐洲時代」以及「西方」
的政治經濟霸權。

　　這一變化只是在新千年到來後的最近幾年才開始變得
明顯⋯⋯

　　這也就是說，世界史上的「歐洲時代」（從十六世紀開始）
即將結束，「亞洲時代」、坦白說即是「中國時代」即將來臨。
格林菲爾德是一個專業的社會學家和社會人類學家，但同時具有
深厚的經濟學、政治學和歷史學的素養。從 1987 年到 2001 年，
十四年間寫了兩本大書，在前面提到的那本書之後，還出版了另
一本《資本主義精神——民族主義與經濟增長》（中譯本上海人
民出版社，2009）。她是一個具有歷史眼光的社會、經濟學家，
不像我只是一個愛讀書的外行人，這證明我在二十多年前年的靈
感，並不純是愛國心的表現。

　　我猜測，里亞·格林菲爾德一定也像我一樣，被 2008 年美國
的金融大海嘯所震憾。任何人都不可能猜想得到，就在蘇聯崩
潰、美國獨霸全世界之後，以美國為首的西方經濟會隱藏著這麼
重大的危機。這個危機接著引爆了歐洲的經濟危機，到現在為
止，沒有任何經濟學家敢於斷言，西方經濟可以恢復到以前的狀
態。回顧起來，我們難道不是可以說，西方的後現代思潮正是對
於這一危機的非常敏銳的、先機性的思想上的回應嗎？

　　再說到臺灣。1980 年代的臺灣，經濟上似乎生氣勃勃，「臺
灣錢淹腳目」，大家得意洋洋，所以認為自己已經從現代進入後
現代了。相比之下，大陸還非常落後，幾乎還停留在前現代，因

此也無怪乎新潮思想滿天飛。大家沒有想到的是,臺灣經濟是標準的依附型經濟,沒有美、日就沒有臺灣,誰能保證後臺老闆永遠發達呢?當然臺灣的知識份子當時都相信,世界永遠是美國的世界。

　　如果我們稍微敏感一點,就能體會到,臺灣經濟在李登輝的最後一任(1996-2000年)已經出現了頹勢。陳水扁的第一任(2000-2004年)大家並不滿意,要不是兩顆子彈事件,他不可能連任。關鍵就在經濟,因為陳水扁在任四年,只有一次幅度極小的加薪,加上李登輝的最後幾年也沒加薪,大家都感到收入在減少。現在則非常明顯,失業率一直在提升,收入一直在減少,臺灣的中產階級很少人敢再作夢,臺灣的年輕人前途茫茫,這是大家普遍感受到的,根本不需要論證。如果把現在的心情,對比二十年前後現代思潮流行時的歡騰氣氛,能不令人黯然?因此我相信劉小新這本書,我們現在讀起來,一定很不是滋味。這就彷彿我們已經破落了,卻在反顧我們的輝煌時代。不過這種反顧還是必要的,這能夠讓我們體會到,在歷史的長流中不可以太短視,不然受到傷害的還是自己。這是我讀劉小新的書所想到的第一點。

　　我想說的第二點,是本書中第六章關於後現代與新左翼思潮的討論。劉小新對於從後現代產生的新左翼思潮特別有興趣,這一章長達122頁,是全書中最長的一章。其中涉及南方朔、杭之和《南方》雜誌的「民間社會論」、《島嶼邊緣》的「人民民主論」,以及《臺灣社會研究季刊》的「民主左翼論」。「民間社會論」的一些主要參與者,大都有本土論傾向,恐怕跟後現代思潮無關。《島嶼邊緣》和《臺社》具有後現代傾向的人我大都認識,我要談的主要是後面這一群人,尤其是跟我有深交的陳光興和趙剛。

　　不管是人民民主論,還是民主左翼論,都被迫面對一個無法克服的現實問題:臺灣最大多數的人口是閩南族群,占臺灣人口

的四分之三以上，可以說是「人民」中的絕大多數。然而這些「人民」卻被本土論及民進黨所裹脅，成為「民粹威權主義」下的群眾，成為1990年代臺灣新霸權論述的基礎。我自己身為南部閩南族群的一份子，深切了解這本來是南北差距和城鄉差距的結合體，本質上是區域差距和階級問題，但由於國民黨長期的不良統治，卻形成省籍問題，最後上升為統獨問題。但我對此無能為力。也因此，我一方面希望讓人民民主論的人了解，如果不能理解臺灣南部的民眾，他們的人民民主也就落空了；但同時，我也非常同情人民民主論者，因為他們也是「人民」，然而卻在佔據四分之三人口的主要人民的無形壓迫之下，艱難的尋找生存空間。從這方面講，雖然我不贊成《島嶼邊緣》和《臺社》主要的思想傾向，但卻不得不佩服他們探索的勇氣。在臺獨派的「民粹威權主義」和右翼的後現代思潮（一味的頌揚臺灣的經濟和政治成就）之間，實際上只剩下極狹窄的空間，然而，他們堅持不懈的想要殺開一條血路。

　　我完全沒有想到的是，這裡面最勇敢的兩個人，陳光興和趙剛，竟然逐漸接近陳映真了，而且終於把陳映真的第三世界論作為他們重新出發的起點，這真是大大的出乎我的意料之外。這說明，具有左翼精神的、想要探求真正的多元價值觀（相對於和稀泥的多元觀）的人，只要真心實意，確實可以走出一條獨立思考的道路。

　　陳光興、趙剛，還有鄭鴻生（他跟我一樣，也是出身南部的閩南人），為了表達他們對陳映真的敬意，決定接受人間出版社的邀請，共同合作出版《人間‧思想》雜誌，作為他們長期探索的另一個階段的出發點。這對臺灣思想界來說，是一個莫大的好消息。他們在〈發刊辭〉中說：

　　　西方各種流派的名詞概念不停地被翻譯成中文，組裝

為各派反抗行動的套件，再貼上臺灣主體性的商標，於是
就成為各派所標榜的進步知識品牌。憑依著它們，某種
「代理人戰爭」一直在這個島嶼上樂此不疲地持續著。

　　這真是慨乎言之。如果我們仔細閱讀劉小新這本書所討論的
許許多多的所謂新思潮，差不多就是在印證這段話。

　　正如我在前文已經提到的，里亞・格林菲爾德所說的，新千
年可能預示了西方統治世界五百年霸權（如果從十九世紀中葉西
方真正征服全世界算起，其實不足兩百年）的終結，那麼，新千
年也是舊的知識結構開始失去功能、新的知識結構開始形成的時
期。我們應該從這樣的起點來讀劉小新這本書，來認識到我們不
久前還在套用西方沒落時期的理論來為臺灣的未來尋找答案，而
且說得煞有介事；以此來對比我們現在的處境、我們現在的徬
徨，這樣，我們就更應該提起勇氣，重新出發去探索新的認知方
式，以及新的未來。

2012/9/4

導論

　　本書討論的對象是「解嚴」（1987年）前後至今臺灣地區的
理論思潮。在這篇簡短的導言裡，我想扼要地說明寫作的背景和
思路，說明本書討論的主要內容及其涉及的理論問題。

一

　　1987年「解嚴」至今，臺灣地區的社會文化思潮風起雲湧、
變化多端，在意識形態領域產生了巨大的斷裂與衝突。理論思潮
在其中起著「先鋒」的作用，人文知識份子對政治場域的介入已
經產生了深遠的影響——其複雜多元的理論敘事和話語闡釋實踐
無疑是形塑當代臺灣社會文化思潮的重要力量之一。許多事實表
明，人文知識份子已經成為意識形態的重要生產者與闡釋者。尤
其是90年代以後，大批人文知識份子捲入各種政治意識形態話語
的生產、傳播與論爭之中，理論思潮構成了一個重要的文化場
域。如何認識臺灣闡釋臺灣已經成為台島知識界的一個至關重要
的課題，各種「臺灣論」競相登場，相互角逐，交鋒辯證。這意
味著「臺灣」已經成為一個充滿歧義的符號，意味著台島知識界
產生了「闡釋臺灣」的分歧、衝突與焦慮，也意味著70年代鄉土
文學運動中隱含著的分歧擴大為人文知識份子的進一步分裂。
「闡釋臺灣」的種種分歧、衝突與焦慮的產生既是臺灣歷史的一

次次巨幅斷裂累積而成的結果，也是「解嚴」後長期被壓抑的各種社會能量徹底釋放的精神產物。統與獨、左與右、藍與綠、本土化與全球化、民主與市場、資本與政治、現代性與殖民性、「中國性」與「臺灣性」、解構與建構、「國族」與性別……一系列的分歧與糾葛紛至沓來，或截然對立，或隱晦微妙，或折衷調和。歷史的斷裂和社會的劇烈轉折導致了理論的緊張與思想的焦慮，「何謂臺灣？」這個問題深刻地糾纏和困擾著當代臺灣的人文知識份子。於是，就產生了「後現代臺灣」、「後殖民臺灣」、「本土臺灣」、「左翼臺灣」、「民主臺灣」以及「後殖民本土臺灣」、「本土左翼臺灣」、「布爾喬亞的臺灣」、「新殖民地‧依附性獨佔資本主義的臺灣」、「左眼失明的臺灣」和「多元文化主義的臺灣」等一系列的充滿歧義的話語。

　　如果沒有進入種種「臺灣論述」產生的內在歷史脈絡和思想場域，我們就很難理解臺灣知識界為什麼為「後殖民還是後現代」這樣的問題爭論不休，也很難理解從「後現代」到「後殖民」的話語轉換對於臺灣思想界而言竟會如此意味深長，很難理解「書齋裡的言談」或「學院話語」生產與當代臺灣政治之間的複雜關聯，也難以理解政治因素對文學和理論的介入或文學與學術對政治的介入究竟有多深。多年來，我們的臺灣文學研究獲得了豐碩的成果，包括文學理論史在內的文學史研究是其中最為大宗的產品，迄今還在不斷地生產，而對理論問題尤其是解嚴後風雲變幻的理論思潮的研究並不足以讓人滿足。這是我選擇這一課題的重要原因之一。近年來的一些研究成果涉及或部分涉及到了我們將要展開討論的課題，它們構成了我展開討論和分析的基礎。這些成果包括黎湘萍的《臺灣的憂鬱》、《文學臺灣》，朱雙一的《近二十年臺灣文學流脈》、《海峽兩岸新文學思潮的淵源和比較》，朱立立的《知識人的精神私史》，古遠清的《當今臺灣文學風貌》、《分裂的臺灣文學》、《世紀末臺灣文學地

圖》、趙遐秋、曾慶瑞的《文學台獨面面觀》，呂正惠、趙遐秋主編的《臺灣新文學思潮史綱》，趙遐秋主編的《文學台獨論批判》。這些成果還包括如下重要文章：王岳川的〈臺灣後現代後殖民文化研究格局〉、趙稀方的〈一種主義，三種命運——後殖民主義在兩岸三地的理論旅行〉、朱雙一的〈真假本土化之爭〉和〈當代臺灣文化思潮與文學〉、黎湘萍的〈另類的臺灣「左翼」〉等等。這一系列的成果對「解嚴」以後的臺灣文學和理論思潮都有所涉及和討論，包括語言美學、理論想像與文化救贖（黎湘萍），後現代主義和都市化思潮（朱雙一），後殖民理論在臺灣的發展與誤讀（王岳川和趙稀方），文學台獨論的整體批判（趙遐秋、曾慶瑞），臺灣文學的南北和藍綠分裂（古遠清）……在諸多層面都提出了一些富有啟發性的意見。這些成果幫助我們釐清了一些問題，同時也給我帶來了另一些問題和困惑：

第一，如何認識臺灣的後現代和後殖民理論思潮對社會思想的影響？王岳川如是而言：「臺灣地區的後學研究還有一些不盡人意的地方，主要問題在於，首先，同大陸的後學研究相比，臺灣對後學的研究基本上是在學術圈內，沒有引起公共領域的關注，因而關於現代性和後現代性問題的討論，關於女性主義的問題、臺灣的文化身份問題等，僅僅是知識份子的一種知識話語論爭問題；其次，臺灣僅僅將後學問題看作是一種西方的新思潮，而沒有將其看作新的思維方法和價值轉型的方法。因而對後學的討論沒有對整個社會的思想形成直接的作用，而基本上是處於社會的邊緣和學界的邊緣，因而後學思想正負面效應的影響，都比大陸後學的要小，相比較而言，大陸的後現代後殖民研究在廣度和深度方面當更為突出。」[1] 這一基本估計或判斷是否準確？事

1　王岳川〈臺灣後現代後殖民文化研究格局〉，《文學評論》2001年，第4期，第57頁。

實上，「後學」在臺灣的狀況可能比這一判斷遠為複雜。

　　第二，如何認識臺灣的本土化思潮？關於 1995 年臺灣文壇的「本土化」論戰，朱雙一的分析和描述頗為細緻，揭示出獨派本土論的種種謬誤。但「真假本土化」的提問方式和分辨是否能夠真正有效地闡釋「本土論」是如何變成一種「新意識形態」的這個更為重要的問題？

　　第三，如何認識臺灣的左翼理論思潮？如何理解 90 年代後臺灣左翼的新動向？黎湘萍在〈另類的臺灣「左翼」〉一文中曾經敏銳地指出：90 年代以後至今，臺灣的『左翼』似乎出現了重組的跡象和復蘇的契機。臺灣「左翼」如何另類？又如何「重組」？這的確是一個繞有趣味而又十分重要的問題。可惜的是，黎湘萍對 90 年代以後至今臺灣左翼思潮的描述十分簡略，他傾向於這樣的估計：「與西方的左翼運動（尤其是 60 年代的新左翼運動）相比，作為社會的『另類』思想運動，臺灣『左翼』的純粹理論和學術建設相對要薄弱一些，但是左翼人士所從事的社會運動，卻以相當堅韌的態度，一直在民間進行。他們的理論思想建設，也是依靠這些社會運動來凸顯的：這恐怕是它們與體制化後的左翼思想的差異所在吧。」[2] 兩岸左翼的不同命運和發展形態的比較分析的確具有啟發性，兩者之間的相互參照與比較意味深長，這顯然是一個值得深入研究的課題。而黎湘萍把 60 年代的新左翼運動作為重要參照的觀察，則可能遺漏了 90 年代後臺灣的左翼理論思潮的更為重要的面向和思想線索。90 年代的左翼思考面對的處境已經不同於 60 年代，如何應對世界社會主義運動的巨大挫折和經濟全球化以及「新自由主義」意識形態的全球擴張，如何在理論上響應和闡釋「新社會運動」？這構成了左翼理論新的

2　黎湘萍〈另類的臺灣「左翼」〉，《中國現代文學研究叢刊》2002 年第 1 期，第 61-67 頁。

思考方向。90 年代後臺灣左翼理論同樣面對這種狀況，更要應對
「解嚴」後臺灣社會的巨幅轉型。90 年代後臺灣左翼知識份子提
出了哪些新的理論策略？如何應對變化了現實？只有在這個語境
中，我們才能充分地理解臺灣左翼理論的調整和重構。這種調整
與重構既表現在傳統左翼的復蘇與重建，更體現在「新左翼」、
「後現代左翼」、「民主左翼」理論的紛紛出場。

　　90 年代以來，兩岸思想界都出現了「新左翼」思潮，由於語
境的某種相似性，而產生了一些相同或相近的思想方式和問題，
但也由於歷史語境的種種差異，兩岸的「新左翼」也有所分別。
兩者之間已經展開的對話和潛在地構成的對話關係更為意味深
長。兩岸同屬於一個中國，當代尤其是 90 年代以來臺灣的理論思
潮應該成為我們認識和闡釋複雜的「中國問題」以及我們時代的
思想狀況的一部分。這是我選擇這一課題的根本原因之一。

二

　　解嚴前後至今是當代臺灣社會和政治轉型的歷史時期，也是
當代臺灣思想轉折的年代。如何理解和描述當代臺灣思想史的這
一重大轉折的脈絡，無疑是一個重要的理論課題。我們的觀察試
圖在紛紜複雜的思想變遷之中尋找出一些演變的主要線索。如果
把近二十年來臺灣理論思潮的變遷放在當代「反對運動」的起承
與轉換之歷史框架中予以理解的話，那麼，我們可以把理論思潮
的演變軌跡描述為一個從「反對運動論述」到「新反對運動論
述」的轉折過程。所謂「反對運動」，簡而言之即是反支配的抗
爭運動。在 50 年代至 90 年代初的臺灣社會和文化場域中，「反
對運動」就是反抗國民黨「威權統治」的運動，包括社會運動和
思想運動兩個層面。從「自由中國運動」到「鄉土文學運動」，
從解嚴前的「黨外政治運動」到 80 年代多元化和後現代主義思

潮，這些社會和文化思潮儘管存在不同的訴求和理念，但卻有著共同的抵抗對象，其反抗和批判的對象都指向威權體制和維護威權統治的意識形態。但90年代以後，舊有的威權體制逐漸解體，曾經佔據主流位置的威權意識形態也逐漸分崩離析。以國民黨「威權統治」為抗爭對象的「反對運動」已經進入終結的歷史時期，這導致了思想的轉折和人文思想界的分化。一方面以「本土論」和「臺灣民族論」以及「國族」話語為核心的「新意識形態」浮出歷史地表，並且形成強大的話語力量，逐步獲得文化霸權的位置，一種大敘事被另一種大敘事所取代；另一方面反抗「新意識形態」的聲音也浮出水面。一些參與「反對運動」的人文知識份子轉變為「新意識形態」話語的生產者、闡釋者和傳播者；另一些人文知識份子則對權力結構的翻轉所形成的新的壓迫始終保持著警惕和批判的立場，他們試圖重構「反對運動」和「反對論述」，試圖發展出一種反抗「新意識形態」霸權的「新反對運動」的文化論述。

在《島嶼邊緣》知識份子重構了的知識圖景中，我們可以看到，90年代初在臺灣前衛知識份子那裡，關於「新反對運動」的最初論述已經萌生，卡維波主編的《臺灣新反對運動》1991年的出版意味著一種後現代主義和後馬克思主義版本的關於新反對運動的論述已經出場亮相。那麼，為什麼是後現代主義和後馬克思主義的版本？這顯然與吳永毅、陳光興、卡維波、丘延亮等「邊緣」知識份子對90年代初政治狀況和新社會運動的基本認識與估計有關，也與世界社會主義運動遭到巨大挫折之後國際左翼知識份子的戰略轉變相關。在拉克勞和墨菲的《文化霸權與社會主義戰略》和撒母耳・鮑爾斯和赫伯特・金蒂斯的的《民主與資本主義》以及霍爾的「後現代主義與接合理論」的論述中，我們看到了相似的思考。在他們看來，社會的多元化或社會力量的多元化，已經是不可改變的事實。這一事實形成了「新社會運動」的

多元訴求和多元抗爭的新格局。一個階級反抗另一個階級的實踐模式以及闡釋實踐的模式已經難以有效應對變化了社會現實。所以，「新反對運動」必須在多元訴求和充滿分歧的理念之中尋找到可以接合的「節點」和「樞紐」。而這個策略的有效性顯然必須建立在中產階級數量日漸龐大的這個社會基礎之上。

　　但是，後現代主義和後馬克思主義顯然不是唯一的可選擇的路徑。在「新自由主義」的肆掠下，社會的兩級化趨勢隱然浮現，並且已經出現了進一步惡化的跡象。日本趨勢學家大前研一提出的「M型社會」概念，代表著人們對這一趨勢的深刻憂慮。大前研一曾經斷言：日本已經進入了「M型社會」，臺灣也已經產生了日本曾經出現的種種徵兆，逐漸演變為「M型社會」。在這個語境中，傳統左翼的復蘇或許已經出現了新的歷史契機。種種跡象表明，「新反對運動」存在著另一種選擇，或另一種道路。在《人間》知識份子重新煥發的理論活力和田野實踐中，在素樸的《左翼》雜誌中，在詹澈的詩歌寫作與農民運動的接合中，在鍾喬的「民眾劇場」運動中，在「勞工陣線」和「勞動人權協會」等等大大小小的勞工團體的鬥爭中，我們看到了傳統左翼思想復蘇與再造的可能前景。當然，「新反對運動」的建構還存在第三種或更多種的選擇。在90年代臺灣的理論場域，《臺灣社會研究季刊》則代表著批判地接合後現代主義、自由主義、後馬克思主義和傳統馬克思主義以及第三世界理論等多元思想的思考方向和話語實踐方式。

　　當我們把近二十年來臺灣理論思潮的變遷描述為從「反對運動論述」到「新反對運動論述」的轉折時，一系列的理論分歧、對抗與辯證——本質主義與反本質主義、本土論與反本土論、建構主義與解構主義、「國族」論與反「國族」論等等——一定程度上都可能獲得脈絡化或歷史化的解釋。在「新意識形態」的形構與解構的矛盾運動中，我們也就容易理解以下種種現象：為什

麼安德森的《想像的共同體》對一些人文知識份子顯得如此重要？而拉克勞的「後馬克思主義」戰略為什麼對另外一些知識份子有如此大的吸引力？「新左翼」為什麼對「接合理論」如此心儀？而本土論者又為什麼對「策略的本質主義」和齊澤克的「主體空白」概念如此倚重？為什麼思想界要為後現代主義和後殖民批評究竟哪一種理論更適合臺灣社會和思想轉型而爭議不休？正是在這個脈絡裡，我們認為，後殖民批評、本土論和左翼論述構成了當代臺灣理論思潮的三大重要流脈。

但是，這只是一種理解當代臺灣理論思潮嬗變的重要線索之一，絕對不是唯一的脈絡。我們在如此理解當代思想狀況時，顯然要特別警惕化約主義和某種絕對化傾向的出現。對「解嚴」後臺灣思潮史的充分理解需要一種對思想細節的不斷質詢的精神。我們認為，在當代臺灣的文化政治的光譜上，還存在形形色色的論述立場。在本質主義與反本質主義之間、在本土論與反本土論之間、在建構主義與解構主義之間、在「國族」論與反「國族」論之間，還存在著許許多多有著微妙差異的論述立場。對「何謂臺灣」這個命題的回答，對當代臺灣的社會性質和思想狀況的理解，對「臺灣性」的定義，對臺灣文學屬性的認識，都可能由於發言位置和理論視域的不同而形成種種不同的或充滿差異的闡釋。由於性別、族群、階級、統獨、環境主義乃至動物倫理主義等等因素的深刻嵌入，90年代後臺灣的理論思潮顯得更為複雜和多元，甚至滑動多變。這種多元喧嘩歧義橫生的思想格局，一方面呈現出社會對歧義的一定程度上的容忍和寬容，另一方面也可能消弱或抵消批判性思想的力度。繞有趣味的是，在建構某種論述時，人們發現其所倚重的理論資源——典型如後現代主義和後殖民理論以及「想像的共同體」理論等等——往往會產生雙刃劍的效果。這個現象的不斷出現某種程度上強化了「闡釋臺灣」的緊張與焦慮。這或許表明，在理論和歷史之間存在著一種難以逾

越的溝壑。臺灣知識界如果不能回返到歷史、文化和政治以及普世的人文價值的基本面，這種理論的緊張和焦慮還將持續存在。

三

以上簡要地表述了我對解嚴前後至今臺灣理論思潮的演變格局的基本認識。筆者對這個課題的討論將努力建立在這一基本認識的基礎之上，以話語分析的方法具體地闡釋臺灣文化場域中各種「論述」的生產與意識形態的複雜關係，闡述「論述」的解構與形構策略及其演變軌跡。本書的主要內容和章節安排如下：

第一章　後現代與後殖民話語轉向。本章主要討論90年代初至中期臺灣理論界關於後現代與後殖民的論爭。試圖回答以下問題：後現代主義是如何被引入臺灣的？它對臺灣的文學理論產生了怎樣的影響？臺灣理論界如何理解後現代與後殖民的關係？為什麼後現代主義會快速被後殖民理論所取代？後現代主義在臺灣真的銷聲匿跡了嗎？我們認為：在90年代臺灣「本土主義」甚囂塵上的歷史時期，「本土化」或「本土論」已經演變為「政治正確」的意識形態。後殖民理論往往被本土化為「本土主義」意識形態的一種好用的理論工具，承擔著「發現臺灣」甚至建構所謂「臺灣民族主義」的重大政治使命。這樣，經過特殊處理後的「後殖民」話語在臺灣也就享有了無比重要的理論地位，乃至一時成為人文學科中的顯學和強勢的理論話語，至今還有些高燒不退。而主張「去中心」、「解主體」的後現代主義因為明顯的「不合時宜」演變成為一種被壓抑的邊緣話語。在這一時代語境中，的確，如同廖炳惠所提醒，後現代批評譜系有存在和重建之必要，因為它或許可以成為新的權力中心的一種制衡和批判的思想力量。我們認為：「後現代主義」的存在或許可以成為已經疾病纏身的「臺灣後殖民」的一帖有效的解毒劑，至少後現代主義

可以提醒人文知識份子警惕新的霸權結構對異質性所產生的壓抑和排斥。正是由於這一點，後現代主義在臺灣的使命並沒有終結，而是匯入到了新左翼的理論思潮之中。

第二章　臺灣後殖民理論思潮。後現代主義和後殖民批評都廣泛地捲入了解嚴後尤其是90年代以來臺灣文學與知識生產乃至政治意識形態生產的複雜場域之中，深刻地介入到臺灣當代政治和文化的轉型過程之中，並且微妙地影響著人文學界對臺灣的歷史、政治、文學和身份問題的理解、闡釋與重構。從根本上看，後現代主義和後殖民論述在臺灣的興起與演變關涉到人文知識份子如何思考臺灣和如何「闡釋臺灣」這個至關重要的當代命題。本章將討論與此相關的一系列問題：後殖民理論在臺灣如何興起？怎樣「在地化」？在當代臺灣的意識形態生產和論爭中，後殖民理論又扮演了何種角色？臺灣人文學界對後殖民理論的認識與闡發究竟存在哪些矛盾和分歧？這些矛盾和分歧與「解嚴」後臺灣社會的認同分裂之間存在何種關聯？在臺灣，後殖民理論與性別、族群、階級、本土、跨國文化政治以及所謂的「國族」想像和認同建構究竟存在何種關係？在文學理論領域——包括文學史書寫、文學批評、文學經典與文學教育以及「文化研究」等等廣泛層面——後殖民論述又產生了哪些具體而深刻的影響？我們應如何理解和認識後殖民理論在臺灣演變過程中出現的根本歧義與種種變異乃至異化現象？

第三章　「殖民現代性」的幽靈。臺灣後殖民理論思潮的一個重要面向即是重新闡釋日據時期臺灣的殖民地經驗，進而辨析殖民地經驗對當代臺灣的精神生活仍然存在的種種複雜而微妙的影響。如何評價日本殖民統治對臺灣社會的影響？如何理解殖民地經驗的複雜性？如何闡釋日據時期臺灣知識份子的抵抗策略？如何評價「皇民化文學」？殖民地經驗與文化認同之間究竟存在何種關聯？這種關聯是否對當代的認同政治仍然產生某種潛在的

影響？今天應如何闡釋臺灣近代性或現代性的起源與變遷？又怎樣反思臺灣的現代性問題？對這一系列問題的理解同樣充滿分歧，分歧的焦點在於如何闡釋「殖民性」與「現代性」之間錯綜複雜的歷史糾葛和情感悖論。現今，「殖民現代性」已經構成了臺灣後殖民論述無法規避的重要課題。本章將梳理臺灣思想界對「殖民現代性」問題的討論，辨析隱含在其中的種種分歧，並探討「殖民現代性」問題是如何深刻地嵌入當代臺灣理論思潮的脈動，又是如何曲折地滲入當代文化認同的形塑過程。

　　第四章　本土論思潮的形成與演變。「本土論」或「本土化」是 90 年代以來臺灣重要的文化思潮之一。從 80 年代初浮出歷史地表到 90 年代取得某種「政治正確」的地位，「本土論」或「本土化」概念常常與臺灣的政治意識形態勾連在一起，有時甚至變成政治意識形態的工具。因而，關於「本土」和「本土化」的定義，迄今，臺灣思想界仍然爭訟紛紜。何謂「本上」？臺灣需要什麼樣的「本土化」？我們認為，「本土」原本就是一個充滿歧義的概念，「本土化」也是一個充滿張力和矛盾的文化政治場域。由於理論立場和論述位置以及參照系統的不同，人們對「本土」和「本土化」的界定和闡釋也有著顯著的差異：或開放，或封閉，或多元。但在當代臺灣社會思潮脈絡中，「木土」和「本土化」逐漸演變為一種內涵單一的話語，甚至異化為一種封閉的、排他的和民粹化的政治意識形態。在一段時間中，所謂「本土論」已經成為新的文化與政治權力結構合法化的一種論述策略。在「本土與外來」二元對立的社會和歷史分析框架中，「本土論」扮演著十分重要的角色。這一演變顯然也引起了一些知識份子的反思和批判，把「本土」和「本土化」概念從政治意識形態的綁架中解放出來也就成了批判的知識份子的一項重要課題。本章將梳理「本土論」的形成與演變，討論「本土化」論爭中臺灣知識界的分歧，闡釋本土主義思潮極端化發展與「臺灣文

學論」話語霸權建構的關係，並分析臺灣知識界對「本土論」的諸種反思、批判與解構。

第五章　傳統左翼的再出發。「傳統左翼」是一個相對於後現代左翼、自由左翼或新左翼的概念。與新左翼放棄階級優先論或「階級的退卻」立場根本不同之處在於，傳統左翼堅持「階級政治」的理念和階級分析的方法。在臺灣當代理論史的脈絡中，我們把鄉土文學運動中發展出來的左翼稱為「傳統左翼」。由於「統獨」問題的深刻嵌入，80年代以後，在政治和文化光譜上，傳統左翼知識份子陣營產生了明顯的分裂，其中「統派左翼」和「獨派左翼」代表著分裂的兩個極端，這一分裂顯然消弱了傳統左翼的批判力量。一部分左翼知識份子在史明的影響下轉向「本土論」、「臺灣意識」論乃至虛幻的「臺灣民族主義」，「階級政治」和階級分析方法逐漸被「本土主義」和「族群民族主義」意識形態所替代。以陳映真為代表的另一部分左翼知識份子則始終堅守「階級政治」的觀點、階級分析的方法等傳統馬克思主義的立場，以介入重大的理論論戰和展開具體的社會文化藝術實踐的方式再出發，在「解嚴」以後的臺灣社會和思想領域繼續產生特殊而重要的影響，其代表人物包括陳映真、曾健民、林載爵、王墨林、詹澈、鍾喬、藍博洲、呂正惠、汪立峽、楊渡、杜繼平等。本章主要討論他們參與的一系列理論論戰和具體的社會文化實踐，進而探討階級觀點在當代臺灣思想和理論場域中的角色、意義與問題，探討傳統左翼如何應對臺灣社會急劇變化了的現實。

第六章　後現代與新左翼思潮。這一章分為三個部分：1.《南方》與新左翼思想的萌芽；2.《島嶼邊緣》：後現代與左翼的結合；3.《台社》與民主左翼思潮的形成。本章將討論以下問題：第一，「民間社會」概念是如何出場的？「民間社會」如何被賦予了反抗威權統治爭取社會民主的政治功能？「民間社會」

理論存在哪些問題？第二，分析從「民間社會」到「人民民主」
論的轉折，具體討論《島嶼邊緣》的後現代左翼論述與實踐。第
三，討論《臺灣研究季刊》的「民主左翼」論述和文化研究。我
們認為：在當代臺灣思想史尤其是左翼思想史上，《臺灣社會研
究季刊》是一份重要的刊物。其重要性主要體現在如下方面：1.
重新確立了「臺灣研究」的問題意識。《臺灣社會研究季刊》的
出場意味著「臺灣研究」問題意識的重建，即從「何謂臺灣」的
歷史論證到當代臺灣社會和文化狀況為何的轉移；2.「臺灣研
究」知識範式和批判立場的重構。《臺灣社會研究季刊》「接
合」了傳統左翼、自由主義、後現代主義、後馬克思主義、女性
主義以及文化研究等論述資源，試圖恢復政治經濟學批判和意識
形態分析的歷史關聯，重建「臺灣研究」的知識範式，進而確立
「民主左翼」的知識立場；3.「臺灣研究」思想視域的重建，即
把臺灣問題放到東亞視域和全球化語境中予以考察；4. 重構臺灣
批判知識份子社群和東亞的「批判圈」；5. 以論述實踐的方式介
入當代臺灣的新社會運動和理論思潮。

　　第七章　寬容論述如何可能？在全球各地常常發生的衝突引
發了人文知識份子對自我與他者關係問題的思考。「自我」與
「他者」如何進行對話？我們如何在一起共同生活？需要重新啟
用人類思想史中有哪些理論資源來理解、闡釋當今這一愈發顯得
迫切的問題？哪些思想有助於解決這種「自我」與「他者」的緊
張和衝突關係？於是，人們找到了德里達的「友愛的政治學」和
列維納斯的「他者哲學」，以及孕育出「友愛的政治學」和「他
者哲學」更源遠流長的精神脈絡，即其背後深遠的人類思想史中
的愛與寬容傳統。臺灣知識界對「悅納異己」思想的熱情還有其
深層原因，一個與當代臺灣精神生活的內在普遍困境和焦慮的關
係更密切的深層原因。在我看來，「悅納異己」思想的引入如果
與多年來臺灣進步知識界所一再討論的「和解」說產生某種有機

的接合，或許可以為「和解」論述提供倫理學上的支援。儘管這一接合迄今仍未發生，但「悅納異己」論述的引入與傳播已經深刻而隱蔽地表達出了人文知識份子欲求衝破精神困境和「闡釋臺灣」焦慮的內在心靈需要。

　　最後需要補充說明以下幾點：1. 我將展開討論的「解嚴」後臺灣「後殖民批評」、「本土論」和「左翼論述」三大理論思潮是相互絞纏的，並不具有各自獨立的演變脈絡。本書的具體討論也將涉及「後殖民批評」、「本土論」和「左翼論述」三者之間的複雜糾葛。由於學界對臺灣「本土論」的梳理和關注尤其是對「本土論」中的台獨傾向的批判已較為充分，筆者僅對「本土論」如何意識形態化這個問題作簡要的闡釋。本書重點討論的是大陸學界討論較少或認識並不充分或很少涉及的部分：臺灣後殖民批評、後現代左翼論述和「民主左翼」思潮。2. 在「後殖民批評」、「本土論」和「左翼論述」三大理論思潮之外，書稿第七章增加討論臺灣理論界近期興起的「悅納異己」話語，意圖在於說明知識界已經產生了一種意欲超越意識形態對立和「闡釋臺灣」的焦慮與分歧的精神需求。但對於政治現實而言，「悅納異己」只是一種善良的願望。3. 臺灣學界對西方理論概念術語和理論家名字的翻譯以及作者筆名可謂五花八門，本書的引述遵循原文如此原則。4. 解嚴以來，臺灣理論思潮十分活躍，日趨複雜多元。本書的分析和描述基於筆者的閱讀經驗，其中的描述與討論可能還遠不夠全面和深入，只是一份個人的閱讀報告。

第一章　後現代與後殖民話語轉向

　　在世界漢語學界，臺灣當代文學理論對美國和歐洲的理論新潮歷來十分敏感，往往較早引入歐美最新的概念、範疇和體系。許多事實表明，長期以來，西方理論的引入深刻地影響了臺灣當代文學理論的發展方向和趨勢，形成了所謂「翻譯的思潮」。我們從臺灣現代主義到後現代主義思潮的變遷中就可以清晰地看到這一點。這一方面顯示出臺灣地區文學理論研究的開放性和前衛性，另一方面學術生產的「西化」一定程度上也暴露出臺灣對西方理論的依附性。20 世紀 80 年代中後期後現代主義的興起就是一次頗為典型的「翻譯的思潮」。繞有意味的是，後現代在臺灣的興起與衰退同樣快速，人們的熱情突然高漲，這種熱情卻十分短暫，沒有多久，「後現代主義」就被「後殖民主義」所取而代之。後現代主義是如何被引入臺灣的？它對臺灣的文學理論產生了怎樣的影響？臺灣理論界如何理解後現代與後殖民的關係？為什麼後現代主義會快速被後殖民理論所取代？後現代主義在臺灣真的銷聲匿跡了嗎？我們認為，一方面，由於意識形態的轉換——本土主義的高漲——對文學理論產生的巨大影響，「去中心」和「去主體」的後現代主義被追求重建主體的後殖民理論所取代，因為對於本土化思潮而言，後殖民論述似乎更具吸引力，也是更容易上手的理論工具。但事實上後現代主義並沒有完全退場，後現代的幽靈還隱藏在臺灣文學理論場域之中，後現代主義

與左翼思想的接合形成了臺灣文學理論乃至當代思想發展的一種新趨向，這個過程在引入後現代的 80 年代早已開始，至今還遠未終結。

第一節　「翻譯的思潮」？：後現代主義的興起

　　回顧漢語學界後現代主義興起的歷程，顯然不能不提到詹姆遜在兩岸的著名演講。眾所周知，1985 年詹姆遜在北京大學為期十二周的關於後現代主義的演講，使人們第一次較為系統地接觸到左翼版本後現代理論的主要範疇、框架與知識脈絡，這引發了大陸理論界對後現代主義的強烈興趣，詹姆遜講演後來由唐小兵翻譯整理成《後現代主義與文化理論》一書，由陝西師大出版社於 1986 年 9 月出版，進一步擴大了詹姆遜的影響。這一影響迅速波及海峽彼岸的臺灣學術界，1987 年 6 月，以「面對世界」、「反省本土」和「評介思想」為宗旨的文化雜誌《當代》介紹了詹姆遜在北京大學演講的主要內容，並預告了詹姆遜應邀也將到臺灣清華大學演講：「今年 7 月中旬，詹氏應清大之邀……將作四次演講。過去由於政治的禁忌，學術上也造成一些禁區，詹氏來華做學術討論，相信可以使臺灣學術朝開放而健康的路走去。」[1] 配合詹氏的演講，《中國時報》發表了〈文化的劇變：後現代主義大師詹明信訪問記〉，臺灣另一份前衛性刊物《文星》在 1987 年 7 月號同時刊登了詹姆遜的重要文章〈現實主義、現代主義與後現代主義〉以及蔡源煌的評論〈詹明信的後現代理論〉。

　　隨著《後現代主義與文化理論》1988 年在臺灣的出版，後現代理論的影響日益擴大，一時蔚成風行的理論思潮。《當代》在

1　〈編輯室手記〉，《當代》1987 年 6 月，第 150 頁。

推廣後現代主義理論方面可謂盡心盡力。1989 年 1 月出版的《當代》第 33 期刊載了詹明信為臺灣版撰寫的序和唐小兵的譯後記。詹氏認為：與現代主義美學相比，最初產生在西方建築領域的後現代主義意味著更加深刻的決裂。而這種徹底的決裂在其他藝術領域甚至「任何地方」都已經發生。這促使人們提出一個根本性的疑問：「是什麼社會、經濟方面的原因，帶來了這一更為徹底的決裂？是否可以把這樣深層次的文化型態轉變，看作是標明社會本身正發生同樣勢不可擋的結構性轉變的徵兆？」[2] 值得注意的是，詹氏指出：現實主義和現代主義本質上是西方的形式，西方的「文化技術」，西方的「出口物」，後現代主義也如此，但它與新型的多國資本主義相一致，更富國際性和全球性，更容易「純西方以外的其他文化語言。」唐小兵的譯後記同樣強調了後現代主義與第三世界以及全球文化政治的關聯性意義，認為：詹氏的理論可以「成為我們對西方甚至自身文化（非西方的第三世界文化）認識的一部分，從而以肯定或否定的方式，決定了我們對全球文化的把握。」譯者提醒人們第三世界在引入後現代主義時需要辯證認識其內容與形式的衝突，這種辯證認識不是要建立本土優秀論或所謂「純粹的民族精神」，恰恰相反，後現代主義正是要揭穿「起源」、「純粹」或「真理」的神話，張揚文化的差異性和「他性」，「進而建立徹底的批判意識」[3]。有趣的是，這一提醒頗具後現代精神，而恰恰是唐小兵所指出的這一精神傾向導致了後現代主義被漸成主流乃至「政治正確」的本土話語所排斥。

　　《當代》雜誌在推廣《後現代主義與文化理論》上可謂用

2　詹明信〈後現代主義與文化理論・臺灣版序〉，《當代》第 33 期，第 104-106 頁。

3　唐小兵〈譯後記〉，《當代》第 33 期，第 108 頁。

心，不斷刊登在雜誌醒目位置的廣告如是而言：「後現代主義是
80 年代西方學術界論爭的焦點，詹明信就是此論爭的焦點人物。
他將後現代主義的觀念從美學風格中提升到文化、政治、經濟及
理論層次，並將主題落實到歷史環境中。詹氏在本書中試圖廣泛
分析西方文化傳統：從文學到大眾文化；從電影到繪畫；從建築
到科幻小說；從第一世界到第三世界。並深入挖掘後現代主義社
會系統的深層邏輯。」[4] 詹氏對臺灣地區後現代主義的興起的確
深具影響，他為臺灣知識界認識後現代主義打開了一扇十分重要
的窗戶。但如果以為知識界對詹姆遜的譯介或興趣是臺灣後現代
思潮發生的唯一或最為重要的因素，那無疑與歷史事實不能完全
吻合。事實上，在詹氏訪台演講不久前，另一位後現代重要理論
家哈山也曾經在臺灣以約翰‧凱吉的《四分鐘又四十四秒》為例
闡述過後現代主義的美學特徵。更早的《當代》的第一期、第四
期分別推出了「傅柯專輯」和「德希達專輯」。而在臺灣文學領
域，後現代主義的創作嘗試在 70 年代末到 80 年代初早已開始。
比如前衛女詩人夏宇的試驗性詩作〈連連看〉、〈歹徒丙〉以及
〈社會版〉在美學形式和對語言的解構方面已經出現了後現代的
元素。1983 年伍軒宏發表的後設小說〈前言〉被視為臺灣後現代
主義在小說創作領域的首次出場。林耀德、黃凡、張大春、杜十
三和羅青等人也是後現代主義早期書寫的重要嘗試者，其中羅青
理論闡釋和創作嘗試同步進行，從 1986 年開始關注和建立臺灣前
衛詩歌與後現代主義的種種可能關係，相續發表〈70 年代新詩與
後現代主義的關係〉等一系列文章，並於 1989 年 12 月出版了《什
麼是後現代主義》一書。

  　《什麼是後現代主義》包括七個部分：「導言」闡述了作者
的研究綱要，即比較全面地介紹了歐美後現代主義創作和研究的

4　　《當代》第 45 期，1990 年 1 月出版，扉頁。

基本情況和脈絡以及臺灣地區的創作與研究狀況；「文學篇」翻譯了哈山《後現代轉折》中的重要一章，在與現代主義的比較中，哈山闡述了對後現代主義觀念的基本理解和歷史的理論的定義：「不確定性」與「普遍的記憶體性」；「藝術篇」是對莫道夫《後現代主義繪畫》的翻譯和介紹；「哲學篇」完整翻譯了另一部重要的後現代主義理論著作利奧塔的〈後現代狀況：有關知識之研究報告〉；「本土篇」仿利奧塔作「臺灣地區後現代狀況」的簡要報告；「年表篇」為西方後現代主義的歷史大事記和「臺灣地區後現代狀況大事年表」；「附錄」收入兩篇關於羅青本人的評論。今天看來，《什麼是後現代主義》可能存在包括翻譯在內的種種粗陋。但歷史地看，對於後現代主義在臺灣的傳播而言，羅青的著作顯然具有推動作用。第一，羅青第一次較為系統地介紹了西方後現代主義的源流和理論傾向；第二，將後現代主義與臺灣的社會經濟狀況相扣連，簡要梳理了後現代與臺灣相關事件及其相關人物的狀況；第三，形成了對後現代狀況的初步認識：對於社會而言，後現代即是「後工業時代」；在知識生產與文化傳播方面「電腦資訊」起著越來越重要的作用；所謂「後現代」在文學上的典型反映即是所謂的「後現代主義」。

　　談到後現代主義在臺灣的興起，顯然不能不提到以下理論家和翻譯家的相關重要著述和譯作：蔡源煌的《從浪漫主義到後現代主義》（雅典出版社 1987 年），陳光興的〈歷史・理論・政治：詹明信後現代主義評介〉（《當代》1987 總第 16 期），孟樊的《後現代併發症》（桂冠出版社 1989 年）和《臺灣後現代詩的理論與實際》，鍾明德的《在後現代主義的雜音中》（書林出版社 1989 年），路況的《後／現代及其不滿》（臺北唐山 1990年版），葉維廉的《解讀現代・後現代》（1992 年），廖炳惠的《回顧現代——後現代與後殖民論文集》（1994 年），劉象愚譯的哈山的《後現代的轉向》（時報出版 1993），吳美真譯詹明信

的《後現代主義或晚期資本主義的文化邏輯》（時報出版
1998），唐維敏譯康納的《後現代文化導論》（臺北五南1999年
版）……應該説，隨著時間的推移和翻譯著作的大幅增加，臺灣
文論界對後現代主義的認識也日益系統和深入。在後現代主義引
入臺灣的早期，人們的認知無疑是極其粗陋的。這一點我們在蔡
源煌和羅青等人的論述中可以看出。在蔡源煌的《從浪漫主義到
後現代主義》如是界定「後現代」：「後現代就是臺北市大安國
宅頂樓門面那種東拼西湊的雜燴建築式樣；後現代就是你在高雄
吃麥當勞連鎖店的速食漢堡或奶昔；或者説，後現代就是你在臺
北西門町看到日本原宿文化的侵襲，又同時看到復古的唐裝。」[5]
這種看法顯然是過於表面；羅青的名單幾乎一網打盡了當代臺灣
各個領域與後現代主義理論思潮可能有關聯的學者、作家和藝術
家——他們包括：沈清松、李英明、詹宏志、黃瑞祺、張家銘、
黃明堅、廖立文、葉新雲、程樹德、王道還、傅大為、姚一葦、
鄭樹森、蔡源煌、廖炳惠、高天恩、孟樊、賴聲川、鍾明德、李
永萍、金士傑、李國修、陶馥蘭等、王菲林、齊隆壬、楊德昌、
于彭、羅青、陸蓉之、謝東山、連德成、倪再沁、邱亞才、鄭在
東、洪根深、李振明、張建富、郎靜山、黃明川、張美陵、李祖
原、張世豪、孫全文、王弄極、蔣紹良、鄧琨艷、夏宇、黃智
溶、林耀德、鴻鴻、歐團圓、羅任玲、西西、黃凡、張大春、白
靈、羅青、林群盛、陳裕盛——並且指出後現代主義的興起不只
是一種外來思潮，而且還有其深刻的本土因素[6]。但羅青對所謂
本土因素的分析卻十分混亂，這種混亂從其開列的後現代主義在

---

5   蔡源煌《從浪漫主義到後現代主義》，雅典出版社1987年版，第336
     頁。
6   參見羅青《什麼是後現代主義》，臺灣學生書局1989年版，第15-16
     頁。

臺灣的大事記就輕易可以看出。當羅青把「後現代」所謂的「模擬、複製和拼貼」上溯到唐太宗時期的「晉右將軍王羲之書大唐三藏聖教序」時，這種認識的混亂則暴露無疑。儘管羅青可能試圖返回到傳統以謀得後現代主義在當代的合法性，但脫離後現代主義理論脈絡的判斷還是過於隨意不夠嚴謹而難以讓人信任。

到了 90 年代初這種狀況已經有所改變，我們在葉維廉的《解讀現代‧後現代》和廖炳惠《回顧現代——後現代與後殖民論文集》中可以清晰觀察到這種變化。葉維廉把現代到後現代的的轉變視為一種知識「傳釋的架構」的變遷：後現代不再相信現代主義那種總體性的認識論和對歷史的宏大敘事。「專門化、片段化、分科化和物化，在科學推動的工業化中激進地把知識崩解為難以計算的自身指涉、各自為政的小世界。」[7]而在 90 年代後期到 21 世紀初，臺灣理論界對後現代主義的理解與闡釋則變得更加成熟。以孟樊 2001 年出版的《後現代的認同政治》為例，人們不再熱心於討論 80 年代早已耳熟能詳的「拼貼」、「片段」和「去深度化」等等，而是轉而討論後現代主義與當代政治的種種隱蔽或顯然的關聯。而《後現代的認同政治》討論的即是後現代與認同政治的連結：「讓政治逐漸以涵蓋所有社會關係的面向來理解——認同政治，它的內涵以及理論依據為何？顯現在文化（文本）上是如何的光景？它又以何種面貌實踐？具有何種意義？而後現代主義對於認同的看法則又與現代主義有所不同？它們存在的背景如何？以至於對於政治學的影響為何？……」[8]其實，在《什麼是後現代主義》一書中，羅青所謂後現代主義興起的臺灣本土因素的確是個重要的理論命題，而其製作的「臺灣地區後現

7　葉維廉《解讀現代‧後現代：生活空間與文化空間的思索》，東大圖書公司 1992 年版，第 22 頁。

8　孟樊《後現代的認同政治》，揚智文化 2001 年版，第 35 頁。

代狀況大事年表」從《自由中國》列到《臺灣文學史綱》的出版
和《聯合報》舉辦的「中國結與臺灣結」研討會，儘管把其中大
量的歷史事件歸入「後現代」的麾下或視為「臺灣地區後現代狀
況」的表徵難以令人滿意，但卻也有意或無意地顯示出後現代主
義進入臺灣的特殊歷史語境，從中或許可以窺見後現代在臺灣深
藏不露的政治意味：反抗和解構「威權體制」——這是臺灣自由
主義、早期本土話語、左翼論述和實踐以及後現代主義曾經存在
的共同追求之一。20 世紀 80 年代初中期，臺灣理論界突然對現
代主義之後又一種文化舶來品產生強烈的興趣，無疑有著歷史的
機緣和現實的條件。哈山和詹姆遜的演講應該說既是一種歷史的
機緣，也可謂恰逢其時。這一時期正是「威權統治」的最後階
段，後現代主義的「解中心」在知識論上起到了釜底抽薪的作
用，給予了「威權統治」最後的一擊。所以，後現代主義在臺灣
的興起，可能存在學術時尚的影響，也可能存在臺灣話語生產依
附於西方尤其是美國理論的傾向，但我們對其隱含著的種種政治
意味則不可忽視不計，不能把它僅僅看作一種「翻譯的思潮」。
某種意義上說，後現代主義在臺灣當代思潮中，或許應該歸入
「反對運動」的思想陣營之中，是一種十分另類的「反對」論
述。

第二節　「後現代」論爭

　　關於後現代主義，從它進入學術文化場域開始，臺灣理論界
就一直產生種種分歧，它曾經構成了當代臺灣文論史一個頗具爭
議的理論議題。80 年代早期的分歧在於臺灣是否真正進入了「後
現代社會」或「後現代狀況」。這一分歧我們在現代主義興起時
也曾經清楚地看到過。這一論爭事關重大，它顯然關涉到後現代
主義在臺灣的存在是否合法的問題。從許許多多的文化與文學論

述中，我們觀察到存在三種具有代表性的觀念：其一，臺灣社會已經進入後現代狀況或後工業的發展時期，或者至少已經明顯出現了後現代的種種跡象和徵兆；其二，臺灣根本沒有進入後現代狀況，臺灣還處於工業化的歷史時期，臺灣不存在後現代主義的歷史條件，後現代在臺灣可能僅僅只是一種學術時尚和話語遊戲，並不具有真正積極的和實際的建設性的思想意義；其三，臺灣有沒有真正進入後現代時期並不重要，重要的是後現代主義已經來了，它長驅直入地進入當代文論的場域中，已經產生了某種不可忽視的影響，它可能逐漸地改變我們對世界和社會生活的感受和理解方式。

持第一種意見的代表人物包括上文已經多次提到的羅青，他試圖搜索出後現代狀況在臺灣早已出現明顯的跡象和種種可以證明其存在的蛛絲馬跡。看來，羅青對理論產生的本土現實條件十分看重：

> 以目前而言，我們在介紹引進西方流行說法時，應該仔細探索其源頭，徹底瞭解其說法的形成的社會背景。在引進新的詮釋說法時，最好能羅列提供與此一思想相關的本土發展，以具體資料及資料，做為引進解說的根據。同時，也應該根據本土的實際情況，對新引進的理論及說法做一番修正，產生自家的看法或變奏。9

羅青顯然樂於提出一系列的本土情況以證明臺灣已經進入到後現代社會，至少，農業、工業和後工業三者並存的狀況已經出現。在他看來，最具說服力的顯然是臺灣以電腦業為代表的高科技的高速發展。「臺灣從 1975 年開始發展微電腦的生產，到了

9　羅青《什麼是後現代主義》，臺灣學生書局 1989 年版，第 11 頁。

1988 年，臺灣已經有能力獨立開發世界上最新型的 32 位元個人
電腦，其進步不可謂不快。假以時日，臺灣科技發展在各方面都
出現在領先世界的突破，許多新的『人文說法』，當然也會應運
而生。」[10] 羅青甚至認為後現代在臺灣是一個十分普遍的文化現
象，它已經如此廣泛地滲透到政治經濟文化和人們的日常生活實
踐之中：「我們如果從資訊學的角度來看，臺灣的後現代狀況，
從 1960 年初期，就開始斷斷續續的出現了，一直到近幾年來，可
謂達到了高潮。舉凡政治、軍事、經濟、社會以及一般大眾的
食、衣、住、行、娛樂、醫藥……等等，都出現了後現代的現
象，而且範圍之廣，波及之大，涵蓋了所有居住在都市與農村的
士、農、工、商、教……等各個階層。如果 1960 年代初期所流行
的現代主義及存在主義，只是在上層結構的小部分知識份子的
話，那後現代狀況，便是從金字塔的底部，從一般人民大眾的生
活中蔓延開來。而位居上層結構的知識份子，則是後知後覺，直
到 1980 年代以後，方才對此一現象，有所省察及瞭解。」[11] 羅青
顯然認為，這些可以為後現代主義在臺灣的興起的合法性提供十
分堅實的社會基礎。儘管羅青也提供了一些看起來可以信賴的資
料和事實，但這一判斷終究不是建立在社會學意義上的嚴格調查
的基礎之上，詩人批評家個人的主觀感受和認定或許佔據了更為
重要的分量。事實上，社會學和經濟學的許多研究成果都一再表
明，60 年代的臺灣正處於從農業社會向工業社會轉型的歷史時
期，而非象羅青所言已經出現了後現代的文化和社會徵兆。

　　對於文學理論而言，更重要的問題不在於後現代在臺灣早已
「從一般人民大眾的生活中蔓延開來」這個論斷是否言過其實，
而在於羅青提出後現代命題的方式以及思考這一命題的進路。在

10　羅青《什麼是後現代主義》，臺灣學生書局 1989 年版，第 11 頁。
11　羅青《什麼是後現代主義》，臺灣學生書局 1989 年版，第 315 頁。

羅青的提問方式和思考進路的背後隱含著一種被認為是肯定正確的理論預設：思想和理論無疑都產生於人們的政治經濟實踐和日常的社會生活。正像植物離不開土壤一樣，沒有土壤做基礎，理論不可能產生，即便從外部引入或強力打入也沒有根基和生命力。「土壤」的確是一個看起來很雄辯的隱喻。有趣的是，在對臺灣後現代的認識上，羅青和那些反對羅青後現代理論的第二種意見其實共用著這一理論預設和「土壤」隱喻的論辯力量。這種理論邏輯極具影響力和捕獲力，連詹姆遜這樣視域開闊、思維敏捷的力量型理論家都難以逃脫。某種意義看，詹姆遜建立的與諸種社會形態相對應──現實主義對應於市場資本主義；現代主義對應於壟斷資本主義；後現代主義對應於跨國資本主義──的文化邏輯演變的闡釋構架也享有這種決定論色彩的理論預設。這裡的問題可能在於如何認識理論與實踐的關係，兩者之間是不是只存在某種歷史或社會決定論的關係？思想的成長是否完全像自然界萬物的生長一樣？「土壤論」真的是無懈可擊、顛撲不破的真理嗎？有沒有某種橫空出世、無中生有的理論觀念？如果有，那麼它對我們的生活將產生什麼樣的影響？抑或只是一種沒有實際闡釋效力的純思想遊戲和文化炒作而已？在《後／現代及其不滿》中，堅持邊緣文化位置和批判的知識份子立場的路況顯然代表了第三種意見，他認為，關於後現代在臺灣的合法性之戰，即「臺灣是否已進入後資本主義階段」以及「後現代文化是否適合臺灣」的論爭都沒有真正進入當代思想的狀況。後現代在臺灣的興起是一種「應然」的理論選擇，而非「實然」的問題。這已經涉及到理論想像和價值理想對於社會生活是否具有深刻影響的重大命題。理論的意義不只在於闡釋這個世界，它也可以產生介入和改變這個世界的力量。

　　關於後現代主義，臺灣文論界的第二個分歧在於「後現代主義」究竟是激進的革命性的，還是保守的犬儒的退縮的？後現代

的逃逸策略和解構話語到底有沒有什麼積極的和正面的意義？這
一分歧也肯定不是臺灣文學理論界所獨有。特里・伊格爾頓就曾
提出過以下一連串的疑問：「後現代主義是一種完全西方的甚至
是美國的思潮呢？還是具有更多的全球意義？它代表了一種與現
代主義和西方『現代性』時期徹底決裂呢？還是僅為這些思潮的
一個最新階段？它在政治上是激進的，保守的，還是又激進又保
守？後現代主義中的多少東西已經被現代主義所預料？如果後現
代主義拒絕一切哲學基礎，那麼它如何能夠給予自己合法地位？
它是像美國批評家弗雷德里克・詹姆遜指出的那樣，是『晚期資
本主義的文化邏輯』，還是像其他人主張的那樣，是一種更具破
壞性的不穩定力量，它預示了一種與歷史和道德的犬儒主義背
離，還是它對快感、碎片、身體、無意識和大眾化的關注指出了
一種新的政治前途？」[12] 西方後現代理論界也曾經試圖對建設的
後現代主義和破壞的後現代主義作出某種區分。

　　但應該注意的是，臺灣學界的這一分歧顯然有著自身的問題
場域和歷史脈絡。後現代主義在臺灣的興起時期正是「解嚴」前
後這個特殊的歷史時期，政治和文化的轉型逐步展開。威權政治
體制、威權意識形態和既有的文化觀念雖然已近強弩之末，但仍
然處於主流地位。「反對運動」在政治經濟和文化的各個領域都
如火如荼地展開，現今人們還充滿感情地把這個時期稱為「狂飆
突進」的年代。在這一歷史語境中，後現代的興起引發的種種思
想轉折和觀念分歧，表面上看可能只是再一次「西風東漸」事
件，或是發生在文化領域又一次追逐新潮的事件，但從根本上
看，它卻微妙而深刻地嵌入到這個結構性的社會聚變和權力系統
和意識形態即將產生劇烈變動的歷史脈絡之中。後現代主義在兩

12　特里・伊格爾頓《後現代主義的幻象》，華明譯，商務印書館（北京）
　　2000 年版，第 2 頁。

岸的同步興起構成大陸和臺灣 80 年代思想解放運動的一個重要環
節，尤其在瓦解「總體論」思維的統治和社會歷史觀念方面，後
現代主義顯然是一種極其有效的思想工具。但後現代的興起同時
也產生了一系列新的問題，其根本問題即是在反對和破除舊有的
知識論、價值體系之後，後現代主義顯然不能提供人們一種建設
性的知識生產和社會生活的嶄新圖景。伊格爾頓在《後現代主義
的幻象》對後現代主義所提出的重要疑問——後現代主義對快
感、碎片、身體、無意識和大眾化的關注究竟能否指出一種新的
政治前途？——也是臺灣一部分關懷價值重建的人文知識份子早
已有所疑慮的問題。在臺灣社會的民主轉型和價值重構的關鍵時
期，人們對「只破不立」的後現代主義心懷疑慮是十分自然的。

　　無論如何，一批堅持邊緣和批判立場的臺灣知識份子仍然固
執地認為後現代主義對於臺灣社會的民主轉型具有十分正面的意
義。這既反映出批判的知識份子在「解嚴」和社會轉型過程中所
遭遇到的困境，他們一方面要深度介入政治反對運動，另一方
面，這種介入又極其容易被政黨政治所收編甚至挾持，成為某種
政治勢力的工具。尤其在統獨意識形態的分裂和所謂「臺灣民族
主義」興起的過程中，人文知識份子如何才能保持自己的獨立性
和批判性，又能有效地介入社會現實和臺灣社會的民主化運動，
這的確是一個十分困難的命題。後現代主義提供了一種思考方向
和行動策略，一方面，後現代主義對任何「大敘事」的徹底不信
任和極具力量的抵抗，幫助他們獲得超越族群民族主義意識形態
紛爭的理論想像，即從所謂「國族」建構的意識形態中「逃逸」
出來，或至少能對政治意識形態保持某種程度上的警惕；另一方
面後現代主義和左翼的接合——事實上，在西方，後現代主義十
分複雜，從它一產生就存在著右翼和左翼的分野——幫助他們重
新尋找到一種他們自認為有效的思想路線和論述方向，這就是
「後現代左翼」或「後現代的人民民主」路線。《島嶼邊緣》的

知識份子群體大都持有這一觀念和立場，他們從德勒茲、瓜塔里、傅科、布希亞、葛蘭西、德里達等人的論述中，尤其是從霍爾的《後現代主義、接合理論與文化研究》和拉克勞、墨菲的《文化霸權與社會主義戰略》等相關論述中，重新找到思想資源和鬥爭策略，試圖重新建構被政黨政治所收編的反對運動，即「新反對運動」。表面上看，90年代中期以後，作為一種學術風尚的後現代主義在臺灣的文化場域中已經功成身退，但其最具活力的部分並沒有真正退場，而是在「知識左翼」的文化與政治論述實踐中保存了下來，迄今還扮演著至關重要的批判角色。

在關懷臺灣民主轉型和價值重建的人文知識份子中，更多的人對後現代主義持警惕、疑慮、反省和批判的立場。而且，隨著時間的推移，持這一立場的人數正在逐漸增加。他們傾向於認為後現代主義已經產生了一系列消極的影響。這種消極影響包括互相關聯的兩大方面：第一，歷史與知識的虛無主義傾向的回潮。儘管許多後現代主義者曾經一再聲稱，後現代轉向並非走向歷史虛無主義，但它對基礎主義和本質主義的解構，仍然對人文思想的「基礎」與「本質」構成了巨大的衝擊。許多時候，後現代主義部分地導致了後現代犬儒主義和保守主義的產生，後現代的「去主體」的一個後果恰恰是把主體的權力拱手出讓。而後現代主義的「解結構」無疑是一把鋒利的雙刃劍，它在瓦解了威權結構的同時也顛覆所有人們賴以生存的價值基礎、社會共識以及政治理想。在一篇題為《巴士底的拆解與再現——臺灣後現代政治學》的網路文章中，作者「munch」尖銳地指出了後現代主義的擅長解構卻無力再結構對臺灣社會帶來了巨大的負面影響：臺灣社會的轉型是「一項巨型的社會再造工程，但是至今一切失敗，失敗的不是政黨的換湯不換藥，更嚴重是臺灣步入後現代景況，理想的核心漸漸隱沒。」「政治後現代景況，在左派眼裡是社會理想典型的消失，但是在後學說的觀點裡，卻是全面結構的揚

棄，它無力再結構，甚至難以重現事物。」[13] 第二，後現代主義的戰場只設在文化場域，以文化批判取代政治經濟學批判。後現代主義強調微觀政治權力批判，認為抵抗無處不在。但政治的泛化往往模糊了政治問題的真正焦點和至關重要的層面：政治權力與經濟資源的分配與再分配。對左翼理論情有獨鍾的當代人文學者宋國誠如是指出：「後現代主義一方面把資本主義誇大成『莖狀怪物』（就像李安電影《綠巨人》裡的約翰——越是激怒他，他越是強壯），好讓全球為之激憤不平，一方面以扁平化、無差異的思維，以諸如『諸眾』（multitude）、『去領域化』（deter-ritorialization）等等抽象話語，取代對政治經濟的具體分析。於是，最激進的同性戀運動變成了一個男人（或女人）與另一個男人（或女人）之間的『汽車旅館學』。」[14] 在宋國誠等人看來，後現代主義或以後現代為基礎的後馬克思主義要不在理論上是蒼白無力的，就是在實踐上表現出軟弱無力。改變這一狀況，只有重新回到馬克思的政治經濟學。他十分肯定地認為：「今日的左派應該走的路，還是馬克思主義的政治經濟學，但是對於馬克思沒有預言到的，則需要重新發明一個『新的／政治經濟學的馬克思』和一個『新的／不斷思考的列寧』，以應付已經基因突變、具有全球分身的新資本主義世界。在齊澤克看來，左派不應該憂傷，不應再為人們總是把列寧和集權主義綁在一起而感到灰心喪志，因為左派已經可以把集權主義這一標籤，光榮地回贈給今日的資本主義，因為新右派、獨裁者小布希、跨國公司、數位網路、電視霸權以及那幽靈四竄的恐怖主義，才是真正的新集權主

13　munch《巴士底的拆解與再現——臺灣後現代政治學》，http://blog.yam.com/munch/article/6368320 August 23, 2006

14　宋國誠《理論蒼白？或實踐軟弱？——斯拉沃熱‧齊澤克的「執爽真實」論》，《破報》，復刊第 443 期。

義。」[15] 這個分析的確一針見血。〈告別後現代主義邁向：人類抗拒的政治馬克思主義〉和〈打破意指的枷鎖：從馬克思主義者立場論後現代主義〉等譯文在「批判教育學論壇」上的出現，並引起人們的強烈興趣，從中或許可以看出一些臺灣人文知識份子對後現代主義和後馬克思主義的不滿，不少知識份子已經開始意識到馬克思主義政治經濟學在當代臺灣社會重建中的重要性。思想界的這個變化儘管還很微弱，但足以值得關心臺灣社會和思想變化的人們關注。

第三節　從「後現代」到「後殖民」的話語轉換

90 年代中後期以來，後殖民理論在臺灣的強勢出場，引發了關於後現代主義的另一場論爭，即後現代主義與後殖民批評之間的論爭。這場論爭的焦點在於：「後現代」與「後殖民」在理論上的關係為何？在理論範式和精神傾向上，兩者究竟是相同、相通或相近，抑或存在某種巨大的差別？如果兩者之間存在根本性的差異，那麼與此相關的問題就隨之而來，解嚴後尤其是 90 年代以後的臺灣社會是處於後現代狀況？還是處於後殖民狀態？是後現代，還是後殖民？又如何定義解嚴後的臺灣文學？對這些問題的思考、回答與認定顯然事關重大，它關涉到人們如何認識和闡釋臺灣的歷史和當代文化狀況，即關涉到如何闡釋臺灣這一重大課題。也正是在這個論爭中，臺灣人文知識界深刻地捲入到當代臺灣政治意識形態的生產場域之中。在後現代與後殖民的論爭中，80 年代已經初步出現的臺灣人文知識份子政治立場之分化趨勢進一步表現了出來。現今，這場論爭的結果早已產生，它直接

15　宋國誠《理論蒼白？或實踐軟弱？——斯拉沃熱‧齊澤克的「執爽真實」論》，《破報》，復刊第 444 期。http://pots.tw/comment/reply/528。

導致了臺灣文論和思想論述領域的主流話語的轉變，即從「後現代」轉向了「後殖民」。1994 年，廖炳惠就指出了這一轉變：「後現代文化論述曾在臺灣風靡一陣子，如今則被後殖民論述所取代。」[16] 多年後，陳光興也如是而言：「後殖民」與「全球化」兩大論述取代了 80 年代「後結構主義」與「後現代主義」的位置，逐漸成為文學理論的主導性話語。

　　回顧這段論爭，我們可以看到：對後現代主義與後殖民論述之間關係的認知，臺灣理論界曾經出現多種不同的聲音和不同的闡釋策略，這種不同其實隱含著臺灣人文學界在理論動機、思想旨趣乃至政治意識形態立場上的巨大分野。

　　第一種是把後現代主義、後殖民論述、後結構主義……等等都歸入「後學」（Postism）這一更為寬泛的範疇之中。黃瑞祺、何乏筆等一些學者偏向於對西方思想理論做較為純粹的學理性探討，於 2001 年 4 月 20 日舉辦的「現代與後現代」研討會，並結集出版了《後學新論》一書。內容廣泛涉及傅柯、德勒茲、德希達、保羅·德曼、布希亞、阿多諾、辛默爾、薩依德等人的「後學」思想。那麼，他們為什麼要提出「後學」概念以涵蓋後現代、後殖民、後結構等諸種後主義呢？從黃瑞祺的〈編者序〉看，其原因在於，第一，從 20 世紀 50 年代開始，世界開始進入新的歷史時期，新技術、新的傳播工具和生產方式和全球化，導致了社會文化的巨幅變化，也產生了一系列新問題：生態、族群、性別、分離主義、恐怖主義等等。「現代性」思想資源難以闡釋這種變化，現代性的制度框架也不能有效地解決這些問題。「『後工業社會』、『後福特主義』、『後現代主義』、『後結構主義』、『後資本主義』、『後社會主義』、『後馬克思主義』、『後殖民主義』、『後民族主義』等等……，這些名詞大抵指涉

16　廖炳惠《回顧現代》，麥田 1994 年版，第 5 頁。

當代情境或思想的某種變化。」在這個意義上,「後學」這個概念的提出,顯然是對相對於現代性或反思現代性思潮的概括,正如黃瑞祺所指出:這些「後XX主義」一方面繼承或瞭解「XX主義」某部分的主張、精神與內涵,一方面則對之反思及批判,並進行所謂的解構(Deconstruction)以達到改革;所以後學不直接改用其他主義的名稱,是因為與「XX主義」有密切的關係,另一方面則是它的模糊性、可能性與不確定性,所以尚無法自創新主義名詞[17];第二,「後學」概念的提出是試圖在眾聲喧嘩和多元分歧中重構一幅比較完整的知識圖景和未來圖像:「『後學』把各種『後XX主義』放在一起合而觀之,或許可能拼湊出一個比較完整的未來圖像。」但這只能是一種願望的表達而已。事實上,儘管黃瑞祺和何乏筆都十分強調關注傅柯晚期思想中「自我發現」與「自我創造」的「修養論」和倫理學,有意地把傅柯的自我解放理論和馬克思主義的人類解放思想相扣連,但所謂「後學」顯然無力完成思想整合這個十分艱巨的任務,他們自己對「後學」的理解本身就充滿難以調和的分歧。而「拼湊」這個語詞的使用早已經暴露出了無力整合的跡象。

第二種是區別和切割策略,即把後現代主義和後殖民論述嚴格地區別開來。劉紀雯在輔仁大學開設的「後現代主義與後殖民主義」課程,核心就在於回答這個問題:「後現代主義的『後』和後殖民主義的『後』一樣嗎?其中的衝突與重疊何在?我們如何面對兩者所辯論的議題(歷史、空間、主體認同、文本策略、全球化、抗爭策略與可能性等等)?可能協調兩者衝突之處,並轉化為閱讀、認同策略?」課程的主要內容包括:1. 後現代歷史觀與後殖民歷史書寫:歷史如何再現?後現代文體——如:諷擬(parody)、拼貼(pastiche)——是嬉戲還是批判?2. 後殖民主

17　黃瑞祺〈後學新論・編者序〉,臺北:左岸文化 2003 年版,第 7 頁。

體與後現代理論：在後現代主義質疑、解構主體後，後殖民文本策略如何建構主體（如作家、人民、國家）？3. 後現代空間、移民與後殖民在地政治（politics of place）：後現代空間是否複製、強化、或批判後資本主義、帝國主義？移民在後現代空間的處境為何？如何將不屬於自己的空間挪為己用、擴充和再創造？（www.complit.fju.edu.tw）其中隱含的觀念我們在其他學者的論述中也常常能夠觀察到，如劉亮雅的相關論述：「臺灣的後現代與後殖民都強調去中心。但它們又代表兩種不同的趨向，彼此合作或頡抗：臺灣的後現代主義朝向跨國文化、雜燴、多元異質、身份流動、解構主體性、去歷史深度、懷疑論、表層、通俗文化、商品化、（臺北）都會中心、戲耍和表演性；而臺灣的後殖民主義則朝向抵抗殖民、本土化、重構國家和族群身份、建立主體性、挖掘歷史深度、殖民擬仿、以及殖民與被殖民、都會與邊緣之間的含混、交涉、挪用、翻譯。」[18] 從以上的引述中，我們多少可以觀察到臺灣人文學界對後現代與後殖民理論興趣之所在，也可以看出他們對後現代與後殖民之分別的基本認識：後現代主義質疑、解構主體；而後殖民理論則傾向於建構主體。在他們看來，從後現代轉向後殖民是一種必然的思想趨勢，這種轉向意味著臺灣社會在後現代解構主體之後開始轉入主體重新建構的歷史時期。在臺灣的具體語境中，這種轉向意味著威權體制和威權意識形態瓦解後社會系統的重建。從這個意義上看，後殖民論述在臺灣的興起可謂應運而生、恰逢其時。但值得注意的是，後殖民論述在臺灣的演繹過程中存在被工具化和意識形態化的傾向，常常被扭曲為所謂「族群民族主義」和「族群本土主義」的話語資源和論述工具。這顯然與後殖民思想的本義已經相距甚

18　劉亮雅〈文化翻譯：後現代、後殖民與解嚴以來的臺灣文學〉，《中外文學》2006 年 3 月，第 34 卷第 10 期，第 66 頁。

遠。

　　第三種觀點為融合論。這種觀念認為在臺灣八九十年代的文化場域中,後現代與後殖民是不可切割的,後現代的解構策略已經化入了後殖民經驗中。在〈臺灣:後現代或後殖民?〉一文中,廖炳惠闡述了這一觀點:「翻譯的後現代一方面幫助讀者發展其跨文化觀,另一方面則促成多元解讀的社會實踐,讓我們透過新語義及其構架,去看穿權威中心的空洞本質,因此產生許多街頭運動中的諷刺劇及自由戲耍,將權力的運作拆解為景觀,以諧音重寫的方式,去呈現其虛擬性格,進而瓦解社會既定的法則……這些後現代的策略已成為臺灣邁向後殖民階段的日常應變手段。於翻譯(及番譯)過程中,後現代主義已在某種程度上化入臺灣後殖民的經驗裡,提供重新描述及理解歷史的籌碼。」[19]迄今為止,這可能是臺灣理論界對後現代與後殖民之間關係所作出的最貼切也最富有啟發意義的闡釋。

　　臺灣後現代與後殖民論爭的第二個焦點是如何定義「解嚴」以來的臺灣文學,而這一界定顯然將深刻地影響到對整個臺灣文學史的重新闡釋。關於「解嚴」以後的臺灣文學,文論界曾經產生了各種定義方式:比如「後臺灣文學」、「後戒嚴詩學」、「後現代臺灣文學」和「後殖民臺灣文學」……種種界定的出場都隱含著人們對「解嚴」後臺灣當代文學乃至整個文化處境的闡釋焦慮與話語競爭,也隱含著理論界對臺灣文學發展的當代狀況、發展趨勢和新的可能性的判斷、預設與期待。其中,「後現代臺灣文學」和「後殖民臺灣文學」兩種定義最為流行,兩者之間曾經直接或間接地進行了一場對臺灣文學史闡釋影響深遠的角力和論爭。

19　廖炳惠〈臺灣:後現代或後殖民?〉,周英雄、劉紀蕙編《書寫臺灣:
　　文學史、後殖民與後現代》,麥田出版社 2000 年版,第 93-94 頁。

　　論及「後現代臺灣文學」的界定，不能不提到英年早逝的林耀德。對於八九十年代臺灣文學而言，林耀德無疑是一位具有宏大企圖並對文學史再書寫產生重大影響的人文學者。這個宏大企圖包括兩個方面：臺灣現代主義的歷史脈絡重建和大規模展開的「後現代計畫」及其實踐。一方面，林耀德試圖建立臺灣現代主義與三十年代上海「新感覺派」之間可能的歷史關聯；另一方面，又試圖把解嚴後的臺灣文學引入後現代主義的發展方向。對「解嚴」後臺灣文學的闡釋，林耀德透過理論闡釋和創作實踐以及後現代主義批評社群的整合和建構，給出了一個重要的「定義」，即「後現代臺灣文學」。正如劉紀蕙所指出，在「林耀德現象」與「臺灣文學史的後現代轉折」之間存在一種深刻的關聯。的確，在1987年發表的作品〈資訊紀元——〈後現代狀況〉說明〉中，林耀德敏感地發現後現代主義在臺灣的意義與表徵，試圖「揭露政治解構、經濟解構、文化解構的現象；以開放的胸襟、相對的態度宣導後現代藝術觀念、都市文學與資訊思考，正視當代（世界——臺灣）思潮的走向與流變。」[20] 儘管在西學背景頗為深厚的廖炳惠看來，林耀德等人對「後現代」的認識多少顯得有些一知半解，但林耀德以前衛詩人的敏感和直覺準確地指出了在臺灣當代思潮的脈絡中後現代主義的意義和角色，即揭示和瓦解傳統認識論以及支撐政治經濟權力結構的語言與文化基礎。在1993年海南大學舉行的關於詩人羅門、蓉子的學術會議上，林耀德發表了〈「羅門思想」與「後現代」〉一文，進一步闡述了其後現代觀念。西方後現代主義諸家的種種概念開始大面積進入林耀德的詩學視域：利奧塔的「崇高」、德里達的「原書寫」、德勒茲的「遊牧」、波德里亞的「擬態」以及哈山的「沉默」等等，接合羅門的「第三自然」的後現代詩歌實踐，試圖發

20　林耀德《都市終端機》，臺北：書林出版公司1988年版，第204頁。

展出一種臺灣版的後現代主義論述。用林耀德的話說，即是在臺灣重新「發明」和「創造」出一種「後現代主義」。

　　但林耀德、羅門等人對解嚴後臺灣文學的「定義」很快就遭遇到另一些理論家的強烈質疑和有力挑戰。陳芳明、劉亮雅和邱貴芬等一大批理論家傾向於認為解嚴後臺灣文學不是後現代主義，而是一種後殖民文學。在陳芳明看來，後現代文學在臺灣不是從臺灣社會內部孕育出來的，相反，它完全是一種文化的舶來品，因此「與戰後臺灣歷史的演進並無絲毫契合之處」。放到臺灣殖民史的脈絡中，80 年代發展出來的臺灣文學在性質上不可能是後現代文學，而是「殖民地社會的典型產物」；「從臺灣殖民史的角度看，在這個社會所產生的文學，應該是殖民地文學。」[21]或許因為陳芳明曾經是位從事歷史研究的學者，「歷史脈絡」常常成為他反對後現代臺灣文學定義時最拿手的概念工具，「歷史脈絡」就像一把刺向臺灣後現代主義的鋒利之劍：「後現代」在臺灣沒有任何的歷史根源，它與「臺灣的殖民史」沒有任何的關聯。「歷史脈絡」如同上文所提到的「土壤」一樣似乎無需重新論證、質疑就先天地具有某種正當性。在討論當代詩人江自得的詩藝及其歷史意識的一篇文章中，陳芳明把這一觀點表述得更為簡明有力：「後現代論者對於歷史脈絡式的考察幾乎可說是興趣索然。他們奢談『去中心化』、『主體消亡』、『歷史文本化』、『消費社會』等等舶來的晚期資本主義文化概念。對於臺灣社會如何被編入晚期資本主義的演化過程，全然不甚了了。他們性急地放棄臺灣在整個二十世紀的歷史記憶，躁進地擁抱全球化浪潮的到來。但是，當歷史失憶症還未得到恰當治療，而文化主體猶在建構之際，所謂後現代社會的到來恐怕是一種過於豪華

21　周英雄、劉紀蕙編，《書寫臺灣：文學史、後殖民與後現代》，麥田出版社 2000 年版，第 42-52 頁。

的期待。疾病臺灣，事實上，還停留在殖民的夢魘中。」[22] 認識到臺灣歷史的殖民性和當代臺灣文化的殖民性格無疑是有意義的，但問題在於，關於戰後臺灣歷史的「再殖民」性質和戰後臺灣文學的「再殖民」性格的認定，究竟是由誰做出的？又是如何做出的？這種認定在臺灣社會取得了多大的交疊共識？存在多大的分歧？與客觀歷史本身以及後殖民理論的精神又有多大的距離？臺灣文化的殖民性格嵌入在何種權力結構之中？日本殖民史的「遺產」以及臺灣對美國政治經濟文化的依附性在其中又扮演了何種重要的角色？這些至關重要的問題都被陳芳明所有意或無意地忽略不計了。如果陳氏的這種認定只是一種純粹主觀的設定或只是基於某種意識形態而建構出來的，那麼，陳芳明對後現代的批判與否定表面上看起來十分尖銳有力，但實際上只是一種自我循環論證或同義反復。

關於後現代與後殖民的論爭，表面上看，劉亮雅在〈文化翻譯：後現代、後殖民與解嚴以來的臺灣文學〉一文中提出的思考是延續和發展了廖炳惠的思路，如「翻譯的後現代」和「翻譯的後殖民」概念的使用，解嚴後的臺灣文學在「文化思想、主題意識和新美學三個層面都展現出後現代與後殖民的並置、角力與混雜」等等，都頗有思想見地。但在理論立場上，兩者之間存在著微妙而重要的差異。廖炳惠並沒有輕易地否定後現代在當代臺灣的意義和作用，而是認為後現代對權力結構和既定法則的解構具有解放的意義。廖炳惠提出了一系列重要的問題：為什麼有人會認為「後現代主義」不再適用於當今世界與本土的文化評論？臺灣是否處於後殖民狀況？是否只有去除後現代思維才能進行後殖民批評？「有可能重建後現代之批評譜系，以便彌補種族中心論

22　陳芳明〈哀傷如一首詩〉，刊於臺灣政治大學台文所臺灣文學部落格，
　　http://140.119.61.161/blog/forum_detail.php? id=252。

及認知條件之局限？」如果來自歐美的後現代與後殖民在理解和闡釋臺灣問題時都不確切，那麼它們還能提供什麼借鑒[23]？這些問題的提出間接而含蓄地表述了廖炳惠的理論立場：後現代批評譜系的重建有可能「彌補種族中心論及認知條件之局限」。而劉亮雅在描述當代臺灣文學中「後現代與後殖民的並置、角力與混雜」狀況時，理論立場卻微妙地滑向了她所定義與扭曲了的「後殖民」，其揚「後殖民」而貶「後現代」的意圖表現得十分明顯。這種傾向在劉亮雅的結論中則暴露得相當徹底：「臺灣的後殖民與後現代，兩者雖有混雜牽纏，但基調仍相當不同且互相角力。後殖民基本上延伸強化了臺灣本土化運動的理論面向，並加入了『殖民擬仿』。」而大多數「標榜後現代的論述者與作家往往刻意以後現代回應後殖民，側面抵制或消解後殖民的力道，而這背後隱含了其外省族群立場。」[24]看來，劉亮雅實質上是個不折不扣的「本土主義」者，「本土主義」意識形態和「族群民族主義」立場的視域主導了其對「後現代、後殖民與解嚴以來的臺灣文學」的整體觀察、描述與闡釋。尤其可怕的是，後現代與後殖民在臺灣的分歧與論爭最後竟被劉亮雅處理成了省籍族群政治立場和身份認同之間的分歧與對抗。劉亮雅也提出「多元身份認同」的理論命題和價值訴求，但在她的論述邏輯和闡釋框架裡，多元文化主義和多元身份論述實際上變成了其一元化的「本土化」論述的絕妙的擋箭牌，在多元論的掩護下偷渡族群主義的「本土論」意識形態。劉氏的論述邏輯有著某種代表性。許多事實表明，後殖民在臺灣一定程度上已經被「本土論」所挾持，正

23　廖炳惠〈臺灣：後現代或後殖民？〉，周英雄、劉紀蕙編《書寫臺灣：文學史、後殖民與後現代》，麥田出版社 2000 年版，第 85-86 頁。

24　劉亮雅〈文化翻譯：後現代、後殖民與解嚴以來的臺灣文學〉，《中外文學》2006 年 3 月，第 34 卷第 10 期，第 76 頁。

如青年學者劉雅芳所憂慮的，在當代臺灣的文化場域中，後殖民批評陷入「去殖民遭本土主義懸置的困境。」[25] 的確，「單語的本土」意識型態已經部分導致了臺灣的後殖民論述喪失了「向權力說真話」的批判能力。

在 90 年代臺灣「本土主義」甚囂塵上的歷史時期，「本土化」或「本土論」已經演變為「政治正確」的意識形態。後殖民理論往往被本土化為「本土主義」意識形態的一種好用的理論工具，承擔著「發現臺灣」（邱貴芬語）甚至建構所謂「臺灣民族主義」的重大政治使命。這樣，經過特殊處理後的「後殖民」話語在臺灣也就享有了無比重要的理論地位，乃至一時成為人文學科中的顯學和強勢的理論話語，至今還有些高燒不退。而主張「去中心」、「解主體」的後現代主義因為明顯的「不合時宜」演變成為一種被壓抑的邊緣話語。在這一時代語境中，的確，如同廖炳惠所提醒，後現代批評譜系有存在和重建之必要，因為它或許可以成為新的權力中心的一種制衡和批判的思想力量。我們認為：「後現代主義」的存在或許可以成為已經疾病纏身的「臺灣後殖民」的一帖有效的解毒劑，至少，後現代主義可以提醒人文知識份子警惕新的霸權結構對異質性所產生的壓抑和排斥。從這個意義上看，廖炳惠和劉亮雅之間潛在的對話關係委實意味深長。

25　劉雅芳《王明輝與黑名單工作室：臺灣新音樂生產的第三世界／亞洲轉向》，臺灣交通大學碩士論文 2006 年。

第二章　臺灣後殖民理論思潮

　　大陸的臺灣文學研究界對臺灣地區風起雲湧的後殖民理論思潮並未給予充分的關注和討論。迄今，在屈指可數的研究成果中，最為重要的論述大概包括：朱雙一〈從新殖民主義的批判到後殖民論述的崛起──1970 年代以來臺灣社會文化思潮發展的一條脈絡〉（《臺灣研究集刊》2001/04）梳理了從 70 年代鄉土文學和依附理論的新殖民主義批判到 90 年代後殖民思潮的發展脈絡；趙稀方〈一種主義，三種命運──後殖民主義在兩岸三地的理論旅行〉（《江蘇社會科學》2004/04）和〈楊逵小說與臺灣本土論述〉（臺灣《人間》2007 年夏季號），從「理論旅行」的角度，考察由不同歷史語境所決定的這一理論在兩岸三地所發生的不同的挪用情形；等等。王岳川的〈臺灣後現代後殖民文化研究格局〉（《文學評論》2001/04）對臺灣後現代與後殖民研究狀況的梳理最為詳盡。我們注意到，在該文中，王岳川對臺灣後現代和後殖民研究狀況給出了一個基本的觀察與判斷：

　　　　臺灣地區的後學研究還有一些不盡人意的地方，主要問題在於，首先，同大陸的後學研究相比，臺灣對後學的研究基本上是在學術圈內，沒有引起公共領域的關注，因而關於現代性和後現代性問題的討論，關於女性主義的問題、臺灣的文化身份問題等，僅僅是知識份子的一種知識

話語論爭問題；其次，臺灣僅僅將後學問題看作是一種西
方的新思潮，而沒有將其看作新的思維方法和價值轉型的
方法。因而對後學的討論沒有對整個社會的思想形成直接
的作用，而基本上是處於社會的邊緣和學界的邊緣，因而
後學思想正負面效應的影響，都比大陸後學的要小，相比
較而言，大陸的後現代後殖民研究在廣度和深度方面當更
為突出。[1]

在同年發表的〈「後學」話語與中國思想拓展〉一文中，王
岳川再次簡明扼要地表述了這一觀點：

臺灣後學研究大抵局限於書齋話語，對傅科、拉康、
德里達等解構思想的學術圈研究較多，對社會現實文化形
態影響較小。但是臺灣後現代後殖民研究仍頗有深度，並
得出一些有啟發意義的思路，諸如：女性主義與殖民記憶
問題，後現代性別與文化差異研究，殖民話語與電影話語
中的中國形象，後殖民語境中的政治學問題，後現代思維
與神學和史學思想，民族經驗和歷史記憶對當代人的心理
塑造等。[2]

王岳川肯定了臺灣的後現代和後殖民研究在學術層面上的成
就和意義，但他顯然認為其影響十分有限——僅限於「學界」或
「書齋」，對社會現實和文化形態「影響較小」。這一觀察和估

1　王岳川〈臺灣後現代後殖民文化研究格局〉，《文學評論》2001 年 4
　　月，第 57 頁。
2　王岳川〈「後學」話語與中國思想拓展〉，《天津社會科學》2001 年
　　第 3 期，第 72 頁。

計顯然與當代臺灣政治和文化的複雜現實存在不小的距離，對後現代和後殖民理論在臺灣的「在地化」發展狀況估計不足，對當代臺灣學術思想與社會現實尤其是政治意識形態之間的複雜關聯和緊密互動也缺乏應有的認識。事實上，後現代主義和後殖民批評都廣泛地捲入了解嚴後尤其是 90 年代以來臺灣文學與知識生產乃至政治意識形態生產的複雜場域之中，深刻地介入到臺灣當代政治和文化的轉型過程之中，並且微妙地影響著人文學界對臺灣的歷史、政治、文學和身份問題的理解、闡釋與重構。從根本上看，後現代主義和後殖民論述在臺灣的興起與演變關涉到人文知識份子如何思考臺灣和如何「闡釋臺灣」這個至關重要的當代命題。本章將討論與此相關的一系列問題：後殖民理論在臺灣如何興起？怎樣「在地化」？在當代臺灣的意識形態生產和論爭中，後殖民理論又扮演了何種角色？臺灣人文學界對後殖民理論的認識與闡發究竟存在哪些矛盾和分歧？這些矛盾和分歧與「解嚴」後臺灣社會的認同分裂之間存在何種關聯？在臺灣，後殖民理論與性別、族群、階級、本土、跨國文化政治以及所謂的「國族」想像和認同建構究竟存在何種關係？在文學理論領域——包括文學史書寫、文學批評、文學經典與文學教育以及「文化研究」等等廣泛層面——後殖民論述又產生了哪些具體而深刻的影響？我們應如何理解和認識後殖民理論在臺灣演變過程中出現的根本歧義與種種變異乃至異化現象？

第一節　從「依附理論」到「後殖民論述」

在討論後殖民理論在臺灣的「旅行」與興盛之前，我們首先需要簡要回顧它在西方的緣起和發展脈絡及其演變狀況。顧名思義，「後殖民」是一個與「殖民」相對的歷史性概念，「後殖民」這個語詞的前綴「後」首先標識出一種時間意識。它意指西

方帝國列強憑藉軍事和經濟力量對亞非拉廣大第三世界國家和地區進行直接的殖民侵略和統治結束後人類歷史所開啟的新時期。具體地說，第二次世界大戰之後，波瀾壯闊的民族解放鬥爭和民族獨立運動從亞洲向非洲發展，席捲整個亞、非、拉地區，在政治上徹底瓦解了既有的全球殖民統治體系，世界歷史進入了「後殖民時期」。但全球殖民政治體系的終結並不意味著第三世界國家和地區已經徹底擺脫了帝國長期殖民統治在文化、經濟乃至政治觀念等諸多層面所產生的深遠影響。從 20 世紀 50 年代至今，一些第三世界的知識份子延續了戰前民族解放運動的反抗殖民統治的精神傳統和思想脈絡，並進一步展開批判殖民主義的思想運動。他們提出了一系列的理論範疇和思想框架，揭示和批判歷史上殖民與被殖民的權力關係，闡釋「後殖民時期」世界政治、經濟和文化思想的狀況與結構。其中最具影響的當是在思想譜系上關係密切並相互闡發的「依附理論」、「世界體系理論」和「後殖民理論」。

「依附理論」產生於 20 世紀 60 年代，以弗蘭克（Adre Gunder Frank）、阿明（Samir Amin）、桑克爾（Osvaldo Sunkel）、桑托斯（M. Santos）和伊曼紐爾（A. Emmanuel）等人為代表，認為不發達的第三世界和發達的資本主義之間存在一種「支配——依附」的不平等結構。無論是政治、經濟還是文化尤其是經濟方面，不發達國家與地區都是沒有獲得真正的獨立，相反，都受到發達國家的剝削與壓迫。「世界體系」理論，作為一種理論和方法主要興起於 20 世紀 70 年代，它發展了「依附理論」的基本觀點和方法，美國紐約州立大學伊曼紐爾·沃勒斯坦於 1974 年出版《現代世界體系：16 世紀資本主義農業和歐洲世界歐洲的起源》，提出闡釋世界歷史發展的結構性框架：「世界體系」由中心——半邊緣——邊緣三層結構組成，其基本動力即是「不平等交換」。「依附理論」和「世界體系理論」的思想基礎都是馬克

思主義對資本主義世界體系闡釋和帝國主義理論，其思想核心即是沃勒斯坦所提出的中心與邊緣在政治、經濟和文化上的不平等關係。「依附理論」和「世界體系理論」偏重於闡釋和揭示戰後發達資本主義和第三世界在政治和經濟領域的「支配——依附」性結構。

　　80 年代興起的「後殖民理論」則致力於揭示和批判文化領域的殖民與被殖民的歷史與結構及其在當代的表現形態。與「依附理論」和「世界體系理論」所建立的宏觀闡釋框架以及對政治經濟層面的偏重以及民族國家的分析單位相比，「後殖民理論」則側重於種族、階級、性別、文化、語言與認同等等問題的批判性闡釋，注重心理層面和文化文本的具體微觀的權力分析。迄今，理論界一般認為，「後殖民理論」最初的發明與闡述歸功於一些客寓西方的非洲知識份子的持續努力，他們包括艾梅‧賽薩爾、齊努瓦‧阿切比和弗蘭茨‧法儂等等。在巴特‧莫爾——古伯特等編撰的《後殖民批評》一書中，稱賽薩爾寫於 1950 年代的重要文章〈關於殖民主義的話語〉為「後殖民批評的奠基之作」[3]。〈關於殖民主義的話語〉揭示出殖民統治的意識形態運作方式——殖民統治者劃分出文明與野蠻的文化等級並且把被殖民者物化，「文明」成為了殘酷的殖民統治的合法化工具和假面具，殖民者在「文明」的掩護下對殖民地人民實施了納粹主義的統治。賽薩爾的批判開啟了後殖民理論解構殖民統治意識形態的思想傳統。出生於尼日利亞的小說家齊努瓦‧阿切比在其著名論文〈非洲的一種形象：論康拉德《黑暗的心靈》中的種族主義〉中指出：西方人常常「把非洲看成是歐洲的陪襯物，一個遙遠而又似曾相識的對立面。在非洲的映襯下，歐洲本身的優點才能顯現出

3　巴特‧莫爾——吉伯特等編撰《後殖民批評》，楊乃喬等譯，北京大學出版社 2001 年版，第 138-139 頁。

來。」[4]在西方的「非洲學」中隱藏著徹頭徹尾的白人種族主義。
阿切比的批判的確可視為日後薩依德的《東方主義》的先導或雛
形。

在艾梅・賽薩爾、齊努瓦・阿切比和弗蘭茨・法儂三人中，
法儂對後殖民理論的影響最為深遠，迄今的後殖民論述還常常上
溯到法儂兩部開創性的重要著作《黑皮膚，白面具》（1952）和
《地球上不幸的人們》（1961）。前者揭櫫了關於殖民者與被殖
民者之間相互建構的殖民心理學，引入馬克思的階級論、拉康的
鏡像理論、阿德勒的自卑心理學、賽薩爾的殖民批判以及存在主
義等思想資源，對殖民者和被殖民者關係尤其是被殖民者的「從
屬情結」進行了深入的精神病理學闡釋：被殖民者的文化心靈是
殖民者建構起來的，透過殖民地的精神病理學分析，法儂有力地
顛覆了種族主義的意識形態基礎即「白」與「黑」、「優」與
「劣」之間潛在的二元對立邏輯；後者則明確地指出：在後殖民
時期，殖民者表面上已經退場，但原有的殖民關係結構還遠未終
結。法儂提醒人們注意，第三世界重建的權力關係和意識形態結
構可能是殖民主義結構的某種複製。這在一些極端民族主義者的
論述與實踐中有著驚人的表現。法農曾經指出，為了抵抗西方文
化的吞噬，土著知識份子迫切地回溯輝煌的民族文化，這是出於
向殖民主義意識形態開戰的需要——殖民主義者往往宣稱，一旦
他們離開，土著人立刻就會從文明跌回野蠻的境地。但法儂同時
也指出：「民族的存在不是通過民族文化來證明的，相反，人民
反抗侵略者的戰鬥實實在在地證明了民族的存在。」[5]因此，法
儂的重要著作《全世界受苦的人》一再提醒人們警惕「民族意識

---

4   巴特・莫爾——吉伯特等編撰，《後殖民批評》，楊乃喬等譯，北京大
      學出版社 2001 年版，第 180 頁。

5   法儂〈論民族文化〉，馬海良、吳成年譯，《後殖民主義文化理論》，
      中國社會科學出版社 1999 年版，第 278 頁、283 頁。

的陷阱」，提醒人們關注民族文化的批判與重建。在法儂看來，民族文化決不是一個民間故事，也不是一種認為能夠從中發現人民的真實本性的抽象民粹主義。它也不是由那些脫離當下現實、缺乏生氣的殘餘物構成的。法儂反對把民族文化發展為某種文化的民族主義，他認為民族文化應該是民族解放行動的文化，是「描述和讚揚這種行動並為之辯護的思想領域中做出的全部努力」。法儂區分了真正的政治解放與本質化的民族主義，區分了作為解放行動精神的民族文化和本質主義的民族文化。這一區分深刻地影響了薩依德和所有其他當代重要的後殖民理論家。

　　1978 年，美國的阿拉伯裔學者薩依德出版《東方主義》一書，在西方人文學界引起強烈反響和論爭。80 年代中期以來，由於女性主義者、左翼理論家、後結構主義批評家以及精神分析學界的廣泛參與，關於「東方主義」的論爭和影響持續擴大，形成了一股強勁的後殖民理論思潮，這一思潮甚至席捲了整個西方人文知識場域。與「依附理論」和「世界體系理論」的政治經濟學分析不同，後殖民理論提出了西方與非西方之間的文化關係尤其是文化殖民或文化霸權問題，試圖揭示出隱藏在其中的不平等權力關係以及使這種權力關係合法化的意識形態運作方式。某種意義上看，後殖民理論在西方的興起可視為西方人文思想領域「文化轉向」的重要表徵之一。迄今，關於「後殖民」和「後殖民理論」概念的界定顯得五花八門，其中史蒂芬‧史利蒙在〈現代主義的最後一個後〉中的描述可謂準確精當：「儘管後殖民的定義非常廣泛，但是這個概念的最主要意涵和最有用的地方，並不在於用來描述殖民地國家獨立後的某個歷史階段——後獨立階段——的同義字，而是它試圖在文化領域建立一種『反叛』或『殖民之後』的論述支點（anti-or post-colonial discursive purchase in-culture）。這個特殊的支點起源於殖民者將他的權力刻印於一個『他者』的身體與空間。這種現象使得『他者』始終作為一種神

秘的、封閉性傳統，進入新殖民主義的國際框架的現代劇場
中。」6的確，從法儂到薩依德，從斯皮瓦克到霍米‧巴巴……，
所有的後殖民理論家或許具有不完全相同的理論背景、提問方式
和關切的議題，但都擁有這個重要的論述支點和批判視域。

　　如同許多對後殖民理論產生興趣或有所研究的學者所觀察到
的，因思想背景和學術脈絡的不同或差異，西方後殖民理論內部
存在著不同的流脈。其中最重要的流派包括如下四種：一是以薩
依德、斯皮瓦克、霍米‧巴巴為代表的後結構主義流派，是後殖
民理論中勢力最大的一派；二是以莫漢迪為代表的女性主義流
派；三是以阿赫默德和德里克為代表的馬克思主義流派；四是以
詹穆罕默德（Abdul JanMohamed）、大衛‧勞埃德（David
Lloyd）為代表的「少數派話語」及「內部殖民主義」理論。當
然，作為一種抵抗論述，後殖民理論無疑與後結構主義、馬克思
主義和女性主義等等思潮都有著或多或少的精神聯繫。其中後結
構主義的影響尤其深遠。的確，薩依德的後殖民論述建立在後結
構主義的基礎上，尤其受到福柯思維方法的深刻影響。在被譽為
後殖民批評奠基之作《東方主義》的緒論中，薩依德如是聲稱：

　　　　我們可以將東方學描述為通過做出與東方有關的陳
　　述，對有關東方的觀點進行權威裁斷，對東方進行描述、
　　教授、殖民、統治等方式來處理東方的一種機制：簡言
　　之，將東方學視為西方用以控制、重建和君臨東方的一種
　　方式。我發現，蜜雪兒‧福柯（Michel Foucault）在其《知
　　識考古學》（The Archaeology of Knowledge）和《規約與
　　懲罰》（Discipline and Punishment）中所描述的話語（dis-

6　參見宋國誠《後殖民論述——從法儂到薩依德》，臺灣擎松出版有限公
　　司 2003 年版，第 53 頁。

course）觀念對我們確認東方學的身份很有用。我的意思是，如果不將東方學作為一種話語來考察的話，我們就不可能很好地理解這一具有龐大體系的學科，而在後啟蒙（post-Enlightenment）時期，歐洲文化正是通過這一學科以政治的、社會學的、軍事的、意識形態的、科學的以及想像的方式來處理——甚至創造——東方的。[7]

　　這裡，「話語」或「論述」（discourse）顯然是福柯的基本概念之一。薩依德明確地指出了自己後殖民論述與後結構主義之間的思想尤其是方法學上的淵源關係——「話語權力」理論與「話語分析」方法。「話語」本來是一個現代語言學的概念，指構成完整單位的、大於句子的語段。正如托多洛夫所言：「話語概念是語言應用之功能概念的結構對應物……語言根據辭彙和語法規則產生句子。但句子只是話語活動的起點：這些句子彼此配合，並在一定的社會文化語境裡被陳述；它們因此變成言語事實，而語言則變成話語。」[8] 結構主義和新批評學派最早把這個術語應用到文學批評之中，如新批評所謂「小說話語」和「詩歌話語」的區分。新批評派認為各種「話語」自身內部存在著可被發現、界定、理解的特性，因此「話語」確立了文類特徵並標明了此一文類與另一文類的差異。這種觀念顯然具有濃厚的形式主義色彩。而在法國著名的後結構主義者傅科那裡，「話語」就不是一個純粹語言學的概念，而是一個具有政治性維度的歷史文化概念。傅科把以往那種話語的形式分析轉移到話語與權力關係的

7　愛德華・W・薩依德《東方學》，王宇根譯，三聯書店 1999 年版，第 4-5 頁。
8　托多洛夫《巴赫金、對話理論及其它》，百花文藝出版社 2001 年版，第 17 頁。

歷史研究上來，從而賦予了話語概念一種嶄新的含義。

在傅科那裡，話語是一種實踐活動，在書寫、閱讀和交換中展開。在傅科看來，在任何社會中，話語的生產，都會按照一定的程式而被控制、選擇、組織和再傳播。其中隱藏著複雜的權力關係。任何話語都是權力關係運作的產物，性話語、法律話語、人文知識乃至醫學和其他自然科學都是如此。今天，人們一般認為，傅科是把「權力」引入話語分析的第一人。但傅科自己卻把話語權力概念的發明上溯到尼采，認為正是尼采首次把權力關係視作哲學話語的一般焦點。的確，尼采在《權力意志論》中曾經宣稱：知識是作為一種權力的工具而起作用的。尼采這種知識觀念以及譜系學的研究方法深刻地影響了傅科的話語權力分析，這正是傅科把自己稱作「尼采主義者」的根本原因。傅科拓展了尼采的思想，正如周憲所說傅科的工作包括兩個方面：「一是認識論的批判，即通過對話語與權力關係的分析，揭示構成特定時代話語規則的內在結構，以及這個結構與權力的關係；二是把這種分析系統用於歷史的批判，通過對不同時期話語不連續性的斷裂分析，來揭示知識的結構和實踐的策略。」[9] 尼采、傅科的「知識／權力」或「話語與權力」論述顛覆了西方傳統的知識論和真理觀。以往所謂的「客觀知識」變得十分可疑，甚至連「真理」也只是某種話語陳述。傅科深刻地闡釋了知識與權力的共生共謀關係：「權力和知識是直接相互連帶的；不相應地建構一種知識領域就不可能有權力關係，不同時預設和建構權力關係就不會有任何知識。」[10] 傅科的這種觀念已經有效地改變了人們對人類語言，對語言與社會環境、權力系統、社會理性運轉之間的關係的

---

9   周憲《20世紀西方美學》，南京：南京大學出版社，1997年版，第384
     頁。

10   福科《規訓與懲罰》，北京：三聯書店，1999年版，第29頁。

思考方式，也深刻地改變了人們對人文知識和真理的根本看法。越來越多的人文知識份子開始認同傅科的話語權力論述：一方面，知識是權力生產出來並加以傳播的，其功能在於為權力運轉提供某種形式的「正確」規範；另一方面，知識的生產與傳播又再生產著權力。人文科學領域的所有知識份子——甚至包括自然科學領域的知識份子——包括學者、教師和學生都參與了這種話語權力體系的建構，他們都利用知識的生產與傳播來掌握某種話語權力。所以，所謂普遍真理和言說普遍真理的普遍的知識份子都是不存在的。從這個意義看，在漫長的殖民擴張歷史中形成的西方關於東方的種種知識與想像，並不是所謂純粹的普遍的知識或學術，而是一種與殖民統治意識形態有著千絲萬縷聯繫的「政治知識」。

　　薩依德、斯皮瓦克和霍米·巴巴引入傅科式的「話語」和「話語分析」，接合葛蘭西的「文化霸權」理論，發展出「後殖民」的批判理論和分析方法。阿希克洛夫特等著的《逆寫帝國：後殖民文學的理論與實踐》一書，曾經指出了後殖民理論與後結構主義的這一淵源關係：「話語的概念（the concept of discourse）在定位決定後殖民性的連串『規則』上，十分有用。以傅科或薩依德的意思談及後殖民話語，便是要喚起有關語言、真埋、權力、及三者之關係的某些思想方法，真理在為了特定話語而設的規則系統中被當作真的，權力則合併、決定及證實真理；真理永不位於權力之外，或被剝掉權力，真理的產生是權力的作用。」[11]在薩依德看來，「東方主義」就是一種殖民話語，是殖民者為了「控制、重建和君臨東方」而建構起來的話語體系。在純粹知識和學術的背後隱藏的則是一種殖民與被殖民、支配與被支配或操

11　Bill Ashcroft, Gareth Griffiths, and Helen Tiffin 合著《逆寫帝國：後殖民文學的理論與實踐》，劉自荃譯，駱駝出版社，1998 年版，第 182 頁。

縱與被操縱的權力關係：「它是地域政治意識向美學、經濟學、社會學、歷史學和哲學文本的一種分配；它不僅是對基本的地域劃分，而且是以整個利益體系的一種精心謀劃——它通過學術發現、語言重構、心理分析、自然描述或社會描述將這些利益體系創造出來，並且使其得以維持下去。」[12] 1993 年出版的《文化與帝國主義》發展了《東方學》的基本思想，「對現代西方宗主國與它在海外的領地的關係作出了更具普遍性的描述。」[13] 薩依德進一步強調了「文化」（包括現代西方的高級文化）在帝國主義殖民歷史中的重要作用，它是「帝國主義物質基礎中與經濟、政治同等重要的決定性的活躍因素。」對於後殖民理論建設而言，《文化與帝國主義》更為重要之處在於提出政治反抗和文化抵抗思想或「抵抗文化的主題」，也在於其對現代歷史中曾經出現而當下仍然活躍的各種抵抗文化形式——包括民族主義、本土主義、自由主義等——所做的深刻反思，對後殖民主義和民族主義關係的思考與辯證尤其意味深長。在薩依德看來，長期以來，民族主義無疑是抵抗帝國主義的積極力量，但民族主義和本土主義意識卻存在一種法儂曾經指出過的「陷阱」，在舊的殖民統治結束之後，它可能演變為一種使新的壓迫和控制結構合法化的意識形態，可能轉變為殖民統治權力結構的某種複製。作為一種抵抗政治的文化論述，後殖民理論必須超越「民族主義」的歷史限制，它是一種「後民族主義」的理論。後殖民理論必須永遠保持「對權力說真話」的獨立的批判的知識份子立場，而促使「民族主義」朝社會和政治的總體解放方向的昇華與轉換構成了後殖民

---

12 愛德華・薩依德《東方學》，王宇根譯，三聯書店 1999 年版，第 16 頁。
13 愛德華・W・薩依德《文化與帝國主義》，三聯書店 2003 年版，前言，第 1 頁。

理論的一項重要使命。這無疑是一種理想和願望的表達，也是包括艾梅・賽薩爾、法儂和薩依德在內的許多重要的後殖民理論家的共同追求的思想旨趣和學術志業。但在複雜的「理論旅行」或「文化翻譯」過程中，後殖民理論常常遭到有意或無意的「在地化」、「誤讀」而有所變形、扭曲與異化。有時甚至走向其反面，變成了某種極端的「民族主義」和偏狹的「本土主義」意識形態重構的理論基礎和論述工具。

　　後殖民理論家大多具有第三世界和西方的雙重交迭的成長背景以及後結構主義的學術思想背景，他們對帝國主義與第三世界文化之間長期存在的壓迫與反抗關係的感受與認知尤其敏感和尖銳。從法儂到薩依德、斯皮瓦克和霍米・巴巴等等都一再顯示出這種敏銳性。斯皮瓦克是薩依德之後出生於第三世界的最重要的美國後殖民理論家之一。其重要性主要表現在如下方面：第一，在「種族」維度之外，斯皮瓦克將「階層」和「性別」等重要維度引入後殖民論述之中。如同在著名的〈屬下能夠說話嗎？〉一文中所做的，斯皮瓦克在後殖民的理論框架中更多地關注階級與性別的歷史命運，認為無論是殖民統治時期的殖民話語還是民族獨立後的封閉的民族主義話語都是造成「屬下不能說話的」的壓迫性因素；第二，揭示出西方殖民話語的認識論基礎和知識域暴力。斯皮瓦克最厚重的著作當屬《後殖民理性批判》，它對西方哲學傳統進行了解構式閱讀和後殖民的理性批判，認為在歐洲現代哲學論述和帝國主義公理之間存在某種共謀關係。康德的哲學體系排除了火地島居民和澳洲原住民，黑格爾「在閱讀印度的史詩經典《博迦梵歌》時，又是如何將一個歐洲的『他者』設定成為一種規範性的偏差。」[14]；第三，有限地引入政治經濟學批判

14　斯皮瓦克《後殖民理性批判：邁向消逝當下的歷史》，張君玫譯，群學出版有限公司 2006 年版，第 1 章摘要，第 1 頁。

之維度以彌補後殖民理論過度傾向於文化批判之不足；第四，提出抵抗政治和反抗文化的「策略的本質主義」（strategic essentialism）理論，藉此獲得在解構與建構、現代與後現代之間的平衡。

　　薩依德對「東方主義」的批判遺留了一個疑問和難題：在帝國話語體系中，「東方」是殖民者的利益體系創造出來的，「東方」是被遮蔽的──典型如「被遮蔽的伊斯蘭」──那麼是否存在某種真實的伊斯蘭或真實的東方？或者說什麼樣的伊斯蘭才是沒有被遮蔽的？反本質主義的薩依德自身是否也被隱藏著的本質主義所糾纏？斯皮瓦克的疑問則在於如果「屬下」能夠表述「自我」，那麼他或她們的「自我」又是什麼？霍米·巴巴引入精神分析學尤其是拉康的鏡像理論，試圖重新思考這些問題並提出自己的回答，進而將後殖民理論往前推進重要的一步，霍米·巴巴的意義或許在於將後殖民理論從批判轉向建設。這種建設性體現在如下幾個方面：第一，霍米·巴巴從早期對殖民話語的含混性分析轉向後期對後殖民文化身份建構的雜糅策略之闡釋。在發表於1983年的重要論文〈差異、歧視與殖民話語〉和〈他者問題〉中，巴巴揭示出殖民話語隱含的內在矛盾和含混特徵。之後，霍米·巴巴轉向關注和探討第三世界知識份子的抵抗殖民策略問題。他提出了文化雜糅（hybridities）或雜種文化（cultural hybrid）概念以及「第三空間」理論，認為現今不同民族文化無論優劣大小總是呈現出一種「雜種」形態，種族的純淨性與民族文化的原教旨主義究其實質都是虛妄的。在他看來，第三世界對西方理論的挪用與翻轉是一種文化抵抗策略，即以一種「殖民學舌」（colonial mimicry）的方式將殖民者的語言文字或觀念轉化為「雜種文本」，從而顛覆西方理論的霸權；第二，在質疑「民族」、「種族」、「傳統」和「本土」等等神話主義的整合框架以及東西方二元對立邏輯的同時，巴巴提出了另一個重要問題，即全球化語境下離散族裔如何建構「後殖民主體」？「怎樣從那

些沒有『整體』歷史和『階級』話語意識的群體中發掘出群體的（主體）力量？」[15]

如同薩依德所言，後殖民理論最為關心的是「如何能夠生產出非支配性與非壓迫性的知識」，試圖尋找出建構「非支配性與非壓迫性」的和「非本質主義」的知識的途徑，進而重構人文世界的嶄新圖景。但後殖民理論從其誕生伊始就遭遇了多種質疑，如同較早研究和譯介後殖民理論的學者張寬的觀察和概括，這些質疑來自傳統自由主義、第三世界知識份子以及馬克思主義者等[16]。在傳統自由主義者看來，薩依德的後殖民論存在明顯的自相矛盾性，一方面以後結構主義為立論基礎，另一方面又以人道主義和啟蒙主義為價值立場，而後者恰恰是後結構主義解構的對象；在第三世界本土知識份子的視域中，旅居西方的後殖民理論家早已脫離了第三世界具體的生存經驗，其對第三世界文化的闡釋的真實性和有效性多少有些令人起疑。有人甚至認為後殖民理論在西方的興盛可能壓抑了第三世界本土知識份子原本就很微弱的聲音；而在馬克思主義者看來，後殖民理論存在兩個重大缺陷：其一，「在消減削弱民族性特徵，混淆國家民族的之間的界線，瓦解民族國家主體認同等方面，後殖民批評的指向與當今跨國資本的運作邏輯驚人的一致。前者的論說實際上正在為後者作意識形態層面的準備，至少也有幫助於後者疆界的拓展。」[17]這樣，作為帝國意識形態批判的後殖民理論就有可能走向其反面，成為帝國意識形態十分隱蔽的一部分。其二，後殖民理論偏重於文化批判，在經典馬克思主義關注不夠的文化領域開闢了批判的

15　參見陶家俊《理論轉變的徵兆：論霍米·巴巴的後殖民主體建構》，《外國文學》2006 年第 5 期，第 84 頁。

16　張寬《後殖民的弔詭》，《萬象》2000 年二月號，第 112-117 頁。

17　張寬《後殖民的弔詭》，《萬象》2000 年二月號，第 112-117 頁。

戰場，著力揭示文化背後隱藏的殖民意識形態與權力關係，發展
了馬克思主義的意識形態批判理論，但同時卻放棄了馬克思的政
治經濟學批判、實踐唯物主義與總體範疇。本質上，它仍然屬於
資產階級啟蒙主義的批判傳統。這樣，缺乏政治經濟學批判的視
域，後殖民理論對帝國主義的批判必然是軟弱無力的，也不可能
整體地認識帝國主義與第三世界歷史與現實的複雜關係。許多事
實已經表明，後殖民理論只是人文知識份子一種理想和願望的表
達。

　　對於第三世界進步知識份子而言，作為抵抗政治的文化論述
的後殖民理論無疑具有重要的思想啟迪意義，但全面而深刻地闡
釋帝國現代性與全球化的複雜關係，不能僅僅依靠後殖民理論。
我們認為，偏重話語分析和意識形態批判的後殖民理論唯有與注
重政治經濟學批判的「世界體系理論」深度接合，才有可能重構
批判性思想的總體視野。

第二節　後殖民理論在臺灣的興起

　　在簡要梳理和討論西方後殖民理論的基本觀點和脈絡之後，
我們已經可以逐漸展開對本章核心內容的討論：後殖民理論在臺
灣的狀況。我們的討論首先從一個簡單的問題開始：後殖民理論
何時開始進入臺灣文學理論的視域？關於這個問題，臺灣理論界
一般有四種看法。第一種以單德興為代表，單德興以臺灣的薩依
德現象為例，認為在臺灣人文學領域是包括華裔美國文學等弱勢
文學研究首先引入後殖民理論資源：「英美文學界有關弱勢論述
（包括華美文學）的研究中，率先引用薩依德的觀念，而且屢見
不鮮，至於其他學門則甚為罕見。」這是後殖民在臺灣的初始階
段。「然而由於國內對文化交流與譯介的輕忽，以致這種興趣只
限於學界，一般人士即使耳聞《東方主義》的盛名，有心一窺堂

奧，也因欠缺適當的翻譯與引介，不得其門而入。會造成這種知
識上的落差，國內惡劣的翻譯生態難辭其咎。在這個階段，一般
讀者頂多透過（外文）學者論文中的引用和轉述，淺嘗輒止，無
從深究。」[18] 而透過翻譯的引進則始於單德興 1997 年譯出薩依德
的《知識份子論》。第二種觀點以自由主義者江宜樺為代表，在
1998 年發表的〈當前臺灣國家認同論述之反省〉認為，後殖民在
臺灣的興起始於 1993 年以後《中外文學》關於後殖民的幾次論戰
（《臺灣社會研究季刊》1998 年第 3 期）；第三種以邱貴芬為代
表，在〈「後殖民」的臺灣演繹〉一文中，邱貴芬根據《逆寫帝
國》的「後殖民」定義——「我們用『後殖民』這個詞來涵蓋從
被殖民的時刻開始到目前為止，受到殖民過程影響的文化……當
下後殖民文學的形式乃建立在殖民經驗之上，並凸顯其與帝國勢
力的張力，強調其與帝國中心的不同。這是『後殖民』的特
色。」——把後殖民理論在臺灣的興起上溯到本土派文論尤其是
葉石濤的臺灣文學史觀：「後殖民論述最重要的特色乃在質疑帝
國中心價值體系，強調殖民地文化與殖民勢力文化的差異。這正
是臺灣『本土派』論述長期以來努力耕耘的方向。」[19] 第四種看
法則認為在陳映真等人於 70 年代對「新殖民主義」的批判中已經
蘊含著後殖民思想。

　　後殖民理論何時開始進入臺灣文學理論的視域？對這個看起
來簡單的問題的不同回答和描述，其實頗有些意味。第一，在這
些觀察和判斷的背後，顯然存在著因學科背景和知識視域的不同
而產生的差異，存在著自由主義和本土主義意識形態立場上的巨
大分歧，也存在著「中華性」和所謂「臺灣性」之間的分野。起
源的追溯意味著思想譜系的建構，在本土主義者的視域中，臺灣

18　單德興《臺灣的薩依德現象》，《聯合報》2003 年 9 月 28 日。
19　邱貴芬《後殖民及其外》，麥田出版社 2003 年版，第 261 頁。

後殖民觀點的起源可以上溯到「本土派」的文學觀念，他們試圖
確立「本土」與「中華」的二元對立的闡釋框架，在這一虛構的
闡釋框架中安置後殖民論述。這樣，堅持「中國」觀念的陳映真
等人對新殖民主義的批判就被排除在所謂臺灣後殖民理論之外
了；第二，如果說「後殖民論述最重要的特色乃在質疑帝國中心
價值體系」，那麼談論臺灣後殖民論述的起源就有必要提到 70 至
80 年代的「依賴理論」和「世界體系理論」。正是憑藉「依賴理
論」和「世界體系理論」，以陳映真為主將發起 70 年代的鄉土文
學思潮，展開批判美國在戰後對臺灣地區的經濟、政治和文化的
全面控制。如同上文所述，90 年代臺灣地區的人文思潮也出現了
從「依賴理論」向「後殖民理論」的轉換，從偏重於政治經濟學
批判轉向注重文化研究。但「依賴理論」和「世界體系理論」並
未完全退場。在《臺灣社會研究季刊》的知識份子群體的後殖民
論述中，「依賴理論」和「世界體系理論」仍然發揮著重要的作
用；第三，單德興指出了一個有趣的現象：後殖民的經典作品
《東方主義》出版於 1978 年，「針對歐美的東方主義論述提出意
義深遠的對抗論述（counter-discourse）」，80 年代普獲西方學界
重視，但為什麼一向唯美國學界馬首是瞻的臺灣學術界卻遲遲沒
有反應？單德興把它歸因於「文化交流與譯介的輕忽」，譯介的
怠慢的確是一個原因，但更重要的原因或許在於 80 年代特定的思
想氛圍和知識旨趣。

　　20 世紀 80 年代是「一個集體發聲的年代」：「這是一個解
放的年代，在顛覆、解構潮流的推動下，舊有的價值觀一夕崩
解。在政治上，戒嚴結束，開啟解嚴之後繽紛色彩；在文化上，
卡拉 OK、KTV、以及麥當勞速食店等新興行業風雲並起；同時，
股市、房地產、大家樂等泡沫經濟大張旗鼓；社會力量重整，各
類思潮洶湧，女性主義崛起與學運旗幟高漲……許多的迷思與不

安也是從那時代始以迄於今。」[20] 的確，思想解放和「反對運動」構成了臺灣 80 年代人文思潮的中心。從傳統馬克思主義到新馬克思主義和西方馬克思主義，從韋伯社會學熱到精神分析學思潮，從女性主義的崛起到後現代主義的驟然興起，從青年亞文化運動到都市消費主義的出場……80 年代臺灣的主流思潮是反抗威權統治和威權意識形態對人們思想的鉗制。左翼思潮的悄然萌生、女性主義的「情欲反叛」、後現代主義的「去中心」和「解結構」等等都是在這一思想氛圍中進入人們的視野，這些風起雲湧的理論思潮構成了 80 年代至 90 年代初臺灣「反對運動」重要的的思想基礎和組成部分。臺灣與現代帝國體系的關係並未成為人們關注的中心。人們對大政治的批判與重建的興趣遠遠超過了對微觀政治的分析，往往只是在宏觀上理解和使用「去中心」和「解結構」這些後結構主義概念，對其中蘊含的微妙、複雜的意味還無暇領會，尤其對蘊含在話語與權力概念中的文化政治意義的認識顯然還十分粗淺。正如楊澤所言：早在 1986 年，《當代》雜誌就推出了「傅科專輯」，「但它所揭露的權力、身體和欲望的連結，要等到 90 年代中後段才逐漸被完整的認知到。」[21] 這或許正是「一向唯美國學界馬首是瞻」的臺灣學術界對後殖民理論反應遲鈍的內在原因。

我們認為，後殖民理論在臺灣的興起和變遷大體經歷了如下四個階段：最初的零星引用和論述；學術界內部的論戰及其影響；重要理論文本的翻譯和出版；後殖民理論影響的擴散及其反思，回到理論基本面與後殖民思潮之沉潛。需要說明的是，後殖

---

20 楊澤主編《狂飆八〇——記錄一個集體發聲的年代》，臺灣時報文化出版社 1999 年版，封底。

21 楊澤主編《狂飆八〇——記錄一個集體發聲的年代》，臺灣時報文化出版社 1999 年版，第 5 頁。

民在臺灣的演變軌跡並非如此清晰，每個階段之間無疑存在某種
交叉與重疊。本節只是簡要描述和勾勒出後殖民主義作為一種思
潮在臺灣的產生、興盛與衰退的大致脈絡，並初步探討影響其演
變的內在原因。

　　單德興曾經指出：在臺灣學界率先引用薩依德觀念的是從事
英美文學研究尤其是從事包括華美文學在內的弱勢族裔文學的研
究者，從 90 年代初在文學和學術理論界影響較大的幾份期刊看，
這個判斷似乎不夠全面，證據也不夠充分。如果我們仔細翻閱
1989 年至 1992 年間臺灣一些的具有代表性的並對新潮理論情有
獨鍾的重要人文和文學雜誌如《當代》、《中外文學》、《聯合
文學》、《臺灣社會研究季刊》以及《思與言》等等，或許就能
發現後殖民理論最初進入臺灣理論場域的蛛絲馬跡。我們發現後
殖民理論在以下論者的文章中留下了最初的痕跡：李有成的〈哈
林文藝復興與口述文學的政治〉（《中外文學》1990 年 1 月，第
19 卷，第 2 期），賀永光修女的〈女人的「美麗」世界──康拉
德在馬來小說中以女子角色反映殖民問題〉（《中外文學》1990
年 12 月，第 19 卷，第 7 期），張國慶的〈〈吉姆大公〉：敘事、
言詞與東方主義〉（《中外文學》1991 年 6 月，第 20 卷，第 1
期），Elinor S. Shaffer 的〈東方學的浪漫觀──論魏廉‧貝福之
演化中國故事與擬中國故事〉（《中外文學》1991 年 7 月，第 20
卷，第 2 期）廖炳惠的《閱讀他者之閱讀》（《中外文學》1991
年 7 月，第 20 卷，第 2 期），葉維廉〈殖民主義、文化工業與消
費欲望〉（《當代》1990 年 8 月，第 52 期），蔡錦昌的〈東方
社會的「東方論」──從名的作用談國家對傳統文化的再造〉
（《當代》1991 年 8 月，第 64 期），廖炳惠的〈文學理論與社
會實踐──愛德華‧薩依德於美國批評的脈絡〉（呂正惠主編
《文學的後設思考──當代文學理論家》臺灣正中書局 1991 年出
版），馬樂伯的〈轉化理論與後殖民言說──論容格之為拉崗、

拉岡之為戴希達的後裔〉（《中外文學》1992 年 1 月，第 20 卷，
第 8 期），廖炳惠的〈新歷史主義與後殖民論述〉（《中外文學》
1992 年 5 月，第 20 卷，第 12 期）……。

　　這肯定是一份不完整的清單，但已經足以在後殖民批評在臺
灣「理論旅行」第一階段的基本狀況。從中我們可以看到：

　　其一，最初，人們更傾向於把後殖民理論和解構主義相連
結，在後結構主義的脈絡中認識後殖民理論。李有成在討論「哈
林文藝復興」時，引入了後殖民批評家詹莫哈默德（Abdul R. Jan-
Mohamed）對殖民心態的分析：「殖民主在徹底否定被殖民者
時，往往會激發被殖民者的反否定（counter negation）。殖民心
態大抵為詹莫哈默德所謂的摩尼式二元寓意（Manichean alle-
gory）所主宰，構成德希達稱之為暴虐層系的二元對立：白人／
黑人；善良／邪惡；救贖／墮落；文明／野蠻等等。反否定無疑
是為了顛倒這種摩尼式二元寓意，重新界定二者的關係。」22 詹
莫哈默德提出的少數話語理論和文化策略在詮釋弱勢族裔文學方
面頗為深刻有效，對非裔美國文學素有研究的李有成較早關注到
後殖民理論家詹莫哈默德（大陸譯為阿卜杜勒‧R‧詹穆罕默德）
的後殖民論述，可能出自專業方面的原因。而李有成將詹莫哈默
德的後殖民論述銜接到德里達解構主義的思想脈絡，則顯示出其
對後殖民理論與後結構主義思想淵源的敏銳覺察。更有意味的
是，由蔡佳瑾和施以明合譯的解構主義者和文藝現象學家馬樂伯
（Robert Magliola）──馬樂伯曾在臺灣任教多年，對臺灣文學理
論有著較為深刻的影響──的〈轉化理論與後殖民言說〉直接把
後殖民理論和解構主義相勾連，並且提出了一個十分有趣的問
題：容格是解構主義的後裔，其轉化理論具有明顯的後殖民思想

22　李有成〈哈林文藝復興與口述文學的政治〉，《中外文學》1990 年 1
　　月，第 19 卷第 2 期，第 58 頁。

性格。馬樂伯如是而言：「甚麼原因促使我選擇在這個以機構與
後殖民言說為主題的會議上討論容格？又是甚麼原因促使我將他
視為戴希達與拉崗的後裔而非先人？原因在於，容格比我所知道
的任何人，甚至比拉崗和戴希達，更能覺察到（而且早已有所覺
察）為達成真正健全的後殖民主義以及重建機構使其免於成為殖
民者或被殖民者，所應具備的重要條件。」[23] 一方面，容格拒絕
並且超越了自我對精神的「殖民統治」；另一方面，容格揭示出
西方帝國主義對第三世界造成的殖民創傷——帝國主義系統地割
斷第三世界人民與其本土象徵系統的聯繫。廖炳惠的〈閱讀他者
之閱讀〉同樣把後殖民理論放置在後結構主義的脈絡中予以認
識：德希達析解出李維斯陀對原始種族研究的矛盾，發現儘管他
的研究對他者有膚淺的讚賞，但仍脫不開一種深層的、綿延不斷
的歐洲中心論；傅科揭露出一種藉由排它的鞏固機制如何滋長西
方認識論與社會實踐的傳統；格爾茨質疑局部知識，詹姆斯‧柯
利弗德和喬治‧馬庫斯在對民族誌的詩學與政治學關係的分析時
強調人類學家必須自我反省；「猶有勝者，薩依德更批判西方帝
國主義者一再的在『發明』東方，以便加以馴服、兼併。巴巴則
以更細緻的方式暴露出殖民者與被殖民者間錯綜複雜的問題。」[24]
廖氏的另一篇文章〈文學理論與社會實踐——愛德華‧薩依德於
美國批評的脈絡〉對薩依德的分析更為詳盡，把薩依德的思想嵌
入到從結構主義到後結構主義轉換脈絡之中，更強調了其與傅
科、德勒滋、德里達的思想淵源。看來，最初，臺灣學界更多地
認識到了後殖民理論的解構傾向。但饒有意味的是，後殖民在臺

23　馬樂伯〈轉化理論與後殖民言說——論容格之為拉崗、拉崗之為戴希達
　　的後裔〉，《中外文學》1992 年 1 月，第 20 卷第 8 期，第 35 頁。

24　廖炳惠的〈閱讀他者之閱讀〉，《中外文學》1991 年 7 月，第 20 卷第
　　2 期，第 63 頁。

灣變為顯學的過程，也是其「解構」傾向逐漸被所謂「後殖民主
體建構」論所取代的過程。

其二，最初，人們對後殖民理論的興趣比較集中於薩依德的
「東方主義」，並且開始嘗試用「東方主義」來闡釋西方經典文
本以及東方傳統文化的再造命題，但幾乎沒有人引入這一理論來
闡釋臺灣文學與文化問題。張國慶的〈〈吉姆大公〉：敘事、言
詞與東方主義〉完全以薩依德的「東方主義」論述為理論依據
——「東方主義」是一種殖民意識形態，西方人藉以「壓制，另
行塑造、並且支配東方」——闡釋康拉德的著名小說《吉姆大
公》（大陸通常譯為《吉姆爺》）的敘事結構以及言詞。作者同
時也指出了薩依德理論存在的問題：薩依德未能確切地闡明東方
主義與現象學、任何笛卡兒認知模式、乃至與工業資本主義的關
係。這已經初步觸及到以薩依德為代表的後殖民理論家的一個弱
點，即對政治經濟學批判維度和社會學分析視域的不足。而張國
慶恰恰是在這個層面上高度肯定了《吉姆爺》對殖民主義的批
判，認為它是一部質疑和批判「西方認知體系和政經擴張意識的
作品。」[25] 饒有意味的是，這一判斷與薩依德在《文化與帝國主
義》中對康拉德小說的總體分析恰好形成了某種有趣的反差。在
薩依德看來，以《黑暗的心》為代表的康拉德作品「從政治和美
學的角度看，都是帝國主義式的」，但薩依德同時也認識到文本
的複雜性，康拉德的流亡和邊緣人身份使他和英國殖民者之間保
留了一段距離，他「自覺地運用迴圈的敘述方式，……使我們去
認識一種帝國主義所達不到的無法控制的現實可能。」[26] 比較而

25　張國慶《〈吉姆大公〉：敘事、言詞與東方主義》，《中外文學》1991
　　年 6 月，第 20 卷第 1 期，第 147 頁。
26　愛德華‧W‧薩依德《文化與帝國主義》，李琨譯，三聯書店 2003 年
　　版，第 36 頁。

言，張國慶則未能充分認識到康拉德文本中殖民意識與反殖民意
識糾纏著的雙重性，多少顯得有些簡單化。另一位較早援引「東
方學」論述的學者是蔡錦昌。在其發表於 1991 年的〈東方社會的
「東方論」——從名的作用談國家對傳統文化的再造〉文中，提
出，關於東方的符號化和刻板化的「發明」，「並不全然是薩依
德所說的存在西方書寫中的『東方意識形態』所產生的，反而來
自我們的社會。」[27] 他並且提醒人們注意，東方社會的「東方
論」現象可能導致東方文化在過度符號化操作下變得貧乏和僵
硬。這裡，蔡氏已經敏銳地意識到 90 年代後期兩岸學界才開始普
遍討論的一個重要命題，即東方的「自我東方化」問題。

　　後殖民批評在臺灣「理論旅行」的第二階段是學術界展開的
一系列論爭，通過這些論爭，後殖民理論開始真正介入 90 年代臺
灣的文化場域，形成 90 年代臺灣理論思潮的一個重要流脈。以
《中外文學》和《聯合文學》等雜誌為陣地，始於 1992 年並延續
多年的這一系列論爭雖然都是小規模的和小範圍的，但對臺灣當
代文學理論乃至思想的轉折卻影響十分微妙而且深遠。或者說，
關於後殖民理論的一系列論爭本身構成了 90 年代臺灣思想和理論
狀況的重要表徵，它開啟了闡釋「臺灣」的新空間，也成為闡釋
「臺灣」的焦慮的一種症候。包括邱貴芬、王岳川、趙稀方等兩
岸學者都曾經清晰地描述和分析過這一系列的論爭，但由於不同
的知識視域和理論立場，他們的觀察面以及看法必然存在許多差
異。本節只簡要介紹論爭的幾個階段和基本情況，至於論爭的具
體內容為何？其中蘊含著怎樣的理論與意識形態分歧？其理論和
實踐意義及產生的問題又是什麼？將留待下節再做詳盡分析和闡
述。

27　蔡錦昌的〈東方社會的「東方論」——從名的作用談國家對傳統文化的
　　再造〉，《當代》1991 年 8 月，第 64 期，第 40 頁。

　　第一場論爭發生在 1992 年，邱貴芬稱之為「後殖民理論與本
土論述的交會」。在 1992 年 5 月舉行的第十六屆臺灣地區比較文
學會議上，邱貴芬宣讀了〈發現「臺灣」：建構臺灣後殖民論
述〉，並且於同年 7 月號的《中外文學》雜誌（第 21 卷第 2 期）
中刊出。這在臺灣文學理論界引起了關於「後殖民」的第一場論
爭，參與論爭的雙方即是邱貴芬和廖朝陽。1992 年 8 月《中外文
學》（第 21 卷第 3 期）同時發表廖朝陽的質疑文章〈評邱貴芬
〈發現臺灣——建構臺灣後殖民論述〉〉和〈是四不像，還是虎
豹獅象？——再與邱貴芬談臺灣文化〉以及邱貴芬的回應文章
〈咱儂是臺灣人——答廖朝陽有關臺灣後殖民論述的問題〉。這
場爭論的核心問題在於如何界定臺灣文化與文學的屬性，邱貴芬
引入了霍米‧巴巴的雜種文化理論（hybridity），試圖用文化融
合理念構建臺灣的本土論述，而廖朝陽則認為没有「自性」的文
化混合只能是一種文化的「同化」，不可能真正確立所謂臺灣的
主體性。邱廖之爭意味著後殖民論述開始真正介入臺灣文化與文
學問題的闡釋，某種意義上，它開啟了《中外文學》的「本土轉
向」，可以視為後殖民理論「在地化」思考的開始，也是後殖民
理論所蘊含的後結構主義思想傾向在臺灣逐漸被弱化甚至被排除
的開端。

　　第二場論爭發生於 1995 間，由陳昭瑛引發。1995 年 2 月《中
外文學》（第 23 卷第 9 期）的「臺灣文學的動向專輯」同時刊出
陳昭瑛的〈論臺灣的本土化運動：一個文化史的考察〉和陳芳明
的〈百年來的臺灣文學與臺灣風格——臺灣新文學運動史導
論〉，前者引起了學界較為廣泛的爭論。1995 年 3 月，《中外文
學》第 23 卷第 10 期發表了廖朝陽的〈中國人的悲情：回應陳昭
瑛並論文化建構與民族認同〉和張國慶的〈追尋臺灣意識的定
位：透視〈論臺灣的本土化運動〉之迷思〉，主要針對陳昭瑛的
觀點提出質疑或回應。1995 年 4 月《中外文學》（第 23 卷第 11

期）同時發表陳昭瑛的〈追尋「臺灣人」的定義：敬答廖朝陽、
張國慶兩位先生〉和邱貴芬的〈是後殖民不是後現代──再談臺
灣身份認同政治〉。1995 年 5 月《中外文學》（第 23 卷第 12
期）再次發表廖朝陽的〈再談空白主體〉和陳芳明的〈殖民歷史
與臺灣文學研究──讀陳昭瑛的〈論臺灣的本土化運動〉〉。
1995 年 9 月陳昭瑛〈發現臺灣真正的殖民史：敬答陳芳明先
生〉。這場論爭的核心問題在於對關涉到身份認同命題的臺灣
「本土化運動」和「殖民史」的不同理解與闡釋。

　　第三場論爭發生於 1995 年末至 1996 年間，在廖咸浩和廖朝
陽之間展開。《中外文學》的爭論引起另一位學者的興趣，1995
年 9 月廖咸浩捲入論爭，發表〈超越國族：為什麼要談認同〉。
1995 年 10 月廖朝陽〈關於臺灣的族群問題：回應廖咸浩〉，1995
年 12 月廖咸浩〈那麼，請愛你的敵人：與廖朝陽談「情」說
「愛」〉，1996 年 2 月廖朝陽的〈面對民族，安頓感情〉（《中
外文學》，第 24 卷，第 9 期），1996 年 5 月廖咸浩〈本來無民
族，何處找敵人──勉廖朝陽「不懼和解，無須民族」〉（《中
外文學》，第 24 卷，第 12 期），1996 年 6 月廖朝陽〈閱讀對
方〉（《中外文學》，第 25 卷，第 1 期），1996 年 10 月廖咸浩
〈狐狸與白狼：空白與血緣的迷思〉（《中外文學》，第 25 卷，
第 5 期。）「國族」和「族群」問題以及主體「空白」問題成為
爭執的焦點。

　　之後的 1998-2000 年間，發生在《聯合文學》的陳映真與陳
芳明關於臺灣文學史的論戰，陳映真和藤井省三關於《臺灣文學
這一百年》的爭論，以及圍繞日本右翼文人小林善紀《臺灣論》
的兩波論戰，等等，都與「後殖民在臺灣」或「臺灣的後殖民」
這一議題有著緊密的聯繫。另外，《島嶼邊緣》和《臺灣社會研
究季刊》知識社群雖然大多沒有直接捲入後殖民主義的論戰，但
從 1993 年《島嶼邊緣》推出「假臺灣人」專輯到 1996 年陳光興

發表〈去殖民的文化研究〉，從 2000 年陳光興主編《發現政治社
會：現代性、國家暴力與後殖民民主》再到 2006 年出版《去帝
國》，顯然體現出後殖民理論在臺灣「演繹」的另一種可能，與
《中外文學》的論戰構成了一種微妙的潛對話，尤其是在「後殖
民本土論」與「後現代民主」之間，以及在「後殖民本土」與
「後殖民民主」之間，顯然構成了另一種意味更為深長的潛在論
戰關係。

　　後殖民批評在臺灣「理論旅行」的第三階段是重要理論文本
的翻譯。1995 至 1996 年間，《中外文學》在開展論戰的同時，
也開始翻譯一些重要的後殖民論述文本，如《中外文學》第二十
四卷‧第六期推出「種族／國家與後殖民論述」專輯 1995 年 11
月）翻譯了斯皮瓦克的《從屬階級能發言嗎？》（邱彥彬、李翠
芬譯），Abdul R. JanMohamed 的《摩尼教式寓言的規劃：種族差
異在殖民文學中的功能》（楊麗中譯）以及薩依德的《東方論再
思》（林明澤譯）；《中外文學》第二十四卷‧第五期「性別與
後殖民論述」專輯又刊出斯皮瓦克的《三位元元女性的文本與帝
國主義的批判》的中譯（李翠芬譯）；第二十四卷‧第十二期發
表了法儂的《論國家民族文化》（陳志清譯）等等。

　　單德興翻譯的《知識份子論》，由麥田出版有限公司 1997 年
出版；劉自荃譯的 Ashcroft、Griffiths、Tiffin 著《逆寫帝國：後
殖民文學的理論與實踐》，駱駝出版社於 1998 年推出；王志弘等
譯的《東方主義》（Orientalism）臺北立緒出版社 2003 年出版；
《鄉關何處：薩依德回憶錄》，立緒出版社 2000 年出版；《文化
與帝國主義》，蔡依林譯，2000 年，立緒出版；《遮蔽的伊斯
蘭：西方媒體眼中的穆斯林世界》閻紀宇譯，立緒出版社，2002
年；《文化與抵抗》，梁永安譯，2004 年立緒出版；《佛洛伊德
與非歐裔》，易鵬譯，行人出版社，2004；法儂《黑皮膚，白面
具》（Peau Noire, Masques Blancs），陳瑞樺譯，心靈工坊 2005

出版；斯皮瓦克重要著作《後殖民理性批判——邁向消失當下的歷史》也由張君玫翻譯，群學有限公司 2006 年出版。

　　隨著學術界的論戰以及一些重要文本的翻譯出版，後殖民論述在臺灣「理論旅行」進入了第四階段：影響持續擴散，並因此也引起了人們對後殖民理論在臺灣的狀況做比較深入的思考與反省。從許多層面，我們都可以觀察到後殖民理論在臺灣的影響持續擴散現象。在學術研究和人文教育領域，後殖民理論已經越來越成為重要的思想資源之一，許多學者開設了後殖民理論課程或把後殖民理論接合到其他課程的教學之中。在全台圖書館中文期刊篇目索引影像系統和全台博碩士論文網中，以「後殖民」為關鍵字做檢索，可以初步看到如下發展趨勢：第一，引入後殖民理論的論文數量呈現出明顯的上升趨勢。期刊論文的情況如下：1994 年至 2006 年約有 260 篇學術論文涉及後殖民問題，或運用或引用後殖民理論進行人文社會科學問題的研究。1994 年 4 篇；1995 年 7 篇；1996 年 10 篇；1997 年 14 篇；1998 年 10 篇；1999 年 23 篇；2000 年 20 篇；2001 年 18 篇；2002 年 20 篇；2003 年 29 篇；2004 年 33 篇；2005 年 33 篇；2006 年 39 篇。博碩士學位論文以「後殖民」為關鍵字的情況如下：1992 年 4 篇；1993 年 4 篇；1994 年 2 篇；1995 年 11 篇；1996 年 8 篇；1997 年 6 篇；1998 年 16 篇；1999 年 21 篇；2000 年 33 篇；2001 年 34 篇；2002 年 36 篇；2003 年 30 篇；2004 年 30 篇；2005 年 39 篇；2006 年 42 篇；第二，從選題看，後殖民理論的影響已經從文學藝術領域擴散到史學、政治學、教育學、法學、國際關係、宗教學、管理學、文化產業、建築空間乃至飲食文化等廣泛領域；第三，西方後殖民作家的創作和臺灣問題是人們進行後殖民研究的重要對象，對臺灣本土問題——如臺灣文學經典問題、身份認同問題、歷史解釋問題、族群問題、教育問題、性別問題、「轉型正義」問題、「外籍新娘」問題等等——的討論呈現出明顯的上升趨

勢。後殖民理論在臺灣影響的擴散不只是在學術和教育領域，而
且已經在當代政治生活中產生著不可忽視的深刻影響。「後殖
民」是什麼？「後殖民臺灣」又意味著什麼？究竟誰是殖民者？
誰是被殖民者？如何理解荷據時代的歷史？又如何解釋日據時代
的歷史和「皇民文學」？如何認識 228 事件？又如何闡釋所謂的
「轉型正義」？什麼才是臺灣文學的經典？如何運用後殖民理論
來闡釋以上複雜的問題？……這一系列問題在 90 年代後的臺灣常
常顯得意義重大，與人們的政治生活乃至日常實踐有著緊密的關
聯，往往直接影響到文化政策、語言政策、教育政策的制定與實
施乃至各種考試的命題，影響到文物展的「福爾摩沙」命名之爭
議和「光復」與「終戰」歷史定位之分歧，有時甚至對人們的政
治立場和政黨選擇產生重大影響。

　　的確，後殖民批評是一種主張介入當代政治的實踐批評，但
後殖民批評在臺灣已經出現過度「政治化」和高度意識形態化的
傾向，有時甚至變成了「政治」意識形態的理論工具，或一種
「黨派」的觀點。這顯然背離了後殖民理論的精神。早在 1997 年
龔鵬程就已經指出了後殖民理論在臺灣的一個悖論：「號稱後殖
民，而自詞語以至整體思維都移植於西方，被徹底殖民的那些論
述，我就不知究竟有何真實意義。」[28] 1999 年，廖咸浩則在臺灣
清華大學月涵堂舉行的「文化研究研討會」上曾經發表〈後殖民
理論在臺灣的應用與誤用〉一文，提醒人們注意後殖民理論「在
臺灣誤用的狀況遠多於運用狀況」的現象。在 2005 年「亞洲華人
文化論壇」上，廖咸浩再次提醒人們反省後殖民在臺灣的誤用問
題：我們還必需要對後殖民的觀念有一個全面的反省，從臺灣説
起，就是從臺灣在看後殖民的時候，臺灣後殖民理論的誤用情形

28　龔鵬程〈知識人往何處去？〉，刊載：龔鵬程，《一九九七龔鵬程年度
　　學思報告》，嘉義：南華管理學院，1998 年，第 577 頁。

非常嚴重。而陳芳明在 2004 年發表的〈薩依德與臺灣文學研究〉中也對後殖民理論在臺灣的「濫用」現象提出了批評：「在臺灣流行的後殖民理論，已開始出現偏頗的現象。」諸如混淆「流亡」（exile）與「離散」（diaspora）的涵義；脫離臺灣歷史脈絡的隨意引用；把後殖民理論誤讀為本土「排外」的文化理論資源等等，都與後殖民理論朝向世界開放的文化主體精神相距甚遠。29針對後殖民論述在臺灣「理論旅行」中產生的一系列「誤讀」和「濫用」現象，一些理論家開始從「原典」出發重新闡釋後殖民批判精神，試圖回到後殖民理論的基本面以糾正已經出現的種種偏頗。其中宋國誠的〈後殖民論述——從法儂到薩依德〉和〈後殖民文學：從邊緣到中心〉最為系統和深入。而當人們回到後殖民理論的基本面時，後殖民思潮在臺灣將從喧嘩轉向沉潛。另一方面，後殖民理論在臺灣的高度泛化和過度「消費」是否會導致其闡釋功能的衰竭？周慶華在《後臺灣文學》一書中提出了另一個有趣的分析：後殖民主義「在臺灣內部可以預見會越來越沒有賣點。因為一個強調本土性的新政權誕生了，原有的對舊政權不滿的情緒得到了恣肆的釋放；而另一個全球化的網路族群正在此地蔓延擴大，資訊帝國的收編本事早已把大家帶向了『可以內鬥，但不能外敵』的自我欺瞞和無力反省的詭譎幻境。」30但這只是一種預測。預言後殖民理論的退場可能言之過早。作為一種思潮，後殖民主義在臺灣或許不再具有 90 年代和 21 世紀初年的那種思想的衝擊力，但是，隨著人們對後殖民理論認識的系統和深入，後殖民理論「對權力說真話」的批判精神以及後結構主義的文本闡釋方法或許將在臺灣人文思想界產生更為積極的影響。

29　陳芳明〈薩依德與臺灣文學研究〉，《文訊》2004 年第 219 期，第 11-12 頁。
30　周慶華〈後臺灣文學〉，臺北：秀威資訊科技 2004 年版，第 35 頁。

第三節　後殖民論述在臺灣的諸種分歧

一、「後殖民本土論」的內部分歧：關於邱貴芬與廖朝陽的論爭與分歧

　　1992 年發生在邱貴芬與廖朝陽之間的論爭已經被學界定位為「本土論述」的內部之爭。「邱貴芬和廖朝陽之爭乃是『後殖民──本土論述』的內部之爭，他們之間立場並無太大差別，只是策略之爭而已。」[31] 趙稀方這一判斷十分準確，參與論爭的邱貴芬自己後來也確認這是一場屬於同一陣營的「同志」之爭，並且把這場論爭定性為「後殖民理論與本土論述的交匯」。[32] 的確，邱貴芬與廖朝陽在文學與文化理念上有著相同或相近的堅持，都屬於臺灣本土主義的知識譜系，兩者之間並不存在任何實質性的分別。所以，這次論戰很快就偃旗息鼓、握手言和。他們之間的論爭與分歧部分是由於不同的理論思維方式──包括提出問題和展開問題的方式都存在明顯的差別──而產生的，邱貴芬在理論思維上擅長於概括和「建構」，而廖朝陽更青睞不斷的質疑和綿密的思辨。前者的〈發現「臺灣」：建構臺灣後殖民論述〉試圖建構出本土論述的某種「大理論」或「大概念」，後者的評論及回應──包括〈評邱貴芬〈發現「臺灣」──建構臺灣後殖民論述〉和〈是四不像，還是虎豹獅象？──再與邱貴芬談臺灣文化〉──則針對「大理論」中的「小破綻」提出頗為有力的質疑，並沒有直接挑戰或懷疑邱的「大理論」的本身──包括理論

31　趙稀方〈一種主義，三種命運──後殖民主義在兩岸三地的理論旅行〉，《江蘇社會科學》2004 年第 4 期，第 108 頁。

32　邱貴芬《後殖民及其外》，臺灣麥田出版社 2003 年版，第 265 頁。

前提和思想邏輯:「我們發現臺灣自鄭氏父子時代,歷經天津條約的開港時期、日據時代,到國民政府遷台初期,一直持續扮演被殖民的角色。……臺灣的被殖民經驗不僅限於日據時期,更需上下延伸,長達數百年。」[33]——,毋寧說他們共用著一種理論乃至政治意識形態立場,其中隱含著的「去中國化」錯誤傾向和荒謬邏輯昭然若揭。邱、廖兩者之間真正的分歧僅僅在於,對如何建構臺灣「本土論述」這個問題上存在不同或不完全相同的認知。邱貴芬較為溫和,取多元、包容和融合的姿勢;而廖朝陽則較為激進,反對後現代的犬儒、多元和調和,尤其反對後現代的「解構」和拼湊或拼貼。在他看來,邱貴芬的「後殖民本土論」顯然過於溫和甚至不夠徹底,而這恰恰是由於被所謂「後現代主義」或「後結構主義」的沉重理論包袱所拖累的緣故。

那麼,邱貴芬為什麼要提出「臺灣後殖民論述」?她究竟要建構一種什麼樣的「臺灣後殖民論述」?又怎樣建構這一論述?從邱貴芬自己提供的線索觀察,〈發現「臺灣」——建構臺灣後殖民論述〉一文出籠存在三個契機:一是1991年末《遠見雜誌》的「發現臺灣」專輯,「發現臺灣」是以「追溯臺灣三百年政經發展史為經,探討臺灣現代化的條件為緯」,試圖重新認識臺灣的歷史,「重拾臺灣的記憶」;二是1992年3月馬森在《聯合文學》發表〈「臺灣文學」的中國結與臺灣結〉,關涉的是80年代以來關於臺灣文學文化屬性認識分歧和身份焦慮問題;三是以「中西文學典律的形成與文學教學」為主題的「第十六屆比較文學會議」,集中談論的是文學典律與文化霸權的關係。邱貴芬的論文正是圍繞這三個問題展開,試圖引入後殖民論述來回答這些問題:以怎樣的理論視域和立場認識「被遮蔽」的臺灣的歷史?

33　邱貴芬〈發現「臺灣」——建構臺灣後殖民論述〉,《中外文學》1992年7月,第21卷第2期,第153-154頁。

如何重新闡釋臺灣文學的「文化身份」？又如何瓦解與重建臺灣
文學的典律體系？邱貴芬如是而言：

> 　　嘗試以後殖民論述觀點看待臺灣文學，首先強調，臺
> 灣過去幾百年的歷史、文化、演進，主要基於外來殖民勢
> 力與本土被殖民者之間文化和語言衝突、交流的互動模
> 式。臺灣文學流變過程中，文學典律的形成與重建和臺灣
> 的被殖民經驗有密切關係。從抗日文學、反共抗俄文學、
> 現代文學、鄉土文學到目前臺灣的種種文學活動，臺灣文
> 學的流變處處顯示政治氣候對臺灣文學生態的影響。論臺
> 灣文學不可忽視文學體制與權力政治投資之間的密切關
> 係，討論臺灣社會的權力投資形態不可將之自臺灣的被殖
> 民經驗抽離。[34]

　　文學典律的形成與變遷與文學體制乃至政治權力無疑存在著
複雜的關聯，這是從傅科為代表的後結構主義到以薩依德為代表
的後殖民批評都曾經深刻地闡釋過的重要問題。引入這個理論框
架比「新批評」或「純文學」更能有效地闡釋臺灣文學的生態結
構及其歷史變遷。從新批評和結構主義轉向後結構主義，這是80
年代末期到90年代開始，迄今還在進行著的臺灣文學理論範式轉
換的重要趨勢之一。後殖民理論介入當代臺灣文學的理論場域原
本是組成這一趨勢的重要部分，由於「本土論」的強勢捲入，這
一趨勢出現了複雜的變調。邱貴芬「建構臺灣後殖民論述」的提
出以及廖朝陽以「質疑」的方式補強這一論述，即是這種複雜變
調之一。如果說，邱貴芬在引入和改造後殖民理論進一步強化

34　邱貴芬〈發現「臺灣」──建構臺灣後殖民論述〉，《中外文學》1992
　　年7月，第21卷第2期，第151頁。

「本土主義」論述的同時，還保留著或調和進後現代主義多元論
述的一些元素，試圖增加「本土主義」理論的某種彈性、包容度
和開放性，藉此避免本土主義被指控為「福佬沙文主義」和「原
教旨主義」；那麼，廖朝陽則發現本土主義與後現代主義之間存
在著不可輕視的矛盾與衝突，已經敏感地察覺到了「後現代」和
「後結構」以及「後殖民」諸主義對「本土主義」論述潛在的巨
大殺傷力和破壞力，他意識到諸種「後主義」對包括本土主義及
其敵人在內的任何「文化霸權」而言都是一把鋒利的雙刃劍。在
與邱貴芬論戰前發表的文章中——如 1991 年 8 月的〈迷幻與神
通：關於道教思想與後現代理論的一些問題〉（《中外文學》第
20 卷，第 3 期）和 1992 年 5 月的〈新歷史派，還是偉大派〉
（《中外文學》第 20 卷，第 12 期）——都一再質疑後現代理論
在臺灣的意義。但有趣的是，在 1995 年發生的那場後殖民論戰
中，廖朝陽提出所謂「空白主體」論時卻又不得不依賴和使用後
現代理論或與後現代主義有著許多親緣關係的思想資源，如拉崗
（大陸譯為拉康）、紀傑克（大陸譯為斯拉沃熱・齊澤克）以及
拉克勞、墨菲的後現代主義的馬克思主義等等。

在邱貴芬看來，所謂「臺灣後殖民論述」的核心在於「語
言」問題：殖民壓迫透過「語言階級制」完成，那麼，後殖民論
述意圖瓦解殖民壓迫就要從瓦解「語言階級」開始，在臺灣即是
要破除「國語」本位，重新定位足以表述臺灣殖民經驗的「臺灣
語言」[35]。邱的論述目的在於通過後殖民批評策略的運用「奪回
主體位置」。這個策略包括兩個步驟：第一步是以後殖民的「文
化雜種」理論重新界定所謂「國語」，認定它已經不是「正統中
文」，而是「結合了臺灣經驗、背負著臺灣被殖民歷史的臺灣語

---

35 邱貴芬〈發現「臺灣」——建構臺灣後殖民論述〉，《中外文學》1992
    年 7 月，第 21 卷第 2 期，第 155 頁。

文。」這樣就瓦解了以「國語」為本位的「語言階級」體系，被
壓抑的弱勢語言也就自然獲得解放；第二步則是思考與回答「取
代『國語』的臺灣語言為何」？對此，邱貴芬仍然持後殖民理論
的「雜種」／「雜燴」觀點，認為跨文化是臺灣文化的特質，跨
語言則是臺灣語言的特質。廖朝陽對這兩個所謂的後殖民策略都
深表懷疑，第一，如果臺灣「國語」已經如此後殖民「雜化」
化，那麼還需要「解殖」運動嗎？邱的這一策略既可能使支配與
被支配的既有結構合法化──「視臺灣國語為臺灣的語言並反對
回歸本源的說法，無異接受殖民暴力，合理化殖民暴力所造成的
文化權力結構。」──，又可能導致「本土主義」的反抗力量的
自我消解；第二，邱貴芬的論述過於兩面調和了，既要本土主義
又要多元主義，這樣在反對本質主義和本源論的同時，也放過了
廖朝陽所謂的「真正的對手」。

　　在廖朝陽的質疑中，隱含了其建構本土論述的「激進」主
張：一是認為在理論層面上應該保持對本質論和本源論的某種警
惕，但在實際運作策略上卻不妨大膽宣稱乃至建構某種本質主
義，在他看來，這種策略的本質主義有助於話語霸權或文化領導
權的爭奪。廖朝陽指出：「在法西斯式的淨土崇拜與後結構派的
絕對漂遊之間」，「本來存在許多不同的立場」。但邱貴芬「過
度強調了後現代理論，沒有照顧到其他立場。」[36] 表面上看起
來，廖朝陽似乎特別強調多種觀點的並存與對話，但實際上，是
在所謂「存在許多不同的立場」和「對話」的掩護下，促使一種
極端的本土主義「合法化」地在臺灣論述舞臺上粉墨登場。從根
本上看，廖朝陽意欲建立或認同的是一種「基本教義派」的本土
論述，他宣稱要「好好認清什麼款的基本教義派是納粹式的歷史

36　廖朝陽〈評邱貴芬〈發現「臺灣」──建構臺灣後殖民論述〉〉，《中
　　外文學》1992 年 8 月，第 21 卷第 3 期，第 45 頁。

妖怪，什麼款的基本教義派是會當代表一個『文化生死存活的表
記空間』（Bhabha 1992）」[37]。這才是廖朝陽和邱貴芬真正分歧
之所在。但問題在於，作為一位人文知識份子，廖朝陽意識到了
「基本教義派」可能對「開放社會」的價值體系和臺灣民主轉型
構成某種危險了嗎？如何保證「基本教義派」不會被某種黨派所
利用成為牟取黨派乃至個人利益的工具？隨著權力結構體系的改
變，如何保證「基本教義派」不會轉變為一種新的壓迫性因素？
如何防止文化民粹主義的政治操作導致對異己和異質性的排斥與
壓迫？人文知識份子又如何保證自身的獨立性和批判性立場而不
會蛻變為某種「黨派」的意識形態生產機器？如何防止「本土
論」不被「黨派」政治所利用成為唯一「政治正確」的理念並在
「本土論」的掩護下偷渡「新自由主義」？一些跡象表明，當
年，廖朝陽們並非不知道「基本教義派」天生所具有的排他性
格，也多少清楚「基本教義派」的政治哲學是一種鬥爭哲學，是
建立「敵我」二分的政治哲學。多年以後，臺灣社會的一次次政
治劇變、社會族群分裂乃至人文價值沉淪，民主轉型困難重重，
一定程度上，當年的臺灣人文知識份子或應承擔某種不可推卸的
責任。而不少持「本土論」知識份子思想的再次轉折——轉向
「開放的批判的本土主義」或「進步的本土主義」——也就在情
理之中了。我們從廖朝陽 2001 年發表的〈災難與希望：從〈古
都〉與《血色蝙蝠降臨的城市》看政治〉一文中也可以看到其思
想的微妙轉變——從「基本教義派」轉向「後現代主體性」和
「建構民主民族」論，從拒絕後現代主義轉向接納後現代主義。

　　關於這場極小規模論爭的事後解讀，許多人可能都忽略了一
個十分重要的問題。其實，無論是邱貴芬，還是廖朝陽，在對語

37　廖朝陽〈是四不像，還是虎豹獅象？——再與邱貴芬談臺灣文化〉，
　　《中外文學》1992 年 8 月，第 21 卷第 3 期，第 56 頁。

言問題的認知上都可能存在某種偏差。前者把「建構臺灣後殖民論述」這個如此宏大課題最終建立在對王禎和著名小說《玫瑰玫瑰我愛你》語言形式的闡釋基礎上，立論多少顯得有些單薄；而後者把《玫瑰玫瑰我愛你》解讀成為抵抗「國語」霸權的敘事則顯得有些牽強附會。《玫瑰玫瑰我愛你》確是一部「後殖民」意味豐富的文本，十分適合後殖民式的解讀和延伸闡釋，但如果輕輕放過小說所再現的具體歷史語境——冷戰時期臺灣社會文化與美帝國的政治經濟及文化的深刻關係以及戰後臺灣內部權力結構關係的重組等等複雜面向——那麼就不可能真正有效地闡釋戰後臺灣社會或所謂「後殖民臺灣」問題的複雜性，許多時候只是為了確立某種理念借題發揮而已。我不想從這個個案中延伸出一種結論，但「後殖民本土論」從邱和廖的提出和論爭開始可能就已經缺少了一個原本不可或缺的批判維度和知識視域。

二、1995 年的「後殖民」論戰：關於「中華性」與「臺灣性」之關係的認識分歧

　　1995 年 2 月《中外文學》陳昭瑛的〈論臺灣的本土化運動：一個文化史的考察〉和陳芳明的〈百年來的臺灣文學與臺灣風格——臺灣新文學運動史導論〉兩篇文章，引發了這場影響深遠的論戰。趙稀方如是而言：「這兩篇文章一者批評本土化運動，一者主張本土化運動。」這一概括稍顯簡化。陳昭瑛並非一味批判「本土化」，而是歷史地辨析臺灣「本土化」思潮的緣起、轉折及其變異，辨析本土化運動的不同內涵和思想傾向，其意部分在於改變「獨派」壟斷「本土資產」的思想格局，部分在於揭示「獨派」本土論的根本實質與癥結之所在。在這篇重要的長文中，陳昭瑛提出了較為完整而深入的統派本土論述及其歷史觀念：第一，以新儒家、自由主義和左翼思想接合的闡釋框架重新定義「本土化」概念。陳昭瑛確立了闡釋「本土化」的三個維

度：1、從新儒學的維度看，人的生命與自己生長土地之血肉相連
的本土情感是一切情感的來源；2、從自由主義的維度看，本土化
存在保守和開放的兩種不同傾向：向後看的「本位崇拜傾向」和
向前看的「吸納式」的開放傾向；3、從左翼的維度看，本土概念
具有民族性和階級性的雙重向度；第二，歷史化地闡釋臺灣「本
土化運動」的譜系；第三，分辨當代臺灣本土化思潮的兩種迥異
的精神向度；「台獨」把本土化引入歧途。第四，提出切斷文化
主體性與「台獨」訴求的必然關連，透過新儒家式的文化詮釋，
更新「中國」概念的文化內涵，從而恢復其吸引力和生命力；第
五，揭示出了當代「獨派」本土論的理論基礎：即六組對立概念
和建立在其上的兩組等同概念：「中國／臺灣」，「中心／邊
緣」，「統治者／人民」，「外來／本土」，「不獨立（歸屬）
／獨立」，「非主體性（被殖民）／主體性」。其理論邏輯則是
「中國＝中心＝統治者＝外來＝不獨立＝非主體性」；「臺灣＝
邊陲＝人民＝本土＝獨立＝主體性」。這個理論邏輯的根本癥結
在於「以排除『對象性』的方式來建構『主體性』，不僅理論上
矛盾，實際上也不可能。」陳昭瑛提出一個尖銳的質疑：排除
「中國性」，「臺灣性」還剩下什麼？進而戳穿「獨派」本土論
的實質，即在於「追求宰制者的中心地位」，在於追求權力結構
的翻轉[38]。陳昭瑛的論述獲得了陳映真、呂正惠、曾健民等左翼
理論家的支持。

　　陳昭瑛的論述引起了傾向或同情於「獨派」立場的本土論者
的圍攻。這場論戰基本上可以視為 80 年代「中國意識」與「臺灣
意識」論爭的延伸。所不同的是，「臺灣意識」越來越被闡釋為
一種與「中國意識」相對立的觀念。張國慶對陳昭瑛的批評態度

38　陳昭瑛〈論臺灣的本土化運動：一個文化史的考察〉，《中外文學》
　　1995 年 2 月，第 23 卷第 9 期，第 32-33 頁。

相對溫和，而傾向性則十分明顯，其基本觀點包括兩個方面：其
一，張國慶認為，「臺灣文化歷經四百年的吸納、融合過程已然
形成自主、獨特的文化體系。」由於漢文化數百年的扎根，中國
意識的確已經成為臺灣意識的一部分。但如果據此推斷，臺灣意
識屬於中國意識的一部分，「那就未免失之中心主義。」如果過
於強調「臺灣意識」中的中國性將導致「臺灣意識」的異化；其
二，在張國慶看來，陳昭瑛「身陷他自己所稱中心＝支配者、邊
陲＝被支配者的觀念中而不自知；他和陳芳明只不過繞著相同的
邏輯打轉。」[39] 而陳芳明則武斷地用「欠缺主體內容的『中
國』」一句話就企圖抹去陳昭瑛所詳細陳述的種種歷史事實，非
學理地直接指責陳昭瑛患了一種嚴重的「歷史失憶症」，「全文
的敘述是以抽樣的、支離破碎的史實做為論證，恰恰可以反映出
臺灣殖民史上斷片的、失落的記憶。」這本身即是殖民地社會尤
其是殖民地知識份子的一種症狀，「陳昭瑛的論義，是典型的臺
灣殖民地社會的產物。」[40] 廖朝陽和邱貴芬顯然不會缺席這場論
戰，只是兩者在論述策略的選擇上與 1992 年的狀況相比正好出現
了一種有趣的翻轉。廖朝陽曾經批評邱貴芬背著後現代主義的理
論包袱而導致理論立場的不徹底，而這回輪到邱貴芬批評廖朝陽
對身份問題的後現代主義闡釋威脅到了「獨派」論述的基礎。這
一有趣的翻轉多少意味著「獨派」論述隱含著的內在困窘。但兩
者的批判目標則顯然是一致的，都指向陳昭瑛的「中國意識」
論。廖朝陽把陳昭瑛的論述視為「血緣的文化建構」，「陳昭瑛
對歷史解釋的雙重處理走的是將真知非理性化的老路，所以使用

39　張國慶〈追尋臺灣意識的定位：透視〈論臺灣的本土化運動〉之迷
　　思〉，《中外文學》1995 年 3 月，第 23 卷第 10 期，第 129-130 頁。

40　陳芳明〈殖民歷史與臺灣文學研究──讀陳昭瑛的〈論臺灣的本土化運
　　動〉〉，《中外文學》1995 年 5 月，第 23 卷第 12 期，第 116-117 頁。

了部分文化建構論的語言，卻始終離不開一個不可建構（所以也不可拆解）的中心。而這個問題的癥結還是出在不能擺脫那古老的幽靈：中國民族主義的絕對道德命令。」[41]

廖朝陽或許已經意識到陳芳明那種從歷史的解釋中建構「獨派」論述的困難，它至少同樣要面對「對歷史解釋的雙重處理」，「將真知非理性化」的質疑；更要面對陳昭瑛所陳述的一系列歷史事實的質疑。獨派論述在質疑和解構本質化的「中國民族主義」同時，同樣要面對人們對本質主義化和虛構的「臺灣民族論」和「臺灣本土論」的質疑和解構。廖朝陽試圖為獨派論述這個理論困境解套，不惜捨棄 1992 年所固守的封閉的「基本教義派」立場。他宣稱：「相對於種種絕對化的立場，獨派本土化運動的主張往往顯得比較開放，也具有相當的理論強度。純粹就理論層次來說，獨派要成立本身的看法，必須援引抵抗強權的歷史經驗，自然比較不可能把認同當成是封閉、固定的絕對命令。」連「部族偶像」和族群的「自我崇拜」這種前現代的意識形態也獲得高度的讚賞與認同：它「並不是野心份子的陰謀，與不可告人的秘密動機、心理障礙也沒有關係，而是支撐現實感的想像基礎，『一種社會的與道德規範的根源』。」[42] 這令人聯想起殷海光對保守主義的本土化運動的描述：「一種本土運動是向後看的……內容是延續性的主位文化崇拜……帶有排斥客位文化的傾向……這種保守運動，一旦與民間的小傳統結合，便可具狂熱的宗教形式。」[43] 需要指出的是，頗富思辨能力的廖朝陽也出現了邏

---

41   廖朝陽〈中國人的悲情：回應陳昭瑛並論文化建構與民族認同〉，《中外文學》1995 年 3 月，第 23 卷第 10 期，第 112 頁。

42   廖朝陽〈中國人的悲情：回應陳昭瑛並論文化建構與民族認同〉，《中外文學》1995 年 3 月，第 23 卷第 10 期，第 115 頁。

43   殷海光《中國文化的展望》上冊，臺北文星出版社，1966 年版，第 184頁。

輯破綻。看起來，他似乎在做「獨派」論述自我解構的工作，因為在「獨派本土化運動的主張往往顯得比較開放」與「部族偶像」、「族群的自我崇拜」之間顯然存在某種曖昧和自相矛盾之處。

當然，為了擺脫「獨派」論述的這種困境和曖昧，廖朝陽很快就提出了「空白主體」理論：所謂「空白主體」至少有兩層意思。「第一，主體的觀念通常是以自由（自主、自律）為基礎。但是真正的自由不能含有實質內容，因為內容來自獨立存在的實體，有內容也就表示自由在特殊性的層次受到具體條件的限制。第二，空白並不是虛無，主體空白也不是『主體的死亡』。自由超越實質內容，但是仍然必須依附有實質內容的具體秩序才能進入理性的層次，發展創造、生發的可能。同理，空白主體在自觀的層次具有絕對性，對客體卻不能形成絕對命令，反而必須不斷藉『移入』客體來調整內部與外部的關係，在具體歷史經驗的開展中維持空白的效力。」[44] 這個在臺灣文論界曾經產生不小影響的「空白主體」論述顯然來自拉康、齊澤克和拉克勞等人的主體性觀念，是後結構主義精神分析學和後現代主義馬克思主義以及佛教緣起性空觀念雜交綜合的產物。拉康和齊澤克都認為「大對體」或「大寫他者」——齊澤克指出所謂「大對體」即是「象徵秩序」——並不存在，或者說「大寫他者」始終處於「匱缺」和「分裂」狀態。而小主體本身也是「分裂」和「匱缺」的，所謂確定的完滿的或完整的主體身份無論在想像層還是象徵層都是不可能的，「匱缺」始終是主體的最核心的部分。這就是「空白主體」的涵義。

在文章的結尾處中，廖朝陽以齊澤克的論述為基礎又一次闡

44　廖朝陽〈中國人的悲情：回應陳昭瑛並論文化建構與民族認同〉，《中外文學》1995 年 3 月，第 23 卷第 10 期，第 119 頁。

釋了這個觀念:「純粹就理論的性質來看,內容主體的觀念必然
會造成內容與內容之間的對抗,空白主體卻含有一個空白、欠缺
的普遍設定,正可以突顯不同主體之間的同質性,減低將理性層
次非理性化,造成不必要對立的可能,簡單說,主體與對體之間
所以能夠溝通,並不是因為兩者都認同一套共通的普遍價值,而
是因為兩者同樣都有欠缺,都必須處理本身認同內容固定化,使
移入轉為佔有的問題」[45] 的確,後結構主義精神分析學的主體欠
缺和分裂理論,或許可以為闡釋 90 年代以來臺灣的思想和精神的
分裂和危機狀況提供一種思考的路徑或方向。但廖朝陽的意圖顯
然不在於此,其目的在於:第一,回應陳昭瑛對獨派「後殖民臺
灣主體性」理論的尖銳質疑:把「中國性」以及「荷蘭性」和
「日本性」都去掉後「臺灣性」還剩下什麼?進而把「中國意
識」歸入自身早已分裂甚至並不存在的「大對體」或「大寫他
者」的範疇;第二,主體既然是空白的,那麼也就是完全依靠
「建構」而形成的,用廖的語言即是按照某種需要把某種「內
容」移入:「所謂認同也就是從主體之外移入某些符號結構,形
成認知現實的特定方式。」[46] 廖試圖以「空白主體」為去歷史的
獨派論述──包括所謂「後殖民本土論」、「臺灣民族論」等
──尋找理論上的合法性基礎;第三,廖朝陽試圖藉此打消人們
對獨派尤其是激進獨派論述所具有的鬥爭和對抗性格的強烈憂
慮,並且把邱貴芬那種多元異質融合的後殖民本土論述推向更為
激進的「以異類為貴」的立場。

　　看來,廖朝陽一方面是非歷史的甚至是反歷史的,對構成主

45　廖朝陽〈中國人的悲情:回應陳昭瑛並論文化建構與民族認同〉,《中
　　外文學》1995 年 3 月,第 23 卷第 10 期,第 124 頁。

46　廖朝陽〈中國人的悲情:回應陳昭瑛並論文化建構與民族認同〉,《中
　　外文學》1995 年 3 月,第 23 卷第 10 期,第 119 頁。

體的歷史內容持虛無主義和解構主義的態度；另一方面，雖然聲
稱主體是「本來無一物」、「含有一個空白、欠缺的普遍設
定」，但廖自己並非「本來無一物」，其歷史觀和理論立場已經
提前進場，早已佔有了這個純粹想像和純粹理論思維的先驗的
「空白主體」。而用主體的欠缺或空白來為主體之間的非對抗性
／非對立性以及「民主」提供某種保障，以及憑藉「主體欠缺」
之先驗設定來防止「認同內容固定化」和「移入轉為佔有」，都
僅僅是某種「應然」的預設，甚至只是一種純粹思維的幻想。有
趣的是，廖朝陽的「空白主體」在為獨派論述建立合法性基礎的
同時也瓦解了這一基礎，所以必然受到來自反獨派和獨派兩個陣
營理論家的同時質疑。持中國意識立場的陳昭瑛指出：廖朝陽的
根本困境在於其解構主義的方法，「在拆解『中國民族主義』
時，事實上也預設了一個不可拆解的中心：『臺灣民族主義』，
因而陷入了自相矛盾。」[47]而持獨派立場的邱貴芬則意識到1992
年廖曾經給她的提醒之重要而反過來提醒廖：後現代主義和解構
主義是把雙刃劍，如果把主體建構論推向極限，讓臺灣「主體變
成一無所有」，那麼，「獨派的理論也無法成立。陳昭瑛的問題
『臺灣成為中國的一部分又何不可』就顯得不是那麼天真無理
了。」[48]因此，邱貴芬寧願放棄廖這種晦澀的後現代式的思辨而
重新返回到陳芳明那種相對粗糙卻十分簡明的後殖民歷史闡釋框
架。

　　我們以為，90年代的廖朝陽或許還沒有真正「親歷幻見」，
所以很難對臺灣的「認同病症」做出某種令人信服的精神文化分

47　陳昭瑛〈追尋「臺灣人」的定義：敬答廖朝陽、張國慶兩位先生〉，
　　《中外文學》1995年4月，第23卷第11期，第139頁。

48　邱貴芬〈是後殖民，不是後現代——再談臺灣身份／認同政治〉，《中
　　外文學》1995年4月，第23卷第11期，第145頁。

析，廖朝陽的理論困境本身即是主體分裂的一種症候和表徵。同時，我們也認為後結構主義思維使廖朝陽的本土論述保留了某種開放的空間和可能。回顧 1995 年的這場論爭，我們還發現一個值得關注的現象：陳昭瑛所提出的階級問題臺灣社會內部的權力結構問題大都被回應者所有意或無意地忽略，這個現象多少可以表明臺灣後殖民本土論述存在著一個巨大的盲點。

三、1996 年廖朝陽與廖咸浩之爭：關於「國族主義」與超越「國族主義」之分歧

1995 年 9 月廖咸浩發表〈超越國族：為什麼要談認同〉一文捲入《中外文學》關於後殖民的論爭，由於廖朝陽的直接回應引發了 1996 年幾乎持續一整年的「雙廖大戰」，因為情緒化過度而演變為「中國豬」與「急獨派」的意氣之爭，最後回歸理性而鳴金收兵。兩者的分歧究竟是什麼？廖朝陽提出「空白主體」論，認為主體是可以自由建構的，其意顯然在於消除人們對「去中國化」後臺灣文化還剩下什麼的強烈質疑和疑慮，也在於彌補「本土主義」者在理論與實踐兩個層面割斷歷史和文化傳承的巨大破綻和邏輯困境。而廖咸浩主張「文化聯邦主義」，提醒人們注意「民族主義」的陷阱和「國族」話語的興起所帶來的新的壓迫和排除結構。在兩者論戰之外的文章中，或許可以觀察得更清楚一些。其實，廖朝陽與廖咸浩的分歧在論戰前的 1991 年早就已經出現。在〈迷幻與神通：關於道教思想與後現代理論的一些問題〉一文中，廖朝陽提出其對後現代主義的懷疑：後現代（尤其是後結構）理論的「去中心」和「多元開放」在想法和意願上是好的，但在現實的層面上，它有可能轉變為「另一種超現實的神道力」，另一種更高的「權力秩序」。廖朝陽提醒人們注意後現代思潮的保守和右翼的面向，這對後現代主義複雜性的認識無疑是有幫助的，但廖朝陽目的顯然不僅在於此，更在於反對其所謂的

「中華文化」和「國語」的文化霸權。在這個論述基礎上，廖朝
陽尖銳地指控廖咸浩建立在後現代理論基礎上的「方言的文學角
色」論和「台語文學」觀，甚至極其不恰當地把廖咸浩的觀點與
日本殖民主義者的「分工共榮」理論相比附：

> 聽到方言文學所以值得提倡，是因為它可以「帶著標
> 準語文學遊牧去」，「方言的功能在於以口述離散文學中
> 書寫的一統傾向，引進被壓抑或忽略的世界」諸如此類的
> 論調，我們的心中當會更加警醒。原來，「奴俗齷齪」的
> 蜩、學鳩所以存在，只能是為了彰明大鵬的偉大。異類的
> 聲音所以值得傾聽，只能是為了「突顯中華文化博大精深
> 的努力」，「豐富後現代精神下新文學的面貌及內涵「。
> 比起「帝國需要糖業，所以臺灣要發展糖業」的分工共榮
> 理論來，這種說法當然是精緻、超現實多了。然而，如果
> 這就是後現代，那麼神通廣大，決不「鄙薄汝等」的後現
> 代新上帝不就已經呼之欲出了嗎？[49]

　　年輕氣盛的廖朝陽的批評可謂「一箭雙雕」，既批判了中華
傳統文化，又批判了「右翼的解構論」，並且指控後現代和後結
構主義與殖民話語和霸權體制的某種合謀關係。但由於用力過猛
和非理性傾向而無意中顯示出「基本教義派」不容他者的姿態。
廖朝陽一方面思辨綿密、視域開闊，嫻熟地調動中西理論尤其是
西方最前衛理論的千軍萬馬，另一方面卻一不小心就顯示出強烈
的「鬥爭」性格和「情緒化」特徵。當年的廖朝陽顯然是把「文
化霸權」的爭奪——用邱貴芬的話說即是「奪回主體的位置」

---

[49] 廖朝陽〈迷幻與神通：關於道教思想與後現代理論的一些問題〉，《中
　　外文學》1991 年 8 月，第 20 卷第 3 期，第 113 頁。

——視為至關重要的任務。而廖咸浩素來喜歡後現代的「解構」
理論並且把它與「愛」相勾連，認為包括後殖民理論在內的所有
當代理論都直接或間接受到後結構主義的影響，「當代對文化的
研究若不能對解構的精神與方法有足夠的認識，流於天真勢必無
法避免。」[50] 現今看來，在 90 年代初，廖咸浩將「解構」與
「愛」相勾連——「解構是為了愛」——確有某種先見之明，直
到 2004 年解構主義大師德里達辭世後，臺灣思想界才真正開始重
新認識解構主義思想尤其是德里達晚期「友愛的政治學」的意
義，才真切地感受到「悅納異己」思想在臺灣具體語境中的特殊
意味。（關於這個問題，另章再詳細分析。）而廖咸浩對解構主
義和後殖民理論在臺灣扭曲現象的批評也頗有針對性：「自從我
1987 年開始把解構的理論應用到文化評論上以來，『去中心』的
觀念在臺灣已經成為學院內外，眾人耳熟能詳的口號。但是，衡
諸『去中心』觀念過去十年來在文化實踐上的表現，則顯得解構
的精神非但沒有落實，甚至於反而常被濫用為助長『本質化』的
工具——對己之所惡動輒『解構』之；對己之所好，則解構於我
何干。如此，解構不過是用來打擊異己的工具罷了。」[51] 的確，
一些理論家一方面以「後結構主義」為武器解構異己的「大敘
事」，另一方面對自己建構的某種大敘事和本質主義化的理論卻
手下留情：去異己者的「中心」卻要建自己的「中心」。這在 90
年代以後的臺灣理論界並不是某種孤立的現象。而後殖民理論所
謂的「策略的本質主義」則為這種現象的出現提供了某種「合法
性」說辭或理論支持以及自我安慰。

50　廖咸浩〈解構，是因為愛〉，《愛與解構——當代臺灣文學評論與文化
　　觀察》，聯合文學出版社 1995 年版，第 12 頁。
51　廖咸浩〈解構，是因為愛〉，《愛與解構——當代臺灣文學評論與文化
　　觀察》，聯合文學出版社 1995 年版，第 12 頁。

　　80 年代中期開始到 90 年代臺灣的文學和理論思潮發生了從「鄉土」到「本土」以及「後殖民本土」的歷史轉換，正是在這一轉換過程中，左翼的階級視野人道關懷和對帝國主義的政治經濟學批判逐漸消退，被「族群政治」和「本土／外來」二元結構的闡釋框架所取代。有趣也值得注意的是，廖朝陽在批判後現代主義時有所謂「右翼的解構論」之說，而廖咸浩在質疑本土主義時則有「右翼本土論」或「本土論者的右翼色彩」的提法。看來，兩者對「右翼」都持某種批判和否定的立場，這也暗含著兩者對自我論述位置的設定和對人文理想的某種期許。在〈一種「後臺灣文學」的可能〉一文中，廖咸浩提出了另一個富有啟發性的闡釋視域：「我們必須回到布爾喬亞價值（也就是現代性與資本主義的基礎）來理解臺灣包括文化在內的一切問題。那個反布爾喬亞的時代之所以早被淡忘。並不是因為布爾喬亞已經不見了。而是因為，我們早已全面布爾喬亞化了。但在臺灣社會『左眼失明』的情況下，當然無法看到布爾喬亞的無所不在。要能看到現代性的根基處是布爾喬亞價值，才能把現代性予以歷史化，而知其位置、知其局限。也才能看清資本主義體制之內在邏輯與最新形勢。認同議題置入這樣的脈絡才能正確顯影；當前臺灣認同的問題便也無所遁形。」[52] 如果聯繫後殖民本土論述中——如邱貴芬等的論述——逐漸引入的「底層」、「性別」、「階級」和「弱勢」問題，那麼，我們可以發現許多人文學者已經意識到重建觀察與闡釋「後殖民臺灣」問題的「左眼」更為重要和迫切，其中或許蘊含著當代臺灣人文知識份子深層的精神脈動。但由於「統獨」問題和「國族」話語以及「族群政治」的宿命式的不斷糾纏與一再的強力打入，這一精神脈動總是顯得如此孱弱無

52　廖咸浩〈一種「後臺灣文學」的可能〉，《聯合文學》2000 年 8 月，第 190 期，第 114 頁。

力，常常自我消耗、時斷時續，或「放過了真正的對手」，轉移
了批判的焦點；或被越來越窄化的後殖民本土論「外來／本土」
的闡釋框架所化約、遮蔽、淹沒甚至被完全覆蓋。

四、「後殖民本土論」與「後殖民民主論」的分歧

在〈「後殖民」的臺灣演繹〉一文中，邱貴芬提醒人們注
意，在《中外文學》論爭之外，考察當代臺灣的後殖民思潮，還
必須關注陳光興等人的相關論述及其介入意義：「對本土運動者
而言，陳光興的論點深具威脅性，可能消解臺灣反殖民運動的凝
聚力。廖咸浩對本土運動的疑慮，著眼點在於族群間的排他性和
權力壓迫；陳光興一樣對本土運動深感不安，不過他迴避臺灣歷
史裡的殖民暴力問題，而以批判國族運動的同質化傾向來反制臺
灣的統獨爭戰吸納社會論述資源。就後殖民論述在臺灣的發展來
看，顯然臺灣的後殖民論述在陳光興筆下又有另一番演繹，與本
土派的後殖民論述大不相同。」[53] 這個判斷大體準確，但把陳光
興視為「臺灣反殖民運動」的反面則明顯有失客觀和公正。

「後殖民本土論」與「後殖民民主論」分歧的確意義重大，
因為陳光興等《臺灣社會研究》知識份子的相關論述不僅如邱貴
芬所指出的對「後殖民本土論」構成了有力的威脅和挑戰，而且
提供了跳脫出「統獨」框架、「國族」話語以及「族群政治」思
維的囿限而闡釋「後殖民臺灣」問題的另一種路徑和另一種可能。

1996 年 1 月，《臺灣社會研究季刊》第 21 期同時發表了趙
剛的〈新的民族主義，還是舊的？〉和陳光興〈去殖民的文化研
究〉兩篇重要論文，間接卻有力地介入了《中外文學》1992 年開
始 1995 年進入高潮的後殖民論爭。臺灣「後殖民本土論」的另一

53　邱貴芬〈後殖民的臺灣演繹〉，陳光興主編《文化研究在臺灣》，臺灣
　　巨流圖書公司，2000 年版，第 298 頁。

面即是所謂的「臺灣民族論」，一破一立共同構成 90 年代以來臺灣的「本土主義」思潮。如果說陳光興的〈去殖民的文化研究〉試圖重新界定「後殖民」與「去殖民」概念，藉此質疑、批判與挑戰「後殖民本土」論述，那麼，趙剛的〈新的民族主義，還是舊的？〉則直接迎戰「臺灣民族主義」論述。誠如廖朝陽所言：「趙剛企圖要為主導臺灣文化批判圈的反民族（或『後民族』）論述帶進新的可能性，並與較『本土』的位置對話。」[54] 不僅如此，對於「解嚴」臺灣思想史的轉折，趙剛提出了一系列重要的問題：第一，臺灣的「自由主義」傳統的蛻變與異化。以標榜「自由主義」理念的「澄社」為中心，自由主義知識份子出現倒向「臺灣民族論」的「症候」，「民主」與「自由」等自由主義核心理念逐漸衰退；第二，「臺灣民族主義」是一種「保守」的「反動」的「族群民族主義」，而臺灣的「自由民族主義」也已經出現被逼入「族群民族主義」的跡象。它將妨礙「多元認同社會的產生以及利益政治的理性發展」；第三，90 年代興起的「臺灣民族主義」與國民黨時代建構的「中國民族主義」一樣，都是「準宗教的保守理念」，都是「舊的」、「族群民族主義」，沒有任何「革命」、「民主」和「進步」的意義；第四，趙剛試圖提出　種建設性的具有真正「進步」意義的「民族」論述來抗衡舊的「族群民族主義」，這即是其所謂的「民主民族」論，趙剛最終的主張是以激進的徹底的「民主」取代諸種「民族主義」[55]。在趙剛看來，「臺灣民族主義」尤其是「巫毒民族主義」思潮的興起既是臺灣左翼思想的危機，也是臺灣自由主義的危機。臺灣的左翼力量原本就很脆弱，而 90 年代臺灣的自由主義又大多傾向

54　《臺灣社會研究》2001 年 9 月，第 43 期，第 1-39 頁。

55　趙剛〈新的民族主義，還是舊的？〉，《臺灣社會研究季刊》1996 年 1 月，第 21 期，第 1-72 頁。

於「放任自由主義」，兩者都無力抗衡意識形態化的「臺灣民族主義」。這確是一個富有啟發性的批判性觀察。為什麼在「本土論」的掩護下，右翼的「新自由主義」在當代臺灣社會已經大兵壓境甚至暢通無阻？我們從中或許可以找到部分答案和線索。

我們也注意到，趙剛對「臺灣民族主義」的尖銳批判引起了張茂桂和廖朝陽等身處「本土」或「較為本土位置」的學者的回應和辯詰。在〈是批判意識形態，抑或獵殺巫婆？〉一文中，張茂桂為自己的「臺灣民族主義」理念辯解，卻也承認必須小心處理「臺灣民族主義」的形塑和建構過程中，「它對於多元參與的可能壓迫。」[56]值得注意的是廖朝陽在 2001 年討論朱天心的中篇小說《古都》和宋澤萊的長篇作品《血色蝙蝠降臨的城市》時所做的「遲到」但富有思想含量的深度回應。在這一回應中，廖朝陽大面積調用了現代西方的多種思想資源，包括阿多諾、鮑納、克利斯蒂瓦、阿倫特、坎貝爾、拉克勞、安德生、齊澤克、班雅民、布洛赫等等，試圖斡旋或調和「激進民主」與「臺灣民族主義」之間的對抗與衝突。在趙剛的「民主民族」概念中，廖朝陽找到了一種消解「多元民主」或「激進民主」與「民族主義」二元對立的契機，並且從中延伸出一種以「後現代主體性」來達成「民主民族」之建構的觀念。

這回廖朝陽的回應與 90 年代「雙廖大戰」時的非理性和情緒化已然迥異，而是在趙剛極其雄辯邏輯的縫隙中「接著說」——我們應該如何才能達成「民主民族」之境界？如何既關照到現代性的普世倫理和價值理性又接納後現代主義的多元化和包容異己的理念？如何理解以「比較平衡的方式去驗證後現代的差異，不

56 張茂桂〈是批判意識形態，抑或獵殺巫婆？——對趙剛〈新的民族主義，還是舊的？〉一文的回應〉，《臺灣社會研究季刊》1996 年 7 月，第 23 期，第 268 頁。

把它當作普世現代性的潛在敵人，而把它視為含有希望的，現代性的徹底化」？又如何「將感性（affectivity）重新引進理性化政治空間」？所有這些理性的探討，都旨在闡明「現代民主觀念架構」應該理解與容忍「異態」，包括「民族主義」和「反民族主義」，「異態」的存在是「長期遭受統轄與壓迫的結果。」或者說必須在「延續與中斷、共同與差異、災難與希望」的二元觀念中間建立「連接地帶，強化對立項互相依存，相互轉移的關係。」這樣，作為一種「後現代的差異」元素，一種「他性」因素，「基本教義派」以及「臺灣民族主義」就有了存在的空間和合法性，所謂「民主」必須容忍這樣的異質性元素，必須接納「異類」，至少應該以布洛赫的方式理解「臺灣民族主義」的出現，它實際上回應了臺灣人「實際經驗到的某些需求」的「真實性」，甚至隱含著某種烏托邦的成份。按照廖朝陽的闡釋，「激進民主」的主體建構以及「進步的左翼份子」有必要包容和接合這一「特殊性」，而非拒斥或把它排除在多元開放的「民主」框架之外，而被法西斯主義之類的政治勢力所利用，「轉換為一種『惡質悖理』／『惡狂』（bad Irratio）」，如此，「災難的發生就無可避免」。[57]

　　應該說廖朝陽的回應的確深思熟慮，在理論上也具有啟發性和開放性。尤其在對「後現代主義」、「主體性」與「激進民主」三者關係的認識上頗具建設性。長久以來，人們普遍確認後現代後結構以「去中心」、「解主體」為志業，但「主體之死亡」又如何能夠真正達成所謂「激進民主」？廖朝陽提醒人們注意後現代「主體複出」這一思想轉折。在他看來，這一轉折之至關重要，是因為一個「有限的主體」或「有缺陷的主體」恰恰可

57　廖朝陽〈災難與希望：從〈古都〉與〈血色蝙蝠降臨的城市看政治〉〉，《臺灣社會研究季刊》2001 年 9 月，第 43 期，第 11 頁。

能容納「他性」接納異質，進而從主體的坎陷中開出「激進民主」。但廖朝陽的問題或許在於：在理論的層面上，「後現代主體性」只是一種想像，如何應對「前現代」、「現代」和「後現代」同時並存和相互糾葛的社會和思想狀況？又如何處理強勢的「有限主體」與弱勢的「有限主體」之分別？諸「有限主體」之間是否仍然存在或形成某種壓迫性的權力結構？在現實政治的實踐層面，如何調和和斡旋兩者之間原本不可調和的矛盾與衝突？如何才能真正有效地處理民主理念必須容納乃至接合非民主或反民主的因素這個理論悖論和現實政治難題？又如何儘量減少兩者之間相互消解的力道？如何有效地避免在「立法」部門中反復上演的戲碼而導致「民主議事」和「民主協商」的不斷停擺？這個難題顯然無法從兩部小說的感性敘事中或「將感性（affectivity）重新引進理性化政治空間」就能夠找到某種有效的解決方案。但無論如何，我們在廖朝陽對趙剛的曲折而又晦澀的回應中看到了一種比較正面的努力和善良的願望，一種朝向理解和接納「他性」的思維，一種朝向「主體的多樣性」的辯證，一種朝向「不斷協商，不斷開啟新的摻搭（hybrid）認同」的開放性闡釋。在某種意義上，廖朝陽的回應或許可以視為一種「另類」的「大和解」敘事，當然它也同樣要面對這樣的「大和解」是否可能的巨大疑問。

　　在趙剛迎面挑戰「臺灣民族主義」的同時，陳光興則重新界定了「去殖民」的定義：「去殖民運動深刻的認識到它不是殖民主義的翻轉，繼續維持殖民主義所強加的範疇，而是全面性地打破殖民思惟與殖民範疇；它的政治認識論不再以種族、族群為優先，將性別、年齡、階級劃入種族、族群之內；認可差異性、改變差異性的層級化，進一步的內化差異性是它的政治倫理學。在這個意義之下，去殖民運動是永恆的抗爭，對宰制關係的挑戰。」[58]這個看起來只是回到後殖民理論基本面的定義，對臺灣

當代思想史而言，卻意義重大，陳光興對「去殖民運動」的重新定義可以視為是對臺灣後殖民論述的解「政治」化和再政治化的一次重要修復／修正：第一，它重新打開和恢復被「後殖民本土」論述逐漸窄化和高度「政治」化的「去殖民」或「抵殖民」概念的政治和倫理的真正涵義，這樣就從根本上瓦解了「外來／本土」二元對立的化約主義闡釋框架，有力地消解了「國族主義」和「族群政治」對「後殖民理論」的壟斷性闡釋和工具性運用；第二，它重新建立或加強了批判的知識份子與 70 年代以來的左翼批判傳統的思想聯繫，也建立和強化了「去殖民」運動與 80 年代以來「反支配」和「去宰制」思想解放運動的精神關係。以一種與「後殖民本土論述」相抗衡的方式，陳光興朝《島嶼邊緣》知識份子群體曾經企圖展開而又遠未完成的「新反對運動」的建構邁出了十分重要的一步。

　　結合趙剛的「民主民族」論以及「不妥協的民主」主張和陳光興的「去殖民的文化研究」，一種「另類」的後殖民論述——「後殖民民主」論——的最初形態已經在 90 年代中後期臺灣的後殖民論戰中悄然出場發聲。1999 年末，印度「底層研究」的代表人物 Partha Chatterjee（大陸一般譯為帕沙·查特吉或帕爾塔·查特吉）赴臺灣參加由「文化研究學會」主辦的「亞際文化研究」活動，查特吉的演講包括「政治社會」、「現代性」、「國家暴力」、「第三世界民主」等重要議題，這為重新思考和闡釋「後殖民臺灣」問題提供了一種參照和契機。正是在與查特吉的對話和論辯中，陳光興等《臺灣社會研究》的知識份子把「後殖民民主」論的思考推進了富有意義的一步。陳光興們發現查特吉對後殖民印度的分析和闡釋與他們對戰後尤其是「解嚴」後臺灣社會

58　陳光興〈去殖民的文化研究〉，《臺灣社會研究季刊》1996 年 1 月，
　　第 21 期，第 101 頁。

的理解與闡釋存在不少契合之處，可以相互驗證與互相支持：第一，既有的「國家v.s公民社會」分析架構並不足以描繪與解釋第三世界地區的下層人民如何在實際的社會關係中創造非主流政治的民主空間；第二，第三世界的民族主義菁英與翻轉的東方主義共謀，既本質化西方也本質化東方，「完全複製原有西方自由主義與社群主義的辯論框架。」這個理論框架無法解釋「社群在東方」問題；第三，「在殖民時期，現代性是框架社會轉變論辯的主要問題，而在後殖民時期的政治社會中，主要的是民主問題。」[59] 這一系列的問題正是「後殖民民主」論述所關切的，其核心命題即在於「思索大部分世界的大眾政治。」如此看來，儘管臺灣「後殖民本土論」也試圖涵納了「底層研究」，但在知識旨趣、理論立場以及闡釋構架上，「後殖民民主」論顯然與「後殖民本土」論存在著意味深長的巨大分野。

五、吳叡人的「臺灣後殖民論述」及其它

後殖民理論在臺灣逐漸泛化，其理論衝擊力已經明顯消退，但「後殖民」論述所形成的闡釋臺灣問題的理論與方法在臺灣思想界仍然存在深遠的影響。90年代後殖民理論在「闡釋臺灣」時所產生的一系列分歧與問題仍然會在很長一段時間內糾纏著知識界的理論神經。一些更深入的研究成果正在出現，如方孝謙《殖民地臺灣的認同摸索》（2001年，巨流圖書公司）對從善書到小說的敘事分析；陳光興的《去帝國——亞洲作為方法》（2006年，行人出版社）對「臺灣知識論述建構中的後殖民因素」所做的「全面性的清理」；荊子馨的《成為「日本人」：殖民地臺灣與認同政治》（2006年，麥田出版社）對臺灣殖民時期的民族主

59　陳光興〈Partha Chatterjee 及其「政治社會」〉，《發現政治社會：現代性、國家暴力與後殖民民主》，巨流圖書公司2000年版，第7-13頁。

義政治與後殖民時期的認同政治的細微闡釋等等。本土主義的後
殖民論述和反／非本土主義的後殖民論述之分歧或分野仍然會長
期存在。極端的封閉的本土派後殖民論述不時也還會粉墨登場，
也還有其意識形態市場，如曾貴海的《戰後臺灣反殖民後殖民詩
學》（2006年，前衛出版社）。但是，隨著現實政治的變化以及
理論思考的深入，可以預見，後殖民論述在臺灣的視域和格局將
逐漸變得開闊起來。即便是堅持「本土」立場的後殖民理論家也
將做出策略甚至觀念上的某些調整，如當代文學「本土論」的始
作俑者陳芳明重新界定或修正自己的本土論述，提出「開放的進
步的本土主義」。而始終堅持「臺灣民族主義」立場的吳叡人也
試圖「調和」各種後殖民論述之間的矛盾與衝突。在〈臺灣後殖
民論綱：一個黨派的觀點〉一文中，我們看到了這種「調和」的
努力。我們懷疑吳叡人是否真正是在竹內好的意義上——即「在
內部的本源性矛盾中培育自己的懷疑精神」，在充滿矛盾的狀態
中不斷地自我否定又自我確認——使用「黨派」這個語詞。但看
起來其基本立場的確還是某種「黨派」的——還是堅持所謂「臺
灣民族論」的意識形態，而非站住獨立的批判的知識份子位置。

　　吳叡人所謂的「臺灣後殖民論述」，可以視為邱貴芬「建構
臺灣後殖民論述」和廖朝陽「主體性」理論的某種「發展」。吳
叡人如是而言：「一個符合臺灣主體立場的後殖民論述——本文
稱之為臺灣後殖民論述——一方面必須繼承臺灣反殖民民族主義
追求民族獨立的志業，另一方面也試圖批判、批判的繼承，再詮
釋，乃至超越臺灣反殖民民族主義的傳統視野，基於公平、正
義、多元、普遍主義之立場，追求臺灣人全體與一切弱小者真
正、徹底的解放。」[60] 其實，吳叡人對臺灣殖民歷史的理解與闡

60　吳叡人〈臺灣後殖民論綱：一個黨派的觀點〉，《思想》第三期，臺
　　北：聯經出版社 2006 年版，第 95 頁。

釋並沒有什麼新意，所謂「多重殖民」和「連續殖民」基本上是
陳芳明等本土派觀點的延續。吳叡人的不同處在於嘗試理解臺灣
社會內部差異的後殖民論述，承認存在三種「去殖民」觀點：
「原住民民族解放運動」的觀點；「臺灣民族主義」的觀點；以
「外省人」／「大陸人」為主體的「中國民族主義」觀點。這三
種觀點基於三種歷史意識和三種反殖民意識，都有其歷史存在的
合理性。在吳叡人看來，「臺灣後殖民論述」不是「融合」這三
種「去殖民」觀點，而是尋找這三種論述之間結盟的可能，透過
這種論述結盟和「相互解放」重構「臺灣的解放論述」。這顯示
出吳叡人的「後殖民論述」在某種程度上的開放性和積極意義
──朝向不同意識形態之間相互理解互相解放的開放性，也折射
出臺灣族群和社會分裂狀況對「臺灣民族論」者的影響。我們之
所以說吳叡人「後殖民論述」的開放性只是一定程度上的是有限
的，是基於以下原因：吳叡人的論述過於被「族群」視域所框
限，根本沒有跳出「族群政治」的闡釋框架，而「臺灣民族主
義」者的論述位置先天地限制了吳叡人對於臺灣歷史和現狀的理
解，也限制了對「他者」的認知。作為一種「解放的歷史政治
學」，吳叡人所謂的「臺灣後殖民論述」卻明顯缺乏階級分析的
維度和政治經濟學的批判視域，這顯然是有問題的。儘管他也試
圖在「族群政治」的闡釋框架加入一點左翼的色彩──「只有經
由社會主義仲介之後的民族主義才具有正當性。」[61]──但這只
是調味而已，吳叡人的「族群民族主義」的闡釋框架其實已經全
面覆蓋或遮蔽了階級問題的維度、人的或人性的維度以及政治經
濟學批判視域。當然，「族群」問題的確是當代臺灣政治文化的
一個重要乃至關鍵性問題，但在無法消解或不願消除所謂「中國

---

61   吳叡人〈臺灣後殖民論綱：一個黨派的觀點〉，《思想》第三期，臺
      北：聯經出版社 2006 年版，第 101 頁。

民族主義」與「臺灣民族主義」的二元對立，以及頑固堅持人為製造的「臺灣意識」與「中國意識」之間的二元對立的狀況下，能否真正達成其所謂的「論述結盟」之意圖則仍然是可疑的。可以想見，一個徹底的「臺灣民族主義」者的確很難超越其「黨派」立場的種種限制而完成獨立知識份子那種徹底的後殖民批判志業。

　　比較而言，我們在青年社會學家張君玫的片段式思考中看到了一種更具開放性和批判性的後殖民觀點：任何「『普遍性』的宣稱總是早就已經被具體化、被特殊化、被陰影化、被策略化。」這構成了後殖民思考與批判工作至關重要的議題。「『後殖民的思維』作為一種對現狀的理論思索與批判，標示了一個倫理的取向——我們該如何面對與對待『他者』（others），包括那隱約被等同於標準或規範的『西方』作為一個大寫的他者（West-Other），包括其他小寫的外在他者，比我們有權力或沒權力的，更包括了我們內在的異己性（alterity）。這種對待他者的取向之所以必然是後殖民的，正是因為殖民主義的遺緒（colonial leg-acy）無所不在，在外在的現代化與全球化空間中，也在內在的主體性（inner subjectivity），以及整個社會的體質建構中。」[62] 更為重要的是，張君玫試圖提醒人們返回到法儂的後殖民「人學」：「人文科學最大的悲劇，就在於『人』的無處尋覓。」重新把後殖民的思考與批判建立在對「人」和「生命」關懷倫理的根基之上，從「人」和「生命」的維度重新理解和闡釋「族群」、「階級」、「性別」以及「主體」和「世界」。這為當代臺灣的後殖民論述與實踐的再出發提供了一個新的思考基點，也提示了一種新的可能性。

62　張君玫〈一座演化中的島嶼〉，http://blog.roodo.com/mei_island/。

第三章　「殖民現代性」的幽靈

　　臺灣後殖民理論思潮的一個重要面向即是重新闡釋日據時期臺灣的殖民地經驗，進而辨析殖民地經驗對當代臺灣的精神生活仍然存在的種種複雜而微妙的影響。如何評價日本殖民統治對臺灣社會的影響？如何理解殖民地經驗的複雜性？如何闡釋日據時期臺灣知識份子的抵抗策略？如何評價「皇民化文學」？殖民地經驗與文化認同之間究竟存在何種關聯？這種關聯是否對當代的認同政治仍然產生某種潛在的影響？今天應如何闡釋臺灣近代性或現代性的起源與變遷？又怎樣反思臺灣的現代性問題？對這一系列問題的理解同樣充滿分歧，分歧的焦點在於如何闡釋「殖民性」與「現代性」之間錯綜複雜的歷史糾葛和情感悖論。現今，「殖民現代性」已經構成了臺灣後殖民論述無法規避的重要課題。從 2000 年夏鑄九〈殖民的現代性營造──重寫日本殖民時期臺灣建築與城市的歷史〉到 2004 年張隆志的〈殖民現代性分析與臺灣近代史研究〉，從日本右翼文人小林善紀的《臺灣論》引發的種種論戰到馬英九提出必須「特別深刻省思『殖民現代性』神話」及其態度的微妙調整，從陳芳明「母親的昭和史」到鄭鴻生的「水龍頭隱喻」……「殖民現代性」越來越成為臺灣知識界關注的焦點，也已經成為闡釋臺灣問題的重要理論架構之一。本章將梳理臺灣思想界對「殖民現代性」問題的討論，辨析隱含在其中的種種分歧，並探討「殖民現代性」問題是如何深刻地嵌入當

代臺灣理論思潮的脈動，又是如何曲折地滲入當代文化認同的形塑過程。

第一節　「殖民現代性」概念的緣起

　　回顧 20 世紀 50 年代迄今臺灣地區的社會研究主流典範的變遷，我們可以看到其嬗變的大致軌跡：50 年代至 60 年代，「現代化理論」佔據著主流的位置；70 年代至 80 年代初，鄉土文學思潮和第三世界理論廣泛引入「依附理論」和「世界體系理論」，對「現代化」理論典範發起了第一場「反對運動」；80 年代中後期至 90 年代初中期，「後現代主義」典範在都市化和「狂飆突進」思潮以及「集體發聲」的語境中揭竿而起，再次對「現代化」典範尤其是對支撐這一典範的西方知識論傳統進行強有力的解構和顛覆；90 年代中期迄今，後殖民理論範式出場和興盛，既強化了早已埋伏在鄉土文學思潮中的兩種本土化傾向──「中國化」和「臺灣本位的本土化」，又把「依附理論」和「世界體系理論」的政治經濟學分析導向一種文化批判和文化研究，這樣就從「本土主義」和「跨國文化研究」兩個維度第三次展開對「現代性」的反思與批判。在第一場「現代性反思」運動中，鄉土作家和批評家揭示出「現代化」理論所隱含的資本主義意識形態和「新殖民主義」意味；第二次「現代性反思」運動以後現代主義為主力，以「去中心」和「解結構」為核心，試圖徹底瓦解包括「現代化典範」在內的任何典範的普遍性言說，後現代主義思潮既是 80 年代反支配運動的重要組成部分，又開啟了「多元文化主義」思潮；第三次對「現代性」的反思，則以「解殖民」為中心，對「現代性」理論展開了全面的文化清理和批判，試圖揭示出「殖民性」與「現代性」之間的隱蔽關係，從而建立「多元現代性」或「重層現代性」以及「另類現代性」的理念。這樣的

概括肯定是有些簡化的，由於傳統與現代、左與右、統與獨等文化和政治立場的分歧、交纏和嵌入以及對本土化概念理解的種種歧義，當代臺灣思想界對現代性的反思在文化和政治光譜上都呈現出更為複雜的狀況。我們只是簡單地勾勒這一線索，其意在於簡要地描述出「殖民現代性」概念出場的歷史脈絡和當代語境。

當然，這個概念並非臺灣知識界的獨立發明。在臺灣人文學者討論「殖民現代性」問題的參考文獻中，我們常常可以看到湯妮·貝蘿（Tani Barlow，或譯為白露、泰尼·巴邇蘆，著有《婦女觀的形成：婦女、國家、家庭》，編有《現代中國的性別政治：寫作與女性主義》、《中國的身體、主體與權力》等）這個名字，這表明，如同許多重要的理論概念，「殖民現代性」還有著歐美學術的背景。其實在漢語學術圈尤其是女性研究領域，Tani Barlow 早已是人們熟悉的名字，她代表著美國女性主義在中國婦女史研究方面的　種新趨勢──反對「不分時間地點把婦女作為一個抽象的無差異的整體來對待」，主張從後殖民理論、後結構主義和「在地化」社會學脈絡出發闡釋女性問題──這種解構派的女性主義對兩岸的女性研究都曾經產生過較為深刻的影響。「殖民現代性」語詞最初的發明權應歸屬於她。1993 年，在她主編的美國第一本專門研究東亞和「亞美」的歷史與文化的學術雜誌《位置：東亞文化批評》（Positions：east asia cultures critique 或譯為《立場》）的創刊號中，策劃並推出了「殖民現代性」專輯。在 1997 年湯妮·貝蘿主編出版《東亞殖民現代性的形塑》（Formations of Colonial Modernity in East Asia Durham：Duke University Press1997.）的導論中，「殖民現代性」已經發展成為一種有別於傳統範式美國「東亞研究」的新的闡釋架構。歷史地看，美國的「亞洲論述」經歷了從傳統的「歐洲中心」到 1980 年代的所謂「亞洲中心」的轉換，而 1990 年代以後，以《位置》為中心，美國的「亞洲論述」全面引入後殖民和後現代理論，從而

「突破經濟決定論和西方中心論，而轉向研究文化這一領域，探究文化的生產、再現與交流及其由於主觀性、詮釋的視域和性別差異所帶來的問題。她的主要目的，就是要將人們的注意力，從『大歷史』轉到『小歷史』，從上層文化轉向下層、次層文化，從政治、經濟轉向文化、心態、認同、家庭、社會、兩性關係等領域。」[1]

　　除了《東亞殖民現代性的形塑》外，「殖民現代性」闡釋框架在東亞研究領域還產生了另外一些重要的成果，如 Gi-Wook Shin & Michael Robinson 主編的《殖民現代性在韓國》（Colonial Modernity in Korea, Harvard University Press, Cambridge and Londong, 1999.）和鐘斯（Andrew F. Jones）的《黃種音樂：中國爵士時代的媒體文化與殖民現代性》（Yellow Music: Media Culture and Colonial Modernity in the Chinese Jazz Age Duke University Press, 2001.）以及 Tamara Loos 的《家庭，法律和殖民現代性在泰國》等等。看來，在 Tani Barlow 為代表的《位置》學派那裡，「殖民現代性」自有其學術思想史的脈絡。這裡，我們要問的是，臺灣知識界為什麼對「殖民現代性」概念如此感興趣，以至於頻繁引述，甚至從這一概念出發討論臺灣的歷史經驗、文學與文化問題以及認同的形構？這個理論框架與臺灣問題的闡釋之間存在多少契合之處？我們從 Tani Barlow 對「殖民現代性」的具體陳述中或許可以找到一些線索以及部分答案。Barlow 認為，從馬克思對殖民主義的雙重性分析到列寧和毛澤東的「帝國主義」理論，都一再闡明：「殖民主義」與「現代性」是工業資本主義的擴張過程中產生的一對孿生姐妹。解殖民的民族解放運動必須在此基礎上重建三個基本觀點：第一，「現代性」這個概念不能僅

1　　參見王晴佳〈中國文明有歷史嗎？〉，《清華大學學報》哲學社會科學版，2006 年第 1 期，第 25 頁。

僅視為一種純粹語詞自身的問題，而應該看到語詞背後隱含的意味和花招，即殖民者藉「現代性」的普遍性抹去了其特有的政治經濟脈絡；第二，如果錯誤地假定「現代性」的原初性和不可逾越的優先性存在，那麼「現代性」與「殖民主義」的同時性和關聯性就被分隔開；第三，「非歐洲的殖民地的現代性」與「歐洲現代性的殖民中心」之間存在著共生性[2]。揭示出以上三種殖民統治的意識形態策略正是「殖民現代性」分析的重要意圖之一。不只於此，Barlow 還試圖接合多種思想資源——包括經典馬克思主義對殖民主義的批判和帝國主義理論、西方馬克思主義的文化霸權理論、傅科的話語與權力分析方法、南亞馬克思主義的底層研究、薩依德對歐洲「東方主義」的解構、國際女性主義議題以及非洲被迫移民問題的研究等等[3]——從中發展出一種闡釋框架。在她看來，「殖民現代性」概念含有三個方面的意義：其一，對東亞地區的「殖民現代性」分析是一種「在地化」的社會學闡釋和「新文化史」的追問，也是一種重新返回「現代性」的政治和經濟脈絡的論述實踐；其二，「殖民現代性」不只是一種議題，而更是一種思維或反思性框架（a speculative frame），用來闡釋資本主義全球化過程中形成的話語權力關係，重構後殖民時代的知識圖景；其三，「殖民現代性」意欲提示的歷史內容不是簡單的個別的孤立的歷史元素或離散的分析單位，而是深度分析在某個具體地點的複雜的時空交錯場域中諸因素之間的交互作用；其四，「殖民現代性」強調建立一種新的知識批判路徑和話語平臺，反對簡化的二元對立理論模式和化約主義的心理分析，也試

2　　Tani Barlow 「Introduction：On Colonial Modernity」，Formations of Colonial Modernity in East Asia Durham：Duke University Press1997，p1.

3　　Tani Barlow「Introduction：On Colonial Modernity」，Formations of Colonial Modernity in East Asia Durham：Duke University Press1997，p2.

圖終結後殖民理論思潮中已經出現的自言自語的學院化傾向。[4]

　　Tani Barlow 等人提出的「殖民現代性」闡釋理論和方法更精確地闡明，殖民歷史與現代性經驗是如何複雜地交纏在一起。這與臺灣的狀況頗為契合，也正是這種契合觸發了臺灣知識界對這一概念及其所包含的一套闡釋理念的強烈興趣，許多思想者都認識到：「要探討『非歐洲』現代性的書寫往往必須先跳脫歐洲傳統的現代性概念，改從一種『殖民現代性』（colonial modernity）的理論架構出發，將焦點放回到非歐洲國家殖民經驗中的歷史特定性。」正如張君玫在討論「全球化時代中的後殖民問題意識」時所指出的：「『我們』都仍在追求『現代性』的熱望中，無論是那一個象限中的『我們』：性別、族裔、階級或地域的我群，此一『仍在現代裡』的認知，變得更迫切，因為經常被遺忘。（這就是 Partha Chatterjee 所說的，thematic modernity。唯有透過地方化、異質化，乃至於性別化的質問與闡述，方能把這種普同主義的現代性宗教，翻譯成一種實踐的質問。）在時空的高度壓縮，太容易讓人們誤以為已然到達歷史進程的速度極限，無論這個極點被命名為後現代主義或民主自主。」[5] 的確，「殖民現代性」的闡釋模式為臺灣理論界重新反思臺灣的現代性問題提供了一種新的思路和新的契機。

第二節　從「近代化論爭」到「殖民現代性」分析

　　在〈殖民現代性分析與臺灣近代史研究〉一文中，臺灣歷史學者張隆志將「殖民現代性」分析與 80 年代的「近代化論爭」相

4　Tani Barlow「Introduction：On Colonial Modernity」，Formations of Colonial Modernity in East Asia Durham：Duke University Press1997，p6.

5　張君玫〈一座演化中的島嶼〉，http://blog.roodo.com/mei_island/

勾連，從近代史研究範式轉換的層面闡釋引入「殖民現代性」概念和分析方法的學術史意義。今天回顧 20 多年來臺灣理論思潮的變遷，1983 年至 1984 年間發生在歷史學者高伊哥（楊碧川）和戴國輝之間，並擴散到「臺灣意識」派和《夏潮》知識份子之間的臺灣「近代化論爭」，的確意味深長。90 年代以來臺灣思想界的分裂，意識形態的分歧，甚至文化認同之衝突，在這場小規模的論戰之中都早已顯露端倪。1983 年 5 月高伊哥在黨外雜誌《生根》發表〈後藤新平：臺灣現代化的奠基者〉一文，高度肯定日本殖民者後藤新平對臺灣現代化的貢獻，認為他是臺灣資本主義制度、結構以及與之相應社會變革的「奠基者」，是臺灣近代化、資本主義化的奠基者。在 1984 年發表的 3〈臺灣歷史意識問題〉中，高伊哥再次表述了這一觀點：「在道德譴責帝國主義之餘，我們不妨冷靜探討帝國主義帶給殖民地、第三世界的另一面。從前的英屬地——印度、新加坡、馬來亞等地為什麼還沿用著英國的法制、行政體系？臺灣上一代的知識份子在戰後三十年所付出的貢獻，不必諱言，是帝國主義所賜；李光耀、甘地、尼赫魯、Franz Fanon、王敏川、蔣渭水等人也是帝國主義教育下的產物。」[6] 高伊哥的觀點顯然是廖文毅、邱永漢和王育德等台獨親日派歷史觀念的一種翻版。這引起了旅日臺灣史學者戴國輝的尖銳批評。在題為〈研究臺灣史經驗談〉的演講中，戴國輝指出：高伊哥的歷史觀念——「後藤新平治台的神話」——暴露出一種「被殖民心態」，而且已經「病入膏肓」。「不但有失民族的尊嚴，同時亦有失被殖民地統治大眾的立場。」戴國輝的批評建立在其對臺灣近代經濟史和日本殖民史的紮實研究的深厚基礎之上，「臺灣早在日本侵台以前就有了鐵路、煤礦的開採，與對

6　高伊哥〈臺灣歷史意識問題〉，原載《臺灣年代》1984 年 3 月，收入施　　敏輝（陳芳明）編《臺灣意識論戰選集》臺北：前衛 1985 版，第 171 頁。

岸福建之間已敷設有海底電線等等。」早已經是「寶島」了，並非如殖民者所謂「化外之地」、「瘴癘之地」、「三年小亂五年大亂」的難治之地。抹去臺灣的「早期現代性」以及污名化殖民前的臺灣是合法化殖民統治的一種意識形態伎倆。戴國輝明確地指出殖民者美化殖民統治是為了「保持既得的利益」，被殖民者對殖民統治的美化則是因受到了殖民意識形態和價值觀的影響，而一些中產階級以上的台籍知識份子之所以不能真正「克服和揚棄被殖民心態」，是因為他們「在臺灣戰後史遇到太多的挫折和傷痕，必然地生起了憎恨以及不滿現狀，反對體制的強烈願望。但這些一直停滯於情緒化的層次，不易被提升到理性的層次來處理。」戴國輝認為：「看待與評佔殖民地統治史，被殖民、被支配的歷史，我們需要全面地，從殖民地支配的動機開始分析，一直到統治的具體過程和結果來做整體的調查、研究才稱得上社會科學的。」[7] 這場「近代化論爭」不只是張隆志所說的「現代化論」與「反殖民論」兩種歷史研究範式之間的分歧，而是已經深刻地觸及到了殖民性與現代性之間的複雜糾葛，但可惜的是，還未及深入就很快轉入所謂的「臺灣意識」論戰了。這一轉換卻多少可以表明，「殖民現代性」問題不僅僅是關乎以什麼範式解釋歷史的純粹學術問題，而且是關涉到意識形態分歧與衝突的重大問題，它早已深刻地嵌入當代臺灣理論思潮的歷史脈動和認同的形構與衝突之中。

　　90 年代中後期隨著「現代性」和「後殖民理論」的引入，尤其是「殖民現代性」概念的出場，「近代化論爭」所觸及的根本問題獲得了重新思考的契機。而最早將「殖民現代性」思維框架導入臺灣的學術思想和社會研究的應是《位置》的「姊妹刊物」《臺灣社會研究》雜誌。1997 年 12 月，《臺灣社會研究》（第

7　　戴國輝〈研究臺灣史的經驗談〉，《夏潮論壇》1984年3月，第12期。

28 期）的「國族與殖民主義專題」同時刊出兩篇相互呼應的反思「殖民現代性」的重要文章：富山一郎（Ichiro, Tomiyama）的〈殖民主義與熱帶科學：「島民」差異的學術分析〉和丘延亮（Chiu, Fred Y. L.）的〈日本殖民地人類學「臺灣研究」的重讀與再評價〉。富山一郎和丘延亮屬於東亞的區域批判知識份子社群，曾經都是《位置》的重要作者。而〈殖民主義與熱帶科學：「島民」差異的學術分析〉一文曾經刊登於《位置》的第 3 卷（1995 年秋第 2 期），並收入 Tani Barlow 主編的《東亞殖民現代性的形塑》中。意味深長的是，富山一郎和丘延亮的討論都從後殖民批判的視域出發，雖然在研究範式上與戴國輝有所不同，但同樣都是對「後藤新平治台神話」的質疑與批判以及解構與顛覆，而非如張隆志所言只是對楊碧川的「現代化論」與戴國輝的「反殖民論」日據臺灣歷史兩種研究範式的超越。在「現代性」的掩護下，帝國關於殖民地的熱帶科學、人類學、生物學和醫學等相關的學院論述——在論述的主體位置、人種分類學和疾病的定義等等方面——其實都可能隱藏著殖民者或帝國的意識形態立場。這已經成為包括富山一郎和丘延亮在內的東亞的區域批判知識份子社群的一個重要共識。

　　富山一郎揭示出 1914 至 1945 年間流行於日本大學的「熱帶科學」研究與殖民主義之間存在著隱秘的共謀關係，這一學院知識的生產是出於帝國擴張和殖民統治的需要，其功能既在於以「現代性」的名義合法化日本對外的擴張與侵略，也在於規訓東南亞的「島民」。「熱帶科學」和「大東亞共榮圈」都是帝國的殖民意識形態，只不過「熱帶科學」帶有現代性的光環而更具隱蔽性而已。以人類學和解剖學家長穀部言人等人對南洋群島島民的人體測量學研究為例，富山一郎深刻揭示出了學院的「熱帶科學」論述與殖民主義的歷史關聯：長穀部等許多帝國的學者和科學家，尤其是南洋託管中心醫院的醫生們，「他們藉由對島民的

血型、膚色、汗腺和指紋的測量，區分其種類。在這類型的研究中，這些測量的指標是預先設定的，而指標的意義則是單方面賦予的，完全無關乎地方性的敘述，然而，在種族分類的指標測量不論是文化性的或生物性的，都不是爭議的焦點。重點在於，透過獲得完全定義權，研究主體以異於實際關係的方法來建構『島民』。」8

　　這種體質人類學的測量的結論即是「日本人」和「島民」都是「南洋人」，都適合在南洋生存，這樣就為日本帝國的殖民入侵埋下了伏筆。富山一郎尖銳地指出：「我們甚至可以說，當指標被研究和分類時，殖民主義已經開始了。」而在文化人類學和醫學研究方面，日本帝國的學院論述則與其老師西方帝國沒有什麼差別，都把被殖民者視為「懶惰」和「野蠻」人，把他們的文化視為未開化的文化。這樣就建立了「野蠻」與「文明」、「疾病」與「健康」、「未開化」與「現代性」的二元關係構架，這個構架合理化殖民與被殖民關係。這是帝國主義合理化其殖民統治的一貫常用的意識形態伎倆。富山的敏銳更在於觀察到帝國醫學關於「島民」的「疾病」的定義是如何與資本主義的「勞工學」扣連在一起的：島民的「怠惰」和「低生育率」都被界定為一種「疾病」，所以需要治療和改造──「現代性」的或暴力的改造。只有這樣才能生產和再生產出能滿足帝國資本家需要的合格的勞動力。富山並且把觀察視域延伸到沖繩的日本人和東京的無產階級遊民。他們同樣被「帝國醫學」定義為與「島民」相同或相似的「病人」。富山的分析，顯然引入了馬克思主義的政治經濟學批判和階級分析理論，深刻地觸及了帝國與現代性的內面關係，揭示出了「殖民現代性」的真正本質。

8　富山一郎〈殖民主義與熱帶科學：「島民」差異的學術分析〉，《臺灣社會研究》1997 年 12 月，第 28 期，第 133 頁。

丘延亮的〈日本殖民地人類學「臺灣研究」的重讀與再評價〉呼應了富山一郎的觀點，只是把目光移到了帝國人類學的「臺灣研究」：「日本殖民地人類學之『臺灣研究』不但是其次帝國文化工程的自供狀；而這些『研究』中對臺灣原住諸民族的『寫真』，則尤其成為了其次東方主義的自我寫照。」[9] 而戰後迄今的臺灣學術界卻仍然有人不加反思和批判地認為日本殖民地人類學為臺灣人類學建立了基礎。丘延亮提醒人們對日本殖民地人類學的「臺灣研究」的觀察必須重建其政治經濟脈絡，警惕這種「臺灣研究」藉「去政治化」隱藏其殖民意識形態。丘延亮所謂的「重讀」即是重新返回這一「人類學」論述生產的政治經濟脈絡之中，是對日本殖民地人類學的「臺灣研究」進行一種再政治化和重新歷史化的批判性闡釋。

我們認為，在「殖民現代性」研究方面，富山一郎和丘延亮是兩位重要的思想者，不僅僅因為他們較早地進行了「殖民現代性」的闡釋實踐，更重要的在於，他們的批判性論述構成了對迄今仍然徘徊在台島的「殖民現代性」幽靈的解構，是對至今還影響著臺灣現代性認同的「後藤新平治台神話」的一種更具批判性的顛覆。我們顯然不能在純粹學術史的典範轉移的意義上理解和認識臺灣思想領域從「近代化論爭」到「殖民現代性」分析的轉變。現今，「殖民現代性」概念已經深刻地影響了臺灣知識界對臺灣尤其是對近代臺灣的闡釋：夏鑄九對日據時期臺灣建築與城市的歷史研究，傅大為對日治時代「近代化的醫療政治」的分析，許介鱗對殖民地法制的「不平等」本質的揭示，范燕秋對日據臺灣醫學史的研究，呂紹理對日據時期臺灣作息制度以及博覽會的「展示臺灣」的分析，陳培豐對日據時期殖民者的語言政策

9　丘延亮〈日本殖民地人類學「臺灣研究」的重讀與再評價〉，《臺灣社會研究》1997 年 12 月，第 28 期，第 151 頁。

與臺灣近代化及認同形成之關係的分析，劉益誠對「臺灣棒球運
動的反現代性」的討論……都是「殖民現代性」概念導入「闡釋
臺灣」實踐的積極而又深入的研究成果。

　　那麼，「殖民現代性」的涵義為何？臺灣知識界如何界定這
個重要的概念？有兩種定義方式值得我們關注：第一種以夏鑄九
為代表，認為「殖民現代性」即是一種「沒有主體性的現代
性」。在〈殖民的現代性——重寫日本殖民時期臺灣建築與城市
的歷史〉一文中，夏鑄九具體地賦予了這個概念的理論意義：在
殖民統治者強調的「現代正當性」之下，殖民社會是一種依賴型
社會，被殖民者沒有主體性，沒有自我，也沒有給出意義的能力
和權力。殖民地社會沒有市民社會的自主性，沒有市民的公共空
間。「因此，即便在客體層次上，臺灣有了一些技術、法制、衛
生、教育與官僚效率，反而卻無由產生個體之自覺，主體之反身
性（reflexivity），這也就是主體缺席之殖民現代性。」[10] 夏鑄九
對「殖民現代性」的批判性討論，目的在於超越「殖民現代
性」，並在「後殖民與後傳統的脈絡」中，經由「反身性的計
畫」，建構一種具有主體性和歷史感的批判的現代性。在這個基
礎上，夏鑄九建構了都市與現代性關係研究的框架：殖民都市與
反殖民都市的二元對抗。夏鑄九試圖在都市文化層次上進一步探
討反殖民城市的都市空間的狹縫。他認為：「殖民城市與反殖民
城市之間，相互對抗的，以及複雜的糾結的關係，它們共同建構
了殖民城市的都市功能與都市形式。將城市作為政治與文化對抗
的基地，除了反殖民政治活動的舞臺之外，還是一種符徵再現
（representation），藝術家通過想像力來改變與佔有空間，表現
抵抗的意義。這是受壓迫的殖民城市中有社會與文化活力的經

10　夏鑄九〈殖民的現代性——重寫日本殖民時期臺灣建築與城市的歷
　　史〉，《臺灣社會研究季刊》2000 年，第 40 期，第 65 頁。

驗，也構成了反殖民城市的集體記憶。」[11] 夏鑄九的定義在臺灣的建築和城市史以及空間生產的研究方面都有著明顯的影響。而理論立場迥異的吳叡人對「殖民現代性」有著相似的定義，在他看來，「殖民的現代性」是與「反殖民的現代性」相對的概念，前者是西方的現代性，對於第三世界地區而言這種現代性是「規訓的現代性」，而「反殖民的現代性」則是作為第三世界建構主體性的「解放的現代性」[12]。在思維方式上，吳叡人的論述與汪暉的「反現代性的現代性」論述存在某種相同的之處。夏鑄九和吳叡人的問題都在於如何避免西方現代性與東方現代性或殖民現代性與第三世界現代性之間的二元化處理模式變成傳統的中西二元對抗模式的複製。

正是在這個問題上，有學者質疑夏鑄九和吳叡人等人的這一界定方式可能簡化了現代性與殖民性關係問題的複雜性，並且提出了一個需要進一步思考的追問：「在建構『殖民現代性』（colonial modernity）的過程中，建築與都市發展真否僅是被定論為一個缺乏主體性參與的過程？」[13]

與夏鑄九對「殖民現代性」的明快界定相比，第二種以張隆志為代表的看法則要顯得複雜一些：「由於學者理論立場以及認知方式的差異，使其在對於殖民現代性的內涵特質，亦出現不同的想像與評價。」在他看來，臺灣學界對殖民現代性概念的使用和在使用中產生的界定存在種種差異，包括：1.「區域個案的殖

11　夏鑄九〈公會堂與大稻埕南街——殖民城市的中心廣場與反殖民城市的對抗性都市空間狹縫〉，《視界》第8輯，河北教育出版社2002年版，第36頁。

12　吳叡人〈臺灣後殖民論綱〉，《思想》第三期，臺北：聯經出版社2006年版，第99頁。

13　吳秉聲〈幻景：殖民時期臺灣都市空間轉化意涵之研究——以台南及臺北為對象〉，臺灣成功大學建築學系2006屆博士論文。

民現代性（variations of universal modernity）：此一取向將殖民地現代化，視為西方啟蒙現代性普世化與全球化的個案，並注意現代性在不同時期和區域的差異。」2.「缺陷矛盾的殖民現代性（incomplete modernity）：此一取向批判現代性的內在矛盾與負面效應，並強調殖民主義的暴力性與不平等權力本質，及其對於殖民地現代化過程的扭曲與阻礙。」3.「統治技藝的殖民現代性（governmental modernity）：此一取向分析殖民者的意識型態、統治技術和政治理性，並強調其對於殖民地現代化與文明化的支配性影響。」4.「曖昧交織的殖民現代性（hybrid modernity）：此一取向著重於現代性與本土社會的混融與互動，並呈顯出殖民者與被殖民者之間愛憎交織的複雜關連。」5.「另類創新的殖民現代性（alternative modernity）：此一取向強調被殖民菁英與民眾對於殖民主義的回應與抵抗，以及殖民地社會對於現代性的文化採擇與創造。」14 當張隆志從其所謂的「本土史學」的理論立場和方法學跳脫開時，其分析則顯得細膩豐富而更具意義，對於我們深入地理解臺灣思想界的『殖民現代性』論述也更具啟發性。的確，臺灣理論界對「殖民現代性」概念和分析方法的運用呈現出多元化的趨勢。我們認為，在理論立場上，『殖民現代性』論述基本可以分為以下三大類型：上文我們提到的丘延亮、夏鑄九等思想者對「殖民現代性」顯然持一種批判的立場，這一立場傾向於揭示和批判「殖民現代性」中殖民主義因素，傾向於揭示「帝國」和「現代性」的「共犯」或「合謀」關係，「殖民現代性」即是帝國的意識形態。他們主張以具有反思和批判意識的「反身現代性」進行再啟蒙，解魅「殖民現代性」，最終以「主

---

14 張隆志〈殖民現代性分析與臺灣近代史研究〉，若林正丈、吳密察主編《跨界的臺灣史研究——與東亞史的交錯》，臺北：播種者文化有限公司 2004 年版，第 153 頁。

體性的現代性」取代無主體的「殖民現代性」；第二種理論立場對「殖民現代性」持同情和理解的態度，認為日據時期臺灣的知識份子深陷於現代性與殖民性的悖論與掙扎之中，現代性與殖民性的交纏和混合，導致他們陷入價值選擇與文化認同的艱難困境，如何區隔現代性與殖民性成為一種知識論和文化實踐上的難題，這形成了曖昧矛盾的殖民現代性情結；第三種是肯定和認同「殖民現代性」，持這種理論立場的人，把「現代性」視為首要的正面的價值選擇，殖民或非殖民抑或反殖民都不是最重要的課題，至關重要的是臺灣社會的現代性或現代化建構。這個觀念迄今還有市場，或長期埋伏在集體潛意識之中變成一種幽靈化的存在。這三種觀點或理念都深刻地捲入了當代臺灣的文化場域和身份認同的形構之中，知識界和大眾對「殖民現代性」認識的種種分歧本身即是臺灣社會的矛盾與衝突的根源之一，也是意識形態衝突與分歧的重要表徵。

第三節　「殖民現代性」分析與當代臺灣文論

如果說我們以上所討論的大都是理論和學術話語生產中的「殖民現代性」問題，偏重於理性的分析和理論的闡述，那麼，在文學藝術領域，「殖民現代性」問題則牽涉到感性領域的現代性規訓與反規訓的命題。文藝對「殖民現代性」的再現顯然更微妙更錯綜複雜，更顯示出「殖民性」與「現代性」的糾葛在一些臺灣知識份子的心理層面所產生的巨大影響，它形成了一種精神分析學所謂的「情結」，或雷蒙‧威廉斯所謂的「情感結構」／「情緒結構」。「殖民現代性」範疇的引入，對於當代臺灣文藝理論與批評的確意義深遠，它打開了當代文論闡釋日據臺灣文學更開闊的空間，打開了後殖民論述「在地化」的闡釋空間，也為臺灣身份認同的複雜性提供了一種更為細膩的解釋。在臺灣的文

藝理論與批評領域,「殖民現代性」分析已經產生了一些值得關
注的研究成果,這些成果回答了以下重要的問題:

　　如同臺灣文學,臺灣的美術也難以脫出「國族」認同問題和
政治文化的糾纏,以至於人們難以輕鬆地或以純粹審美的眼光來
觀看臺灣的美術史。美術作為一種觀看方式,早已深深地嵌入文
化認同與現代性的矛盾糾葛之中。1996年《雄獅美術》雜誌社舉
辦「何謂臺灣?近代臺灣美術與文化認同」研討會;2001年臺灣
「歷史博物館」舉辦「臺灣藝術與設計中折射的殖民現代性國際
國際研討會」;2005年臺灣美術館舉辦的以「變異的摩登──從
地域觀點呈現殖民的現代性」為主題的「臺灣美術現代性系列
展」……,都一再表明文藝理論界和藝術界對「殖民現代性與文
化認同」關係命題的高度重視。一些學者開始提出了一系列更為
深入的理論問題:「殖民現代性」如何轉換為一種殖民地的美學
秩序?或者說美學形態的「殖民現代性」究竟是如何形成的?在
這個轉換過程中,什麼東西被遮蔽了?殖民意識形態又是如何被
美學所包裝的?殖民性與現代性的悖論如何影響了日據時期部分
臺灣知識份子文化認同的矛盾和曖昧?當代臺灣文論中的「殖民
現代性」分析已經在一定程度上揭示出了這種矛盾糾葛,也揭示
出了「殖民現代性」的隱蔽的運作機制和美學修辭技藝。在我看
來,廖新田和張正霖等學者對日據時期臺灣美術的研究已經深刻
地觸及了這一系列問題。

　　在〈從自然的臺灣到文化的臺灣:日據時代臺灣風景圖像的
文化表徵探釋〉和〈近鄉情怯:臺灣近現代視覺藝術發展中本土
意識的三種面貌〉兩篇重要的文章中,廖新田從文本所呈現的視
覺文化意義切入,分析日據時期臺灣風景畫中的視覺表徵,試圖
闡釋「自然的臺灣」是如何轉化為「文化的臺灣」:即從「風景
圖像表徵解讀日據時代視覺上的臺灣自然環境如何被轉換成文化
的意義。」廖新田並且試圖揭示出這一轉換的內在機制及其「殖

民現代性」在這一轉換過程中的作用：即殖民現代性「如何作用於視覺美學化的過程」。廖新田的論述顯然建立在 Kate Soper 的自然與風景理論的基礎上。何謂自然？風景又是什麼？在 Soper 看來，不能從人類一般的經驗或單純自然的維度給予解釋。自然和風景都是一種社會建構，必須從人與自然、人與人的「宰制」關係出發才能獲得真正的理解：「簡言之，我們需要將階級的觀點置入任何關於自然愛好者的論調中，因為階級關係不僅嵌入地景中，更對它的文化表徵的生產與消費帶來衝擊。循此，地景乃是一個意識型態的觀念。……正由於風景畫從來就不只是單純地對地景的描繪，也不是直接的鄉村景致的寫照，它們不能純粹以共通的人類對大自然的情感，或一般的經驗來理解。」作為一種權力結構，殖民與被殖民的關係必然也深刻地嵌入自然與風景的形構之中。從這個批判的風景論述出發，廖新田指出了「帝國風景論」的殖民意識形態性質：「從視覺與文化角度而言，臺灣在日本殖民統治下逐漸成為一種差異的、異情調的景觀，一個以殖民現代性（colonial modernity）為基礎的文化分類與收集系統，可用來做為展示與觀看的對象。展示在此呈現一種關係：殖民者的主體欲望與被殖民者的文化認同。」廖新田的深刻處在於揭示出「殖民現代性」的美學化的機制——一種「現代化的美學化」。這種美學化或殖民地美學秩序的建構透過兩方面的運作來達成：一方面是現代化之意象插入自然景觀之中，使自然性變成「現代化」的陪襯；另一方面是將「風景」情調化和等級化並轉化為一種「自我的東方化」，消解了地方性的抵殖民性，甚而將地方性轉化為殖民意識形態的共謀。[15]

15　廖新田〈從自然的臺灣到文化的臺灣：日據時代臺灣風景圖像的文化表徵探釋〉，「重訪東亞：全球、區域、國家、公民」2002 文化研學會年會論文，文化研究學會、東海大學社會學系主辦，2002 年 12 月 14-15 日。

　　廖新田的分析儘管在解釋現代性的審美化方面還不夠充分，但已經觸及了殖民現代性與審美意識形態的內在關係，並且把它與志賀重昂的《日本風景論》相扣連，從而揭示出「帝國風景論」的殖民主義色彩。廖新田的分析至少提出了被理論界忽視或甚少關注的重要問題，即審美現代性與殖民現代性是如何形成某種共謀結構的。當然，廖新田還未及詳細地闡明「殖民現代性」的美學化和殖民地美學秩序的建構究竟如何微妙地影響了被殖民者的觀看方式？被殖民者的地方感又是如何被「殖民現代性」所編碼的？如果說廖新田的分析建立在夏鑄九對「殖民現代性」批判性思考的基礎之上，那麼，張正霖的思考則從質疑夏鑄九對「殖民現代性」的界定開始：「殖民現代性是否真是一種『沒有主體建構過程的現代性』呢？是否，因為殖民統治的推展壓抑或扭曲了被殖民者的『主體性』呢？是否，完整的『主體性』是僅僅屬於殖民者的呢？……」儘管這種質疑因缺乏對「主體性」概念本身的界定而難以令人信服，但張正霖試圖超越過於簡化的殖民與被殖民的二元對立結構，而使殖民現代性分析轉入對一種更為複雜的權力關係的闡釋：「到底殖民者與被殖民者雙方是如何在特定的社會場域與歷史條件下，相互建構著彼此的主體性，如何共業般地被鑲嵌在殖民的處境之中？」在我看來，張正霖這裡所謂「主體性」的涵義與夏鑄九的「主體性」概念已經截然不同。其實，張正霖所欲分析的即是殖民者與被殖民者是如何彼此相互建構的。這正是前後期後殖民批評的不同之處，這一觀點也是《位置》雜誌的基本主張之一。現今，後殖民理論界逐漸對早期的基本論點——殖民者和被殖民者截然對立的闡釋框架產生了不滿，發展出「混雜」、「差異」以及「異質」等等概念來考察和處理殖民者與被殖民者之間複雜的相互參與和相互交戰的文化與權力關係。這種考察至少包括兩個層面，第一是透過文化的「混雜」與「挪用」達成反抗殖民之目的，用斯皮瓦克的話說即

是「推翻、置換和攫取『價值編碼器』」；第二是揭示出在殖民統治結構中以及殖民意識形態生產中被殖民的本土精英以及上層階級所扮演的角色，即揭示出殖民者和被殖民者中的知識精英及其他上層階級份子之間的共謀關係。

正是在這個意義上，在〈殖民與現代性的悖論──日據時期臺灣官展美術風格中的「主體」〉一文中，張正霖提出了一個真正意味深長的發問：「我們持平地考察當時臺灣經濟發展的實況，也就是要問日本殖民者與臺灣人之間經濟結構上的階級、種族差別位置，為何沒有反映到前輩畫家的畫面中，卻是均質地與殖民者『共用』著普遍的審美品味？使這『謬誤意識』（False Consciousness）發生的仲介因素又是什麼呢？」在張正霖複雜的分析中，一些重要的因素逐漸被凸顯了出來：第一個因素正是殖民者和被殖民者中的知識精英及其它上層階級份子之間的共謀關係。這裡，張正霖顯然認同《日本帝國主義下的臺灣》的作者涂照彥的觀點：臺灣的殖民地化是一種殖民者與「土著地主（地主制）」共生的「殖民地化」。第二個因素在於「臺灣的新興階層與知識菁英們，與統治者之間分享了幾近相同的『啟蒙』與現代性思維。」「尋求體制內改革的文化運動者的現代性立場與官展中現代美術風格巧妙地在審美價值觀上產生一致。」啟蒙現代性、審美現代性與殖民現代性高度曖昧地糾纏在一起，削弱了反殖民的力量。第三個因素即是殖民者施行的「同化主義」策略，這一策略形塑了現代化等於日本化的殖民現代性邏輯。殖民者對殖民地風景的觀看和凝視方式，殖民者的視覺感受與審美趣味「同化」了殖民地的藝術家。「被殖民者逐漸自覺地變成自身的監視者，具體而微地響應著殖民權力的部署。」張正霖在這一系列具體分析的基礎上給出了一個重要結論：日據時期的「官展」是一個權力關係錯綜複雜交互作用的「力學場域」，包括美術作品的形式、象徵與風格等等的美學問題必須在殖民現代性的內在

矛盾和曖昧狀況中予以考察,這樣,殖民地的藝術美學就成為了
「一種動態的再現政治經濟學」。[16]

　　張正霖的觀察局限在臺灣近代美術的「官展」場域,但其建
立的分析框架顯然具有覆蓋殖民地「主體」問題的意圖。這樣,
張正霖的分析及所得出的結論就出現或產生了三個需要進一步追
問的問題:其一是「主體性」的涵義究竟是什麼?在他看來,殖
民者與被殖民者都不具有一般指涉的那種「完整的主體」,兩方
都有某種空缺,都需要「他者」的填補。這裡,究竟是在何種意
義上使用「主體」概念?在對殖民與被殖民關係結構的分析中,
使用拉康和齊澤克的「主體欠缺」理論是否合適?其二是「啟蒙
現代性」能否從「殖民現代性」中獨立出來而成為超克「殖民現
代性」的一種反殖民的力量?是否存在某種超出或擺脫了「殖民
與現代性的悖論」這一框架的歷史因素?如果存在這樣的歷史因
素,那麼它與曖昧的「殖民與現代性的悖論」框架的關係又如
何?與此相關的第三個問題就是,所有的現代性因素都是殖民主
義擴張的產物或副產品嗎?如果沒有帝國主義的殖民擴張第三世
界或後發展地區是否真的還處於黑暗落後原始蒙昧或小農經濟的
狀態?第三世界內發的現代性是否可能?人們是否誤讀了馬克思
對近代殖民主義雙重性的歷史論述?是否把馬克思對一種歷史事
實的闡明讀成了對歷史發展「應然」狀況的確認,如此就形成了
一種可怕的歷史邏輯:沒有西方或東洋帝國現代性的擴張和入侵
就沒有東方現代性的萌生,沒有帝國現代性美學的入侵也就沒有
東方現代美學的萌芽。這樣,殖民地的知識份子深陷於殖民現代

16　張正霖〈殖民與現代性的悖論:日據時期臺灣官展美術風格中的「主
　　體」〉,「重訪東亞:全球、區域、國家、公民」2002 文化研學會年
　　會論文,文化研究學會、東海大學社會學系主辦,2002 年 12 月 14-15
　　日。

性的悖論或認識論困境以及文化認同之曖昧狀況就變成了一種無可逃脫的歷史宿命。

　　「殖民與現代性的悖論」顯然不只是張正霖一個人獨自運用的闡釋模式，許多研究成果都可以表明，這個模型已經成為臺灣知識界理解與闡釋日據臺灣史、臺灣思想史複雜的矛盾運動的至關重要的範式之一。這個闡釋模式在日據時期臺灣文學研究中同樣也佔據著重要的位置。現今，「殖民性與現代性」的矛盾與糾葛已經成為文論界的核心話語之一。在不少文學史研究者看來，作為殖民地的經驗和傷痕，它構成了日據作家一種普遍的精神心態或「情結」，並且在作品的人物情感結構與性格氣質以及文本結構乃至美學修辭等層面上都有著直接而感性的反映。陳芳明的《殖民地摩登：現代性與臺灣史觀》基本上使用了這個闡釋模式。在他看來，日據時期臺灣的文學心靈大多深陷於「現代性與殖民性」兩難選擇的困境之中。在陳芳明對賴和、朱點人、陳虛谷、蔡秋桐、龍瑛宗和巫永福等作家的細膩分析中，陳芳明一再表述了這一觀點：「臺灣若不追求現代化，就必須接受被支配的命運。不過，現代化並非是從臺灣社會內部自發性產生，而是由日本人以強制性手法加諸臺灣人身上。因此，殖民地知識份子，已深深體會到文化上的兩難。如果臺灣人要抵抗殖民統治，就連帶要抵制現代化；如果要接受現代化，則又同時要接受殖民統治。」[17] 陳芳明的日據臺灣作家論大多是這個悖論的演繹或註腳。看起來，這一悖論與約瑟夫‧海勒的《第22條軍規》形式上多少有些類似，在邏輯上都是無法擺脫的困境。對於日據時期臺灣的知識份子而言，這個困境不僅僅是純粹邏輯的或認識論上而且有其日常生活的真實性和感受性。日據時期臺灣的知識份子的

17　陳芳明《殖民地摩登：現代性與臺灣史觀》，臺灣麥田出版社 2004 年
　　版，第 47 頁。

確置身於這個巨大的困境之中，而日據臺灣文學正是這一困境的
真實寫照。無可置疑，在殖民性與現代性的悖論之中掙扎，構成
了日據時期臺灣文學心靈史或心態史的重要部分。理解這一困境
確很重要，它無疑是我們能否真確地感受和認識殖民地痛苦的文
學心靈的基礎。但是，在我們看來，揭示出這個邏輯悖論和經驗
困境還遠遠不夠。我們要進一步追問陳芳明的是，為什麼「要抵
抗殖民統治，就連帶要抵制現代化」？臺灣的現代性是否只有
「殖民現代性」一種類型？近代臺灣的知識份子的思考都被「殖
民性與現代性」悖論所框架住了嗎？是否存在超越「殖民性與現
代性」悖論的現代性思想路徑？陳芳明所描述的「兩難」邏輯或
「困境」論述中可能隱含著一個需要重新辨析的結論：沒有殖民
主義的擴張就沒有第三世界的現代性。在我們看來，這個結論本
身即是「殖民現代性」幽靈附體的一種精神症候。至今，這個
「殖民進步主義」的幽靈還徘徊在包括臺灣地區在內的有著被殖
民與半被殖民經驗的第三世界某些知識份子的心靈世界。

　　因而，我們從張正霖的分析中延伸出的一系列疑問有著廣泛
的針對性。我們認為，這些問題中最重要的是：「啟蒙現代性」
能否從「殖民現代性」中獨立出來而成為超克「殖民現代性」的
一種反殖民的力量？如何重新認識本土內生的反殖民的現代性因
素？我們在陳芳明對賴和和楊逵文本的重讀以及重新定義「現代
性」概念的嘗試中看到了這一思想的萌芽，而在陳建忠的「賴和
論」以及建立在「賴和論」基礎上的「現代性、本土性、殖民
性」的闡釋框架中，已經比較清晰地表述出了日據時期臺灣知識
份子超越殖民現代性框架限制進而建構另一種現代性的思想向
度。在《賴和讀本》的導讀〈書寫臺灣，臺灣書寫：賴和文學與
思想世界〉一文中，陳建忠提出理解賴和思想的基本框架：「賴
和的作品至少包括了以下幾種主題，個別的主題之下則因應不同
題材而有所變化，它們分別是：『反殖民主義的主題』（反帝）、

『啟蒙主義的主題』（反封建）、『反思啟蒙、建構本土特質與
階級認同的主題』（肯定本土與階級文化的批判性意義），以上
三種架構了賴和文學的主要主題，賴和以此來表現他對殖民地現
實的思考與關懷。」「賴和的思想特質中，除瞭解構殖民主義、
批判我族文化等反帝、反封建主題外，對於新一代啟蒙者接受殖
民現代性的危機；以及必須建構一套基於臺灣本土立場與勞動階
級立場的文化論述，以對抗殖民主義論述及右翼資產階級論述，
他都有所反省與建構，這使他的作品具有獨特的辯證思考與自我
批判的思想特質。」[18] 這個分析十分重要，它指出了殖民地知識
份子超越「殖民現代性」悖論的兩種方式：以左翼現代性和民族
自我認同以及本土文化思想重構來瓦解和對抗殖民主義與現代性
的共謀。

　　的確，賴和和楊逵都以其文學創作和生活實踐提供了殖民地
和第三世界知識份子擺脫「殖民現代性」幽靈糾纏的可能性，回
到賴和和楊逵重新反思現代性問題是跳出「殖民現代性」框架限
制的有效方式。賴和和楊逵的精神遺產是臺灣知識份子建構「反
殖民的現代性」的思想基礎。但我們仍然要指出的是，陳建忠的
「賴和論」並不徹底，造成這一不徹底的原因包括相互關聯的兩
個方面：其一，陳建忠的現代性反思其實並未完全跳脫「殖民現
代性」的悖論；其二，陳建忠的「魯迅論」存在明顯的局限。
「賴和論」和「魯迅論」有著極其內在深刻的精神關係。由於陳
建忠對魯迅的理解在視域上存在明顯的局限，「魯迅論」有些單
薄，這也直接影響了其對「現代性」問題的理解，也影響了其
「賴和論」的深度。我們在陳建忠一再堅持和強調的基本觀點中
看到了陳建忠思考的不徹底性：他一再強調魯迅和賴和「兩人在

18　陳建忠〈導讀：書寫臺灣，臺灣書寫：賴和文學與思想世界〉，http://
cls.hs.yzu.edu.tw/laihe/C2/c_21.htm

不同歷史與物質條件下，所產生的思想特質之現實指涉性。同樣
是追求群眾的精神與身體的解放，追求中國或臺灣人的思想啟蒙
與家國現代化，魯迅把知識份子引介的啟蒙價值視為一帖重藥，
強調啟蒙對中國人生存於世界的重要性；而賴和卻意識到過分相
信啟蒙價值的真理性很可能帶來認同的錯亂，並且愈加鞏固殖民
主義的意識形態。」[19] 這裡還是令人遺憾地把啟蒙現代性等同於
「殖民現代性」了。看起來，這個論述與陳芳明的觀點如出一
轍，這表明陳建忠還是未能從「現代性」與「殖民性」的認識論
悖論中真正解放出來。

比較而言，游勝冠的「賴和論」則試圖徹底跳脫殖民現代性
的框架，轉以左翼思想與「承認的政治」接合來闡釋賴和的意
義。在〈啊！時代的進步和人們的幸福原來是兩回事——賴和面
對殖民現代化的態度初探〉一文中，游勝冠從人們對賴和認識的
分歧處——啟蒙主義的「新知識份子」和帶有「封建文人氣質」
的人道主義者——切入，認為賴和與 20 年代新知識份子有著明顯
不同的特質，因而不能以「近代意識型態」闡釋賴和的思想。賴
和思想的獨特性在於發自性情的人道主義精神，在他的文學書寫
中「表現為對任何支配關係的批判，不管它是殖民與被殖民，還
是臺灣內部的階級之間的關係。」「所以，在西方自由主義的民
主、自由等普遍性價值找到抗爭的資源時，他參加了議會請置運
動，高呼民主。當他意識到民主運動是基於資產階級的利益而
推，臺灣內部也存在階級支配的問題，就像他在〈赴會〉中所指
出的，站在反支配的立場，他義無反顧地支持了階級運動。」[20]

---

19 陳建忠《日據時期臺灣作家論：現代性、本土性、殖民性》，五南出版
　　社 2004 年版，第 60-61 頁。
20 參見游勝冠〈啊！時代的進步和人們的幸福原來是兩回事——賴和面對
　　殖民現代化的態度初探〉，「殖民地經驗與臺灣文學——第一屆臺灣文

游勝冠同樣指出了民族傳統和本土因素在超越「殖民與現代性」悖論中所起的作用，同時也看到人性中反支配和反壓迫的力量以及知識份子善良天性和人格力量的重要作用。

游勝冠「賴和論」的意義在於回答了長期困擾臺灣知識界的兩個問題：第一個問題是如何超越「殖民現代性」所建構的「進步」與「落後」、「文明」與「原始」的二元化線性歷史觀。的確，對包括「殖民現代性」在內的任何「進步主義」意識形態的反思，賴和的喟歎都顯得意味深長：「時代說進步了，的確！我也信他很進步了，但時代進步怎地轉會使人陷到不幸的境地裡去，啊！時代的進步和人們的幸福原來是兩件事，不能放在一處並論啊！」[21] 第二個問題則是抵抗殖民和反抗壓迫的思想資源和精神動力又是什麼？許多學人都認同陳芳明提出的殖民地知識份子深陷於殖民性與現代性的「兩難」困境。在他們看來，這個困境之所以難以超越，其根本原因在於尋找不到超越「殖民現代性」框架的反殖民鬥爭的思想資源和精神動力——「啟蒙現代性」本身也是殖民現代性的一部分。游勝冠的「賴和論」回答了這個問題，即在人性和本土因素中找到了一種超越「殖民現代性」悖論的抵抗殖民的動力和可能。游勝冠闡釋殖民地臺灣知識份子的反殖民運動時運用了查理斯‧泰勒的「承認的政治」理論，用以闡明賴和反殖民的獨特性「賴和文化抗爭的位置，若從王詩琅所指出賴和不同於新知識份子的『近代意識型態』的特性來看，查理斯‧泰勒在〈承認的政治〉一文，對『普遍主義政

學學術研討會」，靜宜大學中文系、台杏文教基金會主辦，1998 年 12 月 19 日-20 日。

21　參見游勝冠〈啊！時代的進步和人們的幸福原來是兩回事——賴和面對殖民現代化的態度初探〉，「殖民地經驗與臺灣文學——第一屆臺灣文學學術研討會」，靜宜大學中文系、台杏文教基金會主辦，1998 年 12 月 19 日-20 日。

治』（politics of universal）與『差異政治』（politics of difference）的分析，才真正能分別賴和之於其他新知識份子位置、立場的不同。」（同上）看來，游勝冠的「賴和論」在論述資源上十分倚重查理斯·泰勒的「承認的政治」理論。但是，作為當代社群主義的話語之一，「承認的政治」有其理論前提和政治思想史脈絡——社群主義與現代自由主義的論爭。這一理論是否適合或在何種程度上適合用來闡釋殖民地的文化狀況和精神生態，顯然還是一個難以讓人放心的問題。在殖民壓迫的歷史狀況下，關於「普遍主義的平等」和「差異政治」的不同訴求，以及關於殖民文化的同質化和臺灣文化的獨特性的矛盾，這些命題的討論似乎還缺乏最基本的歷史前提。我們認為，游勝冠對查理斯·泰勒理論的過度倚重有可能削弱其「賴和論」的意義，也削弱了賴和的抵抗論述原本具有的意義和力量。我們遺憾地發現，在游勝冠的論述過程中已經出現了思想逐漸弱化的明顯跡象：抵抗主義的「賴和論」逐漸轉變為一種具有明顯多元文化主義意味的「臺灣獨特性論」。這種文化「獨特性論」和「多元差異論」必然要面對這樣的質疑：在殖民統治的壓迫結構中，談論文化多元和差異承認究竟如何可能？其歷史前提和思想基礎究竟何在？

第四節　「殖民現代性」的幽靈

　　一定意義上看，「殖民現代性」與「反殖民的現代性」之間的分歧和衝突潛在地構成了當代臺灣精神史的一條重要線索。但是，由於「殖民性」與「現代性」的歷史鑲嵌和複雜糾葛，由於左翼思想在臺灣一直處於被壓抑的狀態未能充分發展出系統而有力的抵抗論述——「左翼現代性」，也由於政治意識形態巨大分歧的深刻嵌入，臺灣思想界一直未能形成一套系統的並且具有強大闡釋效力的「反殖民的現代性」論述。如此，「殖民現代性」

就長期地影響著人們的思維方式、知識圖景和世界想像的建構。現今,「殖民現代性」的幽靈不時還會在臺灣的文藝和理論領域中出沒。在〈〈跳舞時代〉的暗影〉一文中,廖咸浩曾經敏銳地指出了這個幽靈的存在及其對文化認同的潛在影響,「殖民現代性」已經被「策略性地」轉化為「臺灣民族主義」意識形態虛構工程的心理和歷史的基礎:

> 《跳舞時代》乍看是部建構國族的論述,整部電影從臺灣已失去或被遺忘的《跳舞年代》入手,試圖告訴臺灣觀眾,其實臺灣早在日據時代就是個『進步』或『現代化』的所在。……這個被遺忘的年代似乎就是過去正統臺灣歷史——或說在中國歷史主導下的臺灣歷史——的暗影,而電影的目的便是鈎沉。而且,這部回到日據時代的電影也可以視作(或最起碼被不少人視作)是臺灣民族主義論述常用的策略:以日本之現代性反制中國現代性。
>
> 『跳舞』(跳西方交際舞)在這部片子裡確被賦予了一個簡單的意義——現代性或進步:臺灣學會了跳舞的時候正是臺灣獲得了現代性的時候。而這正是日據末期,因此,現代性的來到自是日人的功勞。[22]

在廖咸浩看來,現今,「殖民現代性」這個歷史的「暗影」,「早已進入了正午的太陽中」,並且產生出了歷史的另一種「暗影」。「殖民現代性」幽靈已經成為「臺灣民族論」意識形態的一個重要組成部分,並且繼續在當代臺灣政治和文化場域扮演著一種特殊的角色,廖提醒人們注意「殖民現代性」可能已

---

22 廖咸浩〈〈跳舞時代〉的暗影〉,中央大學「電影文化研究室」《放映週報》,http://www.funscreen.com.tw/fans.asp? period=14

經遮蔽了臺灣歷史的其他面向。對臺灣現代性問題的複雜性，廖咸浩提出了一種很有參考價值的解釋：「現代性自歐洲興起後，在十九世紀即出現了強力的反彈，原先當道的布爾喬亞現代性遭到了左翼現代性與波希米亞現代性的雙重挑戰。但這三種現代性的內涵到了非西方世界，因為時差的關係往往被混雜在一起，無力區分辨識。常見的是後二種另類現代性不是被馴化後混入布爾喬亞現代性，就是被斥為『非現代性』或『反現代性』。」[23] 的確，當代臺灣是一個典型的布爾喬亞社會，布爾喬亞價值體系深刻地影響著人們對臺灣現代性問題的認識。但廖咸浩的這個解釋卻也明顯地忽視了當代日本的「臺灣研究」與臺灣地區論述生產的互動和影響關係這個同樣重要的因素。這裡需要特別指出的是，當代日本的「臺灣研究」存在兩種不同的傾向：一種以小林善紀、藤井省三以及垂水千惠等為代表，認同「殖民現代性」，小林善紀甚至美化日本的殖民統治；另一種以松本正義、丸川哲史、駒近武、姜尚中等人為代表，屬於東亞批判知識份子社群，他們對「殖民現代性」和日本的「臺灣論」持一種批判和反思的立場。這兩種傾向在臺灣島內產生了兩種截然不同的迴響和呼應：前者與「親綠」，和「獨派」知識份子相互呼應，黃昭堂、施正鋒、宋澤萊等人甚至為小林善紀的「臺灣論」辯護；後者則與《臺灣社會研究季刊》群體在對話中形成知識份子「批判圈」，反思和批判臺灣的殖民現代性問題以及日本殖民主義的歷史，「重新思考東亞的歷史和人們的記憶」。小林善紀、藤井省三以及垂水千惠的「臺灣論」和「臺灣文學論」還遭到了來自陳映真、曾健民為代表的《人間》派知識份子社群更為激烈的批判與反擊。

23　廖咸浩〈〈跳舞時代〉的暗影〉，中央大學「電影文化研究室」《放映週報》，http://www.funscreen.com.tw/fans.asp? period=14

　　從「《臺灣論》風暴」中，我們可以觀察到新世紀後臺灣知識份子思想狀況和臺灣社會精神生態的一個重要側面：兩種歷史觀之間存在著重大的思想分歧，而這一分歧又如此深刻地嵌入「左」與「右」、「統」與「獨」的政治意識形態立場的衝突之中。我們也觀察到日本學界的「臺灣研究」中含有濃厚殖民主義色彩的「臺灣論」在臺灣的政界和理論界仍然有著某種影響力；我們也看到「殖民現代性」理念在臺灣文學理論領域至今仍然存在著幽靈附體般揮之不去的影響。這裡需要說明的是，藤井省三和垂水千惠的學院論述與小林善紀那種右翼的露骨的殖民主義意識形態還是有著很大的差別，他們的共同點在於對「殖民現代性」不加反省的認同，並以這一歷史觀來闡釋臺灣文學史，得出了一些難以令人認同甚至頗為荒謬的觀點。富山一郎和丘延亮曾經揭示出帝國主義時期日本的學術論述與殖民主義意識形態存在共謀關係，作為一種學術論述，藤井省三和垂水千惠的「臺灣文學論」顯然沒有如此明確的意識形態意圖，但他們對「殖民現代性」不加批判的認同乃至某種程度上的美化卻導致了其對日據臺灣史和日據時期臺灣文學的種種錯誤解讀，也有可能淡化乃至遮蔽殖民統治史的罪惡和殘暴，也遮蔽了殖民地的傷痕和殖民地人民反殖民鬥爭的歷史。

　　正像陳建忠所指出的，垂水千惠的《臺灣的日本語文學》中隱藏著一種「徘徊不去的殖民主義幽靈」。我們並不懷疑垂水千惠的研究出於一種善良的願望，她試圖從「人」的層面而非從「民族主義」的維度同情和理解日據時代臺灣知識份子身份認同的艱難處境，努力理解他們「在不合理之中掙扎，又如何與不合理妥協。」[24]——這一學術初衷顯然迥然有別於小林善紀對殖民

24　垂水千惠《臺灣的日本語文學》，塗翠花譯，臺北：前衛出版社，1998年版，第6頁。

主義罪惡的有意抹殺——垂水千惠對被殖民者的「同情和理解」
一方面即是對殖民主義壓迫結構的一種批判，但另一方面又消解
或遮蔽了這種批判性。這種相反效果的出現，對於垂水千惠而
言，可能是始料未及的。在我們看來，垂水千惠的「臺灣文學
論」根本癥結在於，以舊殖民主義時代結束以後人們如何處理與
「異文化」的關係來闡釋殖民地臺灣的文化問題，這個論述前提
顯然是有問題的。垂水千惠如是而言：「我想，沒有人會否認現
代是一個國際化時代。那麼，什麼是『國際化』呢？那是在和異
文化經常的磨擦中，反反覆覆進行同化與拒絕，而漸漸學到健全
的平衡感吧。這麼說，殖民時代的日本語文學是珍貴的先行模
式，可以提供很多啟示。」[25] 從現今全球化語境中文化交往方式
考察殖民者與被殖民者的文化關係，這個論述的出發點明顯地遮
蔽和迴避了殖民統治對被殖民者的壓迫本質。從這個論述前提出
發，垂水千惠得出了一個基本判斷：日據時期的臺灣文學「記錄
著日據時代臺灣人被撕裂的認同意識之種種樣態，而且呈現出多
元文化主義的可能性。」[26] 這個判斷的前半部分大體是準確的，
但後半部分則明顯是一種謬論——在殖民統治的體制中談論「多
元文化主義的可能性」顯然是荒謬的。垂水千惠的論述實質上是
把殖民與被殖民的壓迫關係轉換為「多元文化」的協商關係，這
如果不是對殖民壓迫史的遮蔽又能是什麼？

　　垂水千惠的「臺灣文學論」的第二個癥結則是由於「殖民現
代性」幽靈附體而產生的。她有意或無意地把臺灣的現代化等同
於臺灣的日本化，在「現代性」、「日本化」和「皇民化」三者

25　垂水千惠《臺灣的日本語文學》，塗翠花譯，臺北：前衛出版社，1998
　　年版，第 105 頁。

26　垂水千惠《臺灣的日本語文學》，塗翠花譯，臺北：前衛出版社，1998
　　年版，第 106 頁。

之間建立了某種隱蔽的聯繫。當然，垂水千惠絕不是小林善紀那種右翼的露骨的殖民主義意識形態的宣揚者，她小心翼翼地比較分析周金波的《水癌》、王昶雄的《奔流》和呂赫若的《清秋》對「殖民現代性」的不同態度。《水癌》和《奔流》都嚮往「都會的近代主義」——即對「內地」（日本）現代性的嚮往而貶低反近代價值的傾向，但呂赫若的《清秋》則表現出完全不同的價值取向：他否定近代，「而且，更為重要的是，他之否定近代，就等於否定了日本。」[27] 這一分析突出了呂赫若反抗殖民的重要面向，但垂水分析的真正目的卻在於揪出呂赫若隱藏在「反近代」背後的「近代主義者」的身份，即所謂「隱蔽的自我」。這樣，在垂水千惠的闡釋框架中，呂赫若就被重新安置在周金波和王昶雄相同的位置上，只不過，呂赫若在表達自我時顯得「多麼老油條」而已。在垂水千惠對日據臺灣文學的種種解讀中，我們可以發現她或隱或顯地表述出了一個基本觀點：現代性代表著一種正面的積極的進步的價值，如同日本的現代性建構是通過「脫亞入歐」而完成的，臺灣的現代性則是「日本化」的產物，這樣，「殖民現代性」構成了日據時代臺灣知識份子難以逃避的歷史宿命。與其說垂水千惠是從「人性」開始的一系列觀察得出這一觀點，毋寧說這個觀點本身是垂水千惠的觀察進行之前就已埋下了的一種理念預設。

　　垂水千惠和藤井省三都對「殖民現代性」的意義不加反思和批判地予以肯定和認同，但兩人的知識視域及所強調的層面還存在某些值得注意的差異。如果說垂水千惠的《臺灣的日本語文學》試圖拋開常見的「民族主義」闡釋範式而取「人性」與「殖民現代性」內在聯繫的考察視域，那麼，藤井省三的《臺灣文學

27　垂水千惠《臺灣的日本語文學》，塗翠花譯，臺北：前衛出版社，1998年版，第 141 頁。

這一百年》則恰好相反，他的「臺灣文學論」更多地依賴本尼迪克特‧安德森在《想像的共同體》中所表述的民族主義理論，試圖建立「殖民現代性」與所謂「臺灣民族主義」的精神聯繫。藤井省三如是而言：「安德森在敘述民族主義的生成之時，論及『民族是一個想像的政治共同體』。身處戰爭期中的臺灣公民，恐怕正是環繞著皇民文學形成了其民族主義，或者說是前進到了民族主義形成的門扉之前了吧。」[28] 這裡的「戰爭」指日本發動的「大東亞戰爭」，在其核心文章〈「大東亞戰爭」時期的臺灣皇民文學〉，藤井省三表述得更為清楚：「戰爭時期的臺灣公民，已經形成以臺灣皇民文學為核心的民族主義，或是已達到即將形成民族主義的邊緣。」這一觀點的得出建立在他對這一時期臺灣讀書市場的分析基礎之上。通過對三、四十年代臺灣民眾的識字率和報紙以及文學雜誌的發行量變化狀況的觀察與分析，藤井省三給出了一系列荒謬的判斷：在「大東亞戰爭」時期，「臺灣文壇意識」開始出現；哈貝瑪斯意義上的市民的「公共領域」已經形成；透過「皇民文學的『文化』建設」，「臺灣人逐漸意識到其主體性」，進而「形成臺灣民族主義」[29]。這裡，藤井省三顯然是以學術話語的方式表述出一種文化政治的立場。我們有充分的理由提出這樣的疑問：藤井省三所謂的「主體性」究竟是是誰的「主體性」？如同劉紀蕙的分析，皇民化運動對臺灣知識人進行了「心的改造」，所生產出來的「皇民文學」只能是一種沒有真正主體性的「皇民主體」。

　　我們認為，藤井省三的「臺灣文學論」存在以下問題：第

28　藤井省三《臺灣文學這一百年》，張季琳譯，臺北：麥田出版社，2004年版，第 287 頁。

29　藤井省三《臺灣文學這一百年》，張季琳譯，臺北：麥田出版社，2004年版，第 79-83 頁。

一，他試圖超越尾崎秀樹在《舊殖民地文學之研究》中所建立的
闡釋構架——壓迫與抵抗或壓迫與屈服的二元對立，而轉向所謂
「主體性的接納」即從殖民主義文化中生產出某種主體意識。這
樣，表面上看似乎超越了對日據時期臺灣文學的簡單化理解，但
在理論立場上卻極其明顯地倒退回為殖民歷史辯護的位置。藤井
省三曾經是位左翼學者，但在其「臺灣文學論」中已經徹底喪失
了批判知識份子的立場。至少我們可以做出這樣的判斷：藤井省
三在強調臺灣知識份子對殖民文化「主體性的接納」的一面，卻
遮蔽了「主體性拒絕」的另一面；第二，藤井省三過於依賴安德
森的民族主義理論，把印刷資本主義的「現代性」視為現代民族
想像的根本基礎。這與臺灣知識界一些學者的做法如出一轍。但
是，安德森的理論只是眾多民族主義論述之一種，它不應被當作
某種真理的代表。印度庶民研究學者帕爾塔‧查特吉曾經尖銳地
質疑安德森的民族主義理論：所謂「想像的共同體」究竟是誰的
想像，而且，安德森的討論還是過於局限在 20 世紀民族主義的
「模式化」特性，而缺乏對第三世界民族主義建構的迂迴曲折過
程和被壓制了的可能性以及種種內在矛盾的歷史社會學闡釋。後
殖民理論家斯皮瓦克則認為安德森透過小說而建構出一套民族主
義理論，立論過於「輕易」而難免令人起疑。的確，安德森的理
論框架無法反映出所謂「想像的共同體」內部包括種族、性別和
階級等在內的種種複雜的權力關係，也未能更深入地揭示出意識
形態生產與權力運作的複雜方式。這些質疑對藤井省三的「臺灣
文學論」同樣有效；第三，在藤井省三的論述中，日據時期臺灣
人的「民族主義想像」被視為日本殖民統治尤其是皇民化運動的
一項積極成果，而故意忽視或懸置了反殖民因素在民族想像建構
中的重要作用，這顯然與歷史事實相背離；第四，藤井省三不當
地使用了哈貝瑪斯的「公共領域」概念，試圖把「殖民地社會」
的歷史事實轉換為一種「公民社會」的理論想像。這如果不是對

殖民壓迫史的遮蔽又能是什麼？

其實，垂水千惠和藤井省三乃至小林善紀等人的「臺灣論」
與日本明治維新以來錯綜複雜的現代性觀念史有著某種千絲萬縷
的關係。但微妙的是，垂水千惠和藤井省三的「臺灣文學論」卻
得到了當代臺灣一些文學批評家的肯定和認同，面對批判的知識
份子圈的強烈質疑和傳統左翼陣營的激烈反擊，他們為垂水千惠
和藤井省三辯護，有人甚至為小林善紀的極端右翼觀點辯護——
他們聲稱民主社會應該容許各種聲音。這個現象足以表明，辯護
者和被辯護者之間其實共用著一種歷史觀和理論立場，也表明
「殖民現代性」的幽靈還徘徊在臺灣知識生產領域，並且對當代
臺灣的精神狀況產生著微妙的作用。所以，重新認識現代性問題
的複雜性，重新反思「殖民現代性」的矛盾與曖昧，併發展出一
種真正具有批判性的、多元的和開放的現代性觀念，迄今仍然是
擺在後殖民知識份子或批判的知識份子議事日程上一項重要的思
想課題。

第四章　本土論思潮的形成與演變

　　「本土論」或「本土化」是 90 年代以來臺灣重要的文化思潮
之一。從 80 年代初浮出歷史地表到 90 年代取得某種「政治正確」
的地位，「本土論」或「本土化」概念常常與臺灣的政治意識形
態勾連在一起，有時甚至變成政治意識形態的工具。因而，關於
「本土」和「本土化」的定義，迄今，臺灣思想界仍然爭訟紛
紜。何謂「本土」？臺灣需要什麼樣的「本土化」？「本土」原
本就是一個充滿歧義的概念，「本土化」也是一個充滿張力和矛
盾的文化政治場域。由於理論立場和論述位置以及參照系統的不
同，人們對「本土」和「本土化」的界定和闡釋也有著顯著的差
異：或開放，或封閉，或多元。但在當代臺灣社會思潮脈絡中，
「本土」和「本土化」逐漸演變為一種內涵單一的話語，甚至異
化為一種封閉的、排他的和民粹化的政治意識形態。在一段時間
中，所謂「本土論」已經成為新的文化與政治權力結構合法化的
一種論述策略。在「本土與外來」二元對立的社會和歷史分析框
架中，「本土論」扮演著十分重要的角色。這一演變顯然也引起
了一些知識份子的反思和批判，把「本土」和「本土化」概念從
政治意識形態的綁架中解放出來也就成了批判的知識份子的一項
重要課題。本章將梳理「本土論」的形成與演變，討論「本土
化」論爭中臺灣知識界的分歧，闡釋本土主義思潮極端化發展與
「臺灣文學論」話語霸權建構的關係，並分析臺灣知識界對「本

土論」的諸種反思、批判與解構。

第一節　「本土」的歧義

　　在當代臺灣文化思想場域，「本土」是一個具有高度政治化
意涵的概念。何謂「本土」？何謂「臺灣」？兩個問題似乎早已
經深刻地糾纏在一起。如何定義或重新定義「本土」？這顯然構
成了一種文化政治實踐，它看起來如此「事關重大」，牽涉到界
定者在複雜的政治光譜中的位置，牽涉到當代臺灣文化認同的矛
盾與糾葛。但「本土」原本是一個充滿歧義的概念，由理論立場
和論述位置以及參照物的不同與差異，人們給出的「本土」概念
也往往歧義橫生。如果把階級、種族、族群、性別、全球資本以
及國際地緣政治等等社會關係所構成的權力結構考慮在內，「本
土」無疑是一個充滿張力和歧義的結構性、歷史性概念。「本
土」本身就是鬥爭的場所，是一個開放的場域。「本土」正是深
嵌在這個錯綜複雜的文化網路和權力結構之中，嵌入到充滿異質
矛盾的意識形態和文化政治框架之中，所謂「本土」早已被各種
力量所穿越甚至被爆破了。因而，我們在討論「本土」問題時，
必須建立以下基本觀念：「本土」概念具有多重面向，由於理論
立場、知識視域和發言位置的不同，人們對「本土」的理解與闡
釋存在差異甚至南轅北轍。所以，在面對種種「本土話語」時，
我們首先有必要提出這樣的問題：誰的「本土」？誰的「本土」
想像？其論述的參照對象是什麼？「本土」具有物質性和象徵性
的兩個側面，在象徵的意義上，「本土」又是如何被編碼的？

　　的確，唯有透過包括階級、種族、族群、性別等等維度的追
問和質疑，才能真正認識90年代以來臺灣地區日益興盛的「本土
論」的真實意圖及其所建構的知識圖景，才能真正認識「本土
論」如何隱蔽地化約、消解、排除或收編「本土」概念原本具有

的種種歧義和內在衝突。我們認為，「本土」概念不是抽象的，「本土」是相對於「世界」、「階級」、「性別」與「族群」乃至「民族」的「本土」，所謂「本土」需要在與以上種種歷史及現實因素彼此關聯的關係結構之中予以定義。因而，「本土」概念就具有複雜多元的面孔。它至少應該包括以下幾個重要維度：

其一，相對於「世界」或「全球」的「地方」。本土無疑是世界之中的本土，本土化與全球化構成了既對抗又交融的複雜關係。如同彼得・卡贊斯坦所言，現今，全球和地方已經以某種方式完全交織在一起，這既「加強了一體化的力量，同時也推動了碎片化的進程。」[1] 許多時候，人們把「本土」想像為保有「自性」的文化飛地或純潔的文化處女地，或抵抗全球化的場域。但正如拉圖爾、羅伯・威爾遜所指出：在全球／跨國資本主義時期，日漸明顯的是全球和地方的最終難以區分，他們用「全球本土」（glocal）這個新造的術語來表述這種混雜與雜交狀態。這表明，全球的地方化與本土主義的全球化是一體的兩面。德里克則指出了作為抵抗論述的本土概念所面臨的重重困難和脆弱性：「將全球排除在其方針之外，本土面臨的頭號問題便是在全球化資本操作下它所暴露出的脆弱性，因為全球化資本需要的是一個對全球一體化更容易理解的方法。關於本土的興趣與權力的差異如何以非傳統的、民主的路線對本土進行重構是非常重要的，但是在資本作用於這些差異時本土卻顯得更加脆弱，而對於不同看法與興趣的提倡更加劇了資本與它們的對抗。這一進程中的本土變成了當代社會多方面矛盾不斷上演的場所。」[2] 的確，如果要

1　彼得・卡贊斯坦《地區構成的世界》，秦亞青、魏玲譯，北京大學出版社 2007 年版，第 31 頁。

2　德里克《跨國資本時代的後殖民批評》，王寧譯，北京大學出版社 2004 年版，第 156 頁。

保持本土概念的抵抗意義，那麼就要把本土概念從純粹性「迷思」、神話化以及原教旨主義化中解放出來，而以「非傳統的、民主的路線」對本土概念進行現代性的重構，即建構一種批判的本土主義。

其二，「本土」概念的階級維度，即「階級的本土」。所謂「本土」，究竟是誰的「本土」？這一質問顯然應該與階級概念以及政治經濟學批判視域相勾連。布爾喬亞、小布爾喬亞和勞工階級對「本土」的想像和定義顯然存在著巨大的差異和分野，這一差異無疑是不能忽略不計的，是不可化約的。如果把「本土」概念放到政治經濟脈絡中予以考察，「本土」的歧義性就徹底地暴露了出來，這甚至可能對同質化的「本土」概念構成某種顛覆和解構。這顯然與原教旨主義化的本土論相對立。所以，作為意識形態話語的「本土論」往往要抹去階級維度和政治經濟脈絡，從而突出「本土」的純粹性和抵抗外來他者的特殊意義，藉以遮蔽本土內部的壓迫和不平等的權力結構。

其三，「本土」概念的性別維度，即「性別的本土」。所謂「本土」，究竟是誰的「本土」？這一質問顯然也與性別問題密切相關，這個維度同樣不可化約。許多事實表明，在「本土論」框架中，性別因素往往無足輕重甚至被有意無意地忽略不計。現今，女性主義地理學已經深刻地揭示出空間、地域生產與性別之間的緊密關聯，揭示出本土概念的生產與性別權力結構是如何隱蔽地鑲嵌在一起。「女性主義地理學的特殊目標，是要調查、揭顯並挑戰性別劃分和空間區分的關係，揭露它們的相互構成，質疑它們表面上的自然特性。」[3] 它旨在揭示出女性和男性如何以

3　　琳達・麥道威爾（Linda McDowel）《性別、認同與地方：女性主義地理學概說》，徐苔玲、王志弘譯，臺灣群學出版有限公司 2006 年版，第 16 頁。

不同的方式感知和經驗空間與地方，以及這種不同又如何成為性別與地方建構的一環。性別維度的質問，對同質化的「本土」概念同樣也構成了某種有力的挑戰。

其四，「本土」概念的族群之維度或「族群的本土」。不同的族群對「本土」的想像與認知以及對「本土」的定義都可能產生種種差異與分歧，甚至可能存在某種程度上的矛盾和衝突。

在我們看來，「本土」具有「多重互文」、「多重空間」和「多重時間」糾纏的特性，它應被理解為充滿矛盾、張力並且不斷變化的結構。當人們忽視本土概念的歷史性與內部歧義，而心安理得地把它當成一個現成的框架或理論前提，甚而在其身上寄寓某種崇高的價值、理想乃至信仰時，這個概念就變得僵硬了凝固了本質化了。人們因此遺忘或漠視「地域」或「本土」涵義的變動不居及其內部所包含的各種異質元素和雜多層面。這種遺忘與漠視使「本土」概念從反對文化同一性出發，卻走向了其反面即一種「本土」內部的同一性和同質化。接下來，我們將從以上的觀點出發討論當代臺灣的「本土論」思潮，分析「本土論」如何化約主義地處理「本土」結構內部和外部的種種歧義，分析「本土論」如何對「本土」想像進行重新編碼，進而自我「正當化」為一種霸權話語。

第二節　當代臺灣文學本土論的興起

現今，人們一般把臺灣本土化思潮的萌生追溯到日據時期。但由於理論立場的分野，人們對本土化思潮的萌生和演變的理解和描述存在著巨大的差異和衝突。如果比較游勝冠的《臺灣文學本土論的興起與發展》和陳昭英的《臺灣文學與本土化運動》，我們可以看到，當代臺灣理論界對本土化的闡釋存在著根本性差異。游勝冠和陳昭英都提出了臺灣「本土化」運動的三階段說，

但兩者的立場截然相反。游勝冠把臺灣文學本土論的興起和發展劃分為三大階段：「一、日據時代——本土論的興起；二、50、60年代——本土論的式微；三、70、80年代以後——本土論的再興。」[4] 由於這一歷史描述建立在所謂「臺灣意識」的基礎之上，在他看來，「本土化」是相對「外來化」的概念，「臺灣文學本土論所謂的『本土文學』、『本土化』，除了相對於日本、西方等外來文學而成立以外，主要也是相對海峽對岸的『中國文學』而言的。」[5] 游勝冠對本土化思潮的理解存在著意識形態的偏見。陳昭英則把臺灣本土化運動描述為以下三個階段：「反日階段」、「反西化階段」、「反中國階段」。1895-1949年為「反日階段」，「臺灣意識」與祖國的認同意識緊密聯繫，「臺灣意識」與「中國意識」重疊在一起而有著相互定義的關係；1949-1983年為「反西化階段」，以鄉土文學和環保文學為中心，批判的目標轉向「西化派」；1983年以後，臺灣的本土化運動異化為一種「反中國」的文化思潮，所謂「臺灣意識」也異化為「台獨意識」。[6]

關於日據時期臺灣本土化思潮的發生與演變，我們認同陳昭英的分析，我們不再做梳理與分析。在當代思潮的場域，我們認為，考察80年代臺灣本土化思潮的興起，必須關注四個重要的脈絡和語境：一是從「中國化」到「本土化」的轉變；二是從「鄉土」到「本土」的轉換；三是從「反動運動」到「本土化」運動；四是全球化語境與本土化運動的關係。

4　游勝冠《臺灣文學本土論的興起與發展》，前衛出版社1996年版，第10頁。

5　游勝冠《臺灣文學本土論的興起與發展》，前衛出版社1996年版，第5-6頁。

6　陳昭英《臺灣文學與本土化運動》，臺北：正中書局1998年版，第103頁。

　　一、從「中國化」到「本土化」的轉變。1980年代初，「本土化」概念的最初登場，始於社會科學界，其涵義即是「社會科學的中國化」。1980年，楊國樞、李亦園和文崇一等學者舉辦「社會及行為科學研究的中國化」研討會，楊國樞、文崇一指出，中國學者「在以中國社會與中國人為對象從事研究工作時，往往偏重西方學者所探討的問題，沿用西方學者所建立的理論，套用西方學者所設計的方法。」[7] 呼籲和提倡心理學、人類學和社會學的「中國化」或「本土化」，「所謂『中國化』問題可以說是從事社會科學研究者的一種自我反省的行動，他們覺得我國社會及行為科學研究者多年來一直在吸收西方研究的成果，模仿西方的研究方式，沿用西方學者所建立的理論，而忘卻將自己的社會文化背景反映在研究活動之中，由於這樣的趨勢，不但使中國的社會及行為科學缺乏個性與特徵，而且幾乎淪為西方科學的附庸，其長期研究的結果所能反映中國社會文化歷程的程度也成為可疑。」[8] 葉啟政也參與了這場重要的討論，提出「社會理論的本土化建構」的主張。楊國樞、李亦園、文崇一、黃光國和葉啟政等人所論及的社會科學「本土化」，包括以下內容：其一，所謂「本土化」即是「中國化」，在他們的論述脈絡中，這兩個概念顯然是可以互換使用的；其二，這場社會科學「本土化」運動是對中國現代社會學、心理學、人類學家如孫本文、潘光旦、陳達、楊開道、費孝通、吳文藻和潘菽等開創的「學術中國化」傳統的繼承和發揚，吳文藻和潘菽曾經都明確提出過學術中國化的主張；其三，80年代臺灣地區的社會學科本土化運動是對學術

7　楊國樞、文崇一編《社會及行為科學研究的中國化》序言，中央研究院民族學研究所，1982年版。

8　李亦園、楊國樞、文崇一《導言》，《現代化與中國化論集》，桂冠書局1985年版，第3頁。

西化主義傾向和依附性發展的不滿和反動。

　　90 年代至今，社會科學「本土化」運動仍然在持續發展。根據石之瑜的概括，這場運動產生了四種「本土化」論述：1. 楊國樞的「本土心理學」或「華人心理學」，強調對象和理論及方法的契合，試圖建立本土化的原則和本土化的方法。「在方法上放棄普世，在知識上以普世為目的」；2. 黃光國的「共用知識論」，認為社會科學的本土化需要建立在西方知識傳統之上，主張中西知識的對話；3. 蕭全政的「情境契合論」；四、石之瑜「放棄主體位置論」[9]。在以上這四種論述中，關於「本土」範圍的界定顯然是有區別的。楊國樞把本土範圍劃為「華人社會」；黃光國並不把本土範圍的界定視為重要的問題；石之瑜的本土則由研究對象所包含的問題以及對話對象的變化而不斷變動；蕭全政把「本土」界定為「臺灣」，即「臺灣本土的實存政經形構」。但正如葉啟政所觀察到的，在臺灣的社會科學領域，80 年代大多使用「中國化」概念，而到 90 年代由於社會和政治的變遷，「中國化」概念逐漸被「本土化」所替代。在葉啟政看來，「本土化」概念比較中性。但事實上，這個原本是「中性」的概念卻越來越被意識形態化，高度政治化，「本土化」常常被台獨政治勢力所綁架並且翻轉為「去中國化」。這對社會科學「本土化」運動無疑造成了巨大的傷害。

　　二、從「鄉土」到「本土」的轉換，或從「鄉土文學論」到「臺灣文學本土論」的轉換。70 年代的鄉土文學論戰在理論立場上包含了三種衝突：一是左翼與右翼意識形態的對抗，陳映真、尉天聰、王拓等持左翼的鄉土文學立場，承續了現代文學的左翼傳統，以唯物論為基礎建立反映論的文學觀，主張介入現實批判

9　　石之瑜《社會科學知識新論》，北京大學出版社 2005 年版，第 85-90 頁。

現實。彭歌、銀正雄和余光中等人是體制內知識份子的代表，反
對左翼的文學觀念。二是鄉土派與現代派的美學衝突。鄉土文學
派與王文興之間的爭論，是現代派與現實主義美學觀念的對立；
三是鄉土派內部「中國意識論」與「臺灣意識論」之間的分野。

　　葉石濤的《臺灣鄉土文學史導論》論述了五個問題：「臺灣
的特性和中國的普遍性」、「臺灣意識」、「帝國主義和封建主
義下的臺灣」、「臺灣鄉土文學中的現實主義道路」、「臺灣文
學中反帝、反封建的歷史傳統」，其核心是「臺灣意識」。而陳
映真則指出了葉石濤「臺灣的鄉土文學」論中所隱含的「分離主
義」意味和「臺灣的文化民族主義」傾向，認為「所謂『臺灣鄉
土文學』，其實是『在臺灣的中國文學』。」80年代初，鄉土文
學論戰逐漸轉變為「臺灣文學」論與「第三世界文學」論的分
歧，「臺灣意識」與「中國意識」的分野。正是在這些分歧的辯
論中，「本土」和「臺灣文學」概念粉墨登場，取代了「鄉土」
和「鄉土文學」。以陳映真為代表的「第三世界文學論」與葉石
濤、彭瑞金、李喬和陳芳明等人的「臺灣文學本土論」的分野，
演變為「統一左派」與「本土主義左派」之間的激烈鬥爭。「鄉
土文學」分裂成為在政治意識形態上尖銳對抗的兩派。「統獨議
題」切割了80年代的左翼力量，左翼批判社會的聲音也因而被消
弱了。傳統左翼理論所關注的核心「階級」和反資本主義命題被
「中國民族主義」與所謂的「臺灣民族主義」之間的論爭和對抗
所遮蔽甚至取代，「鄉土文學」時期建立的相對穩定的階級與民
族合一論述框架也被破壞了。從「鄉土」到「本土」的轉換，意
味著臺灣左翼知識份子的分裂，也是臺灣當代文論史中進步的左
翼論述的一次重大挫折。

　　三、「反對運動」與「本土化」思潮。在臺灣當代政治思想
史的場域，所謂「反對運動」，指的是反抗威權體制的政治和文
化運動。從50年代的「自由中國」運動到70年代的鄉土文學思

潮,從「黨外運動」到後現代主義思潮……「本土化」思潮最初
屬於反抗威權體制的民主化運動的一環。90年代以後,隨著「本
土論」轉變為爭奪文化霸權的一種意識形態,並最終獲得了話語
霸權的地位,也就日漸喪失了其「反支配」的意義,而走向「反
支配」運動的反面。但反對運動的進步性和民主性光環已經被
「本土論」所獨佔,變成「本土主義」意識形態正當化的文化修
辭。

　　四、「全球化」與「本土化」。在今天,資訊社會和全球化
已經成為普遍的語境,後現代的「時空壓縮」正在深刻地改變著
人們的空間觀念。地理環境所造成的種種隔閡早已消亡,不再是
影響文學的決定性因素。但有趣的是,「地域」概念卻再次登
場,在當代文學理論中承擔了一個重要的角色。由文學與人文地
理之間相互作用而產生的地域風格或地方色彩,在經濟全球化和
文化全球化的語境中,其意義似乎越發突顯出來。現在人們常常
把這種地域性稱之為文學的本土性或地方性。在「後殖民主義文
化」進入知識背景之後,這個替換了「地域風格」的「本土」概
念再度炙手可熱,並獲得了一些新的意義。它不僅意味著生於斯
長於斯的溫暖的自然家園,而且意味著一種強大的可以信賴的文
化根系;同時,作為文化身份的標誌,這個概念還隱含著一種抵
抗全球化的文學與文化立場。

　　如果說過去人們提倡地域風格是為了走向世界,即越是地方
的也就越是世界的;那麼今天人們再度呼籲「本土化」和「地域
性」,其意趣卻有了些微妙的變化,它顯然構成了文化全球化的
一種反動。在全球化與後殖民論述中,文學普遍性與特殊性、世
界主義與民族主義、同質化與異質性、殖民話語與後殖民話語、
普遍知識與地方性知識等等二元並置的術語頻頻出場,一再顯示
了當代文化的兩極化走向。全球化的一極推銷「文學普遍性」觀
念,通過把某種特定的文化價值觀公理化,把某種文學成規典律

化，助長了西方殖民話語的中心性；另一極為本土化和「批判的
地域主義」傾向。這種傾向強調地方性，認為在全球化的今天必
須保衛地方性，保衛地方性就是保衛差異性和抵禦全球主義：如
果資本主義支配越來越全球化，那麼我們要抵抗它，就「必須保
衛地方，建立起各種壁壘，以阻遏越來越快的資本流動。」[10] 這
一傾向顯然賦予了「地方性」一種抵抗全球化和普遍主義的意
義。90 年代「全球化」風起雲湧，正是在這個語境中，臺灣「本
土化」論述獲得了發展壯大的另一個重要契機。但反諷的是，聲
稱「本土論」立場的政治勢力卻為「新自由主義」的全面入侵打
開了大門。

　　所謂「臺灣文學本土論」在以上四個脈絡中表面上獲得了某
種正當性的基礎：反對西方理論霸權；鄉土文學精神的延續；抵
抗資本主義的全球化；反支配運動的重要一環。但事實上，「臺
灣文學本土論」並不真正反對西方理論尤其是美國和日本的知識
霸權；「臺灣文學本土論」放棄了鄉土文學蘊育的左翼思想和中
國民族主義立場；「臺灣文學本土論」並不構成資本主義全球化
的反抗力量；「本土化運動」也並不能代表 80 年代以來的「反對
運動」的全部。90 年代以後，隨著本土論話語霸權的逐漸建立和
政治權力結構的改變，它甚至走向了「反對運動」的反面，逐漸
喪失反支配的意義，成為「新反對運動」批判的對象。

第三節　「本土論」的意識形態化

　　本節將重點討論「臺灣文學本土論」是如何建構的，即分析
「臺灣文學本土論」的形構策略。上文我們已經指出：「本土」

10　麥克爾·哈德、 安東尼奧·納格利，《帝國》，楊建國、范一亭譯，
　　江蘇人民出版社 2003 年版，第 50 頁。

是個充滿歧義的開放的概念，它應被理解為一個充滿矛盾、張力
的結構，這個結構在內部和外部各種力量的作用下不斷變化，具
有「多重互文」、「多重空間」和「多重時間」的相互交錯的特
性。如同，德里克所言，現今，「本土」已經「變成了當代社會
多方矛盾不斷上演的場所」。「本土」概念或具有批判的進步意
義，或蛻變為本質化的意識形態，抑或「批判轉變為意識形態而
意識形態又轉變為批判，完全取決於在某個一閃即逝的瞬間內所
處的位置。」[11] 但許多事實已經表明，「臺灣文學本土論」放棄
了不斷變動的論述位置，試圖把「本土」轉變為某種固定的穩定
的和同質化的結構，這樣批判的本土概念也就逐漸蛻變為「本土
論」的意識形態。我們把這個蛻變的過程——小即「本土論」的
形構過程——稱為「本土」概念的意識形態化。所謂意識形態
化，即是對「本土」進行重新編碼和重新定義，清除「本土」中
原本具有的各種異質性和矛盾性元素。本土的意識形態化也是
「本土」概念的純粹化、純潔化、清潔化和絕對化的過程。這個
意義上的「本土化」或隱或顯地含有清潔、排除、化約、整合和
收編的意味。堅持本土論立場的游勝冠就曾經如是聲稱：「本土
論」是一種意識形態，而「意識形態基本上具有『實踐的集體
性』與『獨特性的肯定』及『排他性』三項特質。」[12]

在「本土論」的形構過程，「本土論」者採取了如下的「本
土」化或「意識形態」化策略：

首先是去除「本土」概念的階級維度。的確，消解本土概念
內部的階級差異是邁向同一性的至關重要的一步。從「鄉土」到

11　德里克《跨國資本時代的後殖民批評》，王寧譯，北京大學出版社2004
　　年版，第156頁。
12　游勝冠《臺灣文學本土論的興起與發展》，前衛出版社1996年版，第
　　7頁。

「本土」的轉換完成了這個重要工作，即把「鄉土文學」所建構的階級觀點清除出「本土」領域。「階級」是本土論形構的首要障礙之一，唯有抹去階級範疇，才能整合「本土」，才能建立同一性的「本土」概念。「本土論」試圖用「土地意識與認同」和「命運共同體」以及「人民」等一系列概念，解除「階級」差別對「本土」概念構成的破壞性，用「臺灣人」或「兩千三百萬人」等全稱性想像去除「本土」內部的階級性差異。李喬，這個「文化台獨論」和「本土論」的最初提倡者之一，用「土地與人民」替代了鄉土文學的「階級」。這一轉換正如廖咸浩所做的分析：「臺灣文學史在八十年代中期之後開始了兩個重大的轉向：城市轉向與『本土』轉向。『鄉土文學運動』至此可謂力竭而衰；其中國民族主義取向，由本土論者的臺灣意識所取代；其社會主義色彩則由右翼中產階級趣味所取代。……鄉土文學的社會關懷也受到本土論予以空洞化。鄉土文學的意識形態雖因中國民族主義影響而有寓言（allegorical）傾向，但其社會主義色彩，終究能把文學與文化的視野一定程度聚焦在下層人民身上。然而其後繼者的右翼民族主義傾向，則完全把下層民眾的困苦再寓言化：下層民眾的苦難，乃是臺灣受外來政權支配的苦難，而非階級的宰制與剝削。階級議題的國族化，使得『人民』淪為了權力征逐的藉口。」[13]

　　其次，以後殖民理論為論述工具，建立「本土與外來」的闡釋框架。在這個框架中，「外來」等於殖民者，「本土」則代表抵抗殖民的正面力量。如此就把「本土」結構中難以化約和統合的一部分異質性歷史因素納入「外來」範疇，使其喪失在「本土」結構中原本具有的歷史正當性和合法性。

13　廖咸浩〈最後的鄉土之子——論林宜的〈耳朵游泳〉〉，《自由時報》生活藝文網自由副刊，2002 年 9 月 10 日。

第三，但原住民的存在顯然對「本土與外來」的闡釋框架顯然構成了巨大的挑戰，成為本土論者的「本土化」運動「除不淨的餘數」。那麼，「本土論」又如何應對這個「餘數」或無法排除的異質性因素？「本土論」啟動收編策略。作為「本土論」的補充方案，「多元文化論」於是出場，在「多元文化」的框架中試圖安頓這個令本土主義者不安的因素。但反諷的是，「本土論」的「多元文化」框架卻堅決地排斥歷史的和現實的「中國性」。

第四，以安德森「想像的共同體」為理論基礎，試圖清除「本土」概念包含的複雜多元的歷史維度，或去除歷史維度中與「本土論」不能相容的元素，進而「建構」所謂的「臺灣民族論」和「臺灣民族主義」論。本尼迪克特‧安德森在臺灣有著十分特殊的影響力，其代表作《想像的共同體──民族主義的起源與散佈》在臺灣「本土論」尤其是在「本土論」的極端表現形態「臺灣民族論」或「臺灣民族主義」話語形構中扮演著近似於思想教父的角色。《想像的共同體》的翻譯以及安德森兩次赴台（2000 年和 2003 年）都對「臺灣民族論」產生了重要的影響。這種影響主要表現在：其「建構主義」知識論，即把「民族」視為某種純粹「想像」、「建構」和「發明」的產物，這樣就把「民族」形成的複雜的歷史基礎輕易地化約調了。但弔詭的是，虛構的「臺灣民族論」，一方面以「建構主義」對抗「本質論」和「原生論」，另一方面卻又把所謂「臺灣民族論」本質主義化。如同陳孔立所指出：「他們歌頌極端的『臺灣人本質主義傾向』，在這種傾向下，『和臺灣相關的文化符號則被賦予神聖的位置。閩南語，或通稱台語，被當成是認同臺灣土地或人民的標準，不會說閩南語被當成不認同臺灣，或者輕忽臺灣。』」[14]

<hr>

14　陳孔立〈臺灣「去中國化」的文化動向〉，《臺灣研究集刊》2001 年第 3 期，第 6 頁。

透過以上策略的運作，90 年代臺灣的「本土論」逐漸獲取了文化霸權的位置。但另一方面，「本土論」也越來越本質主義化，也越來越暴露出排他性格。這一點連「本土論」者自己有時也不得不承認，蕭阿勤在〈臺灣文學的本土化典範〉一文中就曾經承認：文學本土化典範的基本性質，即是「一種敘事化、相對封閉的意義形構整體。」「80 年代以來，作為反抗『再殖民』鬥爭之一部分的臺灣文學本土化典範，其中從『去中國化』到『（臺灣）民族化』的歷史敘事所建構的臺灣認同，具有後殖民政治／文化鬥爭的『策略的本質主義』特徵。然而……策略的本質主義幾乎不可能只是策略的，它與本質主義之間難以區分，往往引起本質主義式的認同衝突。」[15]「本土論」的本質主義遭到了臺灣進步知識份子的根本質疑，也遭到了後結構主義的強有力的挑戰。蕭阿勤和吳叡人都試圖引入後殖民理論的「策略的本質主義」概念為排他性的「臺灣文學的本土化典範」辯護。吳叡人曾經援引斯皮瓦克的相關論述來說明某種「本質性宣稱」的必要性：任何本質性的宣稱都有可能導致排他的結果，這種排除會使他們的共同性展現，建立一個論述來反抗壓迫者。因此，一個本質宣稱，在運動上是必要的。建構一個主體性論述，多少要有本質性宣稱。所有的運動都有可能是本質主義與建構主義兩者並存。蕭阿勤則引入霍爾的認同理論，同樣認為，對於認同政治的建構而言，「策略的本質主義」比反本質論更具建設性意義。在他看來，民族、族群與性別的認同建構必然涉及一種意義的關閉終止，一種對他者的封閉，「亦即權力對語言的專斷介入、意識形態的『截斷』、定位、跨越界限、斷裂等。」這種任意武斷的

15　蕭阿勤〈臺灣文學的本土化典範——歷史敘事、策略的本質主義與國家權力〉，臺灣《文化研究》創刊號，2005 年 9 月，第 99 頁。

關閉終止，是「策略性」的必要[16]。但問題在於如何劃分本質主
義與策略的本質主義的界線？阿帕杜萊、斯皮瓦克和霍爾是在反
抗壓迫的立場上提出「本質性宣稱」的必要性，但是，「本土
論」在臺灣已經翻轉為一種主流話語，一種「政治正確」的意識
形態。本土論的本質主義化則構成了對他者的巨大壓迫。這種本
質主義還只是一種策略的「本質性宣稱」嗎？所謂「策略性的本
質主義」是否已經蛻變成為政治實用主義的藉口和修辭？

第四節　「本土論」的反思與批判

　　隨著「本土論」的日益強大並逐漸在臺灣論述場域中建立了
霸權的地位，更由於「本土論」的高度政治化，其排他性格和封
閉性也愈發突顯出來，因而也遭到了來自「本土論」內部和外部
兩個方面的批判與挑戰。在「本土論」陣營內部逐漸出現了一種
反省的力量和聲音。陳芳明是其中最有代表性的學者之一，他把
自己的文學觀念劃分為兩個階段：1983 年-1995 年堅定不移信仰
「本土論」；1995 年回到學術圈之後，「漸漸體會到本土論已不
足以概括臺灣文學的內容與精神。」在陳芳明看來，「本土論確
實有其階段性的使命。沒有本土論述的建構，就沒有日後臺灣文
學研究的空間。尤其是『去臺灣化』政策還在當權的時刻，本土
論發揮了抗拒、批判與重建的力道。」[17] 但是，陳芳明已經意識
到本土論的封閉化和政治化對臺灣社會的巨大傷害：「綠色執政
高舉本土意識的主張時，並未把外省族群視為本土意識的形塑者

16　蕭阿勤〈臺灣文學的本土化典範──歷史敘事、策略的本質主義與國家
　　權力〉，臺灣《文化研究》創刊號，2005 年 9 月，第 115 頁。

17　陳芳明〈從接枝到開枝〉，《文訊》第 239 期，2005 年 9 月，第 8-10
　　頁。

的一環。因此，主張本土之餘，無可避免傷害外省族群的情感與記憶，『本土』一詞的定義與解釋，似乎已被民進黨壟斷。如果繼續把本土意識等同於本省人的歷史意識，族群的對峙與分裂就注定要不止不懈地凌遲臺灣住民的精神。」因而，陳芳明提出了一個重要的問題：「日據時期的本土精神是為了對抗殖民體制，戰後時期的本土精神是為了抵抗戒嚴體制，那麼解嚴以後的本土精神又是要抵抗什麼？」[18] 他主張重新定義「本土」概念——「隨歷史進步來定義本土」，重建開放的「進步的本土主義」。儘管陳芳明仍然未能建立一種「多重互文」、「多重空間」和「多重時間」相互交錯的「本土」概念，但從「本土論」到「開放論」和「寬容論」的轉變還是有著十分積極的意義，這一轉變對偏執的排他的臺灣文學本土論構成了一種有力的挑戰。

　　「本土論」陣營的內部嬗變的確意味深長。而傳統左翼、後現代主義、後殖民主義和自由主義的知識份子對本質主義化「本土論」都展開了更為深刻全面的批判：

　　一、左翼的批判針對的是「本土論」對階級差異和底層庶民真實生活的遮蔽。在左翼知識份子看來，從「鄉土」到「本土」的轉換意味著臺灣思想史的重大轉折，這一轉折是臺灣左翼思想的一次挫折。早在 1997 年，林載爵《本土之前的鄉土》一文，曾經明確地指出：「鄉土」和「本土」的根本區別不在於「中國意識」與「臺灣意識」的分野。從臺灣當代思想史的層面看，「鄉土」和「本土」代表著兩種本質不同的思想範型，代表著兩種根本不同的闡釋臺灣的理論立場和思維方法。「鄉土」概念打開的思想的諸種可能性——如對「被殖民歷史的審視」、「第三世界觀點」、「社會階級的分析」、「大眾文化的反省」等等——在

18　陳芳明〈朝向開放的臺灣文學本土精神〉，《聯合報》，2002 年 8 月
　　1 日，第 39 版。

本土轉折中都遭到了嚴重的「中挫」[19]。「本土論」的代表作家
彭瑞金所說臺灣文學的本土化是延續鄉土文學思潮的趨向發展而
來，而林載爵的闡釋解構了本土論者把本土論納入鄉土文學精神
譜系的觀點，並且直接指出「本土論」是對左翼社會主義思想的
反動。廖咸浩同樣也認為，「城市轉向與本土轉向」導致鄉土文
學運動力竭而衰。「鄉土文學的社會關懷也受到本土論予以空洞
化。……階級議題的國族化，使得『人民』淪為了權力征逐的藉
口。」[20]

　　二、後現代主義和後結構主義以及「民主左翼」的批判鋒芒
則直指「本土論」和「國族論」的本質主義傾向。早在 1993 年持
後現代左翼立場的《島嶼邊緣》雜誌推出了「假臺灣人專輯」，
對「臺灣人論」這一主流政治論述進行了後現代的解構與顛覆。
持「民主左翼」立場的「台社」知識份子夏鑄九提醒人們注意：
「本土認同過了頭很危險」。他認為：「本土化不是一個可以努
力以赴的政治理想。深究本土化，就會發現它是不能寄託理想，
因為這裡面有很落後的東西，舉個例子說，性別歧視，你不能將
它本質化。我們需要開放我們自己，去學外來的新東西。不能把
臺灣本質化，不能什麼東西都要臺灣的才好，這都變成了政治操
弄的結果。」[21] 的確，從反本質主義角度來反思本土論述十分重
要，正如蔣宸厚所言：「如果不從反本質主義的視角出發來檢視
本土化這個在解釋上已被壟斷的概念，那這個社會將徹底的失去
反省和挑戰男性霸權論述的能力。」蔣宸厚提出了對本土概念的

19　林載爵〈本土之前的鄉土──談一種思想的可能性的中挫〉，《聯合文
　　學》158 期，1997 年 12 月，第 87-92 頁。

20　廖咸浩〈最後的鄉土之子──論林宜的〈耳朵游泳〉〉，《自由時報》
　　生活藝文網自由副刊，2002 年 9 月 10 日。

21　夏鑄九〈本土認同過了頭很危險〉，《遠見雜誌》2004 年，第 215 期，
　　第 181 頁。

反本質主義闡釋「反本質主義的論述主張社會是一個複雜的整
體，就本土化的意涵來說，它應該是一個變動的過程，反本質主
義會強調本土化論述過程中的差異性而非要建立一個同質性的場
域。反本質主義的論述更指出沒有所謂真理的存在，任何想要以
男性霸權姿態出現的本土化論述、任何企圖壟斷對本土化解釋的
論述都應該要被質疑。因為本土化的過程是被多方決定的，也就
是說，宗教、性別、省籍、教育、年齡等都可以是決定本土化論
述差異性的因素。」在這個基礎上，蔣宸厚有力地質疑和瓦解了
「本土論」的本質化傾向：「『民進黨式的本土化論述』是自由
社會的對立，因為他用本質主義的二元結構，臺灣人 V.S.中國人、
愛臺灣 V.S.不愛臺灣，來做強者 V.S.弱者、真理 V.S.非真理、男
性 V.S.女性的劃分。」[22]

　　三、後殖民主義的批判直接指向「本土論」的「純質膜拜」
傾向和對霸權化典範的仿製性質。在〈這就是我們要的本土化
嗎？〉一文中，宋國誠提出了一個尖銳的分析判斷：「從愛鄉愛
土一路滑向河洛霸權，本土化已被固化為民粹自戀主義。」「本
土意識演變之今，可以稱之為『後殖民焦慮』，這是一種對殖民
宗主『欲舍難割』的曖昧情結，一種從殖民主體的模仿（mimi-
cry）中構建一個鏡像自我的分裂意識，它從一個主人的宰制那裡
學習做一個宰制的主人，從典範化的帝國霸權那裡，仿製了霸權
化的典範。」[23] 宋國誠對本土主義的批判與薩依德《文化與帝國
主義》的分析如出一轍。在《文化與帝國主義》中，薩依德曾經
描繪了第三世界在擺脫了西方政治和軍事的殖民統治後在文化上
出現的種種反應形態：第一種是沿用西方殖民文化模式使新的統

22　蔣宸厚〈反思民進黨式的本土化論述〉，《蜂報》April 8，2004。
23　宋國誠〈這就是我們要的本土化嗎？〉，《新新聞》第 865 期，第 56
　　頁。

治合法化，即複製殖民文化的統治結構，以新的權威代替舊的權威；第二種是封閉的文化民族主義，其極端即是民族文化的原教旨主義；第三種是薩依德認同和宣導的既反殖民文化霸權也反對文化民族主義尤其是原教旨主義的立場。「那種民族主義和帝國主義的兩極理論已不復存在了。我們認識到，新的權威不能代替舊的權威；而跨越國界、跨越國家類型、民族和本質的新的組合正在形成。」[24] 他們對本質主義本土論的批判可視為是對法儂區分「政治解放」與「民粹主義」思想的發展。

　　四、自由主義對本土論的批判則直指本土論的民粹化傾向。李明輝指出：「本土意識本身具有一定的合理性，但也潛藏著異化的危險；一旦它脫離了民主政治的基本原則，便迅速異化成民粹主義。在經過李登輝、陳水扁的先後操弄之後，臺灣所謂的『本土化』已成了一個怪物：其實質屬性是一套不顧邏輯與事實的福佬沙文主義，對外則表現為反智與反民主。藉由巧妙的操作，本土／非本土與南部／北部、鄉村／都市、貧窮／富裕、臺灣／中國等二分法鏈結在一起，而達到以虛幻的滿足麻痺人民的目的。……在民粹主義的麻痺下，民主憲政的基本原則都被架空了。」[25] 在自由主義者看來，本土論的民粹主義化是通往獨裁政治之路。而唯有以自由主義的「多元文化論述」取代民粹主義的「本土論述」，才能抵抗民粹化本土論對民主的威脅。在《自由民主的理路》中，江宜樺同樣把「民粹主義」和「本土化所造成的統獨爭議」視為「臺灣民主政治的隱憂」[26]。李明輝和江宜樺

24　薩依德《文化與帝國主義》，李琨譯，三聯書店 2003 年版，前言，第21 頁。

25　李明輝〈愚民政治：通往獨裁之路〉，《聯合報》2004 年 5 月 5 日。

26　江宜樺《自由民主的理路》，臺北聯經出版社 2003 年版，第 341-347頁。

對「本土主義」的批判代表了臺灣自由主義知識份子的聲音。

　　「本土論」與「反本土論」構成了 90 年代以來臺灣思想史的一條重要線索。如果「本土論」在國民黨威權統治時期還具有反抗支配和壓迫的積極意義，那麼，當「本土論」獲得話語霸權並且成為新威權的統治意識形態時，它早已走向反面蛻變為一種壓迫力量。在這一語境中逐漸形成的「反本土主義」的論述就具有了抵抗文化的意義。

第五章　傳統左翼的聲音

　　「傳統左翼」是一個相對於後現代左翼、自由左翼或新左翼的概念。與新左翼放棄階級優先論或「階級的退卻」立場根本不同之處在於，傳統左翼堅持「階級政治」的理念和階級分析的方法。在臺灣當代理論史的脈絡中，我們把鄉土文學運動中發展出來的左翼稱為「傳統左翼」。由於「統獨」問題的深刻嵌入，80年代以後，在政治和文化光譜上，傳統左翼知識份子陣營產生了明顯的分裂，其中「統派左翼」和「獨派左翼」代表著分裂的兩個極端，這一分裂顯然消弱了傳統左翼的批判力量。一部分左翼知識份子在史明的影響下轉向「本土論」、「臺灣意識」論乃至虛幻的「臺灣民族主義」，「階級政治」和階級分析方法逐漸被「本土主義」和「族群民族主義」意識形態所替代。以陳映真為代表的另一部分左翼知識份子則始終堅守「階級政治」的觀點、階級分析的方法等傳統馬克思主義的立場，以介入重大的理論論戰和展開具體的社會文化藝術實踐的方式發聲，在「解嚴」以後的臺灣社會和思想領域繼續產生特殊而重要的影響，其代表人物包括陳映真、曾健民、林載爵、王墨林、詹澈、鍾喬、藍博洲、呂正惠、汪立峽、楊渡、杜繼平、鍾俊升、李文吉等等。本章主要討論他們參與的一系列理論論戰和具體的社會文化實踐，進而探討階級觀點在當代臺灣思想和理論場域中的角色、意義與問題，探討傳統左翼如何應對當代臺灣社會急劇變化的現實。

第一節　傳統左翼的困境與復蘇

在當代臺灣的政治和文化場域中，左翼思想和實踐受到國民黨威權統治的長期的壓抑。這種壓抑產生了兩種結果，一是左翼思想以潛流的方式存活下來，在威權統治受到外力影響有所鬆動時，左翼思想出現復蘇的跡象；二是左翼的力量十分孱弱，不足以對臺灣社會產生某種決定性的影響。回顧當代左翼思想的發展，如下歷史事件值得我們注意：

一、「保釣運動」：左翼思想復蘇的契機。70 年代初，左翼思潮開始復蘇，復蘇的契機就是 1970 年秋天的「保釣運動」。1970 年，美、日兩國就歸還沖繩問題進行磋商，美國準備於 1972 年將釣魚島與沖繩一併歸還日本以及日本加緊在釣魚島群島活動，激起了全球華人的憤怒，在留美學生、旅美華人和港臺大學校園和民間中掀起了聲勢浩大的保衛釣魚島運動。「保釣運動」對 70 年代臺灣文藝思潮的影響十分深遠，這種影響主要表現在以下方面：第一，重新鍛接五四新文化運動。與五四運動的重新鍛接產生了重新認識中國的思想運動，重新認識中國近代史和新中國成為臺灣進步青年知識份子的渴望。鄭鴻生回憶到：「新中國不是以其強盛，而是以其對理想以及對新社會新人類的追求吸引了我們。」[1] 在文學史觀上也再一次確立了臺灣文學與五四新文學的關係。第二，「保釣運動」衝破了威權體制對左翼思想和文學的封鎖和禁錮，為臺灣 70 年代左翼文藝思潮重新輸入重要的思想資源。包括馬克思主義的經典著作，毛澤東的《矛盾論》、《實踐論》，斯諾的《西行漫記》，梅林的《馬克思傳》，法濃

1　鄭鴻生《青春之歌──追憶1970年代臺灣左翼青年的一段如火歲月》，臺北：聯經出版社 2002 年版，第 16 頁。

的《全世界受苦的人》，以及三十年代大陸左翼作家魯迅、巴金、茅盾等人的作品；第三，「保釣運動」也觸發了知識份子開始重建與臺灣現代左翼思想史的精神聯繫。在 1973 至 1974 年間，顏元叔在《中外文學》發表〈臺灣小説裡的日本經驗〉，論及楊逵、張深切、吳濁流等左翼作家的作品；張良澤撰寫了關於鍾理和的系列文章，包括〈從鍾理和的遺書説起〉、〈鍾理和的文學觀〉、〈鍾理和作品論〉等等；林載爵發表〈臺灣文學的兩種精神〉闡述楊逵的「抗議」精神和鍾理和的「隱忍」精神。《中外文學》和《幼獅文藝》都重刊了楊逵等人的作品，如〈送報伕〉〈鵝媽媽出嫁〉等。第四，回歸民族與關懷現實結合的文藝觀念的形成。「保釣運動」的一項重要成果就是促進了民族主義與現實主義的有機結合，亦即左翼與民族主義的接合。一方面也啟發了青年知識份子的現實關懷和社會參與意識，「保釣運動」在臺灣校園逐漸發展為「社會服務運動」。《畢聯通訊》提出了知識份子「擁抱斯土斯民」的訴求，「走出校園，走出象牙塔，走向社會，走入民間，進入社會底層」成為了一代青年知識份子的共同追求；另一方面「保釣運動」促使進步知識份子重新思考反帝民族主義的意義和對西化論或現代化論的反省與批判，因而觸發了「現代詩論戰」。1972 年關傑明在《中國時報》「人間」副刊發表〈中國現代詩的困境〉和〈中國現代詩的幻境〉，唐文標發表〈先檢討我們自己吧！〉等，尖銳批判現代詩喪失傳統迴避現實的西化傾向。1973 年《文季》創刊，自我宣稱為臺灣第一個現實主義文學刊物。《文季》繼續批判現代主義詩歌和小説，推出黃春明和王禎和的批判現實主義小説。「銜接在 1971 年以來的社會政治運動開拓出來的『民族』、『社會』的思索，《文季》承繼了兩者的內涵，以文學的方式表達了出來：臺灣文學史、鄉土小説、批判的現實主義、以及深一層的對帝國主義與資本主義的反叛。」[2]

　　二、《夏潮》與左翼文論思潮。「保釣運動」在當代臺灣思想史上的最大影響當是批判的左翼知識界的形成。1976 年《夏潮》雜誌的創辦把分散的進步知識份子結成了左翼的聯盟：蘇慶黎、陳映真、尉天聰、唐文標、王曉波、陳鼓應、南方朔、楊逵、王拓、楊青矗、詹澈、林瑞明、高準、蔣勳、林載爵、林俊義、徐正光、李元貞、胡秋原、嚴靈峰、李雙澤等等，包括海外「保釣運動」份子、左翼民族主義者、批判現實主義作家、國民黨左派等，在「鄉土的、社會的、文學的」理念下形成《夏潮》左翼知識份子群體。《夏潮》的文論延續了「保釣運動」所形成的左翼觀點，並拓展了左翼思想的空間。第一，左翼中國民族主義認同的確立。如同鄭鴻生所言：「保釣運動所企圖重燃的五四香火，抗日老作家楊逵的出土，以及重新認識左翼中國的努力，後來就由《夏潮》雜誌延續，並表現在 70 年代末期的鄉土文學論戰上。」[3]《夏潮》在理論立場上完成了中國民族主義與左翼思想的結合。《夏潮》的論述策略是，通過對孫中山「三民主義」思想中「社會主義」內涵的闡釋與發揚使這種左翼中國民族主義認同獲得正當性，如王曉波的〈國父和革命時代的中國——國父思想論〉和陳鼓應的〈孫中山先生對帝國主義、資本主義的批判〉，都重新闡釋了孫中山的左翼民族主義思想。前者從孫中山被封建專制和帝國主義壓迫的身世背景闡釋「三民主義」的階級傾向；後者則以孫中山對帝國主義的批判為武器表達反抗資本主義的左翼中國民族主義立場。《夏潮》對孫中山的左翼解讀實際上繼承了吳新榮和楊逵的傳統。第二，《夏潮》大規模地展開

2　　呂正惠〈七、八十年代臺灣現實主義文學的道路〉，《戰後臺灣文學經驗》臺灣：新地文學出版社 1992 年版，第 56 頁。

3　　鄭鴻生〈臺灣思想轉型的年代〉，《南風窗》2006 年第 15 期，第 41-45頁。

「保釣運動」後開始的尋找臺灣現代左翼文藝思想資源的工作。
《夏潮》重刊了日據時期反抗日本殖民統治具有左翼傾向的如呂
赫若、賴和、楊逵、楊華、張深切、張文環、吳濁流、王白淵、
葉榮鐘等作家的作品，並且發表了一系列的作家傳記、訪談和評
論，如梁景峰的〈賴和是誰？〉，于飛的〈從〈無醫村〉看日據
時代的臺灣醫學〉，何思萍的〈除非種子死了──探討楊逵小說
的精神〉，林載爵的〈黑色的太陽──張深切的里程碑〉、〈黑
潮下的悲歌──詩人楊華〉、〈以殖民地的眼光看吳濁流〈亞細
亞的孤兒〉〉等等。《夏潮》的日據臺灣文學論述突出了左翼作
家的反抗殖民精神和民族認同意識和現實主義傳統，這與本土主
義文論的「臺灣意識」論有著本質上的差異。第三，批判現代主
義與建構現實主義的理論與實踐。《夏潮》延續了《文季》的批
判現代主義路線，而且炮火更為猛烈，這可以從《夏潮》對王文
興的「圍剿」看出來。王文興1978年2月發表〈鄉土文學的功與
過〉一文，批評「鄉土文學」存在四大問題：「以『服務』為目
的」、「簡化」、「排他性」和「公式化」，引起了《夏潮》的
全面反擊，發表了一系列批判文章：李慶榮〈是法西斯化，不是
西化〉，曾心儀〈這樣的「文學講座」〉，王拓〈評王文興教授
的〈鄉土文學的功與過〉〉，胡秋原〈論「王文興的Nonsense之
Sense」〉，曾心儀〈注意！「瓊瑤公害」：兼以「瓊瑤問題」答
覆王文興教授〉，潘榮禮〈木工工會譴責王文興〉，蕭水順〈請
不要再輕薄農民〉，蕭國和〈評王文興的農業經濟觀〉，思民
〈王文興教授的偏見與狂傲〉，蘇青〈記胡秋原〈論「王文興的
Nonsense 之 Sense」〉〉。《夏潮》對現代主義的批判以傳統左
翼思想的階級論、社會觀和美學理論為武器，並且引入了「世界
體系」和第三世界理論，認為60至70年代的臺灣經濟是被資本
主義入侵的「殖民經濟」，臺灣社會是西方的附庸化社會。現代
主義的「橫的移植」不僅是資本主義的「文化附庸」和「殖民地

化」，而且在美學上犯了頹廢和病態的弊病。

　　正是在和現代主義以及現代化論的論戰中，《夏潮》進一步
確立了其批判現實主義的文學觀念。第一，確立了以唯物論為基
礎的文學反映論。在 1977 年發表的《文學來自社會反映社會》文
中，陳映真明確闡述了一種樸素的「反映論」和「服務社會」的
使命觀念：「文學像一切人類精神生活一樣，受到一個特定發展
時期的社會所影響，兩者有著密切的關聯。」因為「一個時代有
一個時代的『時代精神』，一個時代的『時代精神』，一定有它
作為時代精神的基礎的、根源的、社會上和經濟上的因素。」[4]的
確，《夏潮》所反映的社會內容所關懷的社會面十分寬廣涉及
「歷史」、「民主」、「勞工」、「原住民」、「人權」、「婦
權」、「環保」以及廣大「第三世界」的社會狀況，而且「夏
潮」對社會現實的認識與分析大多取政治經濟學批判和階級分析
的路徑，這在 70 年代臺灣知識界無疑是難能可貴的。第二，提出
了文學為什麼人服務的命題。早在「現代詩論戰」中，唐文標和
尉天聰就分別發表了〈什麼時候什麼地方什麼人〉和〈站在什麼
立場說什麼話〉，提出了文學的意識形態立場和為誰服務的命
題。1977 年之後，《夏潮》知識群進一步明確了文學的使命，即
為勞苦大眾代言，為勞苦大眾服務：「首先要給予舉凡失喪的、
被侮辱的、被踐踏的、被忽視的人們以溫暖的安慰，以奮鬥的勇
氣。……要鼓舞一切的中國人真誠地團結起來，為我們自己的國
家的獨立，民族的自由，努力奮鬥。」[5]第三，提出知識份子如
何為底層代言的問題。在署名許南村的〈試論陳映真〉中，陳氏

4　陳映真〈建立民族文學的風格〉，《中華雜誌》1977 年第 171 期，第
　　14-18 頁。

5　陳映真〈文學來自社會反映社會〉，《仙人掌雜誌》1977 年第 5 期，
　　第 1-23 頁。

自我定位為「市鎮小知識份子」，在經濟社會地位上具有一種「向上爬升」和「向下淪落」的中間性格，其意識形態立場也隨著這種變化而變化，這樣如何形成批判現實主義的左翼立場為底層代言就成為一個不可迴避的問題。陳映真提出了小知識份子在「自我革新」的「救贖之道」：「市鎮小知識份子的救贖之道，便是在介入的實踐中，艱苦地作自我的革新，同他們無限依戀的舊世界做毅然的訣別，從而投入一個更新的時代。」[6]第四，確立了現實主義文學批判資本壓迫與反抗人性異化的主題和回歸民族大眾的美學形式。《夏潮》推出了一批寫實主義的小說家——黃春明、楊青矗、王拓、宋澤萊和鄉土詩人吳晟、施善繼、詹澈等等，在對他們作品主題的闡釋中建立了批判寫實主義的文學觀念和基本主題：黃春明對跨國資本入侵的批判和底層人物命運的揭示；楊青矗工人小說對異化勞動的批判；王拓揭示商業社會中人性的異化；宋澤萊抗議資本主義的入侵造成了農村的貧困和破產……《夏潮》在文藝理念上持「內容決定形式」的觀念，在他們看來，偉大的現實主義是不用「主觀的、晦澀的、奇詭的語言與結構的。」「寫實主義的另一個問題，是『用儘量多數人所可明白易懂的語言，寫最大多數人所可理解的一般經驗』。我稱此為文學的民主主義：讓更多的人參與文學生活，寫更廣泛的人們，讓更廣泛的人有文學之樂。」[7]《夏潮》所謂的「介入的實踐」在文藝領域除了批判寫實的小說創作外，還包括更為直接地反映社會變遷和底層生活的「報導文學」和「新民歌運動」。《夏潮》雜誌發表了古蒙仁、張良澤等人的報導文學作品，並且仿效楊逵，於 1977 年 1 月以「我一天的工作」為題，舉辦徵文，徵求底

6　陳映真〈試論陳映真〉，收入《孤兒的歷史，歷史的孤兒》，臺灣遠景出版社，1984 初版，第 163-173 頁。

7　陳映真〈關懷的人生觀〉，《小說新潮》1977 年第 2 期，第 5-8 頁。

層勞工的真實故事,透過報導文學直接介入現實的形式,不僅把讀者拉入批判社會生活的實踐之中,而且使知識份子的革新獲得了一種參照。[8]《夏潮》的主要成員李雙澤、楊祖珺、胡德夫1977年發展出了臺灣「新民歌運動」的「淡江夏潮」路線,具有與余光中所代表的文化鄉愁民謠完全不同的左翼批判現實性。《夏潮》把「民歌運動」作為一種「介入的實踐」,他們到大專院校、工廠、以及地方市鎮舉行演唱會,使得「夏潮路線」的民歌運動具有強烈的社會運動色彩。

三、「鄉土文學論爭」與左翼的分化。1977年4月王拓在《仙人掌》雜誌發表〈是「現實主義」文學,不是鄉土文學〉是鄉土主義重要的理論宣言。他提出鄉土文學是「根植在臺灣這個現實社會的土地上來反映社會現實、反映人們生活的和心理的願望的文學。……凡是生自這個社會的任何一種人、任何一種事物、任何一種現象,都是這種文學所要反映和描寫、都是這種文學作者所要瞭解和關心的。」[9]同期刊登銀正雄的〈墳地裡哪來的鐘聲?〉和朱西寧的〈回歸何處?如何回歸?〉,則已經含有對「鄉土文學」的批評。前者懷疑王拓小說〈墳地鐘聲〉的寫作動機,認為「鄉土文學」已經「變質」了,不再「悲天憫人」、「拙樸純真」和「清新可人」,相反具有「變成表達仇恨、憎恨等意識的工具的危機。」這「跟三十年代的注定要失敗的普羅文學又有什麼兩樣?」[10];後者同樣質疑「鄉土文學」有「流於地方主義」的偏狹傾向。5月,葉石濤在《夏潮》二卷五期發表了〈臺灣鄉土文學史導論〉,闡述鄉土文學的歷史淵源和特性,提

8　郭紀舟《70年代臺灣左翼運動》1999年,海峽出版社,第136-138頁。

9　王拓〈是「現實主義」文學,不是鄉土文學〉,《仙人掌》雜誌,1977年4月,第一卷第二期,第119頁。

10　銀正雄的〈墳地裡哪來的鐘聲?〉,尉天驄主編《鄉土文學討論集》,臺北遠景出版事業公司1980年版,第200-202頁。

出了「臺灣意識」概念：「被殖民的、受壓迫的，反帝、反封建的，筆路藍縷以啟山林的、跟大自然搏鬥的」的共通意識。6月陳映真以許南村筆名在《臺灣文藝》發表〈「鄉土文學」的盲點〉，批評葉石濤的「臺灣意識」論的「分離主義」傾向。從7月至10月彭歌在《聯合報》發表了題為《三三草》九則短評和長文〈不談人性，何有文學？〉，認同銀正雄對鄉土文學的批評，並直接批評了王拓、陳映真、尉天聰，認為：王拓陷入了「階級對立」的弊病，「有意惡化『社會內部矛盾』之傾向」[11]；陳映真對小知識份子的「層級結構」及沉浮宿命規律的分析隱含著共產黨的階級理論；而尉天聰批判資本主義最後走向的也是陳映真「訣絕」的道路。彭歌的結論是：「我不贊成文學淪為政治的工具，我更反對文學淪為敵人的工具。如果不辨惡善，只講階級，不承認普遍的人性，哪裡還有文學？」[12] 8月余光中也在《聯合報》副刊發表的臭名昭著的〈狼來了〉一文，直接點出「鄉土文學」為「工農兵的文藝」。10月，陳映真在《中華雜誌》171期發表〈建立民族文學的風格〉還擊了對鄉土文學的一系列批評，王拓則在《聯合報》發表〈擁抱健康的大地〉都回應彭歌的批判。1978年2月王文興在《夏潮》第二十三期發表〈鄉土文學的功與過〉，表示贊成鄉土文學的創作，但反對它的理論，認為鄉土文學理論犯了「文學必須以『服務』為目的」、「文學力求簡化」、「公式化」和「排他性」的四大錯誤。胡秋原旋即在《夏潮》和《中華雜誌》同時發表〈王文興的 Nonsense 之 sense〉予以反駁，從文學、政治和文化三個方面批評王的「文學之亂

11　彭歌〈不談人性，何有文學？〉，尉天聰主編《鄉土文學討論集》，臺北遠景出版事業公司1980年版，第249頁。

12　彭歌〈不談人性，何有文學？〉，尉天聰主編《鄉土文學討論集》，臺北遠景出版事業公司1980年版，第262-263頁。

説」、「政治之謬論」和「對西方文化之無知」。

　　從政治意識形態立場和文學觀念看，這場論戰其實包含了三種對立：第一是左翼的鄉土文學派與右翼知識份子的意識形態對立。陳映真、尉天聰、王拓等《夏潮》派知識份子持左翼的鄉土文學立場，承續了現代文學的左翼傳統，以唯物論為基礎建立反映論的文學觀，主張介入現實批判現實。彭歌、銀正雄和余光中等人是體制內知識份子的代表，反對左翼的文學觀念。兩者顯然是由於政治意識形態的不同而產生了文學理論上的對立；第二是鄉土派與現代派的美學衝突。鄉土文學派與王文興之間的爭論，則是現代派與現實主義美學觀念的對立。王文興的〈鄉土文學的功與過〉既不認同《夏潮》知識群對臺灣政治經濟與文化狀況的認識──以「現代化論」對抗「夏潮」的「殖民經濟論」和「文化侵略論」，試圖在現代化理論和現代性論述的基礎上建立「西化」和現代主義的合法性──，也反對《夏潮》的鄉土文學觀念。王文興和《夏潮》文學理念的對立首先是自律論與工具論的對立，王文興的立論基礎是康德的美感自律論：「美感的經驗是一種絕對單純的經驗，它在發生的那一刻，只有你和發生美感來源的物體之間的一種溝通，它不容許其他念頭的產生。」[13] 這無疑是康德「美感是不涉利害關係的快感」的翻版。王文興和《夏潮》文學理念的對立也是現代主義與普羅寫實主義的對立，是精英文化與大眾文化的對抗。王文興認為在 20 世紀世界文學史中「以政治為目的」的「普羅文學交了白卷」，而詹姆斯·喬埃斯和烏爾夫的心理寫實主義、湯姆斯曼和卡繆的象徵寫實主義則代表了 20 世紀文壇的主流；第三種是鄉土派內部「中國意識論」與「臺灣意識論」之間的分野。葉石濤的〈臺灣鄉土文學史導論〉

13　王文興〈鄉土文學的功與過〉，尉天聰主編《鄉土文學討論集》，臺北遠景出版事業公司 1980 年版，第 528 頁。

談了五個問題：「臺灣的特性和中國的普遍性」、「臺灣意識」、「帝國主義和封建主義下的臺灣」、「臺灣鄉土文學中的現實主義道路」、「臺灣文學中反帝、反封建的歷史傳統」，其核心即「臺灣意識」：「臺灣的鄉土文學應該是以『臺灣為中心』寫出來的作品；換言之，它應該是站在臺灣的立場上來透視整個世界的作品。」[14] 葉石濤雖然在「中國的普遍性」的基礎上討論「臺灣的特性」，突出了「居住在臺灣的中國人的共同經驗」，看起來是把「臺灣」敘事放置在大中國歷史敘事的脈絡之中。但陳映真對葉石濤「臺灣的鄉土文學」論中所隱含的「分離主義」意味和「臺灣的文化民族主義」傾向十分警覺，指出葉石濤所謂的試圖與中國脫離的「臺灣意識」是「鄉土文學」的盲點。陳氏認為「所謂『臺灣鄉土文學』，其實是『在臺灣的中國文學』。」「在十九世紀資本帝主義所侵凌的各弱小民族的土地上，一切抵抗的文學，莫不有各別民族的特點，而且由於反映了這些農業的殖民地之社會現實條件，也莫不以農村中的經濟底、人底問題作為關切和抵抗的焦點。『臺灣』『鄉土文學』的個性，便在全亞洲、全小南美洲和全非洲殖民地文學的個性中消失，而在全中國近代反帝、反封建的個性中，統一在中國近代文學之中，成為它光輝的不可割切的一環。」[15]「臺灣意識」的基礎就是「中國意識」。

「解嚴」前後，國民黨威權統治日益鬆動，這原本是傳統左翼思想復蘇的時機，事實上也出現了復蘇的一些跡象，如馬克思主義的傳播和西方馬克思主義熱的產生。但是，傳統左翼的聲音

14　葉石濤的〈臺灣鄉土文學史導論〉，尉天驄主編《鄉土文學討論集》，臺北遠景出版事業公司 1980 年版，第 72 頁。

15　陳映真〈鄉土文學的盲點〉，尉天驄主編《鄉土文學討論集》，臺北遠景出版事業公司 1980 年版，第 95 頁。

仍然微弱。傳統左翼思想遭遇到了新的困境。這個困境包括以下方面：其一，衆所周知，經過六七十年代的工業化發展，臺灣社會 80 年代後開始進入經濟發達的歷史時期，成為著名亞洲四小龍之一。臺灣社會進入了布爾喬亞時代。社會階級結構發生了巨大變化，中產階級數量在社會階級結構中佔據了多數的位置。這種社會結構制約了傳統左翼的重新崛起。其二，七十年代「鄉土文學運動」中隱藏著的左翼的路線分歧，八十年代愈發明朗化演變為傳統左翼知識界的徹底分裂。本土主義路線在 90 年代後取得了話語的霸權地位，並演變成為臺灣新意識形態即台獨意識形態的組成部分。所謂「本土左翼」論述，早已喪失了左翼的立場。這一分裂造成了左翼思想的重大挫折。其二，80 年代各種社會力量迅速崛起，新社會運動風起雲湧，形成了思想領域的多元化和自由化思潮，遮蔽甚至淹沒了原本孱弱的傳統左翼的聲音。其四，後現代主義和解構主義粉墨登場，在 80 年代中後期成為臺灣思想界的顯學。後現代主義和解構主義消解了傳統馬克思主義對臺灣知識份子的影響，部分傾向於左翼立場的知識份子轉向與後現代主義的結合，走向所謂的後馬克思主義。其五，八九十年代之交，國際社會主義運動遭遇重大挫折，蘇聯解體和東歐劇變事件深刻地影響了臺灣知識界。不少臺灣知識份子對社會主義喪失了信心。正如陳映真所分析的，「現在有一種理論，看見蘇聯、東歐社會主義垮臺以後，有一個勝利的歡聲，認為資本主義已經取得了歷史性最後的勝利，社會主義垮了，歷史停止了，意識形態的時代已經結束！……但我想說的是，我們至少在年輕的時候要有一種態度，對主流的支配性的意識形態、主流的政治、主流的文學觀抱持一種懷疑、對抗、批判的態度，不能隨波而去。」[16]

　　這些因素導致傳統左翼的失語，在解嚴前後，其影響力甚至

16　陳映真〈文學的世界已經變了？〉，《聯合報》2000 年 4 月 12 日。

還不如威權統治的七十年代。臺灣知識界普遍感受到了這種狀況，「等待左派」、「消失的左眼」、「没有左派那來新中間路線？」、「探尋臺灣，『左』眼的世界」、「左翼缺位的臺灣」、「左翼觀點幾乎是失聲狀態」……等等説法紛紛出現。這一方面表明傳統左翼的孱弱，另一方面意味著人們對左翼的期待，也意味着臺灣社會需要左翼的聲音。傳統左翼復蘇的契機隱然產生。的確，隨著社會經濟日益私有化和自由化，隨著新自由主義的全面入侵，臺灣社會結構也出現了微妙而深刻的變化，社會兩級化趨勢進一步擴大。大前研一曾經斷言：日本已經進入了「M 型社會」，臺灣也已經產生了日本曾經出現的種種徵兆，逐漸演變為「M 型社會」。傳統左翼的復蘇或許已經出現了新的歷史契機。種種跡象表明，「新反對運動」存在另一種選擇。在《人間》知識份子重新焕發的實踐和理論活力中，在素樸的《左翼》雜誌中，在關曉榮報告攝影和藍博洲的報告文學中，在詹澈的詩歌與農民運動的接合中，在鍾喬的「民衆劇場」運動中，在「勞工陣線」和「勞動人權協會」等等大大小小的勞工團體的鬥爭中，我們看到了傳統左翼思想復蘇與再造的可能前景。

第二節　「內戰・冷戰意識形態」與 「臺灣社會性質論」

如何解釋當代臺灣的思想狀況和社會性質？如何認識當代臺灣的歷史狀況？哪些歷史因素深刻地制約著或決定了當代臺灣的思想結構？對這個問題，持不同立場的知識份子有著截然不同的回答。在所謂的「本土論」者看來，當代臺灣史延續了日據史的本土／外來的二元對立的脈絡。在「本土／外來」這一闡釋框架中，70 年代的鄉土文學運動被視為「本土意識」覺醒的開端，所

謂的「本土意識」逐漸則被演繹成為一種與「中國意識」相對立
的「臺灣意識」。而以陳映真為代表的「人間」派左翼知識份子
則提出了另一種建立在歷史唯物論基礎上的闡釋範式，把臺灣當
代史放在「內戰‧冷戰」的歷史框架中予以闡釋：臺灣當代史既
是中國「內戰」史的延續，也是「冷戰」結構的歷史產物。在這
一闡釋框架中，「人間」派左翼知識份子建立了對戰後臺灣思想
史的基本認識和知識圖景，在他們看來，戰後至 70 年代的臺灣思
想史是「內戰‧冷戰」意識形態與反「內戰‧冷戰」意識形態衝
突的歷史，戰後臺灣文學史尤其是七十年代的文學論爭只有在這
一闡釋框架和歷史結構中才能得到科學的解釋。陳映真的〈向內
戰‧冷戰意識形態挑戰〉一文正是以這個社會科學範式重新闡釋
70 年代臺灣的鄉土文學論戰：第一，現實主義與現代主義的對抗
是世界「冷戰」結構在美學領域的具體表徵。「在戰後世界冷戰
結構下，現代主義成為以美國為首的『自由世界』對抗舊蘇東世
界『社會主義現實主義』文藝的意識形態武器，也成為反對在廣
泛美國勢力範圍下第三世界反帝的、本地革命現實主義的先
鋒。」第二，70 年代臺灣鄉土文學運動的意義在於突破「中國內
戰」和「國際冷戰」雙重意識形態的對思想和美學的限制。鄉土
文學運動提出了一系列論述，包括民族文學論、大眾文學論、新
殖民主義論、第三世界理論等等，直接挑戰「內戰‧冷戰」的意
識形態。第三，鄉土文學運動從歷史唯物論出發分析當代臺灣社
會的性質。關於戰後臺灣的社會經濟性質的論爭——即戰後臺灣
經濟是不是「殖民地經濟」的論爭——為臺灣地區批判的社會科
學的出場和發展打開了空間。第四，「反中國的本土論」的產生
是左翼進步思想的巨大挫折和倒退 [17]。「內戰‧冷戰」的框架在

17　陳映真〈向內戰‧冷戰意識形態挑戰：七〇年代文學論爭在臺灣文藝思
　　潮史上劃時代的意義〉，《人間》2003 年冬季號，人間出版社 2003 年
　　版，第 203-206 頁。

闡釋戰後臺灣的意識結構和意識形態衝突方面的確有效，也充分地解釋了臺灣社會產生「脫亞入美」心態或情緒結構的歷史與現實根源。但無庸諱言，這個闡釋範式顯然具有較為僵硬的總體化和決定論的傾向，對現代主義和現實主義的理解基本上是盧卡契的模式。這個模式對現代主義的認識與非難多少有些簡化，對美學形式與政治意識形態以及社會形態三者關係的闡釋也多少顯得有些僵硬。陳映真和呂正惠在美學和文學理論上深受盧卡契現實主義理論的啟發，這影響了他們對現代主義和後現代主義等等思潮的基本判斷。許多時候，傳統左翼未能充分地理解現代主義、後現代主義和資本主義體制之間業已存在的種種緊張關係。陳映真如是而言：「環顧今日，新的外來的理論——後現代論、結構・解構論、後殖民論、女性主義論、同性戀……依舊是臺灣文化、文藝和思想的主流和霸權論述。」[18] 這樣，傳統左翼就把現代主義、後現代主義、後結構主義乃至女性主義視為西方資產階級的意識形態，而予以拒絕。這是傳統左翼與新左翼根本分別之所在。現今看來，對於傳統左翼的復蘇與重組而言，如何重新認識這些論述的進步意義可能事關重大。傳統左翼能否重構出一種真正開放的和批判的社會科學？傳統左翼能否建構一種廣泛的反抗資本主義的鬥爭同盟？傳統左翼能否建構出一種反抗的論述同盟？這些都是陳映真們必須面對的問題。如果傳統左翼在看待現代主義、後現代主義和解構主義等等方面不能取開放的理論立場，那麼以上疑問仍然不易克服。當然，如果取「後現代左翼」的立場——從階級的政治轉入文化的政治——那麼另一個疑問也就隨之而來：那種徹底「從階級理論退卻」的所謂新左翼論述在

18　陳映真〈向內戰・冷戰意識形態挑戰：七〇年代文學論爭在臺灣文藝思潮史上劃時代的意義〉，《人間》2003 年冬季號，人間出版社 2003 年版，第 206 頁。

何種程度上還稱得上是一種左翼的立場？這是一個兩難的問題。
如何理解和處理好工農階級與「新社會運動」的關係？顯然也是
左翼知識份子必須深刻思考的時代課題。

在建立「內戰・冷戰」這一闡述框架的同時，陳映真等傳統
左翼理論家對臺灣社會性質的分析始終堅持馬克思主義歷史唯物
論的立場，從唯物史觀出發認識臺灣社會性質的歷史變遷。在批
評陳芳明的「臺灣新文學史」觀時，陳映真提出了闡釋臺灣社會
性質的系統的和歷史的觀點：「臺灣日據社會（1895-1945）是
『殖民地・半封建』社會；1945 年到 50 年是中國『半殖民地・
半封建』社會的組成部分；1950 年至 1966 年，是『新殖民地・
半資本主義』社會；1966 年到 1985 年左右，是『新殖民地・依
附性資本主義』社會。而 1985 到目前，是『新殖民地・依附性獨
佔資本主義』的社會。」[19] 在我看來，對臺灣社會性質的歷史唯
物論闡釋是以陳映真為首的「人間」派思想界「解嚴」以後尤其
是 90 年代後在左翼理論建設上最重要的貢獻和理論成果之一。具
體而言，陳映真對臺灣社會性質的這一闡釋的意義在於：

首先，連結上了 1920-1930 年代中國左翼思想史的脈絡。早
在 1926 年，左翼理論家蔡和森就用「半殖民地」和「半封建」這
兩個概念來界定近代中國的社會性質，30 年代後，思想界產生了
關於中國社會性質的論戰，張聞天、呂振羽等左翼思想家進一步
論述了近代中國社會經濟的性質，即是「半殖民地與半封建的經
濟」。陳映真對臺灣社會性質的闡釋在思想方法和理論立場上顯
然延續並且發展了 1920-1930 年代的左翼思想。

其次，陳映真明確地指出：「臺灣社會性質的推演，不是一
個自來獨立的社會之社會形態的推移，而是中國社會之一地方社

19　陳映真〈以意識形態代替科學知識的災難〉，《聯合文學》2000 年 7
　　月，第 189 期，第 159-160 頁。

會在特殊歷史條件下的社會形態的變化。這是臺灣社會史的一個顛撲不破的事實。」[20] 這樣，既把對臺灣社會性質問題放在近代以來中國社會結構的整體視域中予以考察，又對作為中國社會整體結構一部分的臺灣社會的歷史特殊性給予充分重視。在這個基礎上，陳映真提出了一系列重要的定義，試圖對臺灣社會的歷史變遷給出一種歷史唯物論的整體闡釋，重新界定不同歷史階段臺灣社會的根本性質。正是在這一點上，我們說陳映真發展了現代中國的左翼思想。

　　第三，陳映真的臺灣社會性質論不只是一種歷史唯物論的觀點，而且把馬克思主義的政治經濟學批判思想和當代左翼的「依附理論」成功地納入到其歷史唯物論的闡釋框架之中；第四，陳映真的臺灣社會性質論與所謂「本土化」的理論立場針鋒相對，有力地反駁了「本土論」者陳芳明對臺灣社會性質的判斷。陳芳明在〈臺灣新文學史的建構與分期〉一文中，曾經把臺灣社會的性質定義為「殖民地社會」，認為臺灣社會性質和形態經歷了三個階段的歷史變遷：日據時期的殖民地社會，戰後國民黨統治時期的「再殖民地化」社會和解嚴後的「後殖民地社會」。陳芳明意欲建構的「後殖民史觀」，「便是通過左翼的、女性的、邊緣的、動態的歷史解釋來涵蓋整部新文學運動的發展。」[21] 看起來，陳芳明的文學史觀比彭瑞金的《臺灣文學四十年》在如何評價臺灣現代主義文學時要寬容得多，這是陳芳明現今走向所謂進步、開放和寬容的本土主義的基礎。但其新文學史所依據的基礎，即對戰後臺灣社會性質的基本判斷則顯然存在重大的謬誤，

20　陳映真〈以意識形態代替科學知識的災難〉，《聯合文學》2000 年 7 月，第 189 期，第 159 頁。
21　陳芳明〈臺灣新文學史的建構與分期〉，《聯合文學》第 15 卷第 10 期，第 166-167 頁。

其歷史解釋在「左翼的」和「動態的」兩個重要方面都是成問題的。陳芳明所謂「再殖民化」和「後殖民社會」概念，由於受到「本土／外來」二元框架的嚴重制約而導致其意欲達成的「左翼的」和「動態的」的歷史闡釋的徹底失效。陳芳明對戰後臺灣社會結構的分析顯然已經與馬克思主義的基本立場和觀點相距遙遠，這個被陳映真揭示出來的事實，連陳芳明自己也不得不承認。在回應陳映真的批判和質疑時，這一點我們從陳芳明的回應中——〈馬克思主義有那麼嚴重嗎？〉——可以直接觀察到。對於左翼思想而言，這個問題當然嚴重。我們很難想像，一個與馬克思主義相距遙遠甚至完全背離的理論闡釋，如何可能是「左翼」的？如何可能是傾向於左翼的？如果不從臺灣資本主義社會的內部結構以及與冷戰和後冷戰時期的全球資本主義體系的結構關係出發，對臺灣社會經濟性質的認識和判斷就不可能是真正科學的，更不可能是真正左翼的。所以，陳映真和陳芳明關於「臺灣社會性質」和「臺灣新文學史」的論爭不是左翼內部的路線分歧，而是左翼與非左翼乃至反左翼之間的衝突。

　　陳映真十分明確地指出陳芳明對戰後臺灣社會性質的認定是歷史唯心主義的，它「表現了資產階級歷史唯心主義的貧困與破產。」[22] 在我們看來，劉進慶、涂照彥、陳玉璽和瞿宛文等學者的戰後臺灣社會經濟性質的分析才真正代表了左翼的立場和觀點。劉進慶的《臺灣戰後經濟分析》，劉進慶、涂照彥合著的《臺灣之經濟》，陳玉璽的《臺灣的依附型發展》等等都是左翼在臺灣經濟社會性質研究方面的重要成果。劉進慶曾經給出如是的描述和分析：「歷史上的臺灣，自古以來，是來自對岸的移民所開發，成為中國漢族的外延社會，很早以前就發展出與對岸有

22　陳映真〈以意識形態代替科學知識的災難〉，《聯合文學》2000 年 7
　　月，第 189 期，第 157 頁。

貿易連結的商品化農業，而土地的私有制也很發達。現代臺灣的
社會經濟構造，以鴉片戰爭為契機，在清末受到歐美資本主義的
入侵而使農業的商品化更進一層的推進，此後經過日本帝國主義
的殖民地資本主義經營，其面貌變化更大了。戰後，一方面由於
土地改革而使傳統的地主租佃制解體，另一方面新的美日資本主
義入侵，更加深了臺灣社會經濟構造的變化程度。……戰後臺灣
的社會經濟，更換前現代經濟體制的裝扮，而隱藏在已具支配力
量的資本主義體制之中。……以戰後臺灣的現實情況而言，人們
的目光總會被龐大的公營企業以及與其相對的民營企業所吸引。
我們如何把握經濟領域二分的公營企業與民營企業這種二重構
造？要把它擺在社會再生產構造的哪個位置？對於廣泛的經濟過
程中公權力（半封建的國民黨專制權力）之介入問題，應該如何
以社會科學的方法加以理解與把握？這些都是由資本所有制的觀
點所看到的戰後臺灣經濟的基本問題。」[23] 某種意義上看，陳映
真的臺灣社會性質論建立在這些成果的紮實基礎之上。左翼的社
會科學對「解嚴」後臺灣社會狀況的分析，顯然也與陳芳明所給
出的「多元蓬勃時期」和「後殖民時期」的描述截然不同。在
〈後威權下再論「民營化」〉等重要文章中，《台社》經濟學家
瞿宛文認為在「後威權時期」，民進黨「訴諸政治正當性與民粹
政治的操作」，其實「掩蓋其對私人資本傾斜的日漸加深。」
「社會運動力量薄弱，其所提出的社會民主的訴求難以抗衡新自
由主義意識型態的霸權，以及政治向資本的全面傾斜。自由化以
來寡佔壟斷已再現，社會分化已日益嚴重，重新確認社會公平的
價值與公共服務政策目標實為當務之急。」[24] 這種基於政治經濟

23　劉進慶《臺灣戰後經濟分析》，王宏仁、林繼文、李明俊譯，臺北：人
　　間出版社 2001 年版，第 7 頁。

24　瞿宛文〈後威權下再論「民營化」〉，《臺灣社會研究季刊》2004 年
　　3 月，第 53 期，第 29 頁。

學的分析和左翼知識立場所得出的判斷和描述，深刻有效地揭示出「解嚴」後臺灣社會的性質和根本問題以及發展趨勢。

以上我們極其簡要地敘述劉進慶、涂照彥、陳玉璽和瞿宛文等人對戰後臺灣社會經濟的分析，其意在於表明什麼樣的分析方法才是真正左翼的，也在於比較説明陳映真與陳芳明誰才真正陷入左翼思想貧困的狀況。在與「本土論」的論辯中，陳映真並非孤軍作戰，並非「踽踽獨行」。在我們看來，陳映真對臺灣社會和經濟性質作出的歷史唯物論闡釋和政治經濟學批判十分重要而且具有思想的活力和有效性，它構成了傳統左翼重新出發的基礎。只有依據這一歷史唯物論的分析，傳統左翼才有可能重構批判的社會科學，也才有重構實踐鬥爭的戰略和策略的新的可能。在臺灣文學與文化研究領域，如何建構一種左翼的文學知識圖景？陳映真的分析同樣重要，左翼觀點的臺灣文學史描述顯然必須在相應的社會和政治經濟脈絡中展開，必須將文學問題重新語境化和歷史化。

第三節　「第三世界文學」論的提出與重構

「第三世界」原是國際政治關係領域的詞語，這個術語進入中國文學與文化批評領域並形成「第三世界文學」或「第三世界文化」概念是在 20 世紀的 80 年代。1974 年，毛澤東在會見卡翁達時首次提出「三個世界理論」，即美國、蘇聯是第一世界。中間派日本、歐洲、加拿大是第二世界。除日本外，亞非拉都是第三世界。毛澤東指出：在當今，廣大第三世界面臨的共同任務是，維護民族獨立，爭取社會進步，發展民族經濟，鞏固民族獨立實現民族的徹底解放。在上述兩者之間的發達國家是第二世界，它們既對被壓迫民族進行剝削壓迫，又受超級大國的控制、欺負，是第一世界和第三世界在反霸鬥爭中可以爭取或聯合的力

量[25]。另一種觀點曾經給出這樣的界定：第三世界指的是這樣一些國家和地區，它們既不屬於那些現代的、民主的、資本主義的第一世界（北美、西歐、日本和其他少數國家和地區），也不屬於第二世界——「（可能）發達的共產主義國家（蘇聯和東歐）。」[26] 發展中國家和地區不僅應該自成一類，它們的政治、經濟和社會都不同於第一世界和第二世界，所以被稱為第三世界。在這裡，「第三世界」即是發展中國家與地區或欠發達地區的另一個稱謂。

中國當代文論界較早使用「第三世界文學」術語的是陳映真和呂正惠。據陳映真的說法，1976 年和葉石濤先生商榷有關臺灣新文學性質的文章〈鄉土文學的盲點〉中，第一次在臺灣提出「第三世界」和「第三世界文學」概念。1980 年代，陳映真從左翼文學立場出發並受拉美地區「依賴理論」的啟發，連續發表〈臺灣文學和第三世界文學之比較〉（1983）、〈「鬼影子知識份子」和「轉向症候群」〉（1984）、〈美國統治下的臺灣〉（1984）、〈臺灣第一部「第三世界電影」〉（1986）等論文。他認為：臺灣地區雖然和其他第三世界地區之間存在差異，但也具有一種共同點：「從世界範圍的生產諸關係去看，臺灣，同其他第三世界國家和地區一樣，完全處於相同的被支配、榨取和控制的地位。」[27] 因此，臺灣文學和其他第三世界文學存在著十分令人驚異的共同點：都是作為反抗帝國主義、殖民主義的文化啟蒙運動之一環節而產生的。陳映真「第三世界文學」觀的深刻之

25　毛澤東《建國以來毛澤東文稿》第十三冊，中央文獻出版社 1998 年版，第 379 頁。

26　霍華德‧威亞爾達《新興國家的政治發展：第三世界還存在嗎？》，劉青、牛可譯，北京大學出版社 2005 年版，第 26 頁。

27　陳映真《陳映真文集》雜文卷，中國友誼出版公司 1998 年版，第 49頁。

處在於，揭示了第三世界文化的複雜性：「在第三世界，存在著兩個標準，一個是西方的標準，一個是自己民族的標準。用前一個標準看，第三世界是落後的，沒有文明、沒有藝術、沒有哲學也沒有文學的，用後一個標準，可以發現每一個『落後』民族自身，儼然存在著豐富、絢爛而又動人的文學、藝術和文化。」[28]「在充滿著革命與反革命、侵略與反侵略、殖民主義和反殖民主義複雜鬥爭的近代、現代第三世界歷史運動中，第三世界知識份子之間發生著相應的、複雜的分化。有一部分人投入祖國的獨立和解放鬥爭，有一部分人成為外來勢力的傀儡，而另一部分人從反抗者轉向，成為買辦和鬼影子知識份子。」[29]陳映真的論述強調第三世界文學的民族性、人道主義以及反帝反封建的啟蒙精神和後殖民主義的文化批判意識，這肯定是富有當代意義的。但他認為第三世界的現代主義文學「先天的就是末期消費文明的亞流的惡遺傳」，其亞流性「表現在它的移植底、輸入底、被傾銷底諸性格上。」則有些偏狹。第三世界的文學是否只有現實主義唯一的選擇？現代主義美學無論如何都難以擺脫資產階級意識形態的糾纏？陳映真在這兩個相關問題的闡釋未能給出一個更開放有效的答案。呂正惠提出應該發展出全面的第三世界的現代主義的社會學來探討第三世界的現代派文學，則顯示出某種建設性的意義[30]。然而，他僅僅提出了建議，至於第三世界的現代主義的社會學究竟是怎樣的？它與西方現代主義的美學理論有何區別？在呂正惠的論述裡語焉不詳。但呂正惠提出的問題的確重要，它有

28　陳映真《陳映真文集》雜文卷，中國友誼出版公司 1998 年版，第 62頁。

29　陳映真《陳映真文集》雜文卷，中國友誼出版公司 1998 年版，第 288頁。

30　呂正惠《戰後臺灣文學經驗》，臺灣：新地文學出版社 1992 年版，第35 頁。

可能改變陳映真「第三世界文學」框架對現代主義的排斥，也意味著重構「第三世界文學」概念的一個重要方向。

　　現今，「第三世界」理論和「第三世界文學」概念已經遭遇到了一系列的挑戰。一些學者開始認為「第三世界」概念已經沒有存在的意義和價值。因為現今冷戰已經結束了，三個世界的劃分早已失去了存在的現實基礎。「首先，第一世界國家間的政治和意識形態上的差別，主要是美國和西歐，比以前更加擴大了。其次，隨著蘇聯和東歐共產主義國家的崩潰和劇變，第二世界已經不存在了；雖然還有一些欠發達的國家信奉馬列主義（柬埔寨、古巴、朝鮮和越南），但已經不存在發達的馬列主義國家了。再次，沒有第二世界，第三世界這個一直存有爭議的類別也就不再有任何意義。」[31] 許多跡象表明，這種觀點在當代理論界有著一定的普遍性。在黃晳英和陳映真的一次對話中，韓國作家黃晳英也提出十分相近的觀點：「事實上，現在韓國已經不用『第三世界』這一名詞，由於冷戰的結束『第三世界』這一名詞已經不符合實際的情況，而是用『亞、非、拉美』來代替。我認為『第三世界』這一名詞應該是 70 年代在美國軍事霸權、文化霸權宰制下，所有的國家不得不使用的名詞。目前，雖然冷戰時期的第三世界國家仍然存在，但由於明顯的呈現出地區化、地域化而且每個地區都有很具體的情況存在，因此本人不同意再繼續用『第三世界』這一名詞。」[32] 顯然，黃晳英的看法基於兩個理由，第一，「第三世界」概念的生產有其特殊的歷史語境，它是冷戰的產物。現今冷戰結束，世界進入全球化時代，「第三世

31　霍華德‧威亞爾達《新興國家的政治發展：第三世界還存在嗎？》，劉青、牛可譯，北京大學出版社 2005 年版，第 26-27 頁。

32　黃晳英、陳映真《全球化架構下第三世界文學的前景》，《夏潮‧文化戰線》http://www.xiachao.org.tw/? act=page&repno=331。

界」概念的存在前提和使命都已結束；第二，「第三世界」是個
總體化概念，它可能化約了所謂「第三世界」內部的種種差異。

霍華德・威亞爾達主張以欠發達或發展中國家和地區取而代
之，而黃哲英則以為不如直接稱之為亞非拉國家和地區。有趣的
是，霍華德・威亞爾達和黃哲英在表述自己觀點時仍然不斷地使
用著「第三世界」的概念。但無論如何，陳映真們必須回應現今
理論界提出的挑戰，重構「第三世界」概念和「第三世界文學」
觀念。在與黃哲英的對話中，陳映真作出了重要的回應：「第三
世界」是相對於「帝國主義」的概念，只要帝國主義還存在，作
為反抗帝國主義的「第三世界」概念就有其存在的現實基礎和理
論上的必要性。陳映真如是指出：「帝國主義從社會科學上來說
有一定的定義，粗淺的說可分成三個階段：第一階段為重商主義
時代對外擴張，主要是掠奪物資，比方說西班牙人、荷蘭人到臺
灣來，他需要的是臺灣的鹿皮和農產品，他們不在臺灣搞生產因
為當時的生產方式還未工業化，澳門也就是在這個階段裡形成的
殖民地；第二階段是十九世紀發展起來的工業資本主義的帝國主
義，需要殖民地來取得勞動力、取得原料、取得傾銷的市場，這
是屬於第二階段。為了要區別這兩個階段，第一階段一般都稱為
殖民主義（Colonism）；第二階段也就是十九世紀臺灣割讓給日
本與韓國被日本合併的這段時期，叫做帝國主義（Imperial-
ism）；第三個階段就是剛剛黃哲英所說的從戰後 60 年代逐漸形
成的，以美國為中心的全球化構造。」如何理解後冷戰時期的世
界體系？如何理解「全球化」？這個問題顯然對傳統左翼重構
「第三世界」概念至關重要。在陳映真看來，現今，帝國主義進
入了第三個發展階段，即「以美國為中心的全球化構造」時期。
那麼為什麼說現今的「全球化構造」是帝國主義演變的新階段？
陳映真認為：在自由市場、自由貿易和民主的表象下隱藏著的是
新的不平等和世界越來越兩級化發展的事實，「實際上，資本主

義形成的世界體系，等級差別是非常嚴格的，先進的、大的國家與次先進、次大的國家跟大量貧困的國家之間有不可逾越的藩籬。大的國家是靠著對科學技術、資金跟金融操作技術，和現代化殺傷武器的獨佔，來取得所謂的全球化。實際上，在全球化的兩極對立落差，貧富差距越來越大。」[33] 的確，全球化的現實已經產生了一種新型的權力關係。這種權力關係意味著資本、市場、生產、銷售的重組和再分工。在全球化過程中，落後的經濟決定了第三世界只能扮演出賣廉價勞動力的被壓迫者的角色。第一世界和第三世界的關係猶如階級鬥爭學說中資產階級與無產階級的關係。所以，全球化時代世界進入了「新殖民主義或新帝國主義」。在全球化與反全球化的語境中，陳映真賦予了「第三世界」概念一種抵抗新帝國主義和新殖民主義的內涵和意義。「第三世界」概念的作用在於聯合弱小國家和地區的人民和知識份子共同應對全球化的挑戰，第三世界是全球資本主義秩序的一個激進的他者。在這個基礎上，「第三世界文學」或「第三世界論述」就具有特殊的現實意義和時代內容：「東亞地區的作家、思想家和學者，可以共同團結起來，從事創作與思考，抵抗虛構的全球化，來維持這個地區固有的傳統語言文化，形成弱小者的全球化。第三世界邊緣地區，如今天的印度、東南亞、中南美洲、中東，已經出現了世界級的批判西方帝國主義的學者與思想家，全世界反對虛構的、霸權主導的全球化的，關心這個議題的作家、思想家、學者，團結是很重要的。」[34] 陳映真重構「第三世界」論述旨在建立抵抗新帝國主義的同盟，試圖在資本主義的總

33　黃哲英、陳映真《全球化架構下第三世界文學的前景》，《夏潮・文化戰線》http://www.xiachao.org.tw/? act=page&repno=331。

34　黃哲英、陳映真《全球化架構下第三世界文學的前景》，《夏潮・文化戰線》http://www.xiachao.org.tw/? act=page&repno=331。

體制度之中建立一些異端的和批判的空間。從詹姆遜到德里克，從薩米爾·阿明到陳映真⋯⋯現今，重構「第三世界」論述已經成為全球左翼思想運動一個重要組成部分。許多人都認為，陳映真是臺灣社會最後的理想主義者或最後的烏托邦主義者，是臺灣社會的良心。的確，陳映真始終堅持的是「人道的社會主義」理念。這一理念也是其第三世界論述的精神基礎。在他看來，第三世界對新帝國主義的反抗和批判是以「人的存在」、「人的自由」、「人的尊嚴」和「人的解放」為最終目的。「必須認真思考眼前的生命合不合理？到底我們的現況是什麼？思考人的命運、人的價值、人的尊嚴、生活的原則以及人所應該抱有的終極關懷。」[35] 這種理念十分樸素，在愈益實用主義化的時代，這個理念的確十分珍貴。但重構「第三世界」論述不能僅僅依靠這種理想主義精神和樸素的價值理念，「第三世界」論述的重建必須尋找更豐富的思想資源。

第四節 「楊逵精神」：現代臺灣左翼傳統的
重認與鍛接

2007 年人間出版社的「人間思想與創作叢刊」推出「學習楊逵精神」專輯。對於傳統左翼的再出發而言，重新提出「學習楊逵精神」的確意味深長。它意味著「人間」派左翼思想家已經把現代臺灣左翼精神傳統的重認與鍛接視為再出發的思想基礎。在這個意義上，陳映真的《學習楊逵精神》一文所建構的「楊逵論」，既系統地表述了傳統左翼對日據時期臺灣文學精神的根本認識，也明確地指出了楊逵在當代思想場域中的重要意義。陳映

35　陳映真〈文學的世界已經變了？〉，《聯合報》2000 年 4 月 12 日。

真如是闡釋「楊逵精神」的構成：「楊逵先生的文學是他的政治
思想和實踐在審美上的體現。新現實主義的創作方法，人民文學
的文學觀，反帝民族文學的永不動搖的創作立場，堅決主張臺灣
和臺灣文學是中國和中國文學的一部分，力主通過『臺灣文學』
運動填平省內外同胞間的誤解，促進民族團結，都是楊逵文學的
特質。楊逵先生是日據下臺灣唯一突出了無產階級國際主義思想
和母題的作家。在政治上，楊逵先生直至晚年都不憚於宣稱自己
是社會主義者，沒有動搖過社會主義的思想立場。他敢於鬥爭，
善於團結，熱心指導和培養年輕的一代。他與反民族的分離運動
鮮明對立，堅持克服民族反目，力爭民族團結，不遺餘力。」[36]
在 20 世紀臺灣左翼思想史上，楊逵始終是一個承前啟後的重要人
物。70 年代，「發現楊逵」曾經成為進步的青年知識份子轉向左
翼的重要契機。鄭鴻生在《青春之歌──追憶 1970 年代臺灣左翼
青年的一段如火歲月》中曾經談到「楊逵現身」的重要意義：重
新連結上了臺灣的左翼傳承。林載爵撰寫了〈訪問楊逵先生──
東海花園的主人〉和〈臺灣文學的兩種精神──楊逵與鍾理和之
比較〉，後者發表在《中外文學》1973 年的 12 月號上，楊逵以
及楊逵所代表的被淹沒的傳統重新浮出歷史地表[37]。而林載爵、
鄭鴻生和瞿宛文等與楊逵相遇也成為了當代左翼思想史的 個意
味深長的事件。林載爵、鄭鴻生和瞿宛文等 90 年代後成為重要的
左翼學者與這一事件顯然有著內在的精神關聯。

　　現今，重新提出「學習楊逵精神」仍然具有重要的現實和理
論意義。一方面，「楊逵精神」代表了現代臺灣文學精神的主流

36　陳映真〈學習楊逵精神〉，《人間》2007 年夏，人間出版社 2007 年
　　版，第 135 頁。

37　鄭鴻生《青春之歌──追憶1970年代臺灣左翼青年的一段如火歲月》，
　　臺北：聯經出版社 2002 年版，第 151 頁。

走向，重新認識楊逵意味著重建當代左翼知識份子與現代臺灣文
學左翼傳統的精神連結，重建左翼思想的譜系；另一方面，「人
間」派左翼知識份子提出「楊逵論」也是正面反擊「本土論」者
對臺灣現代精神史的種種意識形態化和工具主義化的錯誤闡釋。
正如黎湘萍所指出：「『楊逵問題』不止是一個「文學」的問
題，而且是『文化』、『民族』、『社會』和『階級』的問題。
其中，『殖民地意識』是『楊逵問題』的核心部分。『殖民地意
識』是近現代作家區別於古典作家的一個非常重要的精神特色。
中國近現代史上，具有最鮮明的、自覺的『殖民地意識』的，首
推臺灣作家。日據時代臺灣作家的『殖民地意識』促使其『政治
身份』與『文化身份』發生分裂與衝突，這種分裂與衝突當然只
有從殖民地的基本的經濟基礎和相應的社會關係入手才能得到深
刻的認識。從文學的角度看，『殖民地意識』非常直接地影響到
作家的文學創作與批評理念。有自覺的『殖民地意識』和沒有
『殖民地意識』兩者之間所產生的文學形態有明顯的差異，這個
差異正是以賴和、楊逵為代表的『抵抗』的文學和殖民主義者
『皇民文學』之間的差異。『殖民地意識』的萌生和發展是一個
漸進的過程，分析這個過程，有助於理解被壓迫民族和階級的意
識與殖民地的特殊『現代性』之間的關係。」[38] 在我看來，陳映
真的「楊逵精神」論和黎湘萍的「楊逵問題」論之間存在著深刻
的精神關聯。對於傳統左翼的復蘇和重構而言，重認「楊逵精
神」的確十分重要。楊逵的意義在於，第一，堅持「人道的社會
主義」和「人民文學」的立場，這是傳統左翼能夠有效應對和介
入臺灣當代社會現實的至關重要的精神基礎；第二，在很長一段
時間裡，傳統左翼顯然還要面對「階級、民族與統獨爭議」這一

38　黎湘萍〈「楊逵問題」：殖民地意識及其起源〉，《華文文學》2004
　　年，第 5 期，第 11 頁。

重大的理論課題，如何超越和克服這一爭議對重構左翼論述所造成的結構性困擾？楊逵的思想與實踐為傳統左翼解決這一課題的解決提供了一種可能；第三，「殖民現代性」幽靈的復活，迄今還困擾著臺灣知識界對歷史的認識，也已經嵌入到當代臺灣普通大眾的情感結構的形塑之中。楊逵的抵抗寫作和論述實踐為瓦解「殖民現代性」的意識形態提供了一種正確的思想方向。

　　「學習楊逵精神」命題的提出，意味著傳統左翼知識份子對現代臺灣文學精神的重新確認。隨著極端主義的本土主義甚囂塵上，現代臺灣文學精神不斷地被遮蔽與扭曲，甚至被工具主義和意識形態地處理成為「分離主義」的精神起源。以陳映真為核心的左翼知識份子提出「學習楊逵精神」的命題，意味著傳統左翼對歷史闡釋的積極介入，意欲正本清源，重認現代臺灣文學的核心價值和主流傾向。「學習楊逵精神」也是傳統左翼在新語境中重新出發的歷史和價值基礎的重建。

　　以上，以陳映真為核心討論了傳統左翼思想在「解嚴」後的發展和變化。左翼的聲音仍然很微弱，但已經出現了復蘇的跡象和重構的歷史契機。迄今，傳統左翼仍然要應對來自三種思想勢力的持續挑戰：第一種是從傳統左翼內部分離出去的本土主義；第二種是以後現代主義和後結構主義為核心的「後學」；第三種則是新馬克思主義和後馬克思主義。傳統左翼的重構必須尋找新的思想資源，發展傳統馬克思主義並形成系統的批判論述，才能有效地應對日漸複雜的當代現實。這方面，加拿大當代馬克思主義思想家艾倫・伍德的工作或許對臺灣傳統左翼論述的重建具有某種啟發意義。在《民主反對資本主義》一書中，艾倫・伍德提出「重建歷史唯物主義」的重大課題，即重新思考歷史唯物主義的一般理論基礎和主要概念工具。「不僅要批判資本主義或政治經濟學，而且也要對資本主義條件下存在的反對力量進行批判，而這意味著對社會主義傳統本身進行批判性的檢查。……如果說

有什麼單一的基調能把各種分散的資本主義反抗力量聯合起來，
那麼它就是民主的渴望。」[39] 臺灣傳統左翼再出發必須接納「民
主」思想，重新思考「民主反對資本主義」這個時代命題，重構
左翼的民主之維。

---

39   艾倫・梅克森斯・伍德《民主反對資本主義：重建歷史唯物主義》，呂
      薇洲、劉海霞、邢文增譯，重慶出版社 2007 年版，第 12 頁。

第六章　後現代與新左翼思潮

第一節　從馬克思主義到新馬克思主義

　　解嚴後，臺灣出現了一波新馬克思主義的熱潮。傅偉勳指出：「隨著急速的經濟成長與社會結構的巨幅變動，種種棘手的社會問題接踵而生，諸如勞工保險問題、養老問題、女權問題、交通問題、收入分配問題，乃至一般社會福利問題等等……急需理論與實踐的雙層探討與解決。多年來『沙特熱』、『韋伯熱』等熱潮所催生的探索理路，都無法提供全盤解決諸般社會問題的新時代思維靈感。『新馬熱』潮的湧現，也可以看成一些有心的知識份了急切尋探此類思維靈感的一個當前情境的反映。」「從六十年代的存在主義熱潮到近年來的『韋伯熱』等等，處處反映著有心的知識份子的挫折感和無力感。最近戒嚴法的解除以及其他有關政策與措施的日趨開放，自然促使他們在多元開放的思想文化新氛圍裡廣泛涉獵左右派思潮的書刊，從中探索可獲共識共認的主導原則或理論指南。」[1]傅偉勳從知識份子闡釋臺灣問題的焦慮層面來理解解嚴後在知識界爆發的「新馬熱」。傅氏談到

1　傅偉勳〈後馬克思主義與新馬克思主義〉，《中國論壇》293 期 45-47，48-49 頁。

了一系列具體的問題,卻避開了威權統治對思想的禁錮。對於臺灣知識份子而言,「新馬熱」更是具有左翼傾向的知識份子尋找重建左翼論述和介入社會政治的理論資源的表徵。

當代臺灣知識界對馬克思主義的研究始於參加過 30 年代中國社會性質論戰的老一代知識份子胡秋原、鄭學稼、嚴靈峰、任卓宣等及其弟子王章陵、陳墇津、姜新立、李英明和宋國誠等。60-70 年代的研究大多持反馬克思主義的立場,但這種「批判」在戒嚴時期卻也對馬克思主義傳播起到了一種特殊作用。從 1972 年鄭學稼發表《論馬克思的異化說》到 1979 年胡秋原節譯《1844年經濟學哲學手稿》,從 1980 年洪鎌德加盟撰寫一系列論述青年馬克思的文章到 1983 年翁振耀的《馬克思異化說人性觀評述》……70 年代至 80 年代初,青年馬克思異化理論成為臺灣知識界討論和批判的焦點。

「新馬克思主義」概念的出場大約始於 1981 年馮滬祥出版《新馬克斯主義批判》一書,同樣討論馬克思的異化論,也持同樣的「批判」的進路。但涉及了「馬庫色對馬克斯的新解釋及其謬誤」及其它「新馬克斯主義」人物。1984 年《蓬萊島》週刊第二期刊登文章《梅可望當家,東海沒可望》,提及馮滬祥《新馬克斯主義批判》「以翻譯代替著作」,引發馮滬祥控告誹謗訴訟。有趣的是,「蓬萊島事件」恰好成為了「新馬熱」盛大登場的預演。1986 年創刊的《當代》、《文星》和《南方》開始介紹新馬克思主義。1987 至 1988 年「南方叢書出版社」大規模推出新馬克思主義的著作,伊格爾頓《馬克思主義與文學批評》(文寶譯)、《美學的面向:藝術與革命》(陳昭瑛譯)、克萊蒙(C. Clement)、布律諾(P. Bruno)與塞弗(L. Seve)合著《馬克思主義與心理分析》(徐更高譯)、馬庫色的《當代社會的攻擊性:新左派論工業社會》(任立譯)、曼德爾的《東歐經濟的發展與危機》(林世平譯)、《邁向第三電影:第三世界電影宜

言集》（李尚仁編譯）、布哈林《帝國主義與世界經濟》（呂智明譯）、Navarro《馬克思主義看醫療保健》（呂宗學譯）、魯凡之《中國社會主義論》和《東方專制主義論：亞細亞生產模式研究》、沙勒《美利堅在中國》（郭濟祖譯）等等。「南方新馬叢書」對當時臺灣青年知識界的影響可謂廣泛，幾乎到人手一冊的地步。在這基礎上，1989-1991年森大圖書有限公司、桂冠圖書股份有限公司、遠流出版事業股份有限公司等出版社也加入傳播新馬克思主義的隊伍，推出「新馬評介叢書」、「桂冠新知叢書」、「桂冠社會學叢書」、「新馬克思主義新知譯叢」等，出版了一大批翻譯或評介「新馬」的著作：安德森《西方馬克思主義探討》、葛蘭西《政治著作選》（毛韻澤等譯）、約爾（Joll, J.）著《葛蘭西》、盧卡奇著《盧卡奇自傳》（杜章智等譯）、馬庫色的《單向度的人》（劉繼譯），柯林尼可斯著《阿圖塞的馬克思主義》（杜章智譯）、馬丁・傑著《阿多諾》、洪鎌德編《西方馬克思主義論戰集》、高宣揚《新馬克思主義導引》、曹玉文的《新佛洛依德主義的馬克思主義》、閻嘯平著《馬克思理論的詮釋:阿弘與阿圖塞的對話》、李超宗著《新馬克思主義思潮》、陳學明著《馬孤哲的新馬克思主義》、劉昌元著《盧卡奇及其文哲思想》、曹玉文著《西方馬克思主義探源》……。這一時期臺灣的新馬克思主義研究受到了大陸80年代「西馬論戰」的影響。在傳播和研究「新馬」方面作出很大貢獻的臺灣學者洪鎌德1993年曾經這樣描述：80年代臺灣的馬克思主義研究經歷了從「舊馬」、「西馬」到「海峽兩岸新馬熱」的過程[2]。在這次「新馬熱」中，人們對葛蘭西的文化霸權和市民社會理論、盧卡奇的物化思想、阿圖塞的意識形態理論、馬庫塞的革命理論、霍克海默和阿多諾的文化工業論述、哈貝馬斯的歷史唯物論的重建

2　洪鎌德《跨世紀的馬克思主義》，臺北月旦出版社1996年版，第162頁。

以及拉克勞和墨菲的激進民主政治論等等產生了極大的興趣。這
些理論往往成為立場傾向左翼的臺灣知識份子介入社會政治進行
新社會運動的思想資源，是建構一種新型的批判知識社群的理論
基礎，也是建構一種「自由」、「民主」與「解放」想像的精神
支持。

　　70 年代的左翼知識份子主要以經典馬列主義和世界體系論依
賴理論等為思想資源來闡釋臺灣的政治文化處境，以政治經濟學
和唯物論為基礎建構左翼論述。其理論核心是「殖民經濟論」和
從中延伸出來的「文化依附論」，其理論立場具有鮮明的反資本
主義和反帝國主義的民族左翼色彩，新馬克思主義思想並未進入
那一代臺灣知識份子的理論視域。這一點我們可以從 1977 年《夏
潮》發表的一篇評論弗洛姆的文章中窺出一二：「青年馬克思運
動在美國最為保守派的弗洛姆所鼓吹。他稱這個運動為社會主義
的人道主義，其核心思想還是自由主義。在六○年代的美國，弗
洛姆在思想界的地位一落千丈，最主要的原因是他的思想的庸俗
已不能滿足社會激變中的美國，《逃避自由》、《健全的社
會》、《自我的追尋》的年代已過去，弗洛姆不能深入美國的社
會結構去分析，而僅僅守著形式主義的思想方式在美國已漸漸成
為陳跡了。」[3] 而經歷了新馬克思主義洗禮的臺灣新左翼思想運
動則產生了重大的變化，從政治經濟學批判轉向文化批判，從無
產階級的鬥爭理論轉向「市民社會」或「民間社會」理論和「人
民民主論」。也與西方新馬克思主義的走向相似，臺灣新左翼與
自由主義及其他資產階級思想融合，逐漸演變為社會民主主義。
如同加拿大馬克思主義思想家艾倫·伍德所言：「拒斥了階級政
治的首要性，寄希望於由『新社會運動』來進行的『民主鬥

3　李寬木〈冷戰年代中西歐知識份子的窘境：談卡繆的思想概念〉，《夏
　　潮》，1977 年第 16 期，第 9 頁。

爭』」，實質上是「從階級退卻」。[4]

第二節　《南方》的「民間社會理論」

一、「民間社會理論」的形成

解嚴前後，臺灣知識界出現了一個新的闡釋概念：「民間社會」。這個概念是西方社會思想史上著名術語「Civil Society」的翻譯與引入，它的出場意味著葛蘭西思想開始對臺灣知識份子已經產生了重要的影響。今天，兩岸學界一般都認為最早引入這一概念的是左翼學者南方朔。在 1986 年 7 月《前進》和《中國論壇》雜誌第 269 期上發表〈拍賣中華民國〉和〈臺灣的新社會運動〉兩篇文章，第一次運用「民間社會」概念詮釋 70 至 80 年代臺灣社會結構的變遷和民間力量的崛起。在作為 1986 年臺灣年度評論的〈國家‧資本家‧人民〉一文中，南方朔更清晰地闡述了「民間社會」理論闡釋臺灣社會的思想進路。第一、概念的起源和演變脈絡：「民間社會是一個相當古典的概念，從洛克、盧梭開始即出現在政治思想史中。洛克與盧梭視民間社會為『前國家』型態之自主社會。到了黑格爾則視民間社會為資產階級社會，馬克思的社會學體系矮化為階級鬥爭。民間社會概念的再出發為義大利思想家格拉姆西，他大體上視民間社會為國家之下的自主部門。根據葛拉姆西概念的再推演，目前的學者已視民間社會為政治學上，國家之外的人民自主部門，或者是經濟學上相對於國家支配的部門。」[5] 從這個文章的注釋看，南方朔「民間社

4　艾倫‧伍德《新社會主義》，尚慶飛譯，江蘇人民出版社 2002 年 1 月第 1 版。

5　南方朔〈國家‧資本家‧人民〉，許津橋、蔡詩萍編《一九八六年臺灣年度評論》，圓神出版社 1987 年版，第 85 頁。

會」論主要以葛蘭西的「市民社會」理論為基礎，並試圖用「民
間社會」取代《夏潮》時期左翼知識份子普遍使用的馬克思的階
級分析理論；第二、以尤瑞的《資本主義社會的剖析》（John
Urry, The Anatomy of Capitalist Societies, London:1981）為基本分
析框架。尤瑞在傳統的「經濟基礎」和「上層建築」的結構分析
之外，提出分析資本主義社會結構的三個範疇「經濟（econ-
omy）」、「政府（state）」和「社會（civil society）」。尤瑞認
為民主與自由的達成有兩個重點，即是「政府」與「經濟」的分
化和「政府」與「民間社會」的分化，分化的程度越高就越能達
到「民主」。南方朔的「民間社會」論基本上沿著這一思路展
開，其所謂「拍賣中華民國」即是「反對國家壟斷資本」，以經
濟民營化來推動「政府」與「經濟」的分化。南方朔又從 1986 年
「民間不服從」的各種新社會運動中「發現」了「民間社會」與
「政府」的分化趨勢，並且認為「民間社會」的雛形已經產生。
第三，「支配與反抗支配」的二元對立分析構架的建立。南方朔
認為「威權體制」是一種「國家資本主義體系」，繼承了「中國
官僚資本主義」、日據時期的殖民地經濟和戰後西方的「新國家
資本主義」三大傳統，結合了「國家」壟斷、「威權政治」、
「經濟成長」、「依賴發展」等要素為一爐[6]。「民間社會」是
突破這一壟斷和支配體系的社會力量。第四、因而，所謂「民間
社會」即是一切反支配的「社會力」的廣泛聯盟。南方朔的觀點
突出了「民間社會」與「政府」之間的對抗，對推動臺灣反對運
動的發展有意義。但也因此簡化了臺灣社會文化結構的複雜性，
對「民間社會」內部的各種衝突作了化約化的處理，傳統馬克思
主義的階級政治被轉換成為「民間社會」與「政府政治」之間的

---

6   南方朔〈國家‧資本家‧人民〉，許津橋、《一九八六年臺灣年度評
     論》，圓神出版社 1987 年版，第 73 頁。

對抗政治，實質上是從一種化約論轉換為另一種化約論。如同艾倫·伍德對新馬克思主義所做的批判時所指出的，這是一種「從階級的退卻」。這種觀點在《南方》雜誌中得到進一步的闡發。

　　同一時期，對「民間社會」理論有所闡發的還有蕭新煌和杭之兩位重要學者。蕭新煌對「社會力」概念情有獨鍾，基本上也採用尤瑞的三個範疇來分析 80 年代臺灣社會文化結構的轉形，從中延伸出闡釋社會變遷的「政治力」、「經濟力」和「社會力」概念。認為臺灣當代社會經歷了從「政治掛帥」、「經濟掛帥」到「社會掛帥」的演變：「十年來，除了富裕化、多元化這兩大趨勢外，另一個正在浮現之中的社會變化，就是『社會力』從過去三十多年來，終於在『政治力』和『經濟力』的控制和壟斷下掙脫出來，從一向只被視為『應變項』的地位轉變為『引數』主導力量。」[7] 蕭氏所用的「社會力」概念的涵義大體接近於「民間社會」，亦認為自主性「社會力」的形成構成臺灣社會結構變遷的一個重要趨勢。而十分推崇魯迅精神的「美麗島」世代知識份子杭之（陳忠信）也同樣使用「民間社會」概念來理解 80 年代臺灣社會轉型——「邁向後美麗島的民間社會」。在 1987 年結集出版的《一葦集》中，杭之提出了知識份子參與「民間社會」建構的命題。杭之的思考銜接了《夏潮》一代左翼知識份子對現代化理論的批判：「臺灣過去二、三十年來『依賴的現代化發展』過程所累積的種種社會、經濟、政治問題，已經刺激廣大的民間力量嘗試著在一種新的價值導向與新的社會目標之基礎上對這種『依賴的現代化發展』加以批判與反省，並尋求一新的社會整合，以期重建新的道德秩序。」[8] 而要達成這種重建目標，必須

7　蕭新煌《社會力——臺灣向前看》，臺灣自立晚報出版社 1992 年第二版，第 55 頁。

8　杭之《一葦集》，三聯書店 1991 年版，第 29 頁。

重新思考知識份子和民間的關係。「保釣運動」後形成了青年知識份子「走入民間」、「服務社會」的運動，但杭之認為這一運動並沒有改變「民間／知識份子」的分野，也沒有從舊俄民粹主義的窠臼中徹底擺脫出來。杭之引入了葛蘭西「有機知識份子」概念，提出知識份子要成為「社會中的一個群體、一個社區乃至整個民間社會之有機的知識份子（organic intellectual）。」只有立足於民間社會的有機的知識份子才能扮演催生者的角色，在廣大的民間社會力量之基礎上，結合各種資源，對臺灣社會「依賴的現代化發展」進行反省與批判，為社會尋找新的價值和目標。[9]如果說 80 年代初，杭之使用「民間社會」強調的是對「依賴的現代化發展」的批判與反省，那麼 80 年代末杭之的「民間社會論」則與南方朔的闡釋基本一致，「民間社會」被賦予了反抗威權統治爭取社會民主的政治功能。在為紀念「美麗島事件」十周年而寫的《邁向後美麗島的民間社會》一文中，杭之認為舊的威權機器的瓦解並不必然意味著社會民主時代的到來，仍然有可能產生威權權力的轉移從而形成新的威權機器。民主社會的真正形成並健全運作，必須具備一些具體的條件，即成熟的政治文化、公共空間和民間社會。其所謂的「民間社會」具有「獨立於『國家』體制之多元的、自我組織之自由」的性質 [10]。杭之並且認為，由於臺灣社會所具有的「東方專制社會」品格，「民間社會」／「國家」這一組範疇對分析臺灣社會變化是有效的，支持了南方朔的理論立場。

9　杭之《一葦集》，三聯書店 1991 年版，第 33-34 頁。

10　杭之〈邁向後美麗島的民間社會〉，《自立早報》1989 年 12 月 10 日第五版，收入《邁向後美麗島的民間社會》上冊，唐山出版社 1990 年版，第 117 頁。

　　1986 年由呂昱創辦的《南方》雜誌，集結了一些學院青年知識份子，江迅（郭正亮）、木魚（鄭陸霖）為主筆。《南方》從 1986 年 10 月創刊，到 1988 年 2 月停刊，總共發行了 16 期，見證和參與了臺灣解嚴前後的文化社會思潮的脈動與轉折。1987 年的《南方》在臺灣當代文化思潮史上留下一個重要的思想痕跡，成為了闡述「民間社會」論並為其辯護的理論陣地，發表了江迅〈謝長挺對趙少康：意識形態的黃昏——從統獨迷思到民間哲學的確立〉（1987 年第 6 期）和〈原鄉已遠，鄉土更親：臺灣人民民主實踐的起點〉（《南方》，1987 年第 12 期），木魚〈從「民間哲學」到「民間社會理論」的確立：迎向一個人民民主實踐年代〉（《南方》第八期，1987 年 6 月）〈人民的力量〉（1987 年第 8 期）、〈臺灣文化生態批判〉（《南方》雜誌第五期 1987）和〈臺灣勞動體制五論〉（《南方》第十四期，1987 年 12 月），江迅與木魚〈為民間社會辯護！〉（《南方》1987 年 10 期），文亦台《打破迷思，只是理解的開始》（《南方》，1987 年第七期）等一系列的文論。從他們的思想脈絡、理論資源和核心理念看，《南方》的「民間社會」論基本上是南方朔論述的延伸和進一步闡發。

　　《南方》的「民間社會」論有幾個值得注意的層面：第一，《南方》試圖超越 80 年代初臺灣知識界日趨嚴重的統獨分裂和意識形態紛爭，用「民間社會」的理論與實踐建立反抗支配的聯盟。認為臺灣問題的根本癥結在於威權政治，雖然 1987 年的解嚴已經使這一體制逐漸瓦解，但支撐威權體制的「政治經濟利益共生共利的複合結構」並沒有真正改變，臺灣問題的核心就是「是如何使民間力量不斷成長，使民間力量成為推動社會進步，拒斥外在束縛及壓迫的有效憑藉……使民間力量從被動轉成主動，從溫馴的客體轉為實踐的主體，從由上而下的教化轉為由下而上的

抗爭。」[11] 第二，《南方》試圖以「民間社會」論超越臺灣當代思想史上的自由主義與馬克思主義的分歧，在自由主義和傳統馬克思主義之外尋找新的思想資源並且建立新的闡釋臺灣的知識架構。由於臺灣社會文化結構的多元化轉向日趨明顯和「新社會運動」的蓬勃展開，「我們以為有在自由主義與馬克思主義之間，重新開拓出另一組論述架構的迫切需要。」民間社會理論就是這一新的論述架構，在《南方》的作者們看來，這一理論可以「在一個合乎民主、正義、弘揚人性尊嚴的基礎上，為當前現實實踐正在形成的多元力量提供理論的疏解。」[12] 第三、《南方》的論述強調「民間社會」的自主性和反抗支配性，同樣確立「民間社會」與「國家機器」之間的二元對立的論述框架，強調在反抗支配的基礎上建立民間各種力量同盟的重要性，並且用所謂核心根本問題或主要矛盾説即「民主優先論」使這一闡釋框架獲得論述上的合法化。第四，《南方》的作者們努力拓展南方朔提出的「民間社會」論述，在葛蘭西的市民社會力量和尤瑞（John Urry）的「國家與民間社會分化」論的基礎上，引入了湯普森（E. P Thompson）的「英國工人階級形成」論述和拉克勞（Ernesto Laclau）的「後馬克思主義」以及傅柯的知識份子論等等，建構所謂「人民民主實踐」論述。「民間社會是一多核心的社會實踐交錯的場域，每一個社會實踐都有其各自的『支配／反支配』的型態存在，它是一反泛政治一元化的多元潛力（『藏力於民』）、含納種種多樣的社會主體範疇（勞工、農民、婦女、學生、原住民、社區居民、消費者、文化工作者、老兵、教授、教

11　江迅〈謝長挺對趙少康：意識形態的黄昏——從統獨迷思到民間哲學的確立〉，《南方》1987 年第 6 期，第 39-41 頁。

12　江迅與木魚〈為民間社會辯護！〉，《南方》1987 年第 10 期，第 34 頁。

徒……還有公民）階級抗爭當然是這當中重要的一環。但是在反
抗『宰制結構』的民間力量中，明顯的，『人民民主抗爭』不必
然是反資本家（如學生運動、婦女運動）；而反資本家的運動
（如反公害運動、勞工運動），最終卻必然指向『黨─國』『非
商品化社會政策』的執行不力（如名實不符的『勞基法』），乃
至刻意壓抑（如剝奪勞工的罷工權）。」[13] 看起來，《南方》承
認了「階級抗爭」的重要性，但這種重要性卻必須服從「反支配
有機戰線的形成」這一更根本也更首要的任務，而且階級衝突問
題的根源不在於資本家，而在於所謂的「黨─國」體制，這樣就
賦予了「民間資本家」在反支配的「民間社會」聯盟中一種合法
的位置。

　　在〈「人民的力量」──真實的幻構？啟蒙的辯證？〉一文
中，木魚提出了臺灣版／《南方》版「民間社會」理論對「人
民」概念的解構與再構。「人民」究竟是什麼？「一個多麼狡獪
迷人的字眼，究竟所指為何？『人民（民粹）主義（Popu-
lism）』，是知識份子贖罪意識的新興鴉片？政客撒下的惑眾迷
障？還是真實地指向嶄新的實踐情勢？」民間社會理論要解構的
是「專制主義的超穩定結構」對「人民」的收編，認為「人民主
義」或「全民主義」都是統治意識形態的一部分，是維護支配體
制或邁向執政之路的工具，「人民主義」或「全民主義」構成了
「蒙昧集體主義單一向度的牧民神話」。這一批判顯然是直接針
對國民黨和民進黨的政治意識形態對「人民」概念的操作和綁
架，具有一定的「啟蒙的辯證」意義。在批判與解構「全民主
義」意識形態的基礎上，《南方》提出了所謂的「人民民主實
踐」：把「人民的力量」落實到具體的民間社會多樣實踐、自主

13　木魚〈從民間哲學到民間社會理論的確立〉，《南方》1987 年 6 月第
　　8 期，第 41 頁。

空間的張揚成長來考察，日常生活具體個人的不滿抗爭所內涵的道德潛能。有機知識份子的使命即是通過論述實踐，把民間自主的多樣「不服從」鬥爭上升為普遍的「人民民主實踐」，「提升到足與宰制霸權相抗衡的反霸權位階。」在「民間社會」的理論架構中，《南方》的作者們重新建構了「人民」概念的反支配實踐意義：「『人民』一詞只有擺在『人民』／『國家』這組概念中，才能掌握到它一定的問題位置。顯然的，『人民』是個對應於『國家權力』的範疇。『人民』／『國家』在近代一直是活躍地貫穿支配／反支配動態歷史的主軸，它的另一面是西方『公民權』觀念內涵的不斷深刻化，其重要性絕不下於『資本／勞動』這一基線，一九八一年前後波蘭工聯民間自主化運動中，『人民』／『國家』甚至已完全涵攝取代了『勞動／資本』成為抗爭主題。」[14] 這樣的論述顯然延續了南方朔的基本觀點，也同樣犯了化約主義的弊病。所謂「人民」與「國家」的二元對抗完全涵攝取代了「勞動／資本」之間的衝突，實質上是取消了資本主義社會的階級矛盾，取消了階級抗爭。其所謂「人民」究其實只是「民間」概念的另一種表述概念。

二、「民間社會」理論批判

第一，南方朔與《南方》雜誌的「民間社會理論」簡單化了所謂「民間社會」與「國家」的複雜關係。事實上，兩者間的對抗關係只是其複雜關係中的一個方面，把這種對抗關係絕對化無疑是化約主義的。「民間社會」與「國家」之間的關係存在多種緯度和層面：「民間社會」制衡「國家」、「民間社會」對抗「國家」、「民間社會」從屬於「國家」、「民間社會」和「國

14　〈「人民的力量」——真實的幻構？啟蒙的辯證？〉，《南方》1987年 6 月第 8 期，第 28-29 頁。

家」合作共生、「民間社會」參與「國家」……，而且這些緯度常常是相互交纏的，形成錯綜複雜的權力與反抗權力及分享權力的網路結構。

第二，南方朔與《南方》雜誌的「民間社會理論」簡化了「民間社會」內部複雜的結構權力關係，從而把「民間社會」同質化為統一的反支配鬥爭聯盟，從而喪失了其原本具有的多元、異質的性格，並且導致「民間社會」的泛政治化，陷入被政治動員的危險。如同臺灣學者所批評的：「『民間哲學』加上『政黨運作』，一九八零年代前葉異質多元的臺灣社會，到了一九八零年代後半葉，反而逐漸趨向同質與單一。『社會』迅速『政治化』，慢慢失去其原有的自主特質。」[15]

第三，南方朔與《南方》雜誌的「民間社會理論」把「民間社會」理想化固定化，對「民間社會」的流動與變化缺乏認識，也沒有認識到「民間社會」與政治機器之間並不存在某種涇渭分明的界線。南方朔與《南方》提出了知識份子參與「民間社會」建構的命題，卻沒有意識到應該建構什麼樣的「民間社會」以及建構什麼樣的社會核心價值理念。另一方面，所謂「民間社會」並不單純，如同南帆先生所分析的，民間是博大龐雜不可概括的，它容納了權力體系之外的種種成分。「政治是一種權力體系，知識同樣隱含了另一種權力體系。民間是雙重權力體系的承受者——承受不僅意味了權力控制的對象，同時，承受還包含了對於權力的冷漠、疏遠、鄙夷和抗拒。」[16]

第四，《南方》雜誌的「民間社會理論」在理論闡述上存在自相矛盾和邏輯混亂，也存在對馬克思思想的誤讀問題。這種混

15　丁贊，吳介民〈公民社會的概念史考察〉，「2006年臺灣社會學會年會會議」論文，第20頁。

16　南帆《問題的挑戰》，海峽文藝出版社2002年版，第269頁。

亂與矛盾如：「資本主義」與「資本邏輯」的分離論，「民間社會理論」只反對「資本邏輯」，卻不反對「資本主義」；一方面接受了馬克思對資本主義剝削制度的批判：「如馬克思所說，脫離了封建社會基於政治與意識型態運作的經濟剝消，自由資本主義在一個貌似中性的商品市場和自由勞動中，隱藏了一種全新的宰制關係。」另一方面，卻又否定馬克思對資本主義的分析，認為「過份強調『生產關係』，使得我們忽略了馬克思的論述中，無時不觸及但卻被壓抑住的『再生產權力宰制』的緘默。這個緘默導致馬克思主義本質化約論的錯誤理解。」[17] 這既是對馬克思思想的誤讀，在論述邏輯上也是自相矛盾的。

　　第五，葛蘭西的「市民社會」概念是臺灣「民間社會論」的最重要的理論基礎之一，但「民間社會論」對葛蘭西的「市民社會」的理解卻不完整甚至存在誤讀。他們把葛蘭西的市民社會與政治社會的區分作了絕對化的理解。而在葛蘭西的思想體系中，政治社會與市民社會的區分，是一種「方法性的」而不是「結構性」的區分。他認為「在實際的現實中，市民社會和國家是同一的。」臺灣的「民間社會論」也沒有認識到葛蘭西與自由主義之間的分歧，而把經濟範疇劃入「民間社會」的範圍之內，顯然掩蓋了自由主義貿易經濟也是通過立法和強制予以實施和維護這一重要的歷史事實。臺灣的「民間社會論」對葛蘭西的「市民社會」的使用是簡化的，甚至是工具化的，略過了葛蘭西的階級論述和「精神與道德改革」論述等等豐富的內容。

　　第六，南方朔與《南方》雜誌的「民間社會理論」錯誤地把經濟自由化視為社會民主與正義的最終保證，卻忽視了經濟自由化和社會市場化所可能產生的一系列不民主和非正義，沒有認識

17　木魚〈臺灣勞動體制五論——邁向「再生產政治學」〉，《南方》1987
　　年 12 月第 14 期，第 8-35 頁。

到市場資本主義對人性和人的自主性產生的另一種控制。南方朔與《南方》雜誌的作者們都認為：「對『黨—國家』資本主義的抗爭，才是『國家資本主義』走向『自由資本主義』維繫社會正義的最終保證。」[18] 這顯然是一廂情願的幻想，也消弱了「民間社會」論的左翼色彩。正是在這一點上充分暴露出了泛左翼思潮所隱含的自由主義傾向。標榜「自由主義」的「澄社」在1991年出版了由陳師孟、林忠正、朱正一、張清溪、劉錦添和施俊吉所謂「澄社報告」《解構黨國資本主義》即是這一思想的延續，而成為臺灣「新自由主義」的思想基礎。儘管《南方》雜誌的作者們引入了一系列左翼理論，如勞工運動論、格瓦拉革命理想、湯普森的「英國工人階級形成」論以及魯迅的左翼思想等等，試圖闡釋「臺灣的勞動體制」、「臺灣工人階級的形成」和對「勞工運動反抗勞動徹底商品化及生產關係的不平等」的認同與支持，也反對自由主義知識份子的犬儒哲學，但由於其對「自由資本主義」不加反省與批判的立場而導致「民間社會」理論成為了中產階級乃至自由資產階級的意識形態，或者只是一種泛左翼理論與自由主義思潮的混合物。正如蕭新煌在1988年所做的分析：「近年來流行一時的『民間社會』概念，其意義也不過是針對過去政治力過度支配的一種『民間』社會力之『反彈』現象。而這種『民間社會』得以成形，多少又與資本主義化推動下的『經濟力』有關。換言之，『民間社會』與資本主義體制下的『經濟力』有著掛鈎的關係，這也說明了為什麼社會力的若干新興社會運動帶有濃厚資產階級色彩的緣故。」[19]

18　木魚〈從民間哲學到民間社會理論的確立〉，《南方》1987年6月第8期，第40頁。

19　蕭新煌〈民間社會力與新興社會運動〉，《自立晚報》1988年2月3日。

三、「民間社會」派的文化論述

　　來自《夏潮》系統的南方朔在解嚴前後已經成為臺灣版「民間社會」理論的主要發明者，但他還保留著《夏潮》所一貫堅持的「依賴理論」。對臺灣現代化論述批判的「依賴發展」論仍然是構成其「民間社會」論的一個要素，只是重要性已經今非昔比了。而與陳映真的精神聯繫則顯示出南方朔複雜的思想面向。1988年，南方朔發表了兩篇評論陳映真的文章，〈救贖與救贖批判：論陳映真作品的內在世界〉和〈最後的烏托邦主義者：簡論陳映真知識世界諸要素〉，對陳映真表達了一貫的真摯敬意。前者論述了陳映真小說的「救贖」主題，並對陳映真小說裡女性角色和俄國文學裡「完美女性」的救贖者角色作了比較。突出了陳映真人文主義的悲憐精神，後者則闡述的是陳映真在紛亂的臺灣現世裡的獨特意義。「他或許就是那種在我們這個時代裡早已消失了的，對未來仍有憧憬，對未世仍有悲願的烏托邦主義者。」南方朔正是在這個意義上來理解陳映真對現世的批判、否定與追求：批判資本主義生產方式後期發展的「大眾消費社會」和「行銷方式」等所造成的文化與生活方式；否定內斂式的文學現代主義諸品質，包括追索內心世界、拒絕社會人生的關懷和形式主義的遊戲；在依賴理論的立場上批判臺灣資本家階級缺乏自主性和臺灣經濟的依賴性和邊陲性格；「對現實的人間群相，則採取一種典型的泛愛立場」；「他是個深情的中國國族主義者，並以這種中國本位為中心，以中國人民的苦難為主軸來批判其他的主張。」[20]

　　南方朔對陳映真知識世界諸要素的概括簡明扼要，值得注意

20　南方朔：〈最後的烏托邦主義者：簡論陳映真知識世界諸要素〉，陳映真《思想的貧困》，人間出版社，1988年版，第19-22頁。

的在於，他把陳氏對資本主義的批判簡化為對臺灣「資本家階級缺乏自主性」和經濟依賴性格的批判，而且把「資本家階級缺乏自主性」提到了首要位置，但卻有意忽略陳映真的馬克思主義的階級分析觀點。二是突出了陳映真的古典基督教人文主義精神，稱陳氏為「最後的烏托邦主義者」。這雖然與陳氏在這一時期創辦以「希望、愛和感動」為理念的《人間》雜誌有關，但這一突出同樣是淡化陳氏強烈而固執的傳統左翼色彩。在敘事策略上，南方朔很微妙地把夏潮的左翼傳統與「民間社會」理論做了接合，因為在「民間社會」論中，臺灣「資本家階級」自主性的建立正是「民間社會」構成的重要方面，民間資本家階級正是「民間社會」這一反抗支配統一戰線中十分重要的成員。而把陳映真定位為「最後的烏托邦主義者」，既是對陳氏思想積極面的認同，「於積極性的部分，陳映真作為一個基督徒文學工作者的本色遂流露了出來。他只基於素樸的人道關心，對更平等的、回歸理想的社會表示了期待與渴望。他不作知識的論斷，只表達充滿宗教心情的關懷。」在南方朔看來，陳映真的社會批判的意義在於人性的「淨化」，由「美學實踐」導入了「倫理實踐」，是一種康德所說的「崇高」。這樣，南方朔就把陳映真的左翼批判劃入到美學和道德的範圍。「對於一個受過古典文字訓練的批判者，或許這樣的批判才是更有力量的批判形式。」但南方朔自己並不真的或完全認同這一批判方式，「最後的烏托邦主義者」或許暗示出了南方朔自己已經在向陳氏那種美學與道德的批判方式做告別了，對南方朔而言，至少意味著這樣一種批判是不夠的，知識份子需要更直接的政治批判和政治介入。這也是80年代後許多臺灣文學知識份子走向「廟堂」的原因之一。「民間社會」論的提出和「民間哲學」派的形成也是這一趨勢的重要表徵，南方朔和《南方》的「民間社會」論是政治的而非美學的與道德的，民間社會理論的重要闡發者江迅參與《到執政之路》的寫作更明

顯地暴露出了這一點。

　　在提倡「民間社會」的理論家中，杭之是對文化與文學命題給予最多關注的學者之一。這顯然與杭之的「民間社會」論中所包含的道德秩序與文化價值重建理念無疑有著直接的關係。在杭之看來，80 年代初中期臺灣「民間力量」的崛起其主導精神在於嘗試建立「一種新的價值導向」，「尋求一新的社會整合，以期重建新的道德秩序。」[21] 這顯然是在南方朔和《南方》的「民間社會」論的政治鬥爭面向之外突出了文化和道德價值緯度的重要性。所以從《一葦集》和《一葦集續》到《邁向後美麗島的民間社會》，杭之都從文化和價值重建的層面高度關注 80 年代臺灣文化與文學的發展狀況。第一，杭之認為消費文化的長驅直入及其所形成的消費主義價值觀構成了這一時代主要的文化價值：「大眾文化的追求成了八十年代的文化價值。大眾社會的來臨、大眾文化的流行並不是從八十年代才開始，至少在六十、七十年代隨著工商業的發展，美日消閒文化開始湧進時，我們的社會就存在著現代形式的大眾文化，但要到這些年來，對大眾文化的追求才躍登為這一時代主要的文化價值。」[22] 這是杭之對 80 年代臺灣文化狀況的基本分析與判斷。而大眾文化的性質則不止是「大眾性」和「普遍性」，而且是文化藝術的商品化和工業化。第二，杭之和陳映真一致，對大眾文化持一種批判與否定的立場。陳映真以早期馬克思的異化理論為批判武器，批判大眾消費社會和「消費人」所造成的「人的物質化」、「單向度」化乃至「家畜化」，指控大眾文化是一種「甜美的控制」，「消費人」成了「甜美的市場行動下的奴隸，失去批判、反抗、異議、獨創性思考的能力。」[23] 杭之則主要以康德美學和法蘭克福學派的「文化

21　杭之《一葦集》，三聯書店 1991 年版，第 29 頁。

22　杭之〈文化是一個許諾〉，《一葦集》，三聯書店 1990 年版，第 75 頁。

工業」理論為批判武器，認為大眾文化喪失了康德美學所一再強調「無目的的目的性」原則即藝術與審美的自主性，也喪失了歌德所追求的作為「內心生活之準確標誌」的文藝理想。「大眾文化那種追求普遍化、標準化，並充滿『擬似個性』的『風格』卻謀殺了文化、藝術應該有的風格，使文化、藝術不能和真實的本質接上頭，因而沒有真正的內容，而只是以外在的藝術技巧或機械再製技術來產生事先預想之效果（如娛樂效果、市場之需要）。所以，大眾文化基本上是虛有其表的，它只是外在感官世界之擴充與氾濫，它沒有許諾，沒有建造人類未來理想世界的力量。」[24] 這是顯然是對現今人們已經耳熟能詳的法蘭克福學派觀點的通俗化闡發。杭之把這種觀點和臺灣 80 年代文學現象分析相結合，尤其是對文化市場上的文學暢銷書現象作出了尖銳的批評。三毛、蘇偉貞、蕭麗紅、廖輝英的作品以及龍應台文化思想評論所產生的「野火現象」都成了杭之批判的對象。「通俗流行小說提供給讀者的不是人性發展與掙扎的可能性，而是快樂而不費力的消閒，或者自我麻醉的逃避。廖輝英的小說再一次說明了這一點。」[25] 杭之說得很嚴重，他援引歌德格言「人必先墮落，然後文學墮落。」在他看來，大眾文化的流行意味著文學語言的死亡和文學心靈的枯萎，是心靈和文學雙重墮落的開始。龍應台文化思想評論《野火集》也由於把複雜的問題最終納入簡化的「中國人為什麼不生氣」中去理解而成為了大眾市場的「消費貨物」。杭之所堅持的是以康德、歌德為代表的精緻文化高雅文化，反對通俗文化和大眾文學。這個精英知識份子的立場表露得

23　陳映真〈大眾消費社會和當前臺灣文學的諸問題〉，《陳映真文集·雜文卷》，中國友誼出版公司 1998 年版，第 79-82 頁。

24　杭之〈文化是一個許諾〉，《一葦集》，三聯書店 1990 年版，第 76-77 頁。

25　杭之《一葦集》，三聯書店 1991 年版，第 123 頁。

十分徹底和清晰。在〈文化是一個許諾〉、〈大眾文化的流行〉、
〈評論是一種志業〉、〈我們不但有錢，而且有文化？〉、〈大
眾文化中的「野火現象」〉、〈暢銷書背後隱藏著的意義結構〉
等一系列文章中一再重複申論這一觀點，他不僅指出了大眾文化
是一種資本意識形態對人的操縱，而且指控這一操縱是大眾傳媒
和商業資本合謀的結果。一方面，這顯示出杭之對大眾文化批判
的高度重視，已經納入到文化價值重建工程的視域中；另一方面
也顯示出西方馬克思主義尤其是法蘭克福學派對 80 年代中後期臺
灣文論界的深刻影響。

　　在杭之對大眾文化批判論述中，有兩點尤其值得注意。其一
是杭之質疑所謂 80 年代臺灣已經形成多元化的文化格局這一在當
時普遍流行的判斷。認為所謂「多元化」只是一種「虛像」，因
為「在大眾社會或所謂的分眾社會中，多樣的選擇只是在高度組
織官僚化、商業化之大機括下被精緻操縱的、擬似自主的選擇，
人們幾乎很難或不可能自主的從事多元的選擇。」[26] 政治邏輯和
資本邏輯已經取代了文化邏輯，一種因大眾媒介的介入而形成的
新形式的支配體系已經出現。在「多元化」時代已經到來的盛大
歡呼聲中，杭之的分析在當時應該說是頗為清醒和深刻的。第
二，杭之在批判大眾文化時引入了「公共領域」概念。「公共領
域是指一個社會生活的領域，在其中，其成員可以就一般利益作
自由的、平等的、開放的、免於強制的討論，因而形成擁有正當
性，能真正表達一般利益的公共意見。在公共領域中，每一個意
見的表達者同時也是意見的接受者。」這是杭之對「公共領域」
的概念界定，其中他強調了「公共領域」的自律自主性和公眾的
共同參與性。杭之認為在大眾社會出現之前，個人在市民社會中

26　杭之〈多元社會的虛相〉，《邁向後美麗島的民間社會》上冊，臺北唐
　　山出版社 1990 年版，第 145 頁。

除了關心個人利益之私人領域外還作為公共領域的一部分。但大
眾社會的到來，把個人都轉化為「無所依的大眾」，在少數者的
操縱下，大眾變成了被動的接受者。因而「大眾文化」導致了
「公共領域」的「崩潰」／「崩解」，「公共領域之自律自主的
成員被轉化成大眾社會之被動的、孤立的大眾，是現代性全幅度
展現的整個歷史中極為重要的一幕。這個轉化雖然有著極為複雜
的面貌，但無可否認，在這個轉化過程中，大眾傳播、大眾文化
等文化工業扮演了重要的角色，它成功地使公共領域的成員從一
個形成公共性生活文化的主動討論者變成一個消極旁觀之疏離文
化的被動消費者。」[27] 大眾文化造成了公共領域的崩解是杭之一
再表述的意見，代表了杭之對大眾文化最尖銳的批判。但「大眾
文化」與「公共領域」的關係顯然要比杭之當年的認識複雜得
多，杭之只認識到「大眾文化」操縱大眾及對「公共領域」構成
破壞的一面，卻忽視了「大眾文化」所隱含著的巨大的反支配能
量以及這種能量對「公共領域」建構的積極意義，也對大眾媒體
對「公共空間」的形成曾經起過現在和未來仍將起著的不可忽視
作用認識不足。在杭之批判論述上，我們多少可以看到法蘭克福
學派尤其霍克海默、阿多諾、米爾斯以及哈貝馬斯等人的影子。
霍克海默和阿多諾指控大眾文化／文化工業對大眾的操縱；哈貝
馬斯則認為大眾傳媒塑造出來的世界所具有的僅僅是公共領域的
假像，因為大眾傳媒使「公眾」變成了「大眾」，大眾無法從結
構中獲得自主性；相反，權威結構的代理人滲透到大眾當中，從
而削減了大眾通過討論形成意見時任何自主性[28]。但哈貝馬斯後

27　杭之〈大眾社會、分眾社會與公共領域的崩解〉，《邁向後美麗島的民
　　間社會》上冊，臺北唐山出版社 1990 年版，第 138 頁。

28　于爾根・哈貝馬斯《公共領域的結構轉型》，北京：學林出版社，1999
　　版，第 296 頁。

來的觀念產生了新的變化，在 1990 年為《公共領域的結構轉型》
新版而寫的序言裡，重新檢討了自己對以電視為中心大眾媒體的
批判與歧視，也修正了過去對大眾文化的輕蔑態度，認為大眾媒
體與大眾文化在歐洲國家公共領域的結構轉型和大眾民主建構中
起到了積極的作用。而在受到法蘭克福學派深度影響的八十年代
左翼臺灣知識界還未能充分認識到這一點。

　　《南方》雜誌作者中，關注文化命題並對臺灣文化生態作出
較為系統論述並且初步闡述了「民間社會」派文化觀的當數木
魚。其對大眾文化的認識則要比杭之來得寬容而辯證。在《人民
的力量》中，木魚批判了專制體制的「牧民的全權控制」和「牧
民文化」，並且提出建設「民間新文化」的主張。在邏輯頗為混
亂的《臺灣文化生態批判》一文中，木魚詳細而艱澀地闡述了什
麼是「牧民文化」，「牧民文化」的結構如何，也初步回答了什
麼是「民間新文化」問題。第一，「牧民文化」是「文化的獨
斷」和「符號的暴力」，透過文化教化工程和「教化符號系統」
實施社會文化的全面控制。在木魚看來，威權時期的臺灣，「權
力技術對人事及機構的物質性配置，表現在透過利益、意識、權
力三者扣連糾結的泛社會控制，以及這些機制動態整合的驚人效
果。這種權力／意識的操作形式可以模擬到傅柯（M. Foucault）
在《訓育與懲戒》（Discipline & Punishment）中所指出的，做為
現代社會權力運作象徵的『圓形監獄』（panopticon）。」「牧民
文化」即是「圓形監獄」式的控制系統的重要組成部分。隨著八
十年代經濟社會的變化，大眾消費文化時代的來臨，「教化體
系」與「商品體系」產生了新的扣連，形成了當代文化「虛假的
社會性」和「偽裝的消費主體性」。第二，80 年代的大眾文化是
一種中產階級文化。木魚發明了「家庭事業隱私主義」概念來詮
釋中產階級文化的特徵。在他看來，對新興的中產階級而言，
「『家庭事業隱私主義』是整個世界的盡頭，成就，地位，金

錢、休閒、消費⋯⋯所有心力投注的生活目標盡斯於此。」以及
文化消費上的「內縮自閉的『隱私化』」乃至「內縮到更原始感
官肉體的發洩。」第三，與對中產階級文化批判相矛盾，木魚提
出辯證看待大眾文化的觀點。「批判大眾文化者，不當忘了核心
精緻文化的脆弱、移植性，以及人民的膚淺、庸俗原是體制的受
害者；批判精緻文化者，也不當把臺灣大眾文化的庸俗腐化視為
當然，而忽略核心次文化生態的文化生機。」第四，臺灣文化的
危機在於精緻文化和大眾共同具有的「無根的虛假性」。而「民
間新文化」則是透過「人民性格的『文化運動』」的展開，抗拒
「教化體系」與「商品體系」的雙重控制，重建人的尊嚴。[29] 木
魚的文化論述試圖回到臺灣文化的歷史脈絡分析其結構，並且試
圖綜合大眾與精英文化的大眾文化分歧，但堆砌了大量不同思想
脈絡的西方理論，造成了論述邏輯的混亂和自相矛盾，這無疑影
響了觀點的準確和系統表達。

　　從南方朔、杭之和木魚等人的文學與文化論述看，「民間社
會」派最終並沒有形成一套完整而系統的文化論述，究其原因在
於以下幾個方面：其一「民間社會」派闡釋臺灣文化與文學問題
時，主要以法蘭克福學派尤其是霍克海默和阿多諾的「文化工
業」論述為參考構架，而這一精英知識份子否定的大眾文化觀與
「民間社會」論之間本身具有不相容乃至衝突性。其二、「民間
社會」論者表面上把政治力、經濟力和社會力作了區分，但其論
述目的卻明顯含有政治優先的觀念。這種政治優先論最極端的表
現是把「民間社會」理論轉變成「邁向執政之路」的論述工具。
對他們而言，「民間社會」論是作為一種反對威權體制及其殘餘
的鬥爭策略而提出的。文學與文化關懷在這樣的論述策略中變得

29　木魚〈臺灣文化生態批判〉，《南方》1987 年 3 月第五期，第 51-60
　　頁。

不重要了。其三、對「市民社會」理論中的文化緯度認識很不充分。

四、本土主義與第三世界電影論

　　《南方》雜誌延續了70年代鄉土文學運動的精神，同時也延續了鄉土文學運動內部的路線分歧。在反抗威權文化體制上，《南方》雜誌作者群顯然有著共同的思想傾向。但在理論立場上，《南方》雜誌卻隱含著本土主義和第三世界文學論的微妙分歧。這種分歧導致了這個群體很快就分道揚鑣，如筆名「譚石」和「拉非亞」的王浩威等人另創辦《島嶼邊緣》雜誌，堅持一種「邊緣戰鬥」和「社會優先」的思想立場；而呂昱和江迅等人則逐漸轉入政黨政治和本土主義的路線。

　　現今看來，《南方》雜誌的左翼色彩集中地體現在兩個緊密相關的三個層面：第一是對工人運動和學生運動的支持和宣傳，第七期和第十二期的「世界聯機」專輯發表了〈法蘭西憤怒的冬天〉、〈滾滾漢江，波濤洶湧〉、〈波瀾壯闊的南韓工運〉、〈漢江工潮洶湧〉、〈激濁揚清的南韓學生〉和〈勞工夏令營事件〉等聲援工人和學生運動的文章；第二是翻譯介紹現代左翼思潮，第十一期刊發由張博加翻譯的巴西左翼教育學家弗雷爾的〈學生哲學：被壓迫者的啟蒙〉和南方朔的〈格瓦拉——六〇年代的人民英雄〉——現今，格瓦拉在海峽兩岸都已成為深具影響的左翼精神象徵，而弗雷爾的〈被壓迫者教育學〉也逐漸為人所知，在左翼知識界頗具影響。第三是大量引介亞非拉第三世界的文學和電影。《南方》創刊第一期就策劃了「第三電影在臺灣」的專輯，推出左翼學者王菲林的〈為什麼要談第三電影〉、吳弗林的〈在臺灣談第三電影〉、林默的〈第三電影與戰鬥電影〉、藍波的〈第三電影與日據以來臺灣的電影經驗〉和李尚仁的〈風格與意識形態：從兩部南非電影談起〉，第二期則發表了伊問伊

的〈第三電影的理論架構〉和拉非亞的〈真正的第三世界文學作
家——南非亞曆克・拉・古馬〉，第十期又刊出張懷文的〈是現
代主義？還是現實主義？——第三世界的「前衛」電影：第三電
影〉……這多少可以表明《南方》雜誌對第三世界文學藝術的持
續興趣。

　　什麼是「第三電影」？王菲林從何謂「第三世界」談起：
「『第三世界』一辭是指亞、菲、拉丁美洲的一些所謂『不結盟
國家』，這些國家主張既不倒向東風（共產主義國家）也不倒向
西風（資本主義國家），所以，不結盟一辭中，包含了明顯的政
治、經濟信念與目的。他們的意識形態要比資本主義國家更傾向
於社會主義，同時又比社會主義國家更要求民主。而反抗帝國主
義和殖民主義又是此意識形態下的一個特點。」[30] 這一界定顯然
帶有 80 年代臺灣民主左翼知識份子的觀念色彩。王菲林援引 Third
in Third World（1982）作者 T. H. Gabrid 的論述——第三電影具有
環環相扣的五個主題：階級、文化、宗教、性別平等、武裝鬥爭
——來界定「第三電影」：第三電影是指第三世界國家和地區電
影工作者創作出來並且在主題上明顯具有不結盟國家意識形態的
電影。王菲林從四大方面闡釋「第三電影」的基本特徵：「第三
電影不是逃避現實的電影」、「第三電影不是宣揚官方教條的電
影」、「第三電影是第一電影與第二電影的後設電影」、「第三
電影是體制的反抗者」。簡而言之，「第三電影」應具有關懷現
實的思想傾向，是對歷史和社會的「開放呈現」，是對官方教條
電影、好萊塢電影和「第二電影」（體制內批評者電影）的反
動，更是對殖民主義意識形態和極權主義意識形態的反抗。這
裡，王菲林顯然賦予了「第三電影」一種理想色彩：它是「體制

30　王菲林《為什麼要談第三電影》，《南方》1986 年 10 月創刊號，第 16
　　頁。

的反抗者」,「在美學上完全不遵從傳統的電影方式,它在形式
上主張完全的自由,在意識形態上則要求人的解放(包括宗教、
性別、經濟、種族、政治……)。所以,它超出了體制的包容
度,而成為體制的反擊者。」[31]「第三電影」即是「解放電影」,
「第三電影」論本質上即是一種「解放論述」,透過對「第三電
影」界定和闡釋,王菲林其實表述出了80年代臺灣左翼進步知識
份子理想主義的精神追求:獨立、自由、民主和人的全面解放。

　　《南方》雜誌對「第三電影」情有獨鍾,其原因包括兩個方
面,其一,在理論立場上,「第三電影」概念的提出是出於反叛
威權文化體制和建構「反對運動」文化論述的需要;其二,在電
影美學上,「第三電影」概念的提出,表達了具有左翼傾向的電
影理論工作者對「新電影運動」的不滿。他們認為以《光陰的故
事》、《風櫃來的人》、《童年往事》等為代表的「新電影」以
「回憶往事」複製了既有的意識形態,已經被納入固有的體制之
中,成為體制文化的一部分。在他們看來,1988至1989年,「新
電影」成員陳國富、吳念真、小野、侯孝賢等人拍攝軍教宣傳片
《一切為明天》事件直接暴露出「新電影」的體制化美學性格。

　　「第三電影」概念的提出顯然隱含著左翼知識份子對「新電
影」的批判和反動。陳映真和吳弗林等人找到了「第三電影」在
臺灣萌芽的重要例證,那即是根據黃春明小說《莎喲娜啦·再
見》改編的電影。前者認為《莎喲娜啦·再見》是「臺灣第一部
第三世界電影」,後者指出《莎喲娜啦·再見》具有第三世界意
識的批判性。但在吳弗林看來,這種批判性是黃春明小說本身具
有的,而電影則遺留著好萊塢的語言和敘事風格,反而喪失小說
原本具有的建立在知性分析和反諷基礎上對新殖民主義的洞察力

31　王菲林《為什麼要談第三電影》,《南方》1986年10月創刊號,第17
　　頁。

和批判力度 32。對於《南方》作者群而言，「第三電影」在臺灣究竟是否可能又如何可能，這顯然還是一個問題。但無論如何，「第三電影論」作為一種論述實踐，已經深刻而微妙地介入80年代臺灣文化場域之中，成為知識左翼運動的一個重要症候，逐漸開啟了《島嶼邊緣》後現代左翼的批判路線。

第三節　《島嶼邊緣》：後現代與左翼的結合

一、「民間社會」論戰與「人民民主」論的形成

　　「民間社會」一提出受到了多方面質疑與批判，首先是受到傳統左翼的批判，認為「民間哲學」在立場上傾向於自由主義並偏離了其所標榜的左翼路線，而「統獨意識形態的黃昏」的提出則逃避了中華民族反帝的歷史、文化與階級認同問題。為了回應傳統左翼的批判，「民間社會」論者試圖以「人民」論述加強其左翼思想色彩，把「民間社會」的反支配鬥爭的意義上升為普遍的「人民民主實踐」。解嚴後，「民間社會」論逐漸向政黨政治靠近，成為民進黨「美麗島系」反對國民黨並邁向執政的論述工具。「民間社會」論的「人民民主實踐」演變為民進黨奪權鬥爭的一種政治策略。1989年「民間社會」派的學者呂昱和江迅等大力參與了張俊宏主編《到執政之路——「地方包圍中央」的理論與實際》一書的撰寫，便清楚地顯示出「民間社會」論及其延伸出的「人民民主實踐」論已經被民進黨所收編，轉變為民進黨「美麗島系」的意識形態和論述策略。這一轉折引起了一些具有左翼傾向立場的「邊緣」思想者的警惕與不滿。早在1988年鄒秦

32　吳弗林《在臺灣談第三電影》，《南方》1986年10月創刊號，第22頁。

就發表〈國家自主性與民間社會論——理論與經驗的反省〉一文
從階級分析理論出發置疑「民間社會」理論所謂的左派立場，認
為在資本主義國家「民間社會」已經被資產階級所主導。1989 年
張茂桂的〈讓人民成為政治的主動體〉批評社會運動的政治轉
化，也指出「民間社會」論把「國家」和「民間」都簡化為
「一」，所謂多元抗爭也就不復存在。在 1989 年 9 月《中國論
壇》336 期上，晏山農（蔡其達）〈打開「民間社會」史：一個
反宰制論述的考察〉、史思虹〈人民主義——超越國家／民間社
會的新焦點〉、孫善豪〈「民間社會」與「文明社會」——民間
社會理論對葛蘭西的誤解〉、徐進鈺〈民間社會的質疑〉。從
「民間社會」論的理論資源、概念史以及理論框架等方面質疑和
批判了「民間社會」理論。

　　1989 年質疑和批判「民間社會」論調的主要陣地是《中國論
壇》雜誌，到 1990 年則轉到了《當代》雜誌，並且初步形成了真
正以拉克勞和默菲後馬克思主義為理論基礎的「人民民主」論
述。《當代》1990 年第 47 期特別製作了「市民社會專輯」，試
圖通過理論源頭和臺灣問題脈絡兩個層面的進一步梳理和闡發把
「民間社會」論戰引向一個新的高度。這一專輯發表了三篇長
文：石元康的〈個殊性原則與現代性：黑格爾論市民社會〉、李
永熾的〈市民社會與國家〉和何方的〈從「民間社會」論人民民
主〉。石元康從概念「civil society」的起源和演變脈絡質疑「民
間社會」論：「『市民社會』一詞是英文『civil society』的翻
譯。在西方，不同的作家對『civil society』一詞有不同的理解。
洛克及麥迪森（James Madison）將之與『political society』視為同
義詞。黑格爾及馬克思等人則不作這樣的瞭解。在黑格爾的《法
權哲學》一書中，他提到了客觀精神中的各個領域及面向時指
出，相應於抽象權力（abstract right）時，我們有人格（the per-
son）；相應於道德領域（sphere of morality），我們有主體（sub-

ject）；相應於家庭，有家庭成員；相應於市民社會，我們有 bur-
gher 或 bourgeois；而最後相應於國家，我們有公民。burgher 或
bourgeois 的特徵就是進行交易行為。因此，有些人將『civil so-
ciety』譯為『公民社會』或『民間社會』是不恰當的，同樣的，
馬克思也是追隨黑格爾的用法。黑格爾認為市民社會是現代西方
社會的實物，沒有任何古代文明中出現出現過市民社會。但我們
卻不能說這個古代缺乏民間社會。因此，我認為如果我們談黑格
爾及馬克思意義下的『civil society』時，最好是譯為『市民社
會』，因為『市』所含的意義正是交易。」[33] 石元康的批評的確
指出了「民間社會」論在術語使用上的混淆性和不嚴密性，而這
種混淆性的產生卻是南方朔、江迅和木魚等人為了突出「civil so-
ciety」與政權機器對抗的意義而有意為之的。石元康注意到了馬
克思和黑格爾關於「市民社會」在概念脈絡上的延續性，但卻沒
有認識到兩者之間的重大差異。黑格爾把市民社會視為「個人私
利的戰場，是一切人反對一切人的戰場，同樣，市民社會也是私
人利益跟特殊公共事務衝突的舞臺。」[34]「國家」則代表了普遍
利益，所以「國家」高於並且決定了市民社會。而馬克思則認為
市民社會是國家的基礎和前提，而且肯定了現代市民社會的形成
具有政治解放的意義，但這種解放卻受到了私人利益的限制而不
能發展為新唯物主義所追求的人類社會解放。

　　石元康的「市民社會」分析儘管也存在一些問題，但他引入
了「社會現代性」的概念和緯度，這對清理臺灣「民間社會」論
戰所存在的概念混淆和混亂顯然是有意義的。李永熾的《市民社
會與國家》採用了相近的理路，從資本主義形成的歷史脈絡中闡

33　石元康的〈個殊性原則與現代性：黑格爾論市民社會〉，《當代》1991
　　年第 47 期，第 20 頁。

34　黑格爾《法哲學原理》，商務印書館 1982 年版，第 309 頁。

述「市民社會」概念的形成及其意義。其論述有兩點值得注意：
第一是否定了「民間社會」論「民間社會」與「國家」相對立的
框架，他認為市民社會應該是具有自我意識與政治意識的獨立個
人所組成的平等社會，而非只是與「國家」相對的「民間社
會」；第二是批評「民間社會」論刻意消除政治性，「只強調民
間社會的自主性，其目標只停留在葛蘭姆西的第一階段。」大有
矮化市民社會的嫌疑[35]。這顯然是批評「民間社會」論在政治上
還不夠激進，還存在一種中產階級保守主義的意味。

　　最值得注意的應是何方的文章，因為它直接回到了臺灣「民
間社會」論戰的思想脈絡。何方總結了「民間社會」理論的三大
企圖或三個效果：反對運動的聯合、「反國民黨」和實施自由市
場。「民間社會」理論的核心即是「自由資本主義優先，政治民
主優先。」[36]何方給「民間社會」論在性質上作了明確的定位，
號稱左翼的「民間社會」論實質上具有明顯的資產階級自由主義
特徵。與李永熾批評「民間社會」論消除政治性不同，何方反對
的恰恰是「民間社會」論使多元的社會運動政治化。何方歸納了
批判「民間社會」理論的五種類型：第一類，反對民間社會論的
「基礎主義」，即反對「人民的反支配（反宰制）抗爭須有一基
礎或一超越原則來正當化。」第二類，反對民主優先論及泛政治
化；第三類是反對「民間社會vs.『國家』」框架；第四類，反對
民間社會必然對抗「國家」；第五類是反對一元論。此外，「人
民民主」論還反對「威權式民粹主義」，即反對政治集體以人民
的名義操縱人民為其政治服務。從這些反對的聲音中，何方試圖
尋找出某種超越「民間哲學」、建構新論述的可能性。「這些不

35　李永熾〈市民社會與國家〉，《當代》1990年第47期，第38頁。
36　何方〈從「民間社會」論人民民主〉，《當代》1990年第47期，第44
　　頁。

同的立場，又因為大多數認可人民民主或多元激進民主這樣的理
念，所以在上述五類與民間哲學相關的論點上，表現出超越民間
哲學的觀點。易言之，民間哲學對臺灣思想與現實上有目共睹的
貢獻，是一種歷史的貢獻，但隨著臺灣社運與政運的發展，從民
間哲學中孕育的人民民主思想，已經逐漸成形，而揚棄了它舊有
的軀殼，邁向一個新的存在。」[37] 從何方的評論可以看出，一種
新的「人民民主」論已經呼之欲出。

　　接著何方在《當代》1990 年第 50 期發表〈色情——野百合：
人民的欲望與人民的民主〉一文，結合「野百合學運」正面闡述
「人民民主」的涵義。在各種「政運」中，「人民的欲望」邊緣
又邊緣的位置，以一種壓抑的形式表達出來。即使是「反對運
動」同樣也形成了「中心（政治人物）與邊緣（群眾）」的權力
結構關係，人民群眾的反支配鬥爭還是一種「邊緣政治的政
治」。何方並且認為權力結構對人民欲望的壓抑已經滲透到每天
的日常生活之中，沒有這些壓抑，「社會生活中的各種各樣的支
配或宰制關係就無法維持下去。」何方提出了被壓抑欲望的昇華
是否可能如何可能的命題：「由於反對政治吸納了人民群眾不滿
的能量，以之與主流政治對抗，可以說『利用』了群眾。但是群
眾有沒有可能不被單方面利用呢？即，人民的欲望與敵意可不可
能被建構起來，使之真正地去消除不滿與敵意之源，即，日常生
活中各種宰制關係？」[38] 這顯然是一種社會運動與政治運動相分
離的思路。那麼誰是「人民」？「人民」又如何擺脫政治運動的
附庸地位？所謂「人民」，就是各種「人民主體」，包括「學

37　何方〈從「民間社會」論人民民主〉，《當代》1990 年第 47 期，第 52
　　頁。

38　何方〈色情——野百合：人民的欲望與人民的民主〉，《當代》1990
　　年第 50 期，第 88 頁。

生」、「婦女」、「工人」、「無住屋者」、「殘障者」、「環境污染受害者」、「教師」、「農民」、「本土教會」、「介入或入世的佛教徒」、「老兵」、「原住民」、「文藝工作者」、「同性戀者」等等。在何方看來，所謂「人民民主」鬥爭即是擺脫「在野」或「在朝」兩種政治力量的收編和吸納。如果人民的社會運動成為這種政治運動的附庸和工具，只會產生政治精英權力再分配的結果，只能產生權力集團內部的政治民主。作為「人民民主」鬥爭的新社會運動，必須具備三個要素：其一是人民的自我意識的建構，作為人民的每一個個體的「完全自我認識，是認識自己身上一切被壓抑的欲望與敵意之源，這只有在各種支配關係均被發掘，而個人借著反支配運動的結盟而間接參與了各種運動，才可能實現這樣的自我認識，也就是對整個社會的認識。」[39] 其二是人民的實踐主體性建構，即「人民有權力決定自己能量的運用。」其三，人民民主鬥爭是不同主體之建構與不同主體之結盟的平等合作關係，是「一分為多」和「多合為一」的辯證。何方的論述已經形成了反對民間社會論的新的「人民民主」論的基本內涵。

那麼，「人民民主」採取什麼樣的鬥爭策略？何方從「無住屋運動」中歸納出一種「人民頑鬥主義」，所謂「頑鬥主義」指的是「走偏鋒的邊緣策略」，一種非英雄主義化的凡夫俗子的方式，摻雜著遊戲和幽默的快感。「頑鬥主義」的核心精神，即是「對日常生活事物、文化事物等意義的爭奪——借著集體頑鬥重新改變或詮釋意義，或者顯示出原有意義系統的矛盾、荒謬；易言之，對日常生活自然呈現的意義系統之破壞於建設。」[40] 其實是通過以遊戲的方式瓦解日常生活中固定的意識形態，進而使日

---

39 何方〈色情——野百合：人民的欲望與人民的民主〉，《當代》1990年第 50 期，第 90 頁。

常生活中各種宰制關係暴露出來。這種「人民頑鬥主義」已經具
有了一些後現代主義的色彩。

　　解嚴後，一批傾向於新左翼立場的知識份子一直在尋找結合
臺灣社會運動的思想方向和新的思想資源，「人民民主」論的重
構即是其中一種重要的嘗試。這一嘗試受到了國際泛左翼思潮的
影響，在思想進路上也受到了後現代主義和後馬克思主義的深刻
影響。成令方在 1989 至 1990 之間連續在《當代》雜誌發表了多
篇文章討論英國 80 年代以來英國左派的理論與實踐，包括〈現代
主義、後現代主義和英國左派的反思〉（《當代》1989 年第 35
期）、〈認同政治在英國二十年的演變〉（1990 年第 47 期）、
〈難道我們都錯了嗎？──英國社會主義者的反思〉（《當代》
1990 年第 50 期）等，深入討論英國左派工黨的瓦解和「佘契爾
主義」／「柴契爾主義」即「新保守主義」的形成對左派理論與
實踐運動的影響。英國新左派認為傳統左翼理論已經不能應對社
會經濟與文化的變化，迎接「佘契爾主義」的挑戰，左派必須重
建論述和策略，和後現代主義的結合是這一重建的一種重要思
路。英國左翼知識份子認識到左翼的潰退其中一個重要原因在於
傳統左翼所訴求和支持的「群眾」已經分化為各種利益團體，
「階級認同」分化為多元化的認同。資本主義的全球化重組了世
界的政治結構和文化體系，瓦解了傳統的左派／右派、事實／虛
像、大眾文化／前衛文化之間的對立基礎，沒有一個價值是永恆
的，真實的，具對抗性的，因為每個價值都隨著市場的需求而升
降，存在或消失。這樣，傳統左翼的分析工具已經無法對這一變
遷作出準確的認知測繪。而「借用後現代主義的理論來解析，可
以在左派所依據的理論基礎中找出毛病，加以調整，以期應對處

40　何方〈人民頑鬥主義──從無住屋組織的幽默風格談起〉，《當代》
　　1990 年第 53 期。

理在後現代主義社會中產生的新現象。」[41] 正是在這一背景下，
英國左派提出了一些新的論述，如傑夫瑞・魏克思就認為左派要
與費若本的知識與民主的相對主義為基礎，重建左翼的民主框架
──每個人都有權過滿足自己需要的生活，真理和生存方式不只
有一個。顯然這也是建立在後現代主義認識論基礎上的多元民主
論。成令方甚至認為左派的生機就在於從「佘契爾主義」手中奪
回「後現代主義」，後現代主義如果為左派所掌握，可以成為強
調多元化，促進政治抗爭的有力理論依據。《難道我們都錯了
嗎？》則介紹了「東歐事變」後英國左派對社會主義的反省與論
爭。從介紹中可以看出成令方十分認同霍爾在的觀點：「東歐事
變」使得左派有了解脫傳統思想束縛的基礎。成令方還提醒臺灣
左翼知識界要關注英國《今日馬克思主義》雜誌所探索的左翼新
方向，如霍爾的「接合」理論以及何笛吉的《沒有群眾之後》如
何與後現代主義結合重建左翼的生機論述等等，並且提出左翼思
想的重建應與詹姆遜、布希亞、李歐塔、德勒茲以及拉克勞、默
菲等等後現代思想結合。

　　成令方的思考實際上代表了 90 年代初一批左翼青年知識份子
的一種普遍的思想路向。何方提出的「人民民主」方案即是新左
與後現代思想結合的典型個案。在《人民民主與後現代》一文
中，何方把臺灣的「人民民主論」分為三種：「民間哲學」派的
「人民民主」論、後現代傾向的人民民主論和非後現代的人民民
主論（激進自由主義），也區分了後現代主義的泛左翼和保守主
義兩種傾向。在這一基礎上，何方闡述了其「後現代人民民主」
的理論內涵。第一，「後現代人民民主」論不止談階級鬥爭，而
且也重視與各種各樣的宰制關係作鬥爭。社會運動除了階級傾

41　成令方〈現代主義、後現代主義和英國左派的反思〉，《當代》1989
　　年第 35 期，第 5 頁。

向，也可能有族群、性別等各種傾向；第二，「後現代人民民主」反對「基礎主義」。基礎主義與後現代精神的相對，可以用一連串對立來表現，「像一元／多元、同質／異質、連續／斷裂、共同／差異、整體／部分、絕對／相對、普遍／特殊、一般／個別、全體／黨派、集體／個人、集中／分散、固定／遊牧、中心／邊緣、和諧／失調、秩序／混亂、統合／分裂、共識／異見、先驗／經驗、必然／偶然、本質／串聯、完整／片段……」[42]「後現代人民民主」以後現代解構後設敘事或宏大敘事為理論武器，試圖批判流行臺灣的各種政治大敘事；第三，作為一種思潮，「後現代人民民主」是意識形態領域的運動和鬥爭，其目的在於瓦解各種權力集中話語，避免新社會運動被政治組織所收編和吸納；第四，「後現代人民民主」論也是一種建構自由言論框架的新社會運動，是身處邊緣位置的獨立知識份子為新社會運動提供文化論述資源的一種方式。

　　「人民民主論」也受到了一些質疑。與「人民民主論」者對「無住屋運動」的認同相反，趙剛批評「無住屋運動」的「美學化」傾向，忽視了政治與經濟面。趙剛認為新社會運動必須指向經濟再分配的層面，新的論述的建立也必須以具體的政治經濟分析為後盾。後現代主義對新社會運動論述的建構的意義是個令人懷疑的，因為，後現代主義消解的各種大敘事中就包括了馬克思主義的解放理論，另外「臺灣社會是否可以定位為一後現代的位置？或者，後現代的文化邏輯在臺灣深化的程度為何？」[43]這也是有待考察和論證的問題。缺乏這一論證前提的「後現代人民民主」論顯然顯得有些可疑。陳宜中則直接點出了臺灣版的人民民

　何方〈人民民主與後現代〉，《當代》1990年10月第54期，第143頁。

　趙剛〈論現階段無住屋運動的理論與實踐：社會學的批判〉，《當代》1990年第53期，第66-73頁。

主論和拉克勞及默菲的關係：「人民民主真的與後現代有關嗎？如果真的要找符合『後現代傾向的人民民主』這一標籤的人選，則只有拉克勞和默菲稱得上。而他們之所以要提人民（多元、激進）民主論，主要是為了創造一個民主的團結形式，以結合左翼和新社會運動，俾能對抗新右派的霸權（在英國的脈絡中是佘契爾主義）。」但臺灣的「人民民主論」卻忽視了這一脈絡和背景，並且把民主團結的人民民主轉變為社會運動與政治運動的「零和遊戲」。這是對拉克勞和默菲的誤讀[44]。陳宜中希望臺灣知識份子「走出人民民主的烏托邦」，因為在基本的代議民主都不能達到的情況下，人們如何能夠達到直接的民主呢？但陳宜中還是肯定了「人民民主」論的理想性格，他們對社會公平正義有比代議政治更高的憧憬。

　　正是在這種辯論中，「人民民主」理論進一步突出了與後現代主義的理論關係。在《政治民主、拉克勞和慕芙》一文中，何方批評了「本質主義的政治民主觀」。那種認為存在某種政治民主的典範或本質的觀念即是本質主義的。回應陳宜中的批評，何方指出臺灣的人民民主的主張可以和不同的理論資源接合，而理論的本土化正是他們追求的目標。關於對拉克勞和慕芙的理解，何方也提出了一個問題：陳宜中所謂的「團結」是拉克勞和慕芙理論的核心嗎？這個問題的確重要，因為這涉及了理解拉克勞和慕芙理論的關鍵點。在何方看來，「團結」不是拉克勞和慕芙理論的核心，拉克勞和慕芙強調的是多元民主的平等與抗爭。的確，《文化霸權與社會主義戰略》立論的出發點，在於當代社會運動的巨幅變化對左翼理論產生了強大的壓力，迫使左翼作出巨大的調整。諸如新的女性主義崛起；種族的、民族的和性別上少

44　陳宜中〈人民民主與臺灣的辯證〉，《當代》1990 年 12 月第 56 期，第 138-147 頁。

數人的抗議運動；反核運動；人口中處於邊際層的人所從事的反
制度設施的生態保護鬥爭；處於資本主義邊陲地帶的國家中的不
定型的社會鬥爭等等，這一切都意味著當代社會鬥爭已經變得越
來越豐富和多元。這種多元性瓦解了普遍性話語和普遍解放政治
構想的基礎即「普遍性的主體」[45]。拉克勞和慕芙認為左翼理論
要回應當代社會政治的變化必須放棄以「普遍階級」這種本體論
上有特權地位為基礎的任何認識論優勢，甚至認為在普遍性階級
解體以後可以發展出「一系列支離破碎的身份」，在每種身份追
求激進民主的運動中，更有可能實現多元民主的社會目標。這樣
看來，何方的理解還是比較準確的。

　　臺灣的人民民主論與拉克勞和慕芙的後馬克思主義確有著直
接的淵源關係。儘管存在差異，但兩者的共同點卻是如此明顯，
「拉克勞和慕芙與我們均同樣反對任何中心論，反對任何主體的
目標或民主要求有優先特權地位。但在論述時之著重點的不同，
實乃出自不同社會的脈絡。」[46]臺灣的「人民民主論」有其自身
的問題意識和歷史脈絡，應對的是政治反對運動對社會運動的收
編以及統獨意識形態二元對立對思想界的控制，而拉克勞和慕芙
則是在新興的多元化的社會運動勃興而傳統左翼理論又無法介入
的背景下提出其「人民民主論」。但兩者都共同面臨了許多相同
或相似的現實和理論問題，即傳統的階級理論是否能夠闡釋日漸
分化的身份認同和多元化的人民抗爭運動。而拉克勞和慕芙所提
出的社會運動自主性、各種運動接合的偶然性以及反對任何本質
主義的思想都與臺灣版的「人民民主」論也有著十分的相似性甚

45　拉克勞和慕芙《文化霸權與社會主義戰略》，陳墇津譯，臺北遠流出版
　　社 1994 年版，第 5-9 頁。

46　何方〈政治民主、拉克勞和慕芙〉，《當代》1991 年 6 月第 62 期，第
　　146 頁。

至如出一轍。這種驚人的一致性讓人不得不說臺灣的人民民主論
基本上可以視為拉克勞和慕芙理論的翻版。

　　臺灣版的「人民民主」論顯然具有明顯的後現代主義和後馬
克思主義色彩。陳光興引入「逃逸」概念來闡釋「人民民主」的
抗爭策略，進一步強化了「人民民主」論的後現代性格。在《從
統獨僵硬軸線中「逃逸」出來──五月人民民主抗爭省思》一文
中，陳光興如是而言：「德勒滋及伽塔里在 A Thousand Plateaus
一書中指出，相對於僵硬的國家機器，善於遊走、遊牧的運動性
『戰爭機器』，其運作的邏輯就是去中心化，去領域化的『逃逸
路線』；穿越封閉性的既有結構，逃出／閃躲權力機器（不論大
小）的捕捉，開拓更為寬廣的操作空間，開闢新的戰場，主動介
入未被注意的線／面……這些就是逃逸路線的戰術。」[47] 如果說
拉克勞和慕芙的後馬克思主義一直隱藏在臺灣「人民民主」論的
背後，那麼後現代主義的德勒滋和伽塔里則常常出現在「人民民
主」論述的前臺，成為其論述形構的一個重要思想資源。從 80 年
代末在《自立早報》副刊上開闢「戰爭機器專欄」到 90 年代初推
出的《戰爭機器叢刊》，從路況 1989 年發表的《使思想成為戰爭
機器》到陳光興的「逃逸路線的戰術」……，「戰爭機器」、
「遊牧」、「解領域化」以及「逃逸」等等德勒滋一系列的哲學
和美學概念一直在「人民民主」論述中頻繁出場，這無疑可以表
明德勒茲的後現代哲學與美學對臺灣「人民民主」派思想的深刻
影響，並且形塑了「人民民主」派的後現代主義的左翼思想品格。

　　當然，臺灣知識界對「後現代」與「左翼」的關係還有著不
同的看法。何方自己就曾經承認：後現代傾向的人民民主也不是
很一致的，其立場從左到右均有，既有泛左翼傾向者，也有保守

47　陳光興〈從統獨僵硬軸線中「逃逸」出來──五月人民民主抗爭省
　　思〉，《當代》1991 年第 63 期，第 78 頁。

主義傾向者。後現代主義的確如其所言是千差萬別的，有新保守主義的丹尼爾‧貝爾，後馬克思主義的拉克勞，新實用主義的理查德‧羅狄，後結構主義的德希達、傅柯，還有批判的後現代主義者詹明信。後現代主義究竟是保守的還是激進革命的？或者說後現代主義在政治上是傾向右翼還是傾向左翼？從其誕生以來一直就是一個爭論不休的問題。這甚至在左右翼陣營內部都存在著巨大的分歧，這種分歧表明後現代主義既可以從右的觀點來解釋，也可以按照左派的立場來理解。在臺灣左翼傾向的知識份子中也同樣存在這種分歧，一些人認為後現代主義解構大敘事，而馬克思主義的人類解放敘事就是其中最宏大的敘事；另一些人尤其是新馬克思主義或後馬克思主義者則把後現代主義視為是對馬克思主義批判社會理論的激進的繼承和發展。在以成令方和何方為代表的臺灣「人民民主」論者看來，後現代主義具有激進和保守的兩面，而後現代主義到底是保守主義的還是激進革命，這要看是誰再使用它。80 年代英國左派節節敗退，「佘契爾主義」取得全面勝利，其中一個原因即是利用了後現代主義──「後現代主義在英國已被右派利用，作為佘契爾主義推行的理論依據。」所以從右派手裡奪回後現代主義是左派的一個迫切任務，這也是左派重建的思想契機。如果後現代主義為左派掌握，「可以成為強調多元化，促成政治抗爭的有力理論依據。」[48] 看起來這是個有趣的觀點。而臺灣「人民民主」論者提出這一基本觀點，建立在他們對理論與當代現實關係的理解上：傳統左派過去賴以形成階級抗爭勢力的社會、經濟因素已經發生了重大變化，「在全球市場需求的衝擊下更形分化。若無法鑒定當今社會結構變遷和文

---

[48]　成令方〈現代主義、後現代主義和英國左派的反思〉，《當代》1989年第 35 期，第 8 頁。

化意識的改變，左派將無力掌握抗爭的轉機。」[49] 後現代的「人民民主論」的提出就是具有左翼傾向的知識份子結合後現代主義的一種理論嘗試，「後民論（後現代人民民主論）將人民民主與後現代精神結合，即是為了瓦解種種權力集中的說法，例如，以一元論的二分法涵蓋社會、或優先論、或階段論等等。」[50] 其目的在於介入新社會運動，奪回新社會運動的闡釋權，進而建構一種「新反對運動」的意識形態基礎。

　　「後現代人民民主論」是臺灣進步知識界一種新的思想探索，他們試圖在後現代主義和馬克思主義的結合中建立一種新論述，後馬克思主義的影響逐漸浮出水面。作為一種思想方案，「後現代左翼」是對全球社會主義的重大挫折問題的某種回應，也是對多元化的新社會運動的積極應對，但這一理論想像卻擱置了葛蘭西所提出的「文化領導權」問題。

二、《島嶼邊緣》：後現代左翼論述與實踐

　　「《當代》雜誌的創刊可以說是臺灣思想史的一件大事。從創刊號以法國後結構主義思想家傅科作為專輯人物看，它已經宣告臺灣的知識份子想要爬過新馬克思主義的峰頂，往前探勘壯觀的風景。在那個新發現的風景線上，我們看到了符號學，它使我們能將理解本文的策略運用於更廣義的日常生活之中；我們也看到了解構理論，它顛覆了文本意義的『中心／邊陲』位置；當然，我們也看到了從這些解讀策略中充實起來的女性主義思潮，它帶動了我們對男性論述或男性書寫的質疑，也使我們發現到，昔日的社會批判理論中，竟然隱藏了許多男性為中心的主體性論

49　成令方〈現代主義、後現代主義和英國左派的反思〉，《當代》1989年第 35 期，第 6-7 頁。

50　何方〈人民民主與後現代〉，《當代》1990 年 10 月第 54 期，第 144 頁。

述。」[51]廖仁義在〈八十年代的思想風景〉一文中，這樣總結《當代》雜誌的意義和八九十年代臺灣思想的轉換。的確，《當代》從創刊就開始以專輯的形式全面引介各種人文社會思潮，如「傅柯」、「德希達」、「女性主義」、「情色」、「民族主義」、「魯迅」、「新馬克思主義」、「新保守主義」、「激進神學」、「巴黎公社」、「西潮狂飆與五四文人」、「革命與反革命」、「現代到後現代」、「狂飆的浪漫主義」、「社會民主主義」、「後現代欲望與消費文化」、「布希亞」、「後殖民論述」、「韋伯學」……等等一系列的專輯，打開了人文知識份子的視野，深具思想啟蒙的意義。但這種相容並包的體制和平穩的學術評論風格已經難以滿足「人民民主」論者集中表述其另類左翼思想的需求。1991 年 10 月一份以英國《新左翼評論》為樣板的另類左翼同人雜誌《島嶼邊緣》出場。于治中、王秀雲、王浩威、王振寰、方孝鼎、平非、成令方、何方、李玉瑛、李銘盛、吳正桓、吳永毅、吳昌傑、吳瑪俐、汪立峽、林寶元、柏蘭芝、侯念祖、姚立群、洪凌、紀大偉、迷走、倪再沁、孫瑞穗、陳光興、陳志梧、郭力昕、郭文亮、張小虹、張育章、張釗維、張錯、傅大為、曾旭正、馮建三、曾雁鳴、舒詩偉、楊明敏、楊儒賓、楊添圍、萬胥亭、Apple、廖咸浩、劉欣蓉、趙剛、鄭村棋、蔡其達、蔡珠兒、顧秀賢等「不滿學院陳規以及主流論述的知識菁英」，在「超越狹隘的統獨國族論述，進行全面的激進民主鬥爭」的基本共識下集結[52]。從 1991 年發刊到 1996 年終刊，《島嶼邊緣》出刊十四期，共推出了十四個專輯：「葛蘭西一〇〇」、「科學・意識形態與女性」、「拼貼德希達」、「廣告・閱聽人・商

51　廖仁義〈八十年代的思想風景〉，楊澤主編《狂飆八〇——記錄一個集體發聲的年代》，時報文化出版 1999 年版，第 55-56 頁。

52　參見晏山農〈《島嶼邊緣》停看聽〉，香港《信報》1996 年 4 月 27 日。

品」、「宛如山脈的背脊：原住民」、「身體氣象」、「佛洛伊德的誘惑」、「假臺灣人」、「女人國·家（假）認同」、「酷兒QUEER」、「民眾音樂研究初探」、「保衛阿圖塞」、「激進神學」、「色情國族」。看起來《島嶼邊緣》和《當代》都重視西方當代思潮的譯介。但與《當代》的相容並包不同，《島嶼邊緣》的譯介顯然側重於新左翼與後現代的接合及其它異議邊緣論述的建構。

（一）從葛蘭西和阿圖塞出發。1991 年 10 月《島嶼邊緣》創刊號首先推出「葛蘭西專輯」，由專研葛蘭西「文化霸權」理論的青年學者蔡其達負責編輯，包括〈葛蘭西論「南方的問題」與知識份子〉（陳巨擘文）、〈論葛蘭西與市民社會的概念〉（蔣慧仙譯）、〈從市民社會到無產階級國家──葛蘭西的國家理論〉（蔡其達文）和〈葛蘭西的霸權與意識形態論〉（張榮哲譯），比較系統地闡釋了葛蘭西思想的四大層面：知識份子論、市民社會論、國家理論和意識形態論。這個專輯的編輯有些意味深長，不僅是時間上的契合和機緣──這一年恰好是葛蘭西誕辰100周年，更是一種思想和方法上的契合，它意味著《島嶼邊緣》思想的起源與 90 年代初臺灣左翼思想的某種轉折。葛蘭西對《島嶼邊緣》知識份子群體的影響包括四個方面：

其一，從〈南方問題的一些情況〉進入葛蘭西思想脈絡。葛蘭西的知識份子論述最初出現在 1926 年被捕前的手稿〈南方問題的一些情況〉中。在義大利北方發達資本主義社會與義大利南方落後的農業文明之間的衝突中，葛蘭西意識到建立「民族──大眾集體性」即革命聯盟的重要性，無產階級領導權就是建立和領導一個「能動員勞動群眾大多數去反對資本主義和資產階級國家的階級聯盟。」[53] 葛蘭西第一次提出了「文化領導權」和「庶

53　葛蘭西《葛蘭西文選》，人民出版社 1992 年版，第 228 頁。

民」兩個對當代左翼理論和文化研究都產生了深遠影響的重要概念，並且認為「文化領導權」的建立要依靠知識份子的思想轉換，即從「傳統知識份子」角色轉變為「有機知識份子」。

其二，從「市民社會」到「無產階級國家」的思考。葛蘭西認為傳統純粹的政治國家概念在現代已經轉變為「政治社會」和「市民社會」的結合，資產階級的統治也不再簡單地採用「強制」和「鎮壓」的手段，而是全面向市民社會滲透，通過大眾傳媒和知識份子建立資產階級的文化霸權。

其三，從文化霸權論到意識形態理論。現代資產階級的統治建立在文化霸權的基礎上，統治者「採取各種平衡形式的強力與同意的結合，而且避免強力過於顯然地壓倒同意；相反地，甚至企圖達到表面上好像強力是依靠了大多數人的同意。」54 從「政治統治」到「文化霸權」的概念轉換，不止是術語的改變，而是意味著思想進路的轉變，是對傳統馬克思主義階級與意識形態關係理論的修正。葛蘭西與傳統馬克思主義的分歧，正如托尼‧本內特所言，在於他強調資本主義社會統治階級與被統治階級之間的意識形態關係，與其說是前者對後者的統治，不如說體現在爭奪「文化霸權」的鬥爭。而在一定程度上容納被統治階級的文化與價值則是資產階級獲得領導權的前提。因此，葛蘭西尤其重視意識形態理論的再造，主張從世界觀的最高意義上使用「意識形態」概念。在他看來，意識形態「含蓄地表現於藝術、法律、經濟活動和個人與集體生活的一切表現之中。」具有保持社會集團的團結、凝聚與統一的實踐功能 55。意識形態的實踐功能還體現在「組織」人民群眾，並創造出這樣的領域——人們在其中進行

54　葛蘭西《獄中劄記》，北京：人民出版社 1983 年版，第 197 頁。
55　安東尼奧‧葛蘭西《獄中雜記》，北京：中國社會科學出版社，2000年版，第 239 頁。

活動並獲得對其所處地位的意識，從而進行鬥爭。正是在這一意
義上，葛蘭西重新思考了理論與實踐的統一命題和知識份子與群
眾之間的辯證法問題。大眾的意識是矛盾的，這種矛盾狀態導致
了人們在道德和政治上的消極。人們對現實認識的提高和對自我
的批判性理解，是通過爭取文化領導權反向的鬥爭而獲得的，
「批判的自我意識」的產生則意味著創造一種有機的知識份子。
「集體意識」的產生需要一種專門從概念和哲學上研究思想並與
鬥爭實踐緊密結合的知識份子群體，在這裡理論也就是實踐的一
部分，是行動的意志。

　　第四，大眾文化與通俗文學理論。葛蘭西十分重視「文化」
的力量，「缺乏力量，因為缺乏信仰，缺乏信仰，因為缺乏文
化。」[56] 文學知識份子成為「人民的組成部分」，成為「人民的
代言人」。在葛蘭西的構想中，「新文學」是一種「民族──人
民的」文學，在人民文化的沃土和革命實踐的洗禮中成長，創造
出一種感受和認識現實的嶄新形式。葛蘭西把新文學和大眾文化
都納入到與資產階級爭奪文化領導權的實踐中予以闡釋。在他看
來，大眾文化具有「市儈主義」和「民主」的兩重性，既是某種
空洞幻想的表達，也在某種程度上反映了大眾深層的心理需求。
大眾文化開始被視為文化領導權的生產與再生產的場域，是統治
者施加控制和從屬者進行反抗鬥爭的場所。正是對大眾文化這一
雙重性的認識導致了所謂「文化研究的葛蘭西轉向」。

　　葛蘭西的論述構成臺灣思想界從「民間社會論」到「人民民
主論」轉折的理論基礎。《島嶼邊緣》引入葛氏「市民社會」概
念，從而修正了「民間社會論」那種「市民社會」與「政治社
會」二元對立的簡單化理解和誤讀。葛氏的「民族──大眾集體
性」即革命聯盟論啟發了「人民民主論」的「結盟」說，「人民

56　葛蘭西《論文學》，人民文學出版社 1983 年版，第 185 頁。

民主論即是為了提供不同人民主體自主平等結盟的構架。」[57] 而葛氏的意識形態概念、文化霸權論述和大眾文化觀則成為《島嶼邊緣》新左翼知識社群進行文化鬥爭和「文化研究」最為有力的理論工具，這也徹底改變了整個 80 年代臺灣知識界對大眾文化的悲觀主義理解和法蘭克福學派那種批判與否定的精英主義立場。

　　應該指出的是，《島嶼邊緣》對葛蘭西的接受是朝阿圖塞方向進行的，並且經過阿圖塞而轉向後期伯明罕學派和後現代主義。與「民間社會」論者對阿圖塞的態度有所不同，《南方》雜誌的木魚曾經說過：「我很討厭 Althusser，但是我對於他在 Reading Capital 中所說的認識論基本上是接受的，所謂 G1、G2、G3 的轉換，還有 concrete-in-thought 等等。」[58]《島嶼邊緣》十分推崇阿圖塞，模仿其「保衛馬克思」而提出「保衛阿圖塞」的口號。第十期發表於治中《保衛阿爾杜塞》一文，批評李奭學《殺妻之罪，不必多說？》對阿圖塞去世後出版的白傳《未來永在》的解讀。李氏的批評以阿圖塞 1980 年殺妻案為中心，既從道德層面批評《未來永在》讀起來像「一連串的的婚外情」，匪夷所思令人困惑，又從政治上指控其左翼理論對巴黎 1968 年「學生騷動」的影響，批評法國當局對罪犯過於寬容。于治中從事實和理論兩個方面反駁了這一「誣蔑」，認為學生運動後才擴大了馬克思主義在法國的傳播，而阿圖塞的早期著作《保衛馬克思》和《閱讀資本論》正好提供了「重新認識馬克思主義的可能性」。而阿圖塞也開始對自己早期思想的反思，從而轉入了「意識形態國家機器」的論述。于治中的文章「保衛阿爾杜塞」意味十足。

57　何方〈政治民主、拉克勞和慕芙〉，《當代》1991 年 6 月第 62 期，第 146 頁。
58　木魚〈臺灣文化生態批判〉，「後記」http://www.ios.sinica.edu.tw/cll/culture_critics.html

之後《島嶼邊緣》又在第十二期推出「保衛阿圖塞」專輯，包括
Jorge Larrain 的〈結構主義與阿圖塞主義之崩解〉（劉美麗、王
恩南譯）、韋積慶的〈重釋唯物辯證法——阿圖塞的方法論〉、
〈安德烈‧格林——一個痛苦人生的解析〉（卡特玲‧克萊蒙訪
問，鄭淑文譯）、Maria-Antonietta Macciocchi 的〈艾蓮娜其人〉
（其蔚譯）和〈路易‧阿圖塞年曆表〉。除了介紹阿圖塞生平
外，韋積慶的評論和 Jorge Larrain 的文章對 90 年代初臺灣知識人
理解阿圖塞的思想與方法及阿圖塞學派的變遷都是很有幫助的。
韋積慶的《重釋唯物辯證法》集中討論阿圖塞的思想方法論，對
「症候式閱讀」方法尤其感興趣。所謂「症候式閱讀」，用阿圖
塞自己的話就是在同一運動中，把所讀的文章中被掩蓋的束西揭
示出來並且使之與另一文章發生聯繫。「症候」即是論述中突然
出現的沉默或空白，這種沉默或空白隱藏在語言的背後不易發
現。正如柯林尼可斯所分析，「一個理論問題式中複雜和矛盾
的、包含著不同層面的錯亂。這些矛盾以空白、失誤、沉默、缺
失等方式，作為一個複雜結構的症候被反映在作品的表面上
來。」[59]「症候式閱讀」是穿透作品語言表層認識深層結構意義
的方法。有日本學者指出阿圖塞「症候式閱讀」與德希達的解構
批評已經相距不遠，而臺灣知識界一般都認為「症候式閱讀」顯
示出阿圖塞在方法論上與精神分析學尤其是與拉康思想的親緣關
係。這樣，阿圖塞思想便含有了經典馬克思主義轉向後現代的仲
介意味。

　　Jorge Larrain 的〈結構主義與阿圖塞主義之崩解〉詳細梳理
了阿圖塞學派的變遷脈絡，其論述核心在於，闡釋阿圖塞學派和
後結構主義和後現代主義的關係。Larrain 認為阿圖塞學派與後現

59　柯林尼可斯《阿圖塞的馬克思主義》，杜章智譯，遠流出版公司 1990
　　年版，第 47 頁。

代主義有著許多相通之處，阿圖塞學派的思想尤其是其意識形態論述以及阿圖塞學派的「崩解」，對理解後結構和後現代思想的出現十分關鍵。〈結構主義與阿圖塞主義之崩解〉試圖尋找出阿圖塞學派的各種衍繹中導致傳統馬克思主義和結構主義向後結構主義和後現代主義轉換的種種因素。首先阿圖塞意識形態理論的矛盾性及其轉折本身已經蘊涵有許多後現代的元素。早期阿圖塞意識形態論建立在馬克思主義經濟基礎與上層建築二元結構基礎上，又試圖突破經濟決定論的局面。其意識形態論搖擺於虛假意識與中立性、物質性與主觀性、整體結構與差異性之間，充滿矛盾。阿圖塞的多元決定論、反本質主義、外界質詢召喚形成主體論以及對差異性邏輯推崇等等都與後現代後結構思維已經相距不遠，把這些因素推向極端，阿圖塞的結構主義馬克思主義便被瓦解，而轉向後現代主義和後結構主義。「馬克思主義陣營內部對後現代的探索，阿圖塞幾乎是必經的路徑。」這幾乎已經成為臺灣學界的一項共識。阿圖塞思想在臺灣後現代左翼論述中留下了深刻的印痕，意識型態是「個體與其真實的生存狀態間的想像關係之再現」、「意識型態透過表徵的想像系統建構個體」、「人是一種『症候』」、意識型態「召喚機制」、「認識論的斷裂」、「意識形態國家機器」……等等一系列論述構成了90年代初臺灣後現代左翼論述重要的思想資源。

　　（二）轉向後現代後結構主義與文化研究。《島嶼邊緣》視阿圖塞為左翼理論通向後現代主義和文化研究的仲介，強化了阿圖塞思想中隱含的諸種後現代元素，並且從阿圖塞主義走向德希達、傅科、德勒茲和拉克勞。第一，強化了阿圖塞思想中的反本質主義傾向。阿圖塞所謂「認識論的斷裂」即是要反對「還原主義的本質論」，這種本質論包含經濟主義和人文主義兩個方面。阿圖塞主張回到事實，「直接從事實出發，觀察這些事實的變化並解構其所謂的規律。」這樣也就瓦解了關於社會結構的整體觀

念，不再存在某種居於優勢位置的決定因素和黑格爾式的因果關係。從後現代的角度解讀，阿圖塞的思想也就具有了某種「去中心化」和「解構主義」的傾向。第二，強化了阿圖塞思想中的精神分析學傾向，並朝拉康所代表的後佛洛依德主義方向來理解阿圖塞的意識形態理論。阿圖塞的「多元決定論」和「症候」都與佛洛伊德有著密切的關聯，所謂「症候」即是一種無意識，是相互衝突的多元性力量的象徵性再現。阿圖塞的意識形態生成機制和個體被「質詢」而成為主體理論和主體空無」與拉康的「鏡像」理論有著更為密切的關聯。《島嶼邊緣》對葛蘭西和阿圖塞的後現代式接受，走的正是德希達、傅科、德勒茲和拉克勞等人曾經走過的道路。這些阿圖塞弟子一開始就被其師思想中的反經濟決定論反本質論元素所吸引，並且放大和強化了這些思想要素，消解甚至去除阿圖塞思想中起決定作用的傳統馬克思主義要素，並從中發展出後結構主義和後現代主義。他們把「多元決定論」轉化為「去中心」和「解結構」的差異哲學，把「主體被詢喚而成」演變為「去主體」論，把「意識形態的國家機器」論推向「微觀權力理論」，把意識形態的政治分析發展為話語分析學和遊牧式思維。而在拉克勞的後馬克思主義那裡，甚至清除了在歷史中任何特定的決定性或因果關係，剩下的只是話語邏輯的偶然性。《島嶼邊緣》所謂的「保衛阿圖塞」，所要「保衛」的正是這種「後阿圖塞主義」，並非完整的阿圖塞思想，越過阿圖塞，他們快速地投入到了傅科、德希達、德勒茲、李歐塔、拉克勞和克莉絲蒂娃的懷抱，試圖建構某種有別於 70 年代的《夏潮》和 80 年代《南方》的左翼另類話語和新的論述策略。

　　從葛蘭西的「文化霸權」概念和阿圖塞的「意識形態」理論出發，《島嶼邊緣》轉向了「文化研究」。伯明罕學派的斯圖爾特·霍爾成了《島嶼邊緣》知識群最為推崇的理論家，霍爾的影響在《島嶼邊緣》中留下了許多明顯的痕跡。為什麼 90 年代初臺

灣左翼知識份子對霍爾產生了如此濃厚的興趣？其原因可能有相
互關聯的兩個方面，其一，不同於法國後結構主義的晦澀，霍爾
以英國思想的方式重新闡釋了葛蘭西和阿圖塞的理論及其當代意
義。斯圖爾特·霍爾的著作「涵蓋了從對阿爾都塞、拉克勞和葛
蘭西的有趣的理論綜合，到對傳媒和其他文化表現中的意識形態
的啟迪性具體研究。」[60] 其二，80 年代英國「新右翼」的粉墨登
場、全球社會主義運動的挫折以及大眾文化思潮的興盛都對傳統
左翼構成了巨大的挑戰，在這一歷史語境中，霍爾開始探索如何
重建左翼知識論述和應對策略。臺灣左翼知識界也同樣置身於這
一歷史語境之中，霍爾提出的許多理論問題及其分析觀點與研究
方法都對臺灣左翼知識份子打開思維空間重構批判論述有著直接
的啟迪作用。而霍爾對「佘契爾主義」的「威權民粹主義」的分
析批判則顯然十分符合《島嶼邊緣》知識群建構所謂「人民民
主」論述的需要。1989 年，在臺灣版「人民民主」論提出伊始，
對傳播霍爾思想最為用心的陳光興就開始向臺灣左翼知識界引介
霍爾所提出的「威權民粹主義」批判概念和分析理路：「威權式
民粹主義在操作層次上把『人民』建構成民粹主義的政治主體，
與權　集團『在一起』，而非與其相抗；在論述內容上，訴諸民
眾的恐慌以達成其高壓『法治』統治的合法性；在形式上，以人
民之名達成其維持、重組、奪取霸權的政治效果，複製國家中心
主義的領導位置。」[61] 霍爾對「威權民粹主義」的分析顯然是對
阿爾都塞的意識形態質詢理論的實踐運用，和拉克勞的闡釋也幾
乎如出一轍。在他們看來，意識形態質詢包括「階級」與「人

---

60 Jorge Larrain《意識形態與文化身份：現代性和第三世界的在場》，上
　　海教育出版社 2005 年版，第 100 頁。
61 陳光興〈人民主義——超越國家／民間社會的新焦點〉，《中國論
　　壇》，第 336 期，第 39 頁。

民」等多種面向,「大眾——民主質問非但沒有明確的階級內容,而且是意識形態鬥爭的最好場所。每個階級在意識形態領域都同時以階級和人民兩種身份展開鬥爭,或者更確切地說,試圖通過把自己的階級目的描繪為公眾目的的體現,來使自己的意識形態話語獲得一致性。」[62]「佘契爾主義」的「威權民粹主義」正是這樣一種統治階級的意識形態,它通過「大眾——民主」質詢的方式即意識形態操作策略獲得了人民的認同和「合法性」,從而掌握了「文化霸權」。左翼必須應對這一挑戰,其應對策略(用拉克勞和墨菲的話說即「社會主義戰略」)即是重構「人民」概念,重新闡釋「人民民主」的涵義,進而奪回文化領導權。陳光興如是理解霍爾的人民民主抗爭思想:「人民民主則在使人民成為抗爭主體,強調與權力集團之間的矛盾,動員人民的真正需求及不滿,以人民的需求為依歸。在運動中面對各種歧視等問題,不以奪權為目的而遮蓋這些矛盾,並且徹底反對以國家為一切社會事物的領導者,同時反對任何形式的威權控制。」[63]陳氏認為霍爾的「人民」並非只有階級一個面向,它包含了階級、種族和性別等等抗爭主體,他十分認同霍爾所一再堅持的「三條社會抗爭主軸的共生性:人種╱階級╱性別」。陳氏引入霍爾,其中一個重要目的即在於重構臺灣左翼的「人民」論述和「人種」、「階級」與「性別」共生的新左翼鬥爭路線。

霍爾在分析新右翼意識形態生產機制時,曾經提醒人們關注大眾媒體和大眾文化的功能。作為一種「意識形態的國家機器」,大眾媒體在意識形態生產體系中起著不可或缺的作用,它

62　拉克勞〈馬克思主義理論中的政治與意識形態〉,引自 Jorge Larrain《意識形態與文化身份:現代性和第三世界的在場》,戴從容譯,上海教育出版社 2005 年版,第 102 頁。

63　陳光興〈人民主義——超越國家╱民間社會的新焦點〉,《中國論壇》,第 336 期,第 39 頁。

通過一種編碼機制的複雜運作生產出某種「普遍贊同」或「一致
輿論」，「像階級、性別、種族這些『政治領域』都是在再現與
錯誤再現，支配與從屬的意識形態過程中建構起來的」。而大眾
文化是爭奪文化霸權或與霸權文化作鬥爭的重要場所之一。霍爾
這個從葛蘭西和阿爾都塞思想中發展出來的觀點被《島嶼邊緣》
知識份子群體所普遍接受和認同。《島嶼邊緣》也因而徹底放棄
了 80 年代臺灣左翼知識界那種建立在阿多諾模式上的對大眾文化
批判與拒斥的立場，而成為臺灣地區「文化研究」最早也最為重
要的陣地之一，也是當代漢語學界傳播文化研究尤其是霍爾所代
表的伯明罕學派思想最為用心的刊物之一。島嶼邊緣雜誌社 1992
年出版了陳光興和楊明敏主編的《Cultural Studies：內爆麥當奴》
可能是漢語學界第一本較為系統翻譯介紹英美「文化研究」理論
與實踐的讀本，包括了斯圖亞特‧霍爾《後現代主義與結合理
論》、陳光興的《英國文化研究的系譜學》、Geraldine Heng，
Janadas Deren 合著的《父權國家，新加坡的民族主義，性與種
族》、Kellner, Douglas 的《邁向一個多元觀點的文化研究》、陳
清橋的《從「現代」的危機到「另一種」實踐》、Grossberg, L.的
《轉變中的閱聽眾研究轉型》和《文化研究的重訪與再版》、Pat-
ton, Cindy 的《愛滋工業》以及 Meaghan Morris、David Morley、
Jody Barland 等人的文章。

　　《Cultural Studies：內爆麥當奴》一書對臺灣早期的文化研究
尤其是對《島嶼邊緣》文化研究觀念的形成有著很大的影響：第
一是「接合」理論。斯圖亞特‧霍爾《後現代主義與結合理論》
以「接合」概念為中心討論文化研究與後現代主義的關係：「接
合理論是拉克勞在《馬克思主義中的政治和意識形態》一書中所
發展出來的。他的論述要旨是，種種意識形態要素的政治涵義並
無必然的歸屬，因此我們有必要思考不同的實踐之間——在意識
形態和社會勢力之間、在意識形態內不同要素之間，在組成一項

社會運動之不同的社會團體之間，等等，偶然的、非必然的連結。他以接合概念向夾纏於馬克思主義中的必然論和化約論邏輯決裂。」64 霍爾認同接合論對經濟主義還原論的否定與拒絕，但並不贊同拉克勞與墨菲從經濟主義還原論走向另一種還原論，「徹底的話語主張是一種向上的還原論」，「拉克勞與墨菲的新書認為世界、社會實踐is語言；然而我卻要說，社會（the social）『如』（like）——語言般運作。」65 在霍爾和拉克勞之間，《島嶼邊緣》的知識份子更傾向於認同霍爾，而對拉克勞存有某種質疑：「Laclau對論述理論（discourse theory）的過分依賴，導致他無法準確的分析事物實際運作的邏輯；更嚴重的是他經常忽略了漫長歷史的過程實際上建構了相當程度的階級屬性，縱使某些事物、符號、論述的階級屬性可能被改變、重組，甚至佔用亦然。」66 第二，文化研究的範式轉換。陳光興的《英國文化研究的系譜學》分析文化研究的理論轉向，有三個階段：第一個階段是文化研究領域形成初期的文化主義與結構主義之間的理論論爭，第二個階段則是來自後結構主義的挑戰，第三階段則是面對後現代的挑戰。第三，文化研究是多元觀點的、跨學科和去領域化的。在不同的問題脈絡和語境中，可以採用不同的理論進行闡釋，如意識形態理論，後結構主義理論，女性主義理論、心理分析等等，即 Douglas Kellner 所提出的「多元觀點的文化研究取向」。第四，文化研究是一種實踐批評，是知識份子介入當代現實的一種方式，具有次政治學的意味。文化研究的批判性包含了

64　斯圖亞特‧霍爾〈後現代主義與結合理論〉，選自陳光興、楊明敏編《內爆麥當奴》，島嶼邊緣雜誌社 1992 年版，第 197 頁。

65　斯圖亞特‧霍爾〈後現代主義與結合理論〉，選自陳光興、楊明敏編《內爆麥當奴》，島嶼邊緣雜誌社 1992 年版第 201 頁。

66　史思虹〈人民主義——超越國家／民間社會的新焦點〉，《中國論壇》，1989 年第 336 期，第 39 頁。

「民族」、「階級」與「性別」等等多元層面，如同 Geraldine Heng, Janadas Deren 在《父權國家，新加坡的民族主義，性與種族》一文所做的分析，霸權通過話語的生產和傳播而形成，話語即是權力運作的場所。主流話語的生產符合生產者的利益和意識形態，其功能在於使統治意識形態合法化，隱蔽地排除異己、壓迫異己。Heng 和 Deren 具體分析了父權沙文主義如何用國家危機論述使其控制女性身體行為正當化。Heng 和 Deren 的研究已經成為日後臺灣對「跨域婚姻」進行文化研究的重要參考。第五，大衆傳播受衆研究的範式轉換與「主動閱聽人」概念的形成。霍爾的弟子 Grossberg 在《轉變中的閱聽衆研究轉型》一文中，用葛蘭西和霍爾的理論分析閱聽衆研究範式的轉型，強調閱聽主體對文本詮釋的多義性和主動性。但他認為這種主體性並非統一的或一成不變的，而是既確定又抗爭的各種認同組成的矛盾混合體，既有义化和歷史的限制，又是動態的，具有片段性、衝突性·不穩定性和暫時性。針對 Fiske 對閱聽主體抗拒顛覆和積極創造文本能力的過度樂觀主義和「讀者解放運動」，Grossberg 認為閱聽人對文本的接受不是有沒有主動闡釋的權力問題，而是有沒有能力、力量和文化資源的問題。Grossberg 十分關注作為個人活動空間的媒介環境對受衆的複雜影響，這對臺灣傳播學的文化研究產生了有益的影響和啓發。

　　《島嶼邊緣》視文化研究為建立批判論述的一種重要方式，因而文化研究的翻譯和引入就自然成為其一項不可或缺的工作。除了出版《Cultural Studies：內爆麥當奴》之外，《島嶼邊緣》推出由馮建三主編的「廣告·閱聽人·商品」、「身體氣象」、「民衆音樂研究初探」、「假臺灣人」、「激進神學」和「女性與國族認同」等相關專輯。包括 Smythe 的〈傳播：西方馬克思主義的盲點〉、Murdock 的〈關於西方馬克思主義的盲點：答復達拉斯·史麥塞〉、Anthony Synnott〈墓穴、神殿、機器與自我

——軀體的社會性建構〉、Luce Irigaray 的〈此性非一〉、Simon Frith〈邁向民眾音樂美學〉、Reedee Garofalo 的〈自主性是如何相對的——民眾音樂、社會形構與文化抗爭〉、Lawrence Grossberg 的〈「我寧可痛苦也不願麻木不仁」——搖滾：快感與權〉、John D'Emilio〈資本主義與同性戀認同〉、霍布斯邦《一七八〇年以來的民族與民族主義》導言、Stuart Hall 的〈最少的自我〉……涉及內容包括：

①史麥塞和梅鐸之間關於關於「閱聽人商品」問題的討論，對「文化研究」過度注重對文本的意識形態分析而忽視政治經濟學批判提出了敏銳的批評。

②民眾音樂美學的建構。西蒙·佛拉斯（Simon Frith）從社會學角度肯定了作為青年亞文化的流行音樂的社會意義：流行音樂和特定的感情躁動聯繫在一起的，在青春時期，個體的身份和社會位置，控制公開和隱私的感情，這些都特別重要，「青春」本身即是從流行音樂中獲得定義的。佛拉斯和勞倫斯·格羅斯伯格都認為搖滾音樂具有反叛社會成規的意義。格羅斯伯格引入德勒茲的理論，搖滾樂發展是不斷建立畛域又不斷去畛域化的過程，搖滾演奏者和聽眾共同參與的話語實踐，凝聚情感建構差異主體，反抗社會控制系統的壓抑。這些論述啟發了《島嶼邊緣》把大眾音樂的「快感政治」與新社會運動接合的思考。

③身體政治與身份認同。Synnott 的身體論顯然是建立在傅科思想的基礎上，結合社會學與文化研究領域的觀點，討論當代社會身體的建構，認為「軀體」並非只是純粹生物學意義上的構造，而是一種社會文化建構，軀體承載著許多社會性的內容。《島嶼邊緣》引入霍布斯邦的民族主義論述含有消解所謂「臺灣民族論」的批判意圖，霍布斯邦在導論中曾經提醒人們注意，不能只從政治人物宣稱他們是在為「民族」奮鬥，就假定那個民族的人們已經認為他們屬於同一民族。民族主義代言人的出現並非

不重要，而是因為「民族」這個概念在今天已經被濫用到足以以假亂真的程度。無論是民族認同還是性別認同，都與複雜的意識形態運作相關，呈現出某種不穩定性。霍爾認為界定認同的不是本質而是情境，弱勢者認同處於雙重邊緣狀態：「認同的形成是在一個不穩定的點上，主體性『無法說出的』故事與歷史、文化的敘事在這裡交會。也正因為被擺在文化敘事的相對位置上，被殖民的主體被全然剝奪了進入這些文化敘事的資源，也因此經常是在『其他的地方』：雙重的邊緣化，被置換在其他地方才能發言。」（霍爾（Stuart Hall）〈最少的自我〉，《島嶼邊緣》1993年第8期，第25頁）霍爾的認同論述對本質主義的「臺灣人」論同樣具有消解的作用。

　　④激進神學理論。《島嶼邊緣》第十三期開始引入「激進神學」思想。何春蕤翻譯了黑人神學家克里基（Albert B. Cleage. Jr.）的佈道詞〈黑色彌賽亞〉。克裡基闡釋了黑人民權運動和基督教信仰的關係：「黑人才是選民」、「耶穌是黑女人所生的黑色彌賽亞」、「上帝是黑的」、「黑人彌賽亞建立的是運動，不是教會」。既顛覆了白人對基督教的壟斷論述，也解構了「純淨血統」論，從而使傳統基督教轉換為激進神學，成為黑人民權運動的信仰與思想資源。

　　⑤女性主義和性別理論理論。莫尼克·維蒂格（Monique. Wittig）〈性／別〉和〈異性戀思維〈法統〉〉，哈定（Sandra Harding）的〈女性主義·科學與反啟蒙批評〉，安菊思·瑞琪（Adrienne Rich）的〈大聲要求教育〉，John D' Emilio〈資本主義與同性戀認同〉等等。莫尼克·維蒂格是激進女同性戀主義的代表，將性別支配體制和歷史唯物論相接合，「女人不是天生的」，性別區分體系（異性戀思維）所隱藏的社會關係永遠是經濟、政治和意識形態的，唯有全面摧毀獨裁宰制的「性範疇」，才能開放自由思考的空間。哈定分析「科學」與「父權制話語體

系」之間的共謀關係，提出科學只是情境性的和局部的，必須顛覆男性經驗為普世經驗而女性經驗為片段經驗的知識偏見，因此女性主義運動需要重建一種作為批判策略的女性主義知識論。瑞琪則反思教育與性別的關係，認為教育體制是傳統父權家庭權力關係的翻版，女性主義必須反抗父權主義式學校教育制度所隱藏著的種種性別壓迫。John D' Emilio 把美國同志運動放在資本主義發展脈絡中分析，認為資本主義與同志運動處於兩難的狀態，一方面，資本主義的發展為同志運動提供了經濟基礎，另一方面又常常使同志運動成為經濟失衡的替罪羔羊。這些理論的引入都為《島嶼邊緣》激進的性別立場建構提供了論述資源。

　　學術思想翻譯本身即是一種文化政治行為。翻譯不只具有提供論述資源的意義，翻譯也不只是對異域理論的再現，它同時是思想的在地化實踐，其文化功能可以是保守的也可能是激進的。《島嶼邊緣》透過特定的文本選擇和翻譯策略力圖使翻譯直接並且有效地介入當代臺灣的思想場域，使西方激進思想的引入本身構成對現實的一種批判。對於《島嶼邊緣》的知識份子而言，翻譯即是思想的接合和「衍異」，具有意識形態論戰的意味和反抗主流霸權話語的功能：「《島嶼邊緣》引介新思潮的旨趣是雙重的，一方面力求如實深入的理解，一方面亦時時納入現實的視域進行具體轉化的詮釋與應用。所有的理解都是一個詮釋與應用的過程，而詮釋與應用並不是什麼『抽象／具體』或『共向／殊相』的傳統連結模式，而是一種概念實踐的工具箱與修補術，一種思想的裝置與集合，『理論／衍異』專欄就是這樣一個概念實踐的操作場域。」[67]

---

[67]　《島嶼邊緣》第 3 期，第 4 頁。

三、《島嶼邊緣》的話語實踐

（一）「戰爭機器」和「逃逸」。

「島嶼邊緣」知識份子群體對「戰爭機器」概念情有獨鐘，從解嚴初期在《自立早報》上開闢「戰爭機器」文化評論專欄到90年代初延續之間的「戰爭機器」叢刊，以及《島嶼邊緣》中斷斷續續出現的「戰爭機器」專題，都可以看出「戰爭機器」已成為《島嶼邊緣》文化論述的一個關鍵字，這個語詞顯然來自德勒茲和瓜塔里的《反伊底帕斯》和《千座高原》。在《反伊底帕斯》中，「欲望」是一種去中心的流動能量，欲望機器是一種革命的機器。正如傅科在序中所言，《反伊底帕斯》是一本引導人們用行動、思想和欲望從強大而僵硬的形而上學體系中解放出來的教戰手冊。《千座高原》圍繞「樹狀」和「塊莖」一對隱喻性概念展開，「樹狀」喻指西方哲學那種中心化的有序的層級化的知識系統，「塊莖」則是自由伸展和多元播散的，是去中心去疆界化的，它以隨機的方式解放「樹狀」結構對思想的壓抑和控制，「塊莖」隱含著「草根民主」的政治力量。在政治哲學層面，德勒茲和瓜塔里則用另一對範疇「國家機器」和「戰爭機器」表述這一控制與反抗控制的關係。強大的高度組織化的資本主義生產機器已完全控制支配了人們的欲望和無意識，人們要反抗這種控制唯有生成「戰爭機器」，即用分裂主體、解疆域的鬥爭方法，結合份子運動式的遊牧思維，以不定點遊動的「戰爭機器」方式來對抗資本主義生產機器和總體性意識形態的控制。「島嶼邊緣」知識份子群深受德勒茲和瓜塔里後現代主義鬥爭思維的啟發，從中找到了消解「根深蒂固的二分法」的方法。在1994年出版的〈一場論述的狂歡宴〉的代序中，《島嶼邊緣》的核心人物譚石（王浩威）如是而言：（我）試著去尋求自己理論的依據。近年來隨殖民論述興起的漂泊美學（diaspora）或多重的

最小自我（minimal selves）當然是相當適用的。但是，我那時候想更多的卻是德勒茲和伽達希合著的《反意第帕司》……思想，也許還沒辦法變成德勒茲筆下的戰爭機器，讓自己如何逃脫出「意第帕司」的必然軌道卻開始成為夢想藍圖的一部分。[68]

　　《島嶼邊緣》知識群體有著和譚石相同或相近的閱讀經驗和思想旨趣，都試圖透過論述而使自己生成一種抵抗各種政治意識形態控制的「戰爭機器」。「讓思想成為戰爭機器；讓身體成為機器戰警」成為《島嶼邊緣》知識群體的一種共同追求。在《島嶼邊緣》知識群中，「戰爭機器」具有兩層相關的涵義，其一是邊緣論述本身構成了一種社會運動，論述即是實踐。「戰爭機器」是一種論述反抗，用迷走（李尚仁）的話說即是「讓思想成為戰爭機器，就是使思想本身成為運動、成為事件，以各種不同的速度和強度穿過世界的領域，成為世界的一部分。」[69] 其二，「戰爭機器」意味著思想逃離統治意識形態和思維成規以及偏執經驗的捕捉，「實踐多元形式的遊牧思想」。在「島嶼邊緣」知識份子看來，「戰爭機器」是獲得思想的解放和自由進而瓦解超穩定的權力和意識形態結構的最為可行的方式。路況在《使思想成為戰爭機器》一文中，透過對 1989 年羅文嘉等發起的台大學運的話語分析，發現：在觸犯體制禁忌的的反抗意識與認同體制的意識形態之間存在一種隱蔽的「鏡像關係」，彼此互為對方的「鏡像」，成為一體之兩面，反對意識被超穩定的二元權力結構和邏輯所捕捉。「反抗權力結構」成為了「權力結構」的某種複製品。這樣「反抗意識」的「鏡像自我」只能產生一種奴隸性的主體性，其表徵即是反對運動領導者的自戀和大眾的偶像崇拜。

68　王浩威〈分裂的人格，困惑的堅持──代序〉，《一場論述的狂歡宴》，臺北：九歌出版社 1993 年版。

69　尚仁《戰爭機器叢刊》《總序》，唐山出版社 1991 年。

路況認為：「如果不能打破伊底帕斯情結的鏡像自我，如果不能使思想本身成為一種『運動』，那麼，即使是上山下鄉，走上街頭，實際參加各種社會性政治性的群眾運動，也仍然只是一種自戀的方式，所謂『民間』、『普羅大眾』，也只是一些鏡像式的理念。」[70] 在路況看來，唯有使思想本身成為德勒茲所謂的「戰爭機器」，在不斷移位的「解除界域」的運動中消解政治機器所建立的「區隔空間」，才能創造真正多元差異的自由空間，從而跳出「政治機器」的控制。使思想成為「戰爭機器」，就是「實踐」多元形式的「遊牧思想」，科學、哲學、文學、藝術、劇場和音樂都可以成為這樣的「戰爭機器」，革命運動和激進的藝術運動都是這樣的「戰爭機器」。

　　所謂「戰爭機器」的作用在於畫出去中心化的「逃逸」路線。「逃逸」是自我的解領域化，即從「同一性」或「總體性」中「逃逸」出來。陳光興等人尤其認同德勒茲發明的這個哲學概念，「逃逸」常常在陳氏的文化評論中出沒，諸如「媒體——文化批判的人民民主逃逸路線」、「從統獨僵硬軸線中『逃逸』出來」、「從各種大論述裡逃逸出去，直接進入一個個豐富的日常場域中」等等。在他看來，德勒茲和瓜塔里的「逃逸」哲學有助於臺灣思想界擺脫統獨意識形態二元對立的僵硬結構，進而獲得思想的自由。但他們與德勒茲和瓜塔里有所不同，德勒茲和瓜塔里不太關注社會民主問題，而陳光興等則把「逃逸」哲學與「多元民主」接合，試圖以「逃逸」為基礎重建「知識界主體性」。[71] 對於追尋思想自由的知識份子而言，「逃逸」或許可以成為一種思想突圍的策略與戰術，但問題在於「逃逸」哲學能否真正改變

70　路況〈使思想成為戰爭機器〉，《當代》1989年第40期，第104頁。

71　陳光興〈從統獨僵硬軸線中「逃逸」出來——五月人民民主抗爭省思〉，臺北：《當代》1991年第63期，第78-91頁。

原有的社會意識結構嗎？所謂「逃逸」實踐會不會變成一種純粹的話語遊戲？《島嶼邊緣》知識群一再宣稱「逃逸」不是消極的而是積極的哲學實踐，但這一宣稱能夠真正保證其有效性嗎？能否保證不會陷入一場話語的狂歡與學院左派的思想自戀嗎？

在《島嶼邊緣》知識群體看來，由「機器戰警」（甯應斌）主編的《臺灣的新反對運動──新民主之路──「邊緣癲ㄷㄨㄟ中心」的戰鬥與遊戲》即是「戰爭機器」式的思想表徵與實踐成果之一。關於這本書的旨趣和追求，「機器戰警」用傅科為《反伊底帕斯》所寫的序言中的兩段話來説明：（1）用蔓延滋生、相容並蓄、分頭發展來開展行動、思想及欲望，而不是用黨同伐異、中央集權組織。（2）不要用思想作為政治實踐的「真理」基礎，也不要用政治行動將一個思想路線貶低為象牙塔的冥思。相反地，用政治行動作為思想的增強器，而用思想分析作為政治行動干預的範圍及形式的擴大器。[72]「機器戰警」自己認為《臺灣的新反對運動》已經達到了傅科所說的第一點，而第二點則還只是一種期許。從內容上看，《臺灣的新反對運動》依序展開討論所謂「新民主」（「人民民主」）思想及實踐方式：1.「新反對運動的思想背景」；2.「新民主的簡單原則」；3.「臺灣人民的多元抗爭：議題分析」；4.「人民民主：自由平等的結盟」；5.「民主式人民主義：草根民主的新理論」。其基本觀點與上文所述「人民民主」論並無差異，闡述的仍然是重建「反對論述」的基本主題，尋找人民民主運動的「多條戰線」的接合點。值得注意的是《島嶼邊緣》所採用的形式，有意與當代大眾文化結合塑造「戰爭機器」在電子資訊時代的形象。

在《臺灣的新反對運動》中，德勒茲的「戰爭機器」以大眾

72　機器戰警主編《臺灣的新反對運動》編者序，臺北：唐山出版社 1991年版，第 7 頁。

文化工業中的「機器戰警」形象出場演出。「作為一個通俗文化
產物，大眾的偶像，機器戰警在這個電子資訊時代的形象，其實
是不確定的、曖昧的、流動的、矛盾的、不固定的。這正是當代
大眾文化產品的特色。當代大眾文化為了市場利益，融合了各種
異質的成分（如不同階級、族群的認同……），其中即使有主宰
的因素，也沒有本質性的決定關係，換句話說，大眾文化及其產
品沒有固定的構成原則，也因此一個大眾文化成品的原有意義，
可以在新的接合實踐中被改變，就像『機器戰警』、『魔鬼終結
者』在這本書中所代表的『流動認同』的意義一樣。」[73] 他們認
為思想與大眾文化的接合實踐可以改變文化產品原有的意義，使
大眾文化轉變成為「人民民主」運動的一種文化資源。大眾文化
產品如電影《機器戰警》和《魔鬼終結者》在意識形態再現上所
隱含著的種種矛盾與曖昧，恰恰可以轉換成瓦解本質主義認同的
能量。比如：「在《魔鬼終結者 2》中，終結者既是終結者又不
是終結者；終結者必須終結另一個終結者（T1000），比液態金
屬還要流動，終結（生命）者因此變成保護（生命）者。最後，
終結者終結了自己，故而一方面完成了弒父，另方面又反弒父。
至此，終結者即是前神經病患，與機器戰警相等。」[74] 在這裡，
《臺灣的新反對運動》的作者們再次動用了其精神導師德勒茲和
瓜塔里的「精神分裂」理論：沒有人會因矛盾而死，愈矛盾，愈
分裂，愈有活力。但是，「遊牧」思想與大眾文化的接合實踐，
其效果可能是複雜的，可以是思想把大眾文化產品的意義向「反
對同一性」方向轉換，也可能導致思想被通俗娛樂文化所消耗和

---

73 陳光興〈流動的認同——機器戰警在電子資訊時代的形象〉，臺北：
《當代》1991 年第 66 期，第 139 頁，據陳光興說明此文的真實作者是
甯應斌。

74 機器戰警主編《臺灣的新反對運動》，臺北：唐山出版社 1991 年版，
第 540 頁。

收編，僅僅變成一種好玩的時尚的消費產品。在90年代初，機器戰警（甯應斌）所採用的形式的確令人矚目，獲得吸引眼球的效果，但這種形式趣味和遊戲性也可能消耗了思想能量甚至取代了思想本身。

　　如何從總體論意識形態、本質主義思維和同一性哲學中逃逸出來？這是《島嶼邊緣》知識群首先要遭遇和解決的問題。「後正文」書寫即是一種有趣的探索和實踐。正如臺灣學者陳筱茵在《〈島嶼邊緣〉：一九八、九〇年代之交臺灣左翼的新實踐論述》一文中所分析，《臺灣的新反對運動》一書和《島嶼邊緣》雜誌在書寫形式上都採用了「正文」和「後正文」並置的論述策略。[75]「正文」是相對嚴謹而且嚴肅的思想論述，「後正文」則是一些附加的搞怪圖片和遊戲文字。「正文」與「後正文」之間構成了有趣的矛盾和張力，並且產生了喜劇和反諷效果。《島嶼邊緣》知識群十分重視「後正文」書寫方式，視之為一種德勒茲式「逃逸」策略。「後正文」書寫表現出了一些明顯的後現代風格：拼貼、複製、摹擬、嘲諷、戲謔、杜撰、自相矛盾、自我解構以及「惡搞」，一種思想的無厘頭，或一種思想的蒙太奇，與後現代的「行為藝術」頗有相似之處。這樣的遊戲和拼貼風格在書的尾碼部分「編者跋」、「作者、序者、編者簡介」和「廣告：臺灣製造M.I.T.」表現得尤其突出。短短一篇「編者跋」拼貼了維特根斯坦、德勒茲、崔健的搖滾《花房姑娘》、周星馳主演《整蠱專家》的經典臺詞、羅紘武《堅固柔情》專集中歌詞〈破爛〉、電影《魔鬼總動員》、《機器戰警》、《異形終結者》有意味的臺詞以及當代臺灣作者的詩句等等，傳達一種無序的、沒有方向的、離散的、延異的和分裂的感覺。而「作者、序

75　參見陳筱茵在《〈島嶼邊緣〉：一九八、九〇年代之交臺灣左翼的新實踐論述》，臺灣交通大學社會與文化研究所碩士論文2006年。

者、編者簡介」和「廣告」都是一些真實與杜撰結合真偽難辨的無厘頭式的拼貼和「惡搞」藝術，既「惡搞」思想文化權威，也「惡搞」自我。

　　所謂「後正文」策略，實際上混合了反主流文化、無政府主義、青年亞文化和文化工業的種種元素，可以看作一種語言和思想的遊牧方式，或者一種話語的無政府主義，「後正文」產生語言遊戲的快感。《臺灣的新反對運動》的「後正文」策略在《島嶼邊緣》雜誌中也有著突出的體現，比如《島嶼邊緣》作者自我命名以及對西方作者名字翻譯的無厘頭（「媽媽吉利小叮噹」、「何春蕤」、「打蛋器」、「爬蟲類」、「機器貓小叮噹」等等，把傅科、布希亞、葛蘭西、德里達和 Stuart Hall 譯成「婦科」、「不鷄鴨」、「葛蘭母鷄」、「德鷄達」和「永遠的洞」等等）；在雜誌中加入一些與正文無關的有趣圖片和一些虛構的新聞報導、評論、廣告及聲明等等。《島嶼邊緣》甚至「演繹」出一套所謂的「後正文」理論：「後正文的文化政治在此時臺灣的意義，是一種知識頑鬥主義，挑戰的是菁英主義……以『知識／欲望』取代了『知識／權力』……後正文運動是臺灣邊緣知識份子，在國際／國內知識分工體系中，一方面追求自主，一方面追求平等的知識／社會實踐。」[76] 現今看來，《島嶼邊緣》的「後正文」話語實踐可以視為時下流行的網路kuso文化的早期形態。雖然90年代初的這種前衛的書寫實踐在今天網路寫作時代已經屢見不鮮了，而且網路空間比印刷媒體有著更為自由的優勢，但《島嶼邊緣》在平面媒體上的書寫試驗還是開風氣之先並具有某種「革命」性的意義。有趣的是，在海峽兩岸的文化研究中，《島嶼邊緣》之導師德勒茲的遊牧思想已經成為了闡釋網路文化

76　媽媽吉利小叮噹〈你有沒有在游泳池裡放過屁？——從「後正文的理論與實踐」論「知識／權力」〉，《島嶼邊緣》第 6 期，第 94 頁。

重要的理論資源。如同孟繁華所指出，「與『遊牧民族』的出現
相對應的文化現象，就是網路文化的建立。網路文化就像德勒茲
所說的『遊牧』文化一樣。這彷彿是一個可以縱橫馳騁的『千座
高原』，是一個由科技神話改變並重建的自由、隨意、無限敞開
的公共空間。因此，這個空間在向『每一個人』洞開的同時，也
不斷宣告它可以改變歷史的種種可能，彷彿只要它願意，這個世
界就掌握或控制在它的手中。」77 我們認為，《島嶼邊緣》後現
代式的「後正文」書寫實踐，旨在逃逸乃至顛覆總體論意識形態
的種種成規和本質主義思維模式，以遊戲和遊牧的方式保衛異質
性、非同一性、非主流的和邊緣的種種思想元素。《島嶼邊緣》
的「後正文」書寫拒絕從邊緣進入中心，因而也拒絕了老黑格爾
的主奴辯證法歷史邏輯。這正是後現代知識左翼有別於《夏潮》
和《人間》的傳統路線之處，也是其迥異於「本土主義」左翼之
處。

（二）「接合」與「邊緣」。

「接合」與「邊緣」是《島嶼邊緣》知識份子群體十分認同
而又常用的兩個概念，在他們的左翼論述與話語實踐中起著舉足
輕重的作用。下面我們先說「接合」。在《島嶼邊緣》群體的知
識建構中，馬克思主義和佛洛伊德主義是其基本的構成要素，而
把兩者結合思考並且朝「後佛洛伊德主義」和「後馬克思主義」
及其結合推進，則是《島嶼邊緣》思想的重要進路。在這個思想
脈絡裡，他們「發現」了德勒茲和瓜塔里的《資本主義和精神分
裂症》的第一卷《反俄狄浦斯》，啟用了其中的一系列概念與範
疇、哲學理念與思維形式，並以臺灣版的「機器戰警」和「後正
文」的方式實踐了「反俄狄浦斯」思想。在這一思想脈絡中，

77　孟繁華《衆神狂歡——世紀之交的中國文化現象》，中央編譯出版社
　　2003 年版，第 206 頁。

《島嶼邊緣》群體還找到了拉克勞、墨菲和霍爾。如果說德勒茲
和瓜塔里們幫助他們形成異質、多元和流動的思想以顛覆與瓦解
僵硬的二元論和本質主義的認同，那麼，拉克勞和霍爾則給予了
另一種思想啟迪，即，在保護與強調異質性、多元性、離散性和
流動性的同時，如何實現「人民民主」方案，如何建構作為多元
抗爭主體的「人民」範疇，如何展開「文化霸權」的爭奪。這種
啟發最為集中地體現在《島嶼邊緣》群體對「接合」概念的大面
積使用上。

　　「接合」（articulation）概念的萌芽始於索緒爾的結構主義語
言學和葛蘭西的文化領導權理論。前者提出的能指和所指接合的
意指（signi fication）理論，認為漂浮不定的能指與固定、必然、
永恆的所指之間的接合是脆弱和隨意的，但也受到某種內在語法
和社會價值體系的規訓。後者在《獄中雜記》中則試圖以多元
的、分散的歷史力量接合而形成「集體意志」範疇，以取代單一
的「階級意識」概念。拉克勞和墨菲則從這裡出發，把兩者結
合，發展出「後馬克思主義」的「接合」理論。他們進一步強化
了能指和所指接合的偶然性和任意性而否定了內在語法的限制，
這樣剔除了索緒爾理論的本質主義殘餘，進而重構了「接合」概
念：「我們想把在組成成分內部建立一種關係的任何實踐稱之為
接合，因此組成成分的一致因為這種接合的實踐就被修改過了。
從接合的實踐產生的那個被建構起來的總體，我們稱之為言說。
在不同的立場看起來是在一種言說中被接合起來的這個範圍內，
我們會把這些不同的立場稱之為環節。」[78]「接合」的關鍵在於
尋找和建構論述的「節點」，即部分固定的優勢論述點。這個
「節點」只能是部分地固定意義，而且是不穩定的流動的不斷轉

78　拉克勞和墨菲《文化霸權與社會主義戰略》，遠流出版公司1994年版，
　　第142頁。

換的。「勞動階級」曾經即是這樣的一個「節點」，它把不同地域、膚色、語言、性別的人群接合成為一個階級論述認同。但不能把這個「節點」處理為固定的和本質主義化，在拉克勞和墨菲看來，這個階級「節點」已經轉換成「人民民主」，透過「人民民主」的接合論述，才有可能奪回「文化霸權」。霍爾的接合實踐思想直接來自拉克勞和墨菲，但他有所發展，其一，把拉克勞和墨菲停留在「論述」／「話語」層面的「接合」轉變為建構一種「新文化秩序」的「歷史計畫」：「文化霸權永遠不是上天帝的恩賜，也不是把每個人都結合在一起就可以形成的。它包含了有關社會力量和活動的十分不同的概念，透過各種分歧，使之接合成一種策略聯盟。建構一個新文化的秩序，並不需要反映一個早已形成的集體意志，而是要塑造一個新的，一個全新的歷史計畫。」[79] 其二，霍爾並不放棄「階級範疇」，而是把它納入「人民民主」接合之中，成為人民民主抗爭的一個重要面向。其三，接合具有雙重的功能，「接合理論既能夠理解意識形態元素如何在一定條件、以及某個論述內部統合的方式，同時也是質問這些意識形態元素在特定環節上，成為或不成為某個政治主體接合的方式。」[80] 看來，《島嶼邊緣》知識份子群對「接合」理論十分推崇，從 80 年代末 90 年代初就開始熱情地向臺灣知識界傳播拉克勞、墨菲和霍爾的有關論述，並且在論述實踐中大量引入「接合」概念，使之成為《島嶼邊緣》建構後現代主義的左翼論述不可或缺的理論範疇。

　　的確，「接合」理論已經成為《島嶼邊緣》「人民」概念、「人民民主」論和反本質主義的身份認同觀念以及激進的文化研

79　Hall, S.（1988）, The Hard Road to Renewal, London, Verso。

80　Stuart Hall、陳光興《文化研究：霍爾訪談錄》，台北：元尊出版社 1998 年版，第 126 頁。

究的論述基礎。在《臺灣的新反對運動》的編者序《機器如何成
為戰警？》附錄中，甯應斌把「接合」（articulation）譯成頗符合
漢語習慣的語詞「串連」／「串聯」，認為「串聯」涵蓋了 ar-
ticulation 所具有的兩層意思：「『串聯』就是把散亂的説法完整
地表達出來，或有序地説出來。這個意思和英文的用法也是吻合
的；在拉丁文中，articulus 意指一份子、部分、一串（鏈）的某
環節，故而英文 articulation 的意思就是：清楚説出（那些音節或
意義單位）。不過 articulation 還有另一個意思，就是『接合』，
把不同部分接合成一個整體，也就是俗稱的『串連』。」在甯應
斌的討論中，「串聯」是一種既反對本質主義也反對原子主義的
世界觀；「串聯」不是固定的構成關係；「串聯」没有統一的核
心原則；串聯實踐是一種透過論述來改變事物意義的實踐；「串
聯」是「一」與「多」、部分與整體的關係，「不同部分尚須實
踐（包括論述實踐）才能串聯在一起，（因此是『事實上』），
而被串聯在一起的部分仍可以被『解串聯或反串聯』而不再在一
起（因此是偶然）。」[81] 援引「接合」理論，《島嶼邊緣》知識
份子重構「人」這個概念——「人」是異質的、多樣的、特殊的
存在，而非某種抽象物；重構了「人民」概念——「人民」是為
反抗不平等權利關係而自主平等結盟的主體，人民被回歸式地定
義（recursively defined）為「反支配的弱勢社運、邊緣團體」以
及「和其他人民自主平等結盟的主體」；[82] 重構了新反對運動論
述——它由環保主義、社會主義、女性主義、反戰的和平主義、
都市運動理論、新左／新馬思想等等，在人民民主抗爭與邊緣戰

81　機器戰警主編《臺灣的新反對運動》編者序，臺北：唐山出版社 1991
　　年版，第 8-9 頁。

82　機器戰警主編《臺灣的新反對運動》，臺北：唐山出版社 1991 年版，
　　第 59 頁。

鬥中接合而成；也重構了作為文化研究重要範疇之一的「身份認同」概念——身份認同沒有固定的本質，認同的一致性應該理解為不同的與特定的元素之間的接合，也可以其他不同的方式來重新建構。當然，接合理論還成為了《島嶼邊緣》知識份子分析與批判支配性意識形態的理論武器，諸如對「集權民粹主義」和「臺灣人」論述等等主導意識形態的生成機制的批判與揭示。「接合」理論的引入與論述實踐的確賦予了《島嶼邊緣》知識份子解構霸權意識形態的力量與方法。但以「接合」理論為基礎的「人民民主」論卻由於過度強調非本質主義、不穩定性和流動性而消弱了其真正有效介入社會政治和文化場域的能力，因而未能真正形成一種有效抗衡主導論述和政治權力結構的左翼思想勢力。我們僅僅從《島嶼邊緣》作者群「接合」不久因政治理念的差異而分道揚鑣中，就多少可以看出「接合」論述在現實政治文化中的脆弱性。

　　「邊緣」是《島嶼邊緣》知識份子常常使用的另一個概念。這個概念在《島嶼邊緣》的論述中包含著兩層意思。其一是指處於社會權力邊緣的弱勢階層，包括廣大的勞工階層、原住民、受父權壓迫的女性、環境污染受害者、同性戀者、殘障者以及被認同政治所排斥壓抑的人群等等。《島嶼邊緣》為這些弱勢階層發聲，繼承了《夏潮》和《人間》的傳統。但與《夏潮》和《人間》的階級觀點有所不同，《島嶼邊緣》所界定的社會邊緣人，還是某種不能被社會主流價值觀所接納的異類或「非正常人」：「如所謂的瘋人、乞丐、小孩老人、殘障、少數族群、社會底層的人渣、第三者、同性戀、某些社會位置中的女人、娼妓、愛滋病患等等（農工則處在曖昧的歷史中）……邊緣人也不可能成為普通自由主義者所說的『多元』社會情境中的什麼『元』。相反地，邊緣是社會中被主流強勢擠壓、碎裂至社會邊緣位置的片斷或碎片（fragments）」[83] 這樣的界定顯然有著傅科「邊緣人」理

論的痕跡。其二，「邊緣」是指《島嶼邊緣》知識份子的批判位置，一種非主流、去中心的知識立場，亦即王浩威（譚石／拉非亞）所宣稱的「臺灣文化的邊緣戰鬥」，或傅大為所定位的「邊緣戰鬥的知識份子」。《島嶼邊緣》把「反對運動」分為兩種不同的類型：「中心戰鬥」與「邊緣戰鬥」。前者指趨向中心化與體制化的，其目標是「邁向執政之路」，進入權力中心，形成新的文化霸權；後者拒絕中心化和體制化，拒絕進入權力結構或成為新權力結構的「霸權領導」，而是接合各種異質元素的社會邊緣人，他們反抗日常生活各種領域中存在的所有權力「宰制」關係，並認為「到處都是戰場」，而且「就地就戰」。

　　1991 年 4 月出版的《聯合文學》第 7 卷第 6 期（總第 78 期）製作了「反叛的異教徒：地下‧邊緣論」專輯，包括《島嶼邊緣》和非《島嶼邊緣》知識份子的一系列文章，蔡源煌的〈非主流文學的邏輯〉，南方朔的〈「地下」就是「中心」〉，傅大為的〈從「邊緣戰鬥」的觀點看當代中國及臺灣「知識份子」概念中的問題性〉，廖炳惠的〈羔羊與野狼的寓言：瑪莉的抗爭論述〉，譚石的〈文化工作的邊緣戰鬥：幻想與遊牧作為一種顛覆〉和翁嘉銘的〈對非主流歌謠的觀察及其存在的意義〉。同樣是論述或提倡文學與文化的「地下‧邊緣」意識，同樣表達對後現代主義和亞文化的認同，也都引入葛蘭西、德勒茲、傅科和克莉絲蒂娃等人的理論，但非《島嶼邊緣》和《島嶼邊緣》作者的觀點還是強烈地呈現出一些有趣的差異。前者如蔡源煌和南方朔賦予「邊緣」文化從「非主流」到「主流」、從「地下」抵達「中心」的意義；但後者傅大為和譚石等則堅持一種不變的邊緣知識份子戰鬥位置。傅氏認為：20 世紀中國知識份子包括臺灣知

83　傅大為《知識‧空間與女性：臺灣的邊緣戰鬥》，台北：自立晚報 1993 年版，第 88 頁。

識份子的「意義感」中，都有一種「強烈的中心取向」，一種朝向中心的激情將各種知識與權力的資源不斷地導向權力中心——「通常是國家機器本身、一個統治階級、或是一個在野的反對領導中心。」在傅大為看來，「五四」啟蒙文學知識份子和30年代的革命文學作家以及50年代以殷海光、雷震為代表的《自由中國》知識份子群都是這種「中心取向」的典型，在這種「中心取向」中隱藏著某種「霸權集中性」或「全體性」的危險。而所謂「邊緣戰鬥的知識份子」則剛好相反，他們是去中心化的，一種「遊牧自主性」的「戰爭機器」[84]。傅大為的「邊緣戰鬥」在《基進筆記》（1990）和《知識與權力的空間》（1990）兩部著作中已經有所闡述，或表述「基進者」——基進者所要求的是一局部、自己的空間，一個「自主而獨立」、「深耕的空間」；或表述為與權力集中的「整體戰」相反的「游擊戰」，只有游擊戰才能維護批判的知識份子的自主性，才能不斷開拓新的空間、佔有新的空間，並且不斷轉移空間而不被總體性所捕獲。[85]

而譚石的思考則從「異議」文學和論述在當代的困境問題入手，提出邊緣戰鬥的兩大戰術。在資本主義高度發達的地區，主流文化像一隻巨大的變形蟲，任何「異議」聲音都被它收編消化，轉換為流行的主流文化。70年代以後隨著工業化資本主義的日益成長，臺灣亦進入了消費主義文化佔據主導地位的新階段。「任何異端／地下／邊緣的聲音，在人們尚未發現以前，資本機構早已經和『簽約』，造成事件和話題，而推入了新的商品流行。」邊緣的聲音要拒絕被資本收編吸納轉化成商品，必須重新尋找新的戰鬥策略。在譚石看來，有兩種策略是有效的，這就是

84　傅大為〈從「邊緣戰鬥」的觀點看當代中國及臺灣「知識份子」概念中的問題性〉，《聯合文學》1991年第7卷第6期，第20-24頁。
85　傅大為《知識與權力的空間》，臺北：桂冠出版社1990年版，第196頁。

幻想與遊牧。幻想尤其是歌德所謂的「倒錯的幻想」以及巴赫金所說的美尼庇亞（menippea）有能力暴露現實和體系內部的自相矛盾，並顛覆被視為規範的規則和常識。作為邊緣戰鬥策略的「思想的遊牧」即是德勒茲的「戰爭機器」或「逃逸」策略以及德里達的「延異」。在譚石那裡，所謂「邊緣戰鬥」其實就是「讓思想成為戰爭機器」，「體制外革命或體制內改革都不重要，唯有跳出對立的文化參與，穿越國家機器意識形態不斷再生產的區隔，放逐才能成為救贖。」[86] 因而，傅大為和譚石所謂的「邊緣戰鬥」其實就是「戰爭機器」的另一種易於被理解的表述。傅大為和譚石所闡發的「邊緣」概念大體表述出了《島嶼邊緣》雜誌的「邊緣」涵義。但這樣的邊緣策略能否抵抗資本體系強大的收編力量仍然是可疑的，權力中心和市場的誘惑常常難以抗拒，某些時候，「邊緣」戰鬥也可能被轉換為進入主流的文化資本。《島嶼邊緣》的知識份子同樣要面對這樣的誘惑和矛盾。傅大為已經意識到到了這一點，「在邊緣寫作的知識份子一直會有誘惑而走向中心，其實在《島邊》裡的一些人在臺灣文化圈中的聲望往往超過在傳統中心媒體寫作的人的聲望，所以產生一種弔詭的情況就是你要走上中心最快的方法就是走上邊緣。」[87] 的確，《島嶼邊緣》的論述策略也陷入這樣的矛盾和悖論之中，一方面拒絕流行化商品化，拒絕被納入資本的文化邏輯之中，另一方面卻又以後現代遊戲方式試圖使思想變成流行的文化產品。而滲透其中的自我解構性則一定程度上消解了其「邊緣戰鬥」的力度。

　　（三）「假臺灣人」、「女人國」和「酷兒」

　　最能體現《島嶼邊緣》「邊緣戰鬥」衝擊力和解構力量的首

86　譚石〈文化工作的邊緣戰鬥：幻想與遊牧作為一種顛覆〉，《聯合文學》1991 年第 7 卷第 6 期，第 31-36 頁。

87　傅大為《知識・空間與女性：臺灣的邊緣戰鬥》，臺灣：自立晚報出版社，1993 年版，第 3 頁。

先要數的「假臺灣人」專輯，其影響至今還時時被提起，成為解
構本質主義化或民粹主義化的「臺灣人論」和所謂「臺灣國族
論」的有效解毒劑之一。《島嶼邊緣》的「假臺灣人」包括以下
文章：1993 年 7 月第 8 期的〈評「外省台獨」〉（賴義雄）、霍
布斯邦《一七八〇年以來的民族與民族主義》導言節譯（曾雁鳴
譯）、Stuart Hall 的〈最少的自我（Minimal Selves）〉（黃非虹
譯）、〈分類：差異與區別〉（吳其諺）、〈假臺灣人：臺灣的第
五大族群〉（臺灣人）、〈大家作夥當台奸〉（吳永毅）、〈影
像模糊的臺灣人造型：〈臺灣人論〉的囈語背後〉（晏山農）、
〈想我眷村的兄弟們〉（何春蕤）、〈〈解構臺灣〉序：發現外
省人〉（廖咸浩）、〈我們都不是臺灣人〉（假歪省人）、〈家庭
電影：一部八釐米電影短片的話外音〉（高重黎）和〈「大中國
／臺灣鄉土」的虛與實〉（機器戰警Ⅲ），以及 1995 年第十三輯
的〈「族群平等」與「左派進步」的照妖鏡──「假臺灣人」專
題序言〉（樓亮）、〈邊緣份子首次統獨大表態──邊緣的統獨
立場〉（假臺灣人）、〈假臺灣人出匭〉（葉富國）和〈台獨與
同性戀〉（邱潔芳）。《島嶼邊緣》提出「假臺灣人」是臺灣的
第五大族群的邊緣論述，所謂「假臺灣人」、「是臺灣四大族群
之外的一個新興族群，這個族群是國家機器在以四大族群來建立
生命共同體此一國族同質化過程中出現的渣滓（族群），是安公
子、懶女人、低能、好色男女、流浪者、外勞、瘋漢狂婦、變態、
『假』假臺灣人、同性戀、共產黨、縱火者、新新新人類、崇拜媚
外者、午夜牛郎、通姦者……等一切沒水準的、畸零的、異質
的、偏差的、邊緣的人渣大軍，或雜種／雜碎生命共同體。」[88]
　　《島嶼邊緣》「假臺灣人」論述的提出顯然是針對 90 年代流
行於臺灣的「新臺灣人」論述而作出的意識形態批判，其批判目

88　http://intermargins.net/intermargins/IsleMargin/alter_native/an02.htm。

標直指所謂臺灣「國族」問題的核心。所謂「新臺灣人論」其實是由來已久的「臺灣民族論」和「臺灣人論」的新變種。90年代初李登輝提出「新臺灣人論」，其意圖在於整合出現在臺灣的各種認同論述，尤其是要收編「民進黨」所提出的「生命共同體」論述，建構一種能使其政治統治合法化的民粹主義意識形態。李登輝把所謂的「新臺灣人」界定為「四大族群的生命共同體」，並且提出「省籍平衡、多數統治」的政治觀點。在這樣的論述裡，「愛臺灣」或「認同臺灣」成為唯一「政治正確」的意識形態口號。接受過葛蘭西的「文化霸權」理論、阿爾都塞「意識形態」論和霍爾「接合」理論訓練和洗禮的《島嶼邊緣》知識份子，敏銳地發現李登輝「新臺灣人論」的意識形態本性，如同右翼的「佘契爾主義」對「人民民主」概念的「接合」，其實質也是重構一種為政治統治服務的「威權民粹主義」意識形態。

　　《島嶼邊緣》對「新臺灣人」的批判和解構正是霍爾那種「解接合」和「重構接合」的論述實踐，一方面揭示出「新臺灣人」論的接合運作機制及其「威權民粹主義」性質——「在近代臺灣民族主義族群政治為操作前提，階級意識缺席的情況下，『李登輝』（漢人、福佬、資產階級、異性戀、男性）正式接收正在沸騰的臺灣民族主義及臺灣人意識的能量，成為臺灣民族主義的接合作用者，在執政後開始修憲、推動『國會』全面改革、加入聯合國等等，朝『新國家』營造的路上邁進。在意識形態及欲望結構上，當李氏使用感性辭令——『臺灣人的悲哀』，以及直接吐出『真言』——『國民黨是外來政權』——的同時，反對黨過去所操作的基地，至此全部被瓦解、收編。」[89]「新臺灣人」論建構了一種文化霸權，一種壓迫和排斥邊緣和弱勢群體的霸

---

[89]　陳光興〈帝國之眼：「次」帝國與國族—國家的文化想像〉，《臺灣社會研究季刊》1994年第17期，第201頁。

權；另一方面則重構一種新的接合論述，與「威權民粹主義」直接對抗。《島嶼邊緣》「假臺灣人」宣稱她們是臺灣的第五大族群，並且呼召被主流「新臺灣人」排除在外的女人、殘障、外勞、貧民、無殼蝸牛、勞工、年齡弱勢、同性戀等情欲邊緣人，來認同「假臺灣人」，自稱為臺灣第五族群，直接對抗「新臺灣人」論的分類法和同質化論述操作；「假臺灣人」把所謂「臺灣人」、「酷兒化、邊緣化、歪邪化、怪胎化」，「假臺灣人」宣稱自己為「後現代族群」，是「摻假」或「雜交」（hybrid）的臺灣人，直接質疑了臺灣民族主義，試圖顛覆所謂純正的臺灣人的論述。

　　《島嶼邊緣》對「新臺灣人論」的批判和解構最有力的地方在於揭示出其「族群」概念的本質主義和化約主義傾向。「新臺灣人論」所謂的「四大族群平等」的族群政治論述實際上掩蓋了社會權力結構中「階級」、「性別」、「世代」、「性偏好」、「親子」等等一系列的權力關係，所有這些複雜的社會權力關係在「新臺灣人論」都被化約／同質化為族群政治關係，這無疑是一種統治意識形態的修辭技術和政治整合策略。這也是臺灣政客一貫的意識形態操作方式，至今仍然頻頻使用，如近期陳水扁所聲稱的「臺灣沒有左右路線、只有統獨問題」等等。對於批判的知識份子而言，《島嶼邊緣》對「新臺灣人論」的分析批判迄今還是一項未完成的工作。

　　《島嶼邊緣》所提出的「假臺灣人」論顯然具有強烈的後現代主義傾向——「假臺灣人既無主體性、也沒有什麼本質；既不可能形成什麼中心，也不可能被代表或再現（represent）；這是一個沒有族群歷史或傳統的族群，一個由破碎、片斷、混亂的符碼及經驗所混雜而成的（後）現代族群。」這顯然是一種後現代的反本質主義的身份立場，「這個假臺灣人族群也可以說是臺灣的一種後現代現象，假臺灣人是後現代臺灣人，是臺灣的後現代

族群。」[90]——這導致《島嶼邊緣》走向了徹底否定事物的本質和歷史性的道路，卻同時消解了自身的政治與文化參與效果。這也是學院知識份子左派一般都會產生的弱點。後現代和解構主義始終是一柄雙刃劍，在解構大敘事的同時也消解了自身。這顯然是導致後現代左翼論述有著激進的表象和激情卻無力真正介入或改變臺灣政治和論述格局的一個重要原因。多年後，《島嶼邊緣》的重要參與者晏山農如是反省：「過度使用後正文的表現形態，成員中認為『玩物喪志』的大有人在（如傅大為）；而對於『假臺灣人』、『酷兒』之類走美國虛無主義左派的作法，不以為然的更多——因為它放棄了西歐更珍貴、更踏實的左翼路線參照模式。」[91] 這不能不說有一定的道理。

　　「性別」是《島嶼邊緣》關注的另一個知性範疇和批判維度。早在 1991 年迷走（李尚仁）與梁新華所編輯的「戰爭機器叢刊」之一《新電影之死——從〈一切為明天〉到〈悲情城市〉》中，「性別」就已經成為《島嶼邊緣》知識份子文化研究的一個重要角度。《新電影之死》集中批判的是以侯孝賢《悲情城市》為代表的「臺灣新電影」，認為《悲情城市》暴露出了政治上的軟弱性，以風景美學替代政治：「每當政治問題快出現時，鏡頭總馬上轉移，從真正的政治迫害及暴力事件，轉至山嶽、海洋及漁船，試圖以山川之美及靜態的風景，來替代和錯置真正的問題」而且《悲情城市》中女人是沉默的。[92] 而軍教宣傳片《一切

90　臺灣人〈假臺灣人——臺灣的第五大族群〉，《島嶼邊緣》1993 年第 8 期，第 35-46 頁。

91　晏山農〈重尋曾經有過的軌跡——〈島嶼邊緣〉發展漫談〉，blog.yam. com/chita/article/5334610 - 95k。

92　廖炳惠〈既聾又啞的攝影師〉，迷走、梁新華編《新電影之死：從〈一切為明天〉到〈悲情城市〉》，臺北：唐山出版社 1991 年版，第 130 頁。

為明天》的出場則意味著「新電影」的徹底終結與死亡。迷走的
〈女人無法進入歷史？——談〈悲情城市〉中的女性角色〉從女
性主義的立場解讀《悲情城市》的歷史記憶的性別偏至及其盲
點。從影片的一張宣傳海報，迷走讀出了《悲情城市》中女性再
現被「邊緣化」了，男主角的目光投向遠方，「正投注於歷史之
中，專注於它的發展，關切它的盡頭（目的）。相反的，辛樹芬
則低著頭，彷彿完全陷溺在自己的世界。」在這樣的影像世界
裡，女人無法進入歷史[93]。從「戰爭機器叢刊」到《島嶼邊緣》，
對性別或性別政治命題的強烈關注貫串了這群後現代左翼知識份
子文化批判的始終。

　　的確，「性／別政治」構成了《島嶼邊緣》的一個核心主
題，在後期《島嶼邊緣》中，性別政治主題甚至發展成為了一種
主導性論述。簡而言之，《島嶼邊緣》中比較集中闡述「性／別
政治」命題的有：第二期的「科學‧意識形態與女性」專輯，第
九期「女人國‧家認同」專輯，第十期「酷兒 Queer」專輯和第
十四期「色情國族」專輯。《島嶼邊緣》的「性／別政治」論述
與書寫包括三大方面內容：

　　其一是性別與知識／權力的關係。傅大為編輯的「科學‧意
識形態與女性」專輯涉及的是知識生產和教育領域中女性解放的
主題，某種意義上看，可視為其《知識、權力與女人——臺灣的
邊緣戰鬥》一書主題的一種延伸。傅氏自覺身處個人性歷史中的
某些被宰制邊緣，乃奮力游離各種中心取向的權力漩渦，從「基
進（Radical）思維」出發，與臺灣社會中的各類弱勢族群一齊向
中心論述展開邊緣戰鬥。女性在知識／權力結構中就是一種典型
的弱勢族群，顯然構成了後現代左翼的邊緣戰鬥所必須接合的不

93　迷走〈女人無法進入歷史？——談〈悲情城市〉中的女性角色〉，《新
　　電影之死》，臺北：唐山出版社 1991 年版，第 138 頁。

可或缺的力量，「性別」也就成為了《島嶼邊緣》展開邊緣戰鬥至關重要的戰場之一。「科學‧意識形態與女性」專輯試圖反省和分析的是在宣稱中立客觀的科學論述中所隱藏著的意識形態性，這樣的反省與批判連接到科學知識生產場域中的性別政治和科學史中的「性別宰制」關係。晏山農說《島嶼邊緣》的性別政治尤其是酷兒論述走的是美國虛無主義左翼的道路，只說對了一半。其實，《島嶼邊緣》的性別論述與現代法國思想有著更深層次的關聯。傅大為製作這個專輯有其特別的意圖，試圖向臺灣批判的知識界介紹法國左翼社會思想之外的一條思想脈絡，即科學思想史的脈絡：從巴什拉（G. Bachelard）到喬治‧岡居朗（Canguilhem）再到傅科和布迪厄。在傅大為看來，理解法國思想從結構主義到後結構主義的轉折不能不重視這一學術傳統的影響力和背景。岡居朗所闡述的認識論的歷史化、科學的意識形態性以及對「正常與病理」的生命科學研究都對傅科的知識考古和瘋狂史研究產生了重大的影響。《島嶼邊緣》的傅大為和楊明敏等人對這條思想史脈絡的重視，對臺灣學術思想的發展產生了兩個方面的影響，一是開啟了生命科學、醫療社會學與文化研究結合的批判路徑，近年來也已經產生了不少新成果如傅大為的《亞細亞的新身體：性別、醫療、與近代臺灣》（群學出版社 2005 版）；二是把揭示科學的意識形態性和知識生產體制和認識論中的性別權力關係相勾連，引入美國後現代女性主義者哈定（Sandra Harding）的思想恰好可以銜接上岡居朗的傳統。哈定質疑「男性」主宰的科學，批判男性利用科學製造性別歧視「男性」認識論的「霸權」，在認識論上提出女性主義的立場論。哈定布迴避女性主義認識論立場的諸多差異：強調女性男性更公正女性主義經驗論、強調反權威的女性主義立場論和強調分裂與破碎的主體女性主義後現代論，更指出各種差異立場之間可以相互參照從而開拓出新的思想空間。在臺灣女性主義運動的脈絡中，「科學‧意識

形態與女性」的勾連思考也開啟了女性主義的婦女研究的嶄新空
間。本專輯中,成令方的〈學術?運動?臺灣婦女研究生態環境
的解析〉已經初步顯示出了這樣的可能性:這種歷史社會性地對
女性主義「研究」作分析的新取向,是在一般「婦運」和「婦
研」純「意識形態衝突」分析之外開啟了一個新的領域[94]。即開
啟一種以性別與知識權力關係研究為核心的女性主義知識社會
學。

其二是性別與「家國」政治的關係。《島嶼邊緣》第九期策
劃了「女人國‧家認同」專輯,從女性在政治生活中的邊緣位置
出發建構一種女人的另類論述。《島嶼邊緣》女性知識份子思考
的是,在「國/家」的各種各樣典型寓言中,女性如何被「置
放」、「使用」?她們如何被迫成就了不以自己為主體的「國/
家」的延續和團結?她們與其他邊緣弱勢者的關係又如何?《島
嶼邊緣》選擇了這樣一些「典型寓言」,如電影《喜宴》、異國
戀言情小說、臺灣女詩人的政治詩、國族認同與男性政治、家務
勞動的政治經濟學、「人權性別化」等等,從各個層面闡釋女性
弱勢與邊緣化的政治位置,尋找女性政治解放的途徑。《喜宴》
看似寬容地接受「同性戀」,實際上卻隱含著父權政治體系對同
性戀和女性解放「兩大妖孽」的同時收編,「《喜宴》,說穿
了,不是雜種,而是傳統體系的正宗嫡傳,它用『尊父』、『傳
宗接代』、『女人(以及同性戀愛人)犧牲奉獻』等等」規訓性
別解放的欲望,重新界定同志愛與女性解放概念,使之返回到既
有的性別政治體系之中[95];流行的異國戀主題、言情小說中的愛

---

[94] 傅大為《導言》「科學‧意識形態與女性」專輯,《島嶼邊緣》第 2
期,第 5 頁。

[95] 黃毓秀〈〈喜宴〉‧妖怪‧認同論述〉,《島嶼邊緣》1993 年第 9 期,
第 8-15 頁。

情故事，由性別、文化、民族、國家等不同的能量互相擦撞迸發，「西方男性的雙重宰制轉化成對東方女性的迷戀愛慕，這就是異國戀情的迷思」[96]；在臺灣女性詩歌中，「政治」始終處於無足輕重的位置，這暴露了政治的男性化和女性被置放在「私領域」的邊緣化現實[97]；而在男性觀點的政治理論中，女性經驗常常被淡化為階級關係的背景，女性利益往往被階級、種族、文化和意識形態差異所切割，男性政治以整體利益（實際上是男性利益）為訴求來合理化女性長期被安置的「工具性角色」[98]。《島嶼邊緣》的女性知識份子或從「婦女在『國民所得』中的位置」問題的分析中提出「婦女也是國民嗎？」的質疑（瞿宛文），或從「人權性別化」探討女性的人權問題（成露茜）……。這些討論從各個層面有意義地觸及了女性政治解放的一系列命題。但《島嶼邊緣》知識份子在論述過程中，也暴露出了一種傾向，即把女性的邊緣化歸結為資本主義父權制度，又把父權制度等同於「異性戀」體制。認為性別壓迫的力量與機制，「來自支撐（也延續）家／國現狀的『男歡女愛』異性戀體制。」[99] 這樣，「同性戀」、「雙性戀」以及「雜性戀」等等之類的女人「出櫃」或「出軌」就被視為一種衝破「家／國」體制的女性解放方案。這顯然是一種激進的偏至論，也顯示出《島嶼邊緣》所謂「邊緣戰鬥」觀念的盲點。

　　其三是情欲解放與性別越界。有趣的是，「情欲解放」與「性別越界」卻逐漸演變為《島嶼邊緣》的一個核心主題，到後

96　《島嶼邊緣》1993 年第 9 期，第 17 頁。

97　李元貞〈臺灣女詩人眼中的「國家」〉，《島嶼邊緣》1993 年第 9 期，第 18-21 頁。

98　顧燕翎〈女人和國家認同〉，《島嶼邊緣》1993 年第 9 期，第 23-29 頁。

99　平非〈出櫃（軌）之必要〉，《島嶼邊緣》1993 年第 9 期，第 5 頁。

期竟成為壓倒性的主導論述，「情欲妖言」和「酷兒」甚至扮演
了《島嶼邊緣》的主角，成為最引人矚目的論述和書寫。「妖
言」是女性情欲的集體書寫，從女性自身的位置來集體書寫女性
自己的複雜而細膩的情欲感受。在《島嶼邊緣》的重要參與者何
春蕤看來，「妖言」具有「以女性主體為定位的情欲解放運動」
的意義。破除各種性禁忌的自我書寫瓦解了父權思維和異性戀體
制的禁錮，消除了身體和社會的種種疆界限制。在「情欲妖言」
的底下，「其實是貼身的理論反省，雖是性愛敘事體，但是其中
有不少巴代伊（Georges Bataille）、衣麗葛黑（Irigaray）、西施
（Hélène Cixous）等人的理論藏身在深處。」[100]而「妖言」引起
巿場和讀者的熱烈反應，直接促成了《島嶼邊緣》第10期「妖言
——出櫃文學」即「酷兒」專輯的出場。正是在1994年1月這一
期《島嶼邊緣》雜誌上，紀大偉、洪凌和唐謨等學者第一次把
「queer」一詞音譯為「酷兒」，而以紀大偉、洪凌和陳雪為代表
的「酷兒」翻譯和「新感官」書寫，標誌著「邊緣酷兒」全面佔
領「島嶼邊緣」，並直接揭開了九〇年代臺灣文學的同志情欲書
寫和論述的風潮。

　　《島嶼邊緣》的「酷兒」和「色情國族」兩個專輯在當代臺
灣文藝理論思潮史中有著十分特別的意義。

　　其一，引入了法國和阿根廷兩位「同志文學」的經典作家，
即尚·惹內（Jean Genet）和馬努葉·普易（Manuel Puig）。以惹
內的《竊賊日記》和普易的《蜘蛛女之吻》為中心，紀大偉和洪
凌等展開了一場關於同志文學書寫的美學、政治與大眾文化的辯
證對話和「邊緣詮釋」。洪凌與紀大偉對惹內《竊賊日記》和普
易《蜘蛛女之吻》的翻譯和導讀既是自身感官經驗與文本之間的

---

100 廖炳惠〈島邊，倒鞭—評〈女人國·假認同〉〉，《島嶼邊緣》第10
　　期，第87頁。

充滿激情的相互滲透、融合和「轉譯」，也是對同志書寫美學特徵即文學史譜系的一次細膩梳理：惹內的聖邪合一與交戰，肉體男色、竊賊與罪惡或敗德竊賊、墮落天使與受難彌賽亞的三位一體，惹內的變形符碼與「蛻變意象」，愛欲與死亡的交合，惹內的聖徒與薩德的撒旦，惹內與韓波的神秘主義及赫塞的純真，或者普易那種表面熱濕而背面格外冷寂基調以及逼近後現代「擬真」的真幻辯證……如此等等的解讀，像一場愛欲活動的演練，也像是一次朝聖的美學儀式。

其二，打開了「酷兒」論述的知識空間。在引入惹內和普易之後，「酷兒」專輯的編輯們共同編纂了《小小酷兒百科》，為與「酷兒」相關四十九個詞作了富有反叛社會成規的闡釋，包括「三位一體」、「女性主義」、「子代」、「少女漫畫」、「世紀末」、「歹割」、「末世學」、「正典人」、「外界的咒罵」、「生理性別與心理性別」、「肉身」、「同性戀者」、「同性戀恐懼」、「同樂會」、「作愛」、「自戀」、「吸血鬼」、「社交」、「非肉身的酷兒愛欲」、「服飾」、「皇后」、「春宮」、「科幻小說」、「虐待與被虐待狂」、「幽閉喜愛症」、「島嶼邊緣」、「湯包與Ｔ婆」、「惡魔學」、「麻球」、「現身」、「婚姻」、「階級」、「換裝或變性」、「蓋族」、「愛滋病」、「酷兒」、「酷兒的花朵」、「酷兒音樂」、「酷兒秘教組織」、「酷兒恐怖組織」、「酷兒聖地」、「酷兒與電腦網路」、「臺灣酷兒作品」、「默示錄」、「窺視欲」、「蕾絲鞭」、「雙性戀者」、「戀物傾向」和「戀童傾向」。這些概念共同形塑了「酷兒」的複雜形象和文化姿勢，並以片段化的方式呈現「酷兒」話語生產、變遷和在地化的多種脈絡，對臺灣乃至整個華語學界「酷兒」論述的生產和傳播都產生了深遠的影響。

其三，在本土思想脈絡中詮釋了臺灣「酷兒」的政治意義。回到臺灣酷兒書寫的本土脈絡，紀大偉和洪凌開始批判地思考

「酷兒」的文化政治意味。在〈在荒原上製造同性戀聲音——閱
讀〈荒人手記〉〉和對話錄〈同性戀的端午節〉中，紀大偉和洪
凌有意味地把「酷兒」和朱天文的「荒人」及蘇偉貞的情欲書寫
區隔開來，以此突顯「酷兒」的激進意義。《荒人手記》的同性
戀聲音是製造出來的而非自然的，同時具有開放與保守的矛盾性
格，在美學上逾越了文類界線，呈現出文本的開放性。但《荒人
手記》在政治上卻是保守的，「矛盾地非政治的」。在紀大偉看
來，「荒人」那種「温和的和平主義」和「寬容」是放過了「既
得利益者」，没有質疑或挑戰異性戀主流體系，「荒人」嚮往李
維史陀的「黄金結構」，「只想被體制收編而不思批判其僵化」。
因此「荒人」不是擁抱新秩序的「新新人類」，也不是質疑、衍
異和解構秩序的「酷兒」[101]。在對話錄〈同性戀的端午節〉中，
紀大偉和洪凌則重釋了「端午節」的性別政治意涵。這一重釋建
立在關於身體的兩個隱喻的有趣比較之上：一個是朱天文和蘇偉
貞的「漆器」——「身體像一件優秀的漆器」，另一個是洪凌和
紀大偉的「粽子」——「身體尤其是另類的同性戀身體就像粽
子」。在洪凌和紀大偉看來，朱天文和蘇偉貞談論和理解身體的
方式「太去政治化」，因而消弱了身體和情欲寫作反叛異性戀的
男性的主流意識形態的功能，是中產階級或貴族式的。而「粽
子」既有「SM」的奇詭美感，又形象地呈現出政治文化對身體的
定義和壓抑以及身體的反叛性[102]。這樣的比較顯然是文學化的和
感性的，多少有些任意或隨意性。但透過這樣的比較，紀大偉、
洪凌再次區隔了「酷兒」和「荒人」兩種不同的情欲寫作，也再

101　〈在荒原上製造同性戀聲音—閱讀〈荒人手記〉〉，《島嶼邊緣》第
　　　10 期，第 81-87 頁。
102　紀大偉、洪凌〈粽浪彈：身體像一個優秀的粽子—同性戀的端午節〉，
　　　《島嶼邊緣》第 10 期，第 89-92 頁。

次賦予了「酷兒」反抗「異性戀體制」的激進文化政治的意味。

　　《島嶼邊緣》的「酷兒」專輯發表了陳光興〈舊（男）學運的死亡，新（女）學運的出發〉、何春蕤的〈女性公共論壇的建立——介紹本期「妖言」及意義〉、米非的〈本土女性聲之必要〉和廖炳惠的〈島邊，倒鞭——評「女人國，假認同」〉等文章，試圖為「酷兒」和「妖言」書寫提供理論上的支援。陳光興從「學運」變遷的角度認識「女性議題」的重要性：「過去被主流學運視為靠邊站的女性議題，其實是男性學運死亡後具活力的力量」，甚至「性別議題將是新學運中爭取校園民主的『火車頭』」[103] 在他看來，由女教師、女學生、女性團體、同性戀團體和其他社運團體共同參加的「反性騷擾」等婦運，是一種新的「接合」運動，在「舊〈男〉學運」紛紛邁向政治權力中心的狀況下，「婦運」徹底反思批判父權、階級和種族等霸權的共同邏輯，是新時代的「學運」為校園民主、社會民主和文化民主開創出新的典範。何春蕤直接賦予了「妖言」的「解放」意義，它是一種包括性別、性取向（性偏好）和性本身在內的「三位一體」的解放，即婦女解放、同性戀解放和情欲解放。所謂「三位一體」，也是一種論述接合。唯有這種接合或「串聯」才能抵抗「主流／國家／異性戀霸權／父權／資本主義」的收編。「妖言」的「解放」意義還體現在女「性」公共論壇的建構上，「妖言」對女性性經驗的一種自主性再現，一種集體發聲，其目的正在於建構「從女性主體位置出發的性論述」，突破身體和性的「私領域」限制，為社會提供一個女「性」的公共論壇，進而召喚出這些有可能顛覆「性別」壓迫體制的性多元主體 [104]。何春

---

103 陳光興〈舊（男）學運的死亡，新（女）學運的出發〉，《島嶼邊緣》第 10 期，第 4 頁。

104 何春蕤的〈女性公共論壇的建立—介紹本期「妖言」及意義〉，《島嶼邊緣》第 10 期，第 81-83 頁。

葵、米非和廖炳惠等人都把「妖言」的意義定位在反抗父權異性
戀體制上，這顯然有著法裔女同性戀女性主義者莫尼克‧維蒂格
《性／別》和《異性戀思維〈法統〉》思想的影子：沒有任何先
於社會存在的生理，所有一切皆為社會建構之結果，「男人」、
「女人」皆非自然之產物，而是社會分類，都是一種「想像的締
造」。在這種種社會分類中潛藏著權力和規訓邏輯。《島嶼邊
緣》知識份子這樣理解莫尼克‧維蒂格的思想：由主人對僕人的
壓迫關係構成了奴隸制度；資本家對工人的壓迫關係構成了資本
主義制度；而男性對女性的壓迫則構成異性戀體制。這看起來是
一種性別、階級與身體解放的接合式思考，但當把壓迫的形成僅
僅歸結於「異性戀體制」時，「階級」這一重要的分析緯度就看
不見了，只成為「性別」解放的一種論述陪襯。

　　某種意義上看，「邪左派」是後期《島嶼邊緣》的自我定
位。署名「邪左派」的〈姓「性」名「別」，叫做「邪」〉如是
而言：「性／別這個符號不但恰當地表達了性別與性的複雜關
係，也表達了性本身內部的多元差異，還表達了性與其他社會差
異（階級、種族、年齡等）的連繫」[105]，這樣「性／別政治」成
了《島嶼邊緣》的核心戰場，「性／別」也成了所有社會差異的
代表符號。在大步邁向反抗「異性戀體制」的激進邊緣戰鬥的同
時，《島嶼邊緣》卻也逐漸縮小了其後現代左翼論述的空間，變
成了「姓性名別」的「邪左派」或「性／別左派」。這客觀上形
成了「性別解放」在論述上的優先位置，《島嶼邊緣》以「性別
解放優先論」取代了「民間哲學」派的「政治民主優先論」。這
顯然違背了最初《島嶼邊緣》知識份子所形成的追求多元民主平
等抗爭、反對任何「優先論」的理念共識。這樣《島嶼邊緣》

---

105 邪左派〈姓「性」名「別」，叫做「邪」〉，《島嶼邊緣》1995 年第
　　14 期，第 43-44 頁。

「性／別解放」論述進入高潮的同時，也預示著其分裂解體已經
為期不遠了。

　　從「人民民主」到「人渣民主」，從多元民主抗爭到「多元
情欲」的叛逆，從反抗認識論本質主義到反對情欲本質化，從
「邊緣戰鬥」到「酷兒操演」，從去中心化政治到反異性戀體制
……在激進、多元和異議的外表下，《島嶼邊緣》的「左翼」論
述和實踐的中心和重心其實都發生了一些微妙的轉移。從反對
「階級還原主義」和「經濟決定論」出發，經過酷兒文化「操
演」的高潮，《島嶼邊緣》的後現代左翼文化路線距離階級政治
範疇和政治經濟學批判越來越遠，《夏潮》和《資本論》的影響
逐漸遠去，演變為一種特殊形態的美學政治或「文化政治」論。
我們不否定《島嶼邊緣》酷兒論述與實踐對臺灣性別解放運動的
意義和對文化研究等方面所產生的深刻影響，但無論是從臺灣左
翼思想建設還是從左翼的鬥爭實踐看，《島嶼邊緣》的話語轉換
的批判意義其實都是十分有限的。而當《島嶼邊緣》知識份子進
入《臺灣社會研究季刊》後，其性別解放論述和酷兒文化政治漸
與馬克思主義政治經濟學批判傳統合流和融合，重新拓展了思想
空間，也獲得了有效闡釋和有效介入當代現實的批判力量。

第四節　《台社》與民主左翼思潮的形成

　　在當代臺灣思想史尤其是左翼思想史上，《臺灣社會研究季
刊》無疑是一份重要的刊物。其重要性主要體現在如下方面：第
一，重新確立了「臺灣研究」的問題意識。《臺灣社會研究季
刊》的出場意味著「臺灣研究」問題意識的重建，即從「何謂臺
灣」的歷史論證到當代臺灣社會和文化狀況為何的轉移；第二，
「臺灣研究」知識範式和批判立場的重構。《臺灣社會研究季
刊》「接合」了傳統左翼、自由主義、後現代主義、後馬克思主

義、女性主義以及文化研究等論述資源，試圖恢復政治經濟學批判和意識形態分析的歷史關聯，重建「臺灣研究」的知識範式，進而確立「民主左翼」的知識立場；第三，「臺灣研究」思想視域的重建，即把臺灣問題放到東亞視域和全球化語境中予以考察；第四，重構臺灣批判知識份子社群和東亞的「批判圈」；第五，以論述實踐的方式介入當代臺灣的新社會運動和理論思潮。

一、《台社》的思想軌跡

《臺灣社會研究季刊》於 1988 年 2 月創刊，延續至今（到 2006 年 12 月已經出刊 64 期），是一份標榜新左批判路線的學術刊物。在八、九〇年代之交，其編輯和作者群與《島嶼邊緣》有所交叉重疊，如王振寰、陳光興、傅大為、瞿宛文、夏鑄九等等。1993 年後，何春蕤、馮建三、趙剛、甯應斌、丁乃非等《島嶼邊緣》也進入《臺灣社會研究季刊》的隊伍。所以早期《臺灣社會研究季刊》和《島嶼邊緣》雖然風格不同，但在思想上有著相近的脈絡和親緣關係。《臺灣社會研究季刊》現有的編輯隊伍包括夏曉鵑、徐進鈺、丸川哲史、王瑾、白永瑞、邢幼田、柯思仁、孫歌、汪暉、許寶強、夏鑄九、馮建三、趙剛、瞿宛文、Chris BERRY、Gail HERSHATTER 等；顧問有丁乃非、于治中、王振寰、王增勇、丘延亮、何春蕤、江士林、朱偉誠、呂正惠、李尚仁、李朝津、李榮武、邢幼田、夏鑄九、陳光興、陳宜中、陳信行、陳溢茂、許達然、甯應斌、錢永祥、鄭村棋、魏玓；榮譽顧問和海外顧問包括王杏慶、成露茜、李永熾、吳乃德、吳聰敏、林俊義、高承恕、徐正光、梁其姿、蔡建仁、張複、傅大為、鄭欽仁、Perry Anderson, Arif Dirlik, Gail HERSHATTER, Chua Beng Huat, Yuzo Mizoguchi（溝口雄三）, Hamashita Takeshi（濱下武志）。經過多年的思想經營，《臺灣社會研究季刊》發展出了一套學院化的也更成熟紮實的「民主左翼」論述。

　　如果說《島嶼邊緣》是一種前衛型的文化評論雜誌，以一種極其另類的形式表述激進民主的左翼文化立場，那麼《臺灣社會研究季刊》學術型的思想雜誌，以極端學理化的形式重構了「民主左翼」論述。與《島嶼邊緣》偏重於文化批判和意識形態分析相比，《臺灣社會研究季刊》對臺灣問題的闡釋具有更明顯的社會學視域和方法。「階級」或「階層」與「階級流動」，「國家機器」、「勞工政策」與「勞工運動」，「帝國」與「邊陲」，「殖民」與「去殖民」，「底層與反抗主體」、「跨國資本與性別政治」、「全球化」與「新自由主義」，政治經濟學批判與「歷史知識社會學的批評」，自由主義與左翼立場的接合，「現代性反思」與「區域批判知識社群」的形成……等等一系列範疇和方法的使用，構成《臺灣社會研究季刊》（以下簡稱《台社》）在理論與方法上都不同於《島嶼邊緣》的「民主左翼」傾向。

　　我們可以從《台社》發表的幾份重要檔來理解與認識19年來的《台社》的思想軌跡。這些檔包括1988年的《發刊詞》、1995年《台社》出刊20期以編委會名義發表的社論〈由「新國家」到新社會——兼論基進的臺灣社會研究〉、2004年《台社》十五周年學術研討會之基調論文〈邁向公共化、超克後威權——民主左派論述的初構〉以及第42期的〈編輯室報告〉等等。《台社》一開始並未明確標明「左派」這一立場，而是試圖以學術為主戰場開展邊緣、基進和批判的學術戰鬥。《台社》創辦人傅大為在《台社》創辦七周年時如是而言：「當初我希望標定《台社》以學術戰場為主戰場，企圖去基進化與顛覆化臺灣過去極端靜態止水式的學術界。」106 傅氏的想法體現了早期《台社》的自我定位：

---

106 傅大為〈我與〈台社〉十年〉，《臺灣文藝》1995年新生版第10期，第57頁。

　　第一，《台社》以臺灣特殊而具體的問題為中心，反對任何普泛化的形式主義，反對「觀念史」的研究範式，力圖使學術回到臺灣政治經濟文化問題的脈絡和場域，以學術發聲的方式介入臺灣的知識生產和學術政治，進而對社會現實和屬性身份問題進行有效的闡釋。我們可以從 1988 年《台社》的發刊詞清楚地看出這樣的立場和意圖：「我們這群關心臺灣社會發展及其未來的青年社會研究工作者，認為臺灣社會研究必須涉入地立足在孕育著無限生機的廣大民間社會，具有自我批判意識地割捨一切類似『社會及行為科學的中國化』之類不具特殊而具體之問題意識的形式主義命題，站在關懷臺灣未來命運之前瞻的、以臺灣之特殊而具體的問題意識為主體之自主的、以徹底挖掘問題根本並追求解決與改變之基進的立場，自臺灣社會的現實出發，從歷史——結構的角度，對我們的社會進行深入而全面的調查研究，自我批判地去追問『我們是什麼』這個有著倫理實踐意涵的問題。」[107]「發刊詞」體現了《台社》最初的醞釀者和創辦人傅大為、柯志明和蔡建仁等人對當代臺灣學術思想的基本認識與判斷，即當代臺灣學術思想圍繞著闡釋所謂「臺灣經驗」而展開，從 60 年代的現代化理論到 70 年代的依賴理論和世界體系理論；從 80 年代的「儒家倫理」與「東亞發展」的文化論到「社會及行為科學的中國化」……但這些闡釋要麼是西方中心主義視域的產物，並且簡單化脫脈絡地使用歐美和拉美的理論典範，要麼是缺乏具體問題意識的空泛的形式主義。《台社》的定位即是使學術思想回歸臺灣經驗與問題的具體的歷史脈絡和現實場域。當然傅大為等人對當代臺灣學術思想的基本估計並非完全準確，諸如對「社會及行為科學的中國化」意義的評價及對依賴理論和世界體系理論在臺

107　《台社》發刊詞，《臺灣社會研究》第一卷第一期，1988 年春季號，第 4-5 頁。

灣學術思想場域中所扮演角色及功能的認知都有所偏差和片面性，傅氏本人也沒有認識到學術的西化本身即是臺灣現實的一種面向或表徵。事實上，就連早期《台社》本身的論述實踐除了純粹的田野作業外很難完全脫離上述各種理論典範的影響，1988 年的創刊號的「發展問題專輯」和第二、三期的「臺灣都市問題專題」都大量使用世界體系理論和依賴理論即是一個有趣而直接的證明。而重新開啟世界體系理論和依賴理論資源恰恰使《台社》獲得了銜接乃至重構《夏潮》知識份子左翼批判傳統的思想契機。

　　第二，早期《台社》標榜學術思想是一種「自主性」的「存在倫理實踐」，而非純粹理論的演繹或注釋，追求「新活的現實意義」，試圖扮演當代臺灣學術思想史典範的一個「激進」的叛逆者和顛覆者 108。在這個意義上，早期《台社》開始了對 50 年代以來臺灣自由主義傳統的檢討和批判，在傅大為看來，這一批判體現了《台社》所謂「基進」的學術立場。在〈我與〈台社〉十年〉一文中，傅大為曾經指出早期《台社》的一個重要的思想著力點：「雖然《台社》一開始在臺灣學術戰場中的介入就是多元多向度的，我自己當時的一個介入點值得在這裡一提，因為它會牽涉到後來我與《台社》的關係：檢討臺灣五○年代以來『自由主義』的傳統，並對後來被馴化過的臺灣『自由派』教授群、『溝通』教授等等的『實證主義社會科學觀點』作歷史性、知識社會學性的批評。」109傅氏發表在 1988 年《台社》冬季號的《科學實證論述歷史的辯證──從近代啟蒙到臺灣的殷海光》即是以殷海光為中心展開對 50 年代自由主義傳統的知識社會學批判。

108　《台社》發刊詞，《臺灣社會研究》第一卷第一期，1988 年春季號，
　　　第 5 頁。
109　傅大為〈我與〈台社〉十年〉，《臺灣文藝》1995 年新生版第 10 期，
　　　第 52 頁。

　　引起台社內部及外部激烈爭議的是，傅大為的論述企圖在於
切斷殷海光和「五四」自由主義思想的歷史關係，刻意突出了
「臺灣的殷海光」。這顯然是傅氏所謂的「臺灣研究主體性」的
一次論述實踐[110]。傅大為的核心觀點是，殷海光因緣際會，移植
邏輯經驗論的科學論述到當代臺灣的思想脈絡中，「將邏輯經驗
論、海耶克思想、五四片段等等整合起來塑造出 50、60 年代實證
論述的基本攻防策略。」[111]形成不同於五四傳統的科學實證論述
的權威和霸權。雖然殷海光後來受到國民黨威權政治的迫害，但
是臺灣的科學實證論述卻在七八十年代後主導了臺灣的學術思想
史，並且演變為「純粹實證性」和「科技專家」當道的主流思
潮。傅大為的「歷史的辯證」最終目的落在批判自由主義科學實
證論的轉變：「從弱勢的抗爭到強勢的專橫，從論述自由的渴望
到論述霸權的維護，從攻擊蒙昧落後到宣稱自己是客觀真理的掌
握者，從壟斷政經體系的挑戰者到霸權政經體系的妥協支持者，
這個過程，是 50 年代以來臺灣科學實證論述『歷史的辯證』。」
[112]通俗地說，學院的自由派教授已經演變成為威權體制的維護
者，喪失了任何的批判精神。所以重建一種批判的社會研究要從
對臺灣自由主義演變的歷史辯證的反思和批判入手，傅大為把這
種反思與批判視為建構作為邊緣戰鬥的學術必須經歷的一個思想
階段。應該說這一建立在知識社會學基礎上的學術思想史清理對

110　參見傅大為《知識與權力的空間》，桂冠圖書股份有限公司 1990 年版，
　　　第 161-167 頁。

111　傅大為〈科學實證論述歷史的辯證─從近代啟蒙到臺灣的殷海光〉，
　　　《臺灣社會研究季刊》1988 年第一卷第四期，1988 年冬季號，第 53
　　　頁。

112　傅大為〈科學實證論述歷史的辯證─從近代啟蒙到臺灣的殷海光〉，
　　　《臺灣社會研究季刊》1988 年第一卷第四期，1988 年冬季號，第 55
　　　頁。

於臺灣批判知識界的形成是很有參考意義的。但傅氏的論述過程在清晰地表述這一觀點方面卻呈現出某種有趣的混淆和矛盾。看起來，殷海光與五四思想的斷裂成了其論述的核心，而這種斷裂恰又成為其論證臺灣學術擺脫五四論述影響建立所謂「主體性」的一個典型個案。傅氏一方面要去「五四」化，另一方面又在論述邏輯上呈現出去「五四」化之後臺灣自由主義朝向純粹科學實證論的轉折所產生的種種不良結果——科學實證論逐漸墮入某種技術主義，並且形成學術思想的話語霸權，因而喪失了批判的緯度。

傅大為有意或無意地把這一「歷史的辯證」結局的起源上溯到殷海光自由主義中的科學實證論因素，甚至認為 70 至 80 年代臺灣學術思想中「霸權策略的種子」早已潛藏在 50、60 年代自由主義的思想傳統之中。這個判斷顯然是不符合當代臺灣思想史的真實狀況。傅氏這樣的判斷引起台社內部的反彈是十分自然的，但也正因為傅氏對殷海光影響的批判性分析引發了《台社》知識份子對殷海光思想的重新解讀，並且逐漸將這一思想傳統接納進《台社》的左翼論述之中，形成後期《台社》自由主義和左翼接合的思想立場。

有兩個因素導致了傅大為逐漸對《台社》喪失了最初的熱情，其一就是《台社》對殷海光所代表的自由主義傳統的接納，這樣「《台社》的基進性已經部分與『自由主義』失去區別」；其二是《台社》出現了「另一種有點極端的趨向」，「它是一種『反台獨』、甚至有時質疑到『族群論述』有任何正當性的趨向。」[113] 這一傾向與傅大為最初超越統獨的所謂「基進」立場設想相背離。傅大為與《台社》關係的變化從一個側面顯示出了

---

113 傅大為〈我與〈台社〉十年〉，《臺灣文藝》1995 年新生版第 10 期，第 53 頁。

《台社》思想的變化軌跡以及臺灣知識界日趨複雜微妙的理論分
歧。

　　《台社》重視學術思想的問題意識，而「問題意識」的產生
源於新的歷史情境，「重新思考，自我批判地反省該如何看待現
今的新歷史情境，判斷下一步的工作任務，提煉新的問題意識，
挑選我們可以運用的資源」。90年代中期臺灣社會政治的重大變
化在於「民粹威權主義」的粉墨登場，李登輝用「人民」的名
義，重建了一套威權統治體系。《台社》針對這一新的歷史情境
作出了批判思想的新調整。1995年〈由「新國家」到新社會──
兼論基進的臺灣社會研究〉的發表標誌著《台社》進入了一個新
的思想階段。所謂「新」表現在兩個方面：一是《台社》改變了
早期那種「創建適應自己社會之問題的理論」的學術戰鬥追求，
轉變為追求學術思想與政治實踐相結合，即思想批判與改造社會
現實的運動相結合的新方向；其二是明確地宣稱了自己的左派立
場，鮮明地宣稱《台社》要建立一種具有歷史感和整體意識的左
派論述：「有歷史感與整體意識，就沒有所謂的左派。」從「基
進」的宣稱到「左派」概念的出場，台社在陸續引進西方的新馬
克思主義、後馬克思主義、後殖民批判、後現代主義等新論述資
源的同時，也把「階級意識」和「階級分析」的方法重新帶進臺
灣思想場域，《台社》以階級、性別和弱勢論述批判和解構「國
族主義」的同質化論述，正式確立了「民主左派」的思想光譜。

　　進入新世紀，《台社》知識份子已經意識到建構一套左翼論
述的重要性，他們認為：在80年代末期社會運動風起雲湧的黃金
時期，「臺灣進步的或左翼的知識份子沒有能夠在當時發展出一
套論述支持社會運動，也未能在之後發展出一個論述反省這個時
期的歷史經驗。」[114] 這是臺灣社會未能形成具有影響力的左翼勢
力的重要原因之一。那麼，今天的左翼知識份子又如何描述和闡
釋進入新世紀的臺灣社會現實？2003年10月，在《臺灣社會研

究季刊》十五周年學術研討會上，《台社》發表了〈邁向公共化、超克後威權——民主左派論述的初構〉。這篇以經全體編委討論定稿，並決議以編委會名義發表的「基調論文」具有集體宣言性質，是《台社》的後現代左翼論述進入成熟階段的標誌，也是臺灣當代左翼思想史上一篇十分重要的文件。

　　首先，《台社》以「後威權」概念界定 2000 年 3 月「政黨輪替」後的臺灣「政治地景」，「後威權」的界定體現了《台社》知識份子對當前臺灣問題和現實的一種基本認識。這一認識建立在歷史分析的基礎上：從 50 年代至今，臺灣社會經歷了 50-60 年代冷戰背景下的「古典威權時期」、70-80 年代古典威權統治正當性日漸風雨飄搖背景下的「改革威權時期」、1993 年以後的「民粹威權時期」和 2003 年 10 月「政黨輪替」後的「後威權時期」。如何理解和闡釋「後威權」與「威權統治」的關係？如何建立闡釋「後威權」的歷史框架？是《邁向公共化、超克後威權》一文至關重要的立論起點。台社認為在「威權」與「後威權」存在某種「斷裂」，但這種「斷裂」只是表面的，在這個表面斷裂之下，「後威權」仍然伏流著與過去「威權時期」的重大連續。《台社》明確指出：「關於後威權，我們要特別記住的是：後威權不是反威權，也不是非威權，更不必然等同於民主。我們認為流行的將政黨輪替後以『阿扁』取代『李總統登輝先生』的後威權狀態等同於民主，是一個錯誤的等式。我們認為批判的論述應該首先定性這個時期的核心特徵，而這又必須是一歷史化的工作。」在《台社》知識份子看來，「後威權時期」的核心特徵在於：①進一步向「資本」傾斜，「相對平等主義的分配政治」已

114　台社編委會〈邁向公共化、超克後威權——民主左派論述的初構〉，《臺灣社會研究季刊》十五周年學術研討會 2003 年 10 月 4-5 日，《臺灣社會研究季刊》，第 53 期，2004 年 3 月。

瀕臨崩潰；②在新的「國族認同政治的政治正確幽靈」的籠罩下，和「威權時期」一樣，「公共化的政治」沒有獲得生長的機會；③「省籍路徑民主化」損害了民主的真意，離具有公共精神與實質的民主政治越來越遠；④政治變成了卡爾·史密特所說的劃分敵我及其敵對人群的永恆鬥爭。

其次，在歷史化地認識和闡釋「後威權」社會的特徵和本質的基礎上，《台社》知識份子提出了當代臺灣左翼思想史上最完整的「民主左翼」構想，即「超克後威權」和「邁向公共化」的計畫。如果說《島嶼邊緣》的左翼思想還只是一種解構論述和「邪左派」論述，某種程度上還只是西方思想的一種文化翻譯，那麼 2003 年的《台社》則進入了左翼論述正面建構的嶄新時代，進入到左翼論述與當代實踐結合的時期。「在這個後威權時代，人們不但不是更昂揚有力，反而普遍感受更無力、更無助、更沒有希望、更沒有安全感、更犬儒。這是我們這個時代的首要弔詭，值得我們上下求索出路，超越克服後威權泥淖。這個超克後威權的計畫揚棄各種形式的私政治，並進而要求政治、經濟、文化甚至兩岸關係等重大議題的公共化（即，廣大公眾的持續且深入的論述干預）；它至少涵蓋四個目標：政治公共化、社會正義、多種身份認同的平等承認、以及兩岸和平。這四個目標既是我們的分析架構，也是規範尺度，合而構成我們民主左派計畫的核心內容。」[115] 從〈邁向公共化，超克後威權〉全文的論述邏輯看，《台社》的「民主左派論述」的內涵包括如下層面：

第一，反對「民主完成論」。《台社》認為在「後威權」時期「實質民主」還遠未完成。2000 年政黨輪替後產生的新政權只是「30 多年來以右翼論述為主軸的結果」，民主化依附在省籍路

---

115 臺灣社會研究編委會〈邁向公共化，超克後威權—民主左派論述的初構〉，《臺灣社會研究》第 53 期，2004 年 3 月，第 1-27 頁。

徑為中心的本土化之下。在《台社》知識社群看來，有必要重新認識臺灣民主化的歷史，超克後威權的終極關鍵在「民主補課」，必須把「民主」概念放在「現代性規範」的基礎上重新予以闡釋，因而《台社》提出「再民主化」的政治理念，試圖在「平等」與「自由」兩個核心價值上重構「民主」概念。

第二，強調「民主化」必須含有「政治公共化」的緯度。《台社》反對「私政治」，尤其反對「民粹私政治」，認為政治的公共化是現代民主概念的基本內涵之一。所謂公共化，即是多種階級、群體與公眾（例如，學生、教師、工人、農民、震災戶、反戰……）「能夠在公共領域裡進行普遍性的權利論述」。但在「後威權時期」，這樣的權力論述常常被或隱蔽或公開地置換為「省籍或統獨論述」，往往被統治意識形態的論述操作所遮蔽。在《台社》知識份子看來，政治的公共化還具有另外一層重要的涵義，那就是「社會資源分配政治」的公共化。在80年代以來的臺灣左翼思想史上，《台社》的這一認識具有重要的意義。它改變了以往文化左派以文化鬥爭為主戰場並突出意識形態批判卻忽視政治經濟學批判的弊端，重新把政治經濟學的緯度納入左翼論述和實踐之中。的確，「多種身份認同的平等」是「民主」應具有的一項內涵，但僅僅宣稱「文化多元主義」是遠遠不夠的，因為它不足以應對日益嚴重的政治和經濟上的不平等。因而，《台社》強調要把「分配正義」納入左翼理論之中。政治經濟學批判緯度的回歸，有可能使《台社》擺脫「學院左派」的「文化政治」論的局限，從「文化政治」的表面魅力和實質貧困的思想格局中脫身而出。這樣，《台社》的「身份政治」和「社會正義」論述也就有了更堅實的基礎。

第三，「歷史大和解」論。《台社》知識份子反對操縱族群議題，反對民粹主義的意識形態，反對排斥異己的本土主義論述，也反對卡爾·施米特在《政治的概念》裡所提出的「政治就

是劃分敵友」的著名的政治學論斷。《台社》主張歷史的和解、
族群的和解、兩岸的和解，主張破除各種「和解的壁壘」。「如
果能透過此岸進步人民的論述與行動集結，展開兩岸人民的歷史
大和解，從而回過頭來重新啟動民主化過程，超越後威權，進而
開創歷史新篇，那麼，在這麼一個偉大的實踐中所獲得的社會改
革經驗，將不僅僅為臺灣社會自身解除（後）威權魔咒，也將為
對岸人民顯現一個相對於既存路徑的激進替代方案。果能如此，
我們方能不厚顏地稱得上這是給對岸人民的一個珍貴禮物，也或
許才可以揚眉吐氣地說：這是在二十一世紀初，臺灣人民對人類
文明的貢獻。」

　　〈邁向公共化，超克後威權〉的「民主左翼」論述引起了臺
灣進步知識界的思想震盪。在 2003 年 10 月 4-5 日舉行的《臺灣
社會研究季刊》十五周年學術研討會上，趙剛進一步闡述了台社
的理論立場，趙剛強調「超克後威權」即是要「重新民主化」，
台社提出「左派民主」，就是拒絕一切形式的剝削、壓迫與歧
視，並棄絕所有意識型態的誘惑。李丁贊認為「有關國族認同、
臺灣優先論、本土化都不應給予太多譴責」，省籍路徑民主化造
成臺灣去公共化、認同與社會正義的扭曲問題，問題出現的時間
點是八〇年代末期「本土化」與「去中國化」，臺灣把中國視為
「他者」，問題不在「愛臺灣」，而是「恨中國」，這對臺灣民
主形成了傷害。泛紫聯盟召集人簡錫堦和工委會核心幹部吳永毅
都贊同《台社》對臺灣社會狀況的分析和理論立場，前者批評民
進黨「新潮流」系把統獨議題視為主流矛盾，以統獨議題覆蓋了
社會矛盾，這樣其他公共論述都被遮蔽或排除了；後者則指出
「新潮流」系把培養的精英送到社運插隊，等於全面接收了社會
運動的正當性，壟斷社會運動資源。所以必須重建社會運動和政
治的關係。但傅大為對《台社》的「民主左翼」論述則有三個不
同的看法，第一，《台社》對臺灣問題的歷史化闡釋忽視了

1945-1949年和日據時期的歷史經驗；第二，無法認同台社把解嚴後「國族主義」的發展，視為五、六〇年代「古典威權國族主義」的再現；第三，《台社》過度強調政治、經濟問題反而忽略其他異質領域如性別、家庭關係、知識與學術等的發展，如果不關心這些，最後還是只能由讓熟悉政治領域的人掌握社會。[116]

看來，《台社》創始人傅大為還保留著90年代初中期《島嶼邊緣》所堅持的邊緣戰鬥路線和後現代知識左翼的觀點——但在意識形態立場上又明顯有別於《島嶼邊緣》，——而與回歸「政治經濟學」批判的新《台社》在思想上已經漸行漸遠。有趣的是早期重要作者之一（傅氏的合作夥伴）柯志明離開《台社》的原因剛好相反，他自己表示離開的主要原因在於其學術風格和理路與《台社》的後現代的文本研究取向存在巨大差異。而《台社》內部後現代的文本研究取向的形成卻與《島嶼邊緣》知識份子的加盟有著密切關係。這些分歧一方面顯示出了「臺灣問題」的複雜多元性和批判知識界在知識論上的微妙差異，另一方面也顯示出《台社》已經在思想上產生了巨幅的歷史跨越。

二、《台社》與「臺灣研究」問題意識的重建

《臺灣社會研究季刊》的出場意味著「臺灣研究」問題意識的重建，即從「何謂臺灣」的歷史論證和本質化思考到當代臺灣社會的政治經濟以及文化狀況為何的轉移。90年代以來，「本土主義」和所謂的「國族論述」逐漸演變為當代臺灣理論思潮的主導話語，甚至建立了文化霸權的地位，這個意識形態全面覆蓋了乃至化約了臺灣社會具體的政治經濟和文化問題，主流的「臺灣研究」常常被意識形態化為某種「臺灣論」。與這一潮流相反，

116　參見林照真〈臺灣「省籍民主化運動」歷史評價引發激盪〉，《中國時報》2003年10月5日 A4版。

《台社》知識份子從反思、批判和邊緣的位置發聲，試圖回返到
「臺灣問題」的具體性和政治經濟脈絡，重構「臺灣研究」的問
題意識，試圖解構主流「臺灣論」的意識形態性，重構「臺灣研
究」的反思性、當代性和批判性。

　　從創刊伊始，《台社》就確立了以臺灣特殊而具體的政治經
濟和文化狀況為研究對象的問題意識。在 1988 年春天的〈發刊
詞〉中，《臺灣社會研究季刊》早已經提出：「我們這群關心臺
灣社會發展及其未來的青年社會研究工作者，認為臺灣社會研究
必須涉入地立足在孕育著無限生機的廣大民間社會，具有自我批
判意識地割捨一切……不具特殊而具體之問題意識的形式主義命
題，站在關懷臺灣未來命運之前瞻的、以臺灣之特殊而具體的問
題意識為主體之自主的、以徹底挖掘問題根本並追求解決與改變
之基進的立場，自臺灣社會的現實出發，從歷史——結構的角
度，對我們的社會進行深入而全面的調查研究，自我批判地去追
問『我們是什麼』這個有著倫理實踐意涵的問題。」[117] 這一問題
意識的提出直接針對的是 1970 年代至 1980 年代主流的「臺灣研
究」的兩種相互關聯的傾向：一是「臺灣經驗」論——即如何闡
釋臺灣的發展「奇蹟」——傾向；二是純粹技術化和量化傾向。
所謂「臺灣經驗」的研究包括早期的「現代化理論」，「依賴發
展」理論，馬克斯·韋伯社會學範式影響下產生的「儒家倫理」
論以及「東亞發展」的文化論等等；而純粹技術化和量化研究傾
向只是對西方社會研究典範的某種複製，其繁瑣的技術化分析的
目的在於「說明臺灣的傳統社會如何趨近於歐美的現代社會，或
趨近現代性的程度如何。」在《台社》看來，這兩種傾向都是歐
美中心主義或西化主義思潮在「臺灣研究」領域的具體表徵，這

---

117 〈發刊詞〉，《臺灣社會研究季刊》第一卷第一期，1988 年春季號，
　　第 4-5 頁。

導致主流的「臺灣研究」難以生成真正的「問題意識」和批判意識。早期《台社》企圖把主流的對臺灣成功經驗的闡釋轉變為對臺灣社會發展問題的歷史化與結構性的分析。1988年的《台社》推出臺灣發展問題專輯、臺灣都市問題專輯、臺灣文化與思想專輯，都涉及臺灣現代化過程中一系列具體的問題，如「原始積累、平等與工業化」，「內在的社會政治關係如何強化以及改變經濟結構」，自由主義在臺灣扮演的角色及其轉化及與主流意識形態的關聯，臺灣的邊陲資本主義發展脈絡與都市化及空間生產的關係等等。這一系列的問題的提出，表明早期《台社》的「臺灣研究」具有一種溫和的和邊緣的批判性格。

　　應該指出的是，《台社》的「問題意識」是一種對當代思潮和社會狀況的積極應對和批判性反思的意識。在1995年《台社》創辦七周年之際，《台社》知識份子提出了一個更為根本的問題：什麼是臺灣社會研究？什麼是「基進」（激進）的臺灣社會研究？「基進」（激進）的臺灣社會研究在現階段的臺灣究竟指涉什麼？與早期的溫和的批判性相比，七年後的《台社》的「問題意識」顯得更為尖銳更具批判性，對當代思潮的介入性也更突出。批判的「臺灣研究」如何重新認識和闡釋解嚴後尤其是90年代臺灣社會的巨幅變化？左翼知識份子又如何應對如何介入變化了的社會現實？「匆匆七年已經過去，就在喧擾、抗議和各種勢力糾纏對峙的歷史發展進程裡，當時所面臨的各種巨變環境，如今已經逐漸呈現不同的面貌。」舊的威權政治已經瓦解，取而代之的是新的政治機器的打造，政黨政治的紛爭，資本與政治機器的更有機的整合，「政治結構和文化結構逐漸趨向穩定的『臺灣化』」，「國族話語」已經演變成為政治意識形態的主流話語，它「不僅吸納了民主反對運動多年來積蓄的大量動能，也淹沒了八十年代爆發的各類社會運動，正式為九十年代的臺灣政經發展

定下了新的日程表。」[118]90 年代的臺灣究竟是個什麼樣的社會？90 年代是否形成了新的文化霸權？「新意識形態」的大規模生產、繁殖和擴張又遮蔽了什麼？在 90 年代風雲變幻的文化現象和種種政治話語的背後，《台社》知識份子群體意欲調整乃至重建「臺灣研究」新的問題意識，試圖以具有歷史感和整體意識的左翼「基進」立場理解、闡釋並正面回應變化了的臺灣現實或新的歷史社會狀況。這個新的問題意識包括以下相互關聯的三個方面：

第一，新的政治機器和體制的性質為何？與舊的威權政治有何區別和共同點？《台社》認為在「自由化」和「民主化」的表象背後，新的政權機器在本質上是一種「民粹威權主義」。這種「民粹威權主義」正在實施的「霸權計畫」為何？其「霸權計畫的象徵政治」又是如何運作的？

第二，新的意識形態如何形成？它又如何籠罩和遮蔽臺灣社會的真實面向和種種差異、分歧與矛盾？批判的知識份子如何發現和揭示出被掩蓋和遮蔽了的臺灣政治和經濟的結構性問題？諸如資本與政治的緊密關係，資本主義的高度發展所產生的階級分化，經濟全球化帶來的勞工階級的新困境，社會福利體系的脆弱，社會運動的衰退⋯⋯。

第三，「我們是什麼？」即在新的歷史情境下，如何重新確立批判的左翼知識份子的社會位置和理論立場？「在可能的改變遠景中，我們身為以基進自許的學術工作者，能扮演什麼角色、發揮什麼功能？」《台社》認為必須回到問題的原點，從問題的釐清和提出開始，因為「問題決定行動的方向與目的。」[119] 看

---

118 台社編委會〈由「新國家」到新社會〉，《臺灣社會研究季刊》第 20 期，1995 年 8 月，第 2 頁。

119 台社編委會〈由「新國家」到新社會〉，《臺灣社會研究季刊》第 20 期，1995 年 8 月，第 15 頁。

來，90 年代中期的《台社》知識份子社群關注的核心問題在於：
如何理解當下的處境？如何解構新意識形態？如何揭示出被新意
識形態遮蔽的政治經濟和思想狀況？並未把提出某種進步的替代
方案或重構某種社會圖景作為思考的主要方向。直至 2003 年，在
《台社》創辦十五周年的研究會上，《台社》編委會再次發表了
「基調」性的文章：《邁向公共化，超克後威權——民主左派論
述的初構》，《台社》知識份子社群才初步提出了一種「民主左
派」的計畫與構想，提出了一種以「公共性」超克「後威權」的
替代方案和想像的圖景。這或許可以表明，《台社》的知識份子
社群開始把工作重心從純粹批判過度到批判性與建設性的並重。
但究竟何謂「民主左翼」？「民主左翼」在當代臺灣有沒有社會
基礎？「階級政治」是否因而徹底退場？《台社》的「民主左
翼」理論同樣要經受艾倫·伍德在《新社會主義》一書中對「激
進民主」論述曾經提出的一系列質疑。

三、《台社》：「差異」的接合。

　　從《島嶼邊緣》到《臺灣社會研究季刊》，對於當代臺灣的
「新左派」而言，「接合」一直都是一個關鍵性概念，它涉及到
「後現代左翼」或「民主左翼」的論述形構策略，也關涉到「後
現代左翼」或「民主左翼」與傳統左翼的分野。「接合理論」甚
至不只是一種話語策略，而且是所謂「民主左翼」建構的思想和
理論基礎。《台社》知識份子之所以引入並十分倚重「接合理
論」，有兩個根本原因，一是基於《台社》知識份子對 90 年代以
來臺灣社會政治狀況和「新社會運動」以及思想狀況的基本分析
與認識；二是西方馬克思主義和後馬克思主義思潮的深刻影響和
啟發。
　　後馬克思主義者拉克勞和默菲曾經如是分析左派思想的當代
處境：左派如今處於十字路口。過去那種「顯而易見的真理」

——傳統的分析形式和政治預測、對衝突力量的性質和左翼鬥爭
的意義與目標的認定等等——都因為歷史的一系列劇變而遭遇到
嚴重挑戰。「那種豐富和多元性質的當代社會鬥爭已經產生了一
種理論的危機。」[120]《台社》知識份子認同拉克勞和默菲對當代
思想和政治狀況的基本估計,認為 90 年代以後的臺灣也處於這樣
的狀況之中:女性主義、原住民運動、社會主義思潮、同志運
動、綠色環保主義、性別人權運動、人權運動、消費者運動、反
核運動、反全球化運動、動物保護主義、青少年解放運動、反貪
腐運動、教育公共化運動、移民移工人權運動、妓權運動……所
有這一切都意味著「新社會運動」已經不再僅僅是一個階級反對
另一個階級的鬥爭,而是擴展到更為廣泛多元的領域。當代社會
運動的多元性質瓦解了統一的同質的和普遍的主體概念,也導致
傳統左翼構想的解放方案失去了可靠的基礎。左翼思想如何應對
這一狀況的挑戰?如何重構有效的左翼論述?《台社》知識份子
在「接合理論」中找到了一種思考的方向和可能性。

　　所謂「接合」,用勞倫斯・格羅斯伯格的話說即是「接合即
是在差異性中產生同一性,在碎片中產生統一,在實踐中產生結
構。接合將這個實踐同那個效果聯繫起來,將這個文本同那個意
義聯繫起來,將這個意義同那個現實聯繫起來,將這個經驗同那
些政治聯繫起來。而這些關聯本身被接合成為更大的結構。」[121]
在西方馬克思主義的思想脈絡中,「接合理論」經歷了葛蘭西、
拉克勞和霍爾三個階段的歷史發展與演變。「接合」(articula-
tion)概念的最初出現應上溯到葛蘭西的文化霸權理論。葛蘭西認

120　拉克勞、默菲《文化霸權與社會主義戰略》,陳璋津譯,臺北遠流 1994
　　　年版,第 5-10 頁。

121　參見蕭俊明〈新葛蘭西派的理論貢獻:接合理論〉,《國外社會科學》
　　　2002 年第 2 期,第 34 頁。

為文化霸權的形成是一個建構的過程，「政治的主體——嚴格說來——不是階級，而是複雜的『集體意志』，同樣的，通過執行文化霸權的階級來接合的意識形態的組成成份，並不具有一個必然的階級屬性。」[122] 事實上，集體意志是對分散的多元的充滿差異的歷史力量進行意識形態接合的成果。真正系統地闡述「接合」概念並把它發展為所謂「社會主義戰略」的則是後馬克思主義的代表人物拉克勞和默菲。在 1977 年出版的《馬克思主義理論中的政治與意識形態》一書中，拉克勞賦予了「接合理論」徹底克服「階級還原論」和「經濟決定論」的重要意義，認為構成意識形態的諸種要素之間並沒有必然的本質的聯繫，意識形態的形構是不同的歷史因素或諸種差異之間一種偶然的「接合」。在認識論上，拉克勞的接合理論顯然具有後結構主義的反本質主義和反普遍主義的特徵。而在 1985 年出版的《文化霸權與社會主義戰略》書中，拉克勞和默菲把「接合」理論推向了一個極端，即徹底放棄「階級政治」而轉入「話語政治」，偶然性接合取代了「歷史必然性」，「階級主體」被替換為言說結構內部分散的「主體立場」：「主體立場的這種分散舊不能構成為一種解決的方案：設使它們當中沒有任何一種最後設法把自己鞏固起來，作為一種獨立的立場，那麼在它們內部就有把不可能存在的總體這一視野重新引進來的一種多元決定的遊戲。正是這場遊戲，才使得文化霸權的接合成為可能。」[123] 伯明罕學派的代表人物霍爾肯定了拉克勞接合理論的意義，同時也反對他把任何社會實踐都視為「話語」範疇的觀點。在霍爾看來，「接合理論既是理解意識

122　拉克勞、默菲《文化霸權與社會主義戰略》，陳璋津譯，臺北遠流 1994
　　　年版，第 93 頁。

123　拉克勞、默菲《文化霸權與社會主義戰略》，陳璋津譯，臺北遠流 1994
　　　年版，第 164 頁。

形態的原素如何在一定的歷史條件下，在某一論述之內統整起來的方式，同時也是一種詰問它們如何在特別的時機上，成為或不成為和一定政治主體接合的方式。讓我用另一種方式來說吧：接合理論問的是一個意識形態如何發現其主體，而不是主體如何認定屬於他的必然且不可避免的想法；它使我們去思考一個意識形態如何賦予人民力量，使他們開始對自己的歷史情境有所意識或理解，而不會把這些理解化約為他們的社經或階級位置，或是其社會地位。」（斯圖亞特‧霍爾／陳光興《後現代主義、接合理論與文化研究》）在霍爾那裡，「接合理論」變成意識形態分析和文化研究的重要工具，它幫助我們深入地理解意識形態是如何形成的，理解社會思潮中充滿分歧和矛盾的多元因素如何被整合為某種主導話語，也有助於左翼知識份子思考和構想一種進步意識形態的形構策略。

我們以為，《台社》知識份子對「接合理論」的興趣，或「接合理論」對《台社》知識份子的啟發，主要包括以下兩個方面：一是以「接合理論」為分析方法和批判工具，試圖揭示出 90 年代臺灣主流意識形態的形構策略和過程，即揭示出「民粹威權主義」話語是如何生產出來的，這個主導話語如何有效地「接合」了臺灣社會複雜多元的政治訴求和文化情緒。這是意識形態批判工作的重要基礎，在這個基礎上，批判的知識份子才有可能真正有效地解構「民粹威權主義」話語。某種意義上看，意識形態的批判、去蔽和解構工作即是破除「接合」，揭示出在某個特別的時機所產生的意識形態「接合」事實上是對種種「差異」因素的遮蔽和化約。《台社》對 90 年代以來佔據主導地位的「國族」話語、「本土」論述以及「人民」概念的解構就採用了這一批判策略，這也是斯圖亞特‧霍爾在批判「柴契爾主義」時曾經使用過的分析策略；二是以「接合理論」為形構「民主左翼」論述的思想方法和理論基礎。如何形成抵抗「民粹威權主義」的運

動同盟？如何把「反對運動」的正當性和進步性徹底解放出來？
如何在風起雲湧的「新社會運動」和多元化的充滿差異的思想運
動中發現和建構新「接合」的「節點」或「樞紐」，進而重構
「反對運動」和批判的「左翼」論述？這些都是《台社》知識份
子長期探索並且迄今還在不斷地嘗試實踐的時代課題。「自主公
民」、「公共性」、「社會正義」以及「民主的再定義」等等概
念和命題的提出，都可以視為這一論述接合實踐的一部分。

　　以上我們簡要討論了《台社》與「接合理論」的關係，但需
要指出的是，《台社》的「民主左翼」論述並不只是對葛蘭西、
拉克勞和霍爾的「接合理論」的某種複製，尤其不能簡單地把
《台社》的左翼論述視為後馬克思主義在臺灣的表現形態。因為
《台社》「民主左翼」思想的提出還有其臺灣當代思想史的具體
脈絡，它與陳映真代表的左翼傳統和殷海光代表的自由主義傳統
存在內在而深刻的關聯，這個關聯形成了《台社》獨特的思想與
方法。

四、傳統左翼與自由主義的遺產

　　鄉土文學運動發展出來的傳統左翼思想和「自由中國運動」
發展出來的自由主義思想，無疑是臺灣當代思想史的兩大精神遺
產。對於《台社》知識份子建構「民主左翼」論述而言，如何認
識和接合這兩大精神遺產顯然是一個至關重要的課題。《台社》
從鄉土文學運動中汲取了豐富的思想元素，包括「第三世界」理
論、「世界體系」思想、「依賴理論」以及對帝國主義和新殖民
主義的批判。儘管《台社》發刊詞曾經不恰當地把「依賴理論」
也視為西方主義傾向中的一種表現，但事實上，《台社》持續不
斷地把「依賴理論」納入新左翼論述的重要資源之一。這種理論
選擇迄今還未改變，我們可以從《台社》近年來對「全球化與臺
灣學術生產」關係的討論中清晰地看到這一點，而《台社》對新

自由主義的批判與鄉土文學運動對新殖民主義的批判在精神上也
一脈相承。陳光興的重要著作《去帝國》與陳映真左翼思想的內
在精神聯繫同樣密切。陳光興如是而言：《去帝國》的「主要論
點深受魯迅、陳映真、法儂、霍爾、帕薩・查特基、溝口雄三所
代表的批判傳統的影響。」[124] 也正如謝金蓉所說的：「自從北京
傳出陳映真病重的消息後，我經常想起他後半生致力於解套的東
亞後冷戰臺灣處境。在這一條踽踽獨行的山路上，能在學院裡和
他對話的，大概只有清大教授陳光興了。在病榻前拚搏性命的陳
映真，如果知道陳光興 12 年來拚搏的成果終於出版成《去帝國》
（行人）一書，而且書裡兩度感謝他給予的啟發，心中應該快慰
不少吧。」[125] 的確，陳映真所建立的闡釋臺灣處境的「內戰——
冷戰——後冷戰」框架深刻地啟發了陳光興的「去帝國」論述。
某種意義上看，陳光興的「去帝國」可視為陳映真思想在新語境
下的發展。更為重要的是，在政治日趨商品化的語境中，在理想
和價值也日漸沉淪的時代裡，對於批判的知識份子而言，陳映真
的理想主義無疑是一筆彌足珍貴的精神財富。但無論如何，《台
社》知識份子群體的左翼思考決不會僅僅停留在傳統左翼的階
段。在他們看來，傳統左翼的思維方式和社會主義概念以及解放
方案已經不能有效應對變化了的臺灣現實，所以接合「差異」進
而重構左翼論述是一種歷史的必然選擇。

　　這種「接合」當然包括當代臺灣的自由主義傳統。根本上
看，《台社》所謂的「激進左翼」或「民主左翼」既具有後現代
左翼的色彩，同時也具有自由主義的元素。《台社》的「基進立
場」並非是一種「革命」的立場，而是對民主政治的深度追求，

---

124 陳光興《去帝國》，行人出版社 2006 年版，第 21 頁。

125 謝金蓉〈民主儘管沙啞思想不能繳械！〉，《中國時報》2006 年 10 月
　　22 日。

是在民主政治的框架中尋求政治公共性和社會正義的實現。這個目標和理念與自由主義並不完全矛盾，相反有著某種共通性。某種意義上看，在當代臺灣的思想光譜中，《台社》代表的是一種自由左派的立場。在臺灣，純粹的自由主義早已深陷困境，顯得屢弱無力。在左翼作家郭松棻 1970 年的作品《秋雨》中，我們感受到了自由主義在當代臺灣的這種困境和無力：「在殷師思想的後期，步步走上反抗現實的路途，背後的推動力自然就是他的自由主義。然而待與權勢交鋒時，這只是維持在原則性主張的自由主義便一時暴露了它的虛弱，而一點也產生不了力量。」[126]《秋雨》寫到殷師後院不遠的「一窪池水」和池水中的殷師喜愛的蓮花。《秋雨》的結尾，郭松棻留下了兩個耐人尋味的問題：「那一窪池水，到底是活水還是死水？」和「殷師的那抹犬儒的微笑」，「向現實一逕橫掃過去的那抹犬儒的微笑。」[127]某種意義上，郭松棻從存在主義轉向左翼社會主義，回答了《秋雨》提出的問題。

　　如果說在威權時期，自由主義活得艱困乏力，那麼，「解嚴」以後的自由主義的發展又如何呢？其中的兩種走向尤其值得我們關注：一是「澄社」的道路；二是與左翼的結合。1989 年由「自由派教授」發起成立的「澄社」是標榜「自由主義」的重要社團，聲稱要「追求真正的自由與民主」、「追求真正的多元與開放」[128]。我們從澄社出版的重要報告《解構黨國資本主義》（陳師孟、林忠正、朱敬一、張清溪、施俊吉、劉錦添合著翰蘆圖書出版有限公司 1991 年版）可以看出澄社自由主義的核心觀

126　郭松棻〈秋雨〉，美國《大風》創刊號 1970 年 6 月 15 日，《郭松棻集》臺北：前衛，1993 年，第 232 頁。

127　郭松棻〈秋雨〉，美國《大風》創刊號 1970 年 6 月 15 日，《郭松棻集》臺北：前衛，1993 年，第 242 頁。

128　瞿海源〈澄社十年〉，《當代》1999 年 4 月第 141 期，第 60-71 頁。

點：以新古典經濟學為基礎的經濟「自由化」。1993 年出版的另一份重要報告《解構廣電媒體，建構廣電新秩序》闡述的是新聞傳播領域的「自由化」觀點。但是正如澄社社長瞿海源所指出，澄社的知識份子思想上存在異質性，其中有些成員明顯地傾向於社會主義。的確，參與撰寫《解構廣電媒體，建構廣電新秩序》的馮建三、王振寰等人在理論立場上與純粹「自由化」的觀念顯然存在著很大的差異，他們的「公共性」和「政治參與」論述更多地代表了《台社》的立場。現今看來，自由主義的「澄社」道路的演變有兩個問題尤其值得思考和反省：一是經濟的「自由化」主張演變為放任自由主義，如此就為「新自由主義」意識形態在臺灣的順利登陸打開了大門；二是一些標榜自由主義理念的「澄社」知識份子或所謂的「自由派教授」逐漸喪失了獨立的和批判的政治立場而蛻變為新政治權力的依附者和「新意識形態」宣傳者。

　　「解嚴」以後臺灣自由主義發展的另一種傾向是與左翼的結合。我們在《台社》知識份子群體中多少可以看到這一走向。其實，早期《台社》對自由主義的看法存在某種重大分歧。《台社》1988 年冬季號的「文化與思想專題」反思和批判當代思想史的三大思潮：新儒學、自由主義和現代主義。該專題同時刊發了傅大為的《科學實證論述歷史的辯證》和錢永祥的《自由主義與政治秩序》兩篇反思當代自由主義的重要文章，暴露了早期《台社》內部在如何認識五六十年代自由主義方面的分歧。傅大為的批判性思考對準殷海光的科學實證主義傾向以及這一傾向對當代臺灣思想史的影響，傅大為的論述過程是複雜和辯證的，但理論立場和結論卻十分明確：「從弱勢的抗爭到強勢的專橫，從論述自由的渴望到論述霸權的維護，從攻擊蒙昧落後到宣稱自己是真理的掌握者，從壟斷政經體系的挑戰者到霸權政經體系的妥協支持者，這個過程，是 50 年代以來臺灣科學實證論述『歷史的辯

證』。」傅大為自陳，討論殷海光實證主義的思想片段，目的不在於「尋根」，而是旨在揭示出「早已潛藏在 50、60 年代的霸權策略種子。」[129] 這個判斷與郭松棻的《秋雨》對殷海光的描寫顯然構成一種有意味的差別，而與錢永祥的《自由主義與政治秩序》的微妙差異意味可能更為深長。與傅大為批判臺灣自由主義的科學實證主義傾向明顯不同，錢永祥對《自由中國》經驗的反省關注的則是自由主義與政治秩序的關係。在錢永祥看來，正是在對這個命題的思考上，自由主義的意義與局限同時呈現了出來。一方面，自由主義在承認意志正當性的同時又認為政治秩序具有獨立於人的意志的起源與法則。這樣，「自由主義既保全了近代的主體性原則，又為這項原則的應用提供了堅實的規範，以遏制意志可能發展出的狂熱與虛無傾向。」但另一方面，傳統自由主義卻沒有追問「政治秩序」這個理論前提本身的正當性問題。正是這個忽視導致自由主義無法有效應對當代的政治狀況，現今，在各種政治勢力爭奪下，所謂「政治秩序的正當性」早已轉化為諸種意識形態的合法性論戰了。錢永祥肯定了《自由中國》經驗在當今的思想意義，甚至認為自由主義所欲維護的價值在今天比以往任何時候都具有更重大的意義。但他也指出自由主義必須發展出新的論述策略以應對變化了的政治現實。如何完成殷海光未竟之事業？或如何重構自由主義？這的確是一個重要命題。對此，錢永祥提出了一個具有建設性意義的思考方向：「自由主義一向強調社會領域必須有相對於國家的的自主性。在過去，它向一套非政治性的秩序做訴求，以保障這種自主，結果不過是剝奪了社會領域形成政治意志的能力。如今既然秩序本身已成為政治爭議的對象，那麼讓社會領域積極參與這類爭議，反而

---

129 傅大為的〈科學實證論述歷史的辯證─從近代西方啟蒙到臺灣的殷海光〉，《臺灣社會研究季刊》第一卷第 4 期，1988 年，第 55-56 頁。

有助於社會力量在政治秩序的形成中取得主導權。這或許才是自
由主義再度成為一個有意義的政治力量的機會所在。」[130] 90 年
代中期以後的《台社》知識份子對自由主義的認識正是沿著這個
思考方向進一步展開，並且把自由主義的精神遺產作為重要的價
值維度納入其「民主左翼」的論述之中。

　　這一思考方向的展開，從對伯林和殷海光的意義與局限的分
辨開始，逐漸轉入對羅爾斯的「政治自由主義」的肯認，並與左
翼論述相接合。《台社》之所以把自由主義的價值和政治維度納
入其「民主左翼」的論述，其最終目的正在於構建政治與文化的
公共性和正義性。對於《台社》知識份子而言，殷海光和伯林的
意義在於維護近代主體性和意志自由的原則，在於承認價值多元
性的事實並且尊重和維護個體在價值抉擇上的自由權力。但問題
在於：「既然人與人之間在信念、價值與利益各方面都相異甚至
衝突，社會的共同生活如何可能？」錢永祥等人的思考從殷海光
和伯林的局限處開始，試圖發展出一種「多元的平等主義」，認
為這是「社會的共同生活」或「社會整合」的基礎要件。它包括
兩個基本原則：「第一承認分歧多元這件事實，因此允許最大程
度的自由；第二，承認分歧各元的平等地位，因此以公平的方式
對待它們。」這個理念在《島嶼邊緣》中曾經有過初步的表述：
多元民主平等抗爭、反對任何論述的優先論。但錢永祥等人的思
考顯然要深入細緻得多，他們已經認識到更為關鍵的問題是如何
處理自由與平等以及分歧與整合的關係，認識到重構自由主義即
是發展出一套「有制度涵義的政治原則」，這套政治原則包括
「基本權利、憲政體制、民主程序和社會分配制度」等方面[131]。
（《台社》尤其重視「社會分配制度」，「分配正義」視為社會

---

130 錢永祥〈自由主義與政治秩序〉，《臺灣社會研究季刊》第一卷第 4
　　期，1988 年，第 98-99 頁。

「正義」至關重要的一項。）錢永祥在羅爾斯的「正義」理論中發現超越古典自由主義局限的可能性，在他看來，羅爾斯的「正義論」開啟了自由主義的新方向。那麼，羅爾斯式的政治自由主義中哪些重要觀點如此深刻地啟發了錢永祥們呢？這即是羅爾斯關於正義的「政治觀」，它包括三點：近代憲政民主體制的基本結構，容許思想的歧義和價值觀的差異，憲政民主社會的公共政治文化。從 2003 年發表的「社論」或「基調」文章〈邁向公共化，超克後威權〉看，《台社》知識份子已經有效地把這種政治自由主義的理念納入和整合到其「民主左翼」論述的框架之中，並且以之為理論武器抵抗「國族」論述霸權。而這正是我們把《台社》的「民主左翼」視為一種自由左派思想的根本原因。饒有意味的是，《台社》之外的一些左翼知識份子也認識到了政治公共化的重要性。馬克思主義研究者宋國誠發表了以《閱讀左派》為題的一系列文章，在我們看來，這是一項富有深意的工作，旨在為臺灣左翼思想的重構提供新的參照和理論資源。宋國誠也是在「重建公共性」的維度重新解讀漢娜·阿倫特左翼思想的當代意義。這種共識的出現是否表明臺灣的新左派已經逐漸形成了一種新的思考方向和社會發展方案？這確是一個尤其值得進一步觀察的問題。

五、新自由主義批判

在當代臺灣知識界，《台社》知識份子對新自由主義始終持有一種警惕和批判的立場。這個理論立場銜接上了陳映真批判新殖民主義的思想傳統，也與臺灣勞工陣線的立場相接近，確立了《台社》在 90 年代以後臺灣的知識和政治光譜中的左翼位置。在

131　錢永祥《縱欲和虛無之上——現代情境裡的政治倫理》，生活·讀書·新
　　　知三聯書店 2002 年版，第 119-120 頁。

《台社》看來，90 年代的臺灣已經處於新自由主義大兵壓境兵臨城下的狀況，在臺灣經濟「民營化」運動中，早已顯示出新自由主義成功入侵的明顯跡象。而新自由主義的全面入侵將導致底層勞工的進一步貧困化，也將促使中產階級的「下流化」。「新自由主義全球化必須被反對，因為它的意識型態以及實際過程促使國家與社會的市場化，從而帶來激進民主甚至憲政民主的危機，以及社會結構的極化。」[132] 因此，批判新自由主義意識形態，抵抗新自由主義的入侵，也已經成為左翼知識界當下的一項重要課題。作為當代臺灣重要的左翼力量之一，《台社》知識份子從 90 年代初開始至今都十分關注這一課題的研究，提出了以下一系列具有《台社》特色的批判性的觀察和思考：

第一，《台社》指出，所謂「自由派」知識份子、主流的「國族」論述和「新自由主義」三者之間存在某種隱蔽的「共謀」關係。正是這種隱蔽的「共謀」關係導致臺灣社會和思想界對「新自由主義」缺乏應有的警惕、反省和批判。所謂「自由派」知識份子，或「自由派教授」指的是「澄社」中的一部分標榜自由主義的知識份子，如陳師孟等經濟學者。他們主張全面開放市場和經濟的徹底自由化，主張公營事業的「民營化」或私有化。在 1991 年出版的重要報告《解構黨國資本主義》中，「澄社」曾經得出這樣的經濟學觀點：「一般而言，民營化的主旨在縮減政府干預範圍，追求價格機能的充分發揮，使私人的經濟活動有如受到一隻『無形手』的導引與節制，可以達到優勝劣敗、去蕪存菁的篩選作用，使資源的利用趨向最有效率的境界。自由市場體制並不完全排除政府介入經濟活動，只是必須基於市場失

---

132 趙剛〈為何反全球化？如何反？──關於全球化的一些問題的思考與對話〉，《臺灣社會研究季刊》2001 年第 44 期，第 49 頁。

靈的特別狀況。」[133]《台社》知識份子把這種經濟學定位為一種「放任的自由主義」，認為這種「放任自由主義」離「新自由主義」只有一步之遙，而這種「放任自由主義」以反抗威權政治的名義出場，獲取了某種正當性，並以「族群自由主義」立場與主流的「國族」論述相結合，形成一種「新意識形態」的霸權。在「國族」話語的掩護下，這一意識形態建立了民主化等於市場化以及自由化等於私有化的隱蔽邏輯。這正是「新自由主義」意識形態在臺灣大規模入侵的內在原因之一。

第二，《台社》揭示出「新自由主義」意識形態實質上隱藏著的是各種政治勢力瓜分經濟利益的事實。新自由主義使這種瓜分獲得了經濟學上的正當性。《台社》著名的經濟學家瞿宛文如是指出：「新自由主義意識形態的瀰漫，是私有化可以合理化的進行的前提。在臺灣，這波自由化私有化風潮，又與威權體制的解體相配合，使得公營事業變成了在各方競逐『後威權』體制之掌控權下，被視為是俎上肉一般的瓜分對象，或為圖利財團建立政治關係，或為籌措短期財源鞏固票源，在一切泛政治化的氛圍中，公共化的政策討論只能付之闕如。」[134] 在《台社》看來，「新自由主義」在臺灣表現為「政治向資本的全面傾斜」，這種傾斜從威權統治的後期開始延續到後威權時期，民進黨執政並沒有改弦易轍，反而愈益嚴重。瞿宛文對後威權時代「民營化」的批判性分析，解構了「澄社」自由化經濟學的意識形態。瞿宛文對後威權時期臺灣政治經濟狀況給出了一個基本判斷，即所謂「黨國資本主義」現今「早已本土化為『官商資本主義』」。如此，政治與經濟關係以及民主與市場關係越來越被扭曲。某種意

133　陳師孟等《解構黨國資本主義》，澄社 1991 年版，第 267 頁。

134　瞿宛文〈後威權下再論「民營化」〉，《臺灣社會研究季刊》第 53 期，
　　　2004 年，第 29-60 頁。

義上看，瞿宛文對「新自由主義」的政治經濟學批判是對左翼經濟學家劉進慶的「官商資本主義」闡釋範式的回返和重構。

第三，《台社》提醒人們關注新自由主義對學術生產的影響。以美國為主導的新自由主義無孔不入，在學術生產領域同樣產生了不可忽視的影響。這一影響主要表現在學術生產的市場化和學術評鑒制度的美國化。陳光興和錢永祥提出必須對以「SSCI決定論」的學術評鑒體製作政治經濟學分析，認為學術評鑒不僅是學術行政、學術規訓的問題，更是一個關於知識生產的政治經濟學問題。冷戰結束後，「以美國為主導的新自由主義全球化動力，快速形成主導性力量，以資本為前導，以自由市場為手段，打通冷戰時期無法進入的疆域。簡單的說，在掃除與其對立的社會主義阻力後，資本主義全球化的契機終於出現。從這個面向來思考，全球化意味著冷戰的鬆動，冷戰時期相互隔絕的地區開始發生關係。也正是在這樣大環境的變化中，學術生產方式開始發生巨變。如果說冷戰時期的美國大學及學術生產受制於國家意識形態，那麼90年代以後，支配的力量則逐漸由全球競爭的市場導向所取代。」[135]

第四，《台社》嘗試提出了抵抗新自由主義入侵和突破新自由主義籠罩的策略。這些策略包括以下方面：其一是重新肯定社會公平的價值，「社會公平雖是一古老的價值，但仍是普世的價值，只是在現今社會價值太偏向資本、意識形態太偏向市場的情況下，我們必須要重新肯定我們對社會公平的追求。我們必須要檢討新經濟自由主義，尋找建立社會民主的理論資源，甚至重新

135 陳光興、錢永祥〈新自由主義全球化之下的學術生產〉，《全球化與知識生產：反思臺灣學術評鑒》，臺北：唐山出版社2005年版，第7頁。
136 瞿宛文〈後威權下再論「民營化」〉，《臺灣社會研究季刊》第53期，2004年，第29-60頁。

洗刷三民主義的污名。」[136] 其二是「慢社會學」策略。趙剛提出：以「一種『慢社會學』作為抵抗全球化速度政治的知識與政治路徑，目的則是為了重建『社會性』，抵抗國家與社會的市場化，並使國家與市場鑲嵌於市民社會。唯有以市民社會為基礎的激進民主才能有效馴服市場並使國家復得其社會性。」[137] 其三、跨「國族」的反抗策略。如同布迪厄所言：「今天的現實是，大部分統治性經濟力量都是世界性經濟力量都是世界性、跨國族地發生作用。同樣現實的是，這裡有一個空白，即跨國族鬥爭的空白。」反抗新自由主義的跨國族斯鬥爭無論在理論和層面還是實踐領域，都是空白的。所以必須重構「國際主義」。[138] 台社知識份子認同這種策略，他們主張：擺脫「自我中心的民族優先論」，「找回過去批判性的國際主義精神。」[139] 東亞的「批判圈」和華人「批判圈」的建構為理論上重構批判的「國際主義」提供了一種卓有成效的嘗試。《台社》抵抗新自由主義的核心策略是建構經濟的公共性、政治的公共性和社會文化的公共性，以「公共性」抵抗「私有化」。但在實踐層面，問題則要複雜得多。在資本的全球化擴張和勞動者空間的隔離之間，在移民勞工與本土勞工之間，在區域經濟正義與全球經濟正義之間，許多矛盾與衝突錯綜複雜相互糾纏。在實踐層面如何重建所謂「跨國族鬥爭」？如何真正有效地建構經濟與政治的公共性？作為資本輸出地區，臺灣在資本全球化中扮演著雙重角色，左翼批判論述又

137 趙剛〈為何反全球化？如何反？——關於全球化的一些問題的思考與對話〉，《臺灣社會研究季刊》第 44 期，2001 年，第 49 頁。

138 布迪厄《遏止野火》，河清譯，廣西師範大學出版社 2007 年版，第 60 頁。

139 陳光興〈〈臺灣論〉所觸發台日批判圈對話的契機〉，《反思〈臺灣論〉》，唐山出版社 2005 年版，第 6 頁。

「如何面對這樣一個臺灣在全球化中的雙重身份？」《台社》知
識份子雖然意識到了問題的複雜性，也試圖引入柏格的「全球經
濟正義」概念，但迄今為止，無論是布迪厄，還是《台社》知識
份子都還難以提出真正有效的實踐方案和鬥爭策略。

六、批判的文化研究與闡釋臺灣的多元視域的建構

　　90 年代以後，文化研究的興起已經成為當代臺灣重要的思潮
和文化現象，它意味著臺灣批判的知識份子尋找到一種介入當代
現實的論述方式。《台社》在其中扮演了十分重要的角色，尤其
是在《島嶼邊緣》作者群加盟之後，《台社》逐漸成為臺灣地區
「批判的文化研究」的重鎮。1999 年陳光興曾經這樣發問：「文
化研究在臺灣究竟意味著什麼？」並從這樣的發問出發思考文化
研究在臺灣的定位與實踐，試圖在開放性地思考的同時將正在興
起的「文化研究」引向左翼批判論述的方向。陳光興如是而言：
「文化研究在臺灣究竟意味著什麼？或許我們可以這麼說，它意
味著正在起步、有跡可尋、長相不明的一股新興學術動力。我個
人雖然主觀地期待文化研究在臺灣會是意味著一種進步、開放、
有生命力、創造力、批判力、歷史闡釋力、具有國際主義精神的
學術場域，但是文化研究在臺灣到底意味著什麼？其實取決於與
這個符號相關連多元主體的欲望與其具體實踐。」140 文化研究的
確是多種多樣的，在左翼或偏向於左翼立場的知識份子中，文化
研究也曾經出現法蘭克福學派與伯明罕學派的分歧。文化研究在
臺灣的情形也同樣複雜多元，由於族群的、性別的、階級的經濟
的、環境主義的和文化產業等多種因素以及不同政治立場的複雜
嵌入，臺灣的文化研究顯得尤其的多元紛雜。從《台社》多年來

140　陳光興主編《文化研究在臺灣》，臺灣巨流圖書公司 2001 年版，第 22
　　頁。

的文化研究的論述與實踐看，陳光興的願望其實一定程度上代表了《台社》知識份子的共同追求。

　　90年代以來，《台社》的「文化研究」正是朝著批判性的、多元開放的而且具有歷史闡釋力和國際主義精神的方向發展，而「文化研究」也越來越成為《台社》建構「民主左翼」的批判論述的重要場域。《台社》知識份子力圖將「文化研究」發展為一種批判性的左翼論述。從何春蕤的〈臺灣的麥當勞化──跨國服務業資本的文化邏輯〉到陳光興的〈帝國之眼：「次」帝國與國族──國家的文化想像〉，從陳光興的〈去殖民的文化研究〉到張小虹的〈帝國的新衣〉……我們可以清晰地看出《台社》的這一努力方向。簡而言之，《台社》「文化研究」的批判性格突出地表現在以下方面：一是文化研究與政治經濟學批判的結合。我們在〈文化研究的激進與曖昧〉一文中曾經對文化研究脫離政治經濟學批判的走向表達過如下的疑慮：西方馬克思主義批判社會學的「文化轉向」，在經典馬克思主義關注不夠的文化領域開闢了批判的戰場，著力揭示大眾文化背後隱藏的意識形態與權力關係，發展了馬克思主義的意識形態批判理論，但同時卻放棄了馬克思的政治經濟學批判、實踐唯物主義與總體範疇。我們認為，那種認為通過大眾文化批判就能把握「經濟、生態或政治層面的複雜變化」的看法，如果不是一廂情願的學院知識份子的天真，那麼就是一種避重就輕、避實就虛的批判姿態。從西方到中國，許多文化研究者都把揭示大眾文化對社會現實的遮蔽視為首要問題，文化成為鬥爭與反抗的主戰場，卻迴避或忽視了更為重要的經濟和政治資源分配與再分配的面向，因而在激進批判的背後其實隱藏著的是一種中產階級的保守傾向。缺乏政治經濟學批判視野的文化研究即便是激進的文化批判也是軟弱無力的，甚至不可能有效地闡釋大眾文化的生產與傳播，而只是學院內部的話語政

治或走向其反面成為大眾文化商品的一部分[141]。而正是在努力重
建意識形態分析和政治經濟學批判的關聯方面,《台社》的文化
研究顯得尤其重要。何春蕤對臺灣的麥當勞化的文化分析明顯具
有政治經濟學的批判視域:「一個社會型態的文化層面必然是構
成其生產關係的重要環節,也必然是構成其生產模式的重要元
素。因此跨國資本在進入第三世界的文化脈絡中運作時,不但需
要為自身創造新的文化形象,同時也在過程中重塑了本地的勞動
力,以便更有利於不只是自身資本的擴張,也包括其他產業資本
的進一步效率化及專業化。這種消費與勞動力的麥當勞化……」
[142] 這種提出問題和展開問題的方式與那種單純的意識形態分析和
批判迥然不同。在何春蕤的分析中,文化分析與政治經濟學批判
是相互鑲嵌不可分離的。始終把政治經濟學批判的維度納入文化
分析之中,這成為《台社》的文化研究的最為突出的特色和努力
方向。在馮建三對文化研究與傳播政治經濟學對話關係的關注和
對「『開放』電視頻道的政治經濟學」闡釋中,在陳光興和錢永
祥對學術評鑒制度的作政治經濟學批判中,……我們都可以看到
《台社》的這一堅持。二是後殖民批判與文化研究的結合。《台
社》文化研究的代表人物陳光興 1994 年發表《去殖民的文化研
究》一文,很清晰地表述了《台社》對文化研究的界定與期望。
在他看來,批判的文化研究是反殖民運動的一種論述實踐,「文
化想像中的去殖民問題」構成文化研究的一個至關重要的思想焦
點。因而,陳光興明確地把文化研究定位為「全球去殖民運動的
一部分」,並且提出「殖民——地理——歷史唯物論」的闡釋框

---

141 參見劉小新〈文化研究的激進與曖昧〉,《文藝研究》2005 年,第 7
     期,第 136-142 頁。

142 何春蕤〈臺灣的麥當勞化─跨國服務業資本的文化邏輯〉,《臺灣社會
     研究季刊》1994 年,第 16 期,第 1 頁。

架，試圖接合「歷史唯物論」、「激進地理學」和「第三世界理論」，從而發展出一種「去殖民的文化研究」，旨在揭示出「世界體系」、「文化想像」與「主體欲望」三者之間錯綜複雜的歷史與結構關係，其核心在於揭示出「殖民認同關係裡所形塑出來的文化想像」是如何制約了「被殖民主體欲望流動的方向」。[143] 2006 年陳光興出版了《去帝國》一書，進一步把「去殖民的文化研究」發展為「去殖民、去冷戰、去帝國」三位一體的臺灣／東亞論述。

　　從「去殖民的文化研究」的提出到「去帝國」的系統論述，在當代漢語思想乃至「亞際文化研究」的場域，陳光興的思想探索都深具意義。我們認為，在一定意義上，陳光興建構了一種批判的文化研究的範型，建構了闡釋臺灣的一種知識範式。《去帝國》一方面闡釋了第三世界知識份子置身其中的複雜處境和精神焦慮，另一方面也以陳光興的方式詮釋和完善了 1988 年《台社》創刊時提出的「歷史——結構」的思想方法。具體而言，對於「文化研究」以及「臺灣研究」而言，《去帝國》的意義以及問題在於如下方面：其一是提出了一種「去殖民的主體性」建構的文化策略，即「批判性的混合」策略。所謂「批判性的混合」，按照陳光興的解釋，其「基本倫理學原則就是『成為他者』（becoming others），將被殖民者的自我／主體內化為（弱勢而非強勢的）他者，內化女性、原住民、同性戀、雙性戀、動物、窮人、黑人、第三世界、非洲人……，將不同的文化因素混入主體性之中，跨越體制所切割的認同位置及邊界，消除階級、父權、異性戀、種族沙文體制所強加的『殖民』權力關係。因此，批判性的混合是被殖民弱勢主體之間的文化認同策略。」[144] 儘管陳光

143 陳光興〈去殖民的文化研究〉，《臺灣社會研究季刊》1996 年 1 月，
　　第 21 期，第 73-139 頁。
144 陳光興《去帝國》，臺北：行人出版社 2006 年版，第 152 頁。

興強調了他所提出的這一策略不同於後殖民理論的雜種文化概念
——「混合」不同於「雜種」之處在於其主體性、反思性和批判
性性格——，但基本上還是這個理念的延伸。陳光興提出這一策
略的意義在於消解新主體建構過程中所常常相伴而生的新的權力
壓迫關係，其目的是消除各種因素形成的自我與他者之間的二元
對立。在我看來，陳光興的「批判性的混合」實質意義上接近於
「主體間性」或「文化間性」概念，是對民主平等理想以及後現
代「接合」理念的另一種表述。它實質上是一個倫理學的規範性
概念，或者說是一種倫理學上的防禦性策略，這一倫理規範何種
程度上能夠保證一個強勢主體去「成為他者」？如何在政治操作
層面上實現「批判性的混合」的設想？顯然是更大的難題。缺少
政治維度的「批判性的混合」文化策略至多只是一種「文化政
治」，只是一種弱勢意義上的文化左翼的批判策略；其二是建立
了時間與空間交錯鑲嵌和相互穿透的闡釋框架，強化了文化研究
的歷史感和空間意識。《去帝國》在分析方法上卓有成效之處在
於結構的歷史轉換與歷史的結構演變的結合，並且引入地緣政治
和世界體系理論來闡釋空間是如何生產出來的以及空間感是如何
形成的，闡釋「世界體系」和「地緣政治」的結構關係如何深刻
地影響了人們的情感和情緒結構；其三是提出「亞洲作為方法」
的觀念。這是《去帝國》對文化研究、臺灣研究乃至東亞研究最
為重要的貢獻。無庸置疑，這個觀點的提出深受溝口雄三「中國
作為方法」和竹內好「作為方法的亞洲」觀點的影響與啟發，是
對溝口雄三和竹內好思想方法的延伸和發展，都試圖把東亞現代
性再「問題化」和重新脈絡化。在《去帝國》中，陳光興已經提
出了一種如何超越或克服「脫亞入美」的嶄新的思考方向與闡釋
策略。儘管我們還有足夠的理由對此提出一系列的質疑：「美國
性」是多元異質的不能總體化地處理，同樣「亞洲性」也是多元
異質的不能被化約，但返回亞洲的歷史現場和問題脈絡以及建立

亞洲研究自我的問題意識和思想譜系無疑至關重要。對於陳光興
而言，「亞洲作為方法」與「去帝國」是一體之兩面。而對於
「臺灣研究」而言，「亞洲作為方法」的方法學意義值得進一步
思考，它隱含著與此相關的另一個命題：「作為方法的臺灣」。
在「亞洲論述」的框架中重構「闡釋臺灣」的理論視域，的確深
具啟發意義。《台社》建構了「臺灣研究」的多元視域交迭的闡
釋模式。他們試圖擺脫和克服「一般臺灣中心論的論述」的局
限，而把臺灣的位置「視為一個結點（nodal point），基本上處於
幾個相互重疊、交相作用的生活網路（networks）當中，也就是
說臺灣作為一個地理歷史空間的想像實體，存在於不同網路的交
叉點上。」《台社》知識份子試圖在「臺灣在地」、「兩岸關
係」、「華文國際」、「亞洲區域」、「全球場域」的視域交迭
中重新認識臺灣和闡釋臺灣[145]。在我們看來，陳光興們的「去帝
國」思考以及「區域批判知識份子圈」的構建與對話，為超克
「臺灣的焦慮」和「闡釋臺灣」的焦慮及困境提供了一種可能性
和有意義的參照。

　　引入「空間」概念，建構文化研究的空間維度，也是《台
社》「文化研究」值得我們關注的特點之一。在陳光興的《去帝
國》中，「空間」是一個地緣政治學和世界體系理論的概念，指
涉的是「世界體系」和「地緣政治」的結構關係。「空間」概念
在《台社》的「文化研究」中還有一種相對微觀的用法，我們指
的是夏鑄九所代表的「空間、歷史與社會」關係的研究路徑，或
空間的社會與文化分析方向。這個方向建立在批判的地理學、後
現代的地理學和空間的政治經濟學的基礎之上。夏鑄九等人對

---

145 陳光興、錢永祥〈新自由主義全球化之下的學術生產〉，《全球化與知
　　識生產：反思臺灣學術評鑒》，臺北：唐山出版社 2005 年版，第 27
　　頁。

「空間」的文化研究涉及這樣一些問題：在社會和歷史結構的變遷中休閒空間是如何生產和再生產出來的？休閒空間的形成與政治經濟制度及文化意義的結合模式如何？空間形式演變與第三世界「依賴發展」的關係如何？「全球經濟再結構」與臺灣區域空間結構變遷的關係為何？空間是如何被感覺的？空間感是怎樣被編碼的？空間與身份認同、空間與性別的關係為何？……146 這一系列繞有趣味的問題的提出與分析的展開是否意味著漢語學界的文化研究和社會理論的空間轉向已然出現？

---

146 參見夏鑄九《空間、歷史與社會》，臺灣社會研究叢刊 1995 年版；夏
    鑄九、王志弘編譯《空間的文化形式與社會理論讀本》，明文書局 1994
    年版。

第七章　寬容論述如何可能？

第一節　「悅納異己」概念的「冒現」

　　關注臺灣當前文藝理論和社會思潮的學人，也許會注意到一個現象，即「悅納異己」這個語詞在近年的「冒現」。「悅納異己」是臺灣外國文學和哲學界對英文語詞 hospitality 的翻譯。根據韋伯英文辭典的解釋，hospitality意為對客人或陌生人的熱情接待和慷慨接納。現代概念hospitality源自於拉丁文的hospitalitas，其最初緣起可以追溯到古希臘和希伯萊時期的文化禮儀寬容而熱情待客的精神：即對他者或異己的接納和包容。2006 年臺灣學界突然對「hospitality」產生了濃厚的興趣，在學院批評界深具影響的《中外文學》雜誌第三十四卷第八期推出了「論悅納異己」專輯，由李有成和傅士珍編輯，收入〈外邦女子路得〉（李有成）、〈誰是外邦人？：析論薩依德的《佛洛伊德與非歐裔》〉（單德興）、〈建立流變的世界：翁達傑的〈英倫情人〉〉（許綏南）、〈獨在異鄉為「異／客」：卡斯楚華人移民二部曲之跨文化接待〉（李翠玉）、〈德希達與「悅納異己」〉（傅士珍）、〈待與客〉（李家沂）、〈中古慈善收容制度之宗教神髓〉（蘇其康）等一系列文章，從聖經中記載的路得事蹟到中古時期的慈善收容制度，從佛洛伊德到德勒茲的理論，從列維納斯到德希達

……廣泛地觸及和討論了「悅納異己」的緣起和在當代西方思想中的巨大的歷史迴響，以及在各種文學文本（包括華人文本）中的體現。

　　「悅納異己」在臺灣學界的粉墨登場是有其國際學術背景的。我們知道臺灣學界尤其是西方文學學門素有對歐美學術變遷快速反應的傳統，這一方面快速引入各種新潮理論與方法，產生各種新概念新範式，促進了學術生產的繁榮，另一方面，這一傳統也被人詬病為對西方理論的亦步亦趨，成為依附發展的文化表徵。「悅納異己」說的出場當然也留下了歐美學術思想影響的深刻印記。在這種影響中，有兩位思想家的思想遺產特別值得注意，其一是雅克・德里達（Jacques Derrida）解構批評的精神遺產。長期以來，德里達的解構批評在臺灣進步知識界產生了深遠的影響，在 80 年代反抗威權統治的意識形態鬥爭中發揮了重要作用。2004 年 10 月 8 日，這位影響當代知識生活的重要人物和解構主義大師在巴黎與世長辭。這引起了世界範圍對其思想的緬懷和追憶，並開始了一場重新解讀解構主義的思想運動。人們對德里達後期思想即「友愛的政治學」產生了極其濃厚的興趣，認為這呈現出了德里達解構主義思想的另一重要面向。這為臺灣思想界重新認識德里達思想提供了一個十分難得的契機。德里達辭世一個星期後，臺灣陸續出現一系列的懷念文章，可以看出學界對其思想的推崇：如陳真的〈德希達：舉手投足皆文章〉（《蘋果日報》），蔡筱穎的〈哲人已遠叛徒將成典範・德希達「還沒有學會接受死亡」〉（《中國時報》），伍軒宏〈德希達挑戰書〉（《中國時報》和〈德希達的秘密──一位哲學大師的殞落〉（《自由時報》）等等，而 2006 年《哲學與文化》革新號第 384 期，推出了學術化的「德里達專題」。如果與 80 年代《當代》雜誌的「德希達專輯」（總第 4 期）以及 1992 年《島嶼邊緣》第 3 期的「拼貼德希達」專輯相比，臺灣理論界對德里達的理解和認

識已經產生了一些微妙的變化。人們開始重視其邊緣性格的另一面向即「世界公民的胸懷」，更加重視其後期思想中倫理關懷和「友愛的政治學」的傾向。臺灣學界對德里達接受的這一轉變，一方面源於德里達思想自身的歷史變遷，另一方面也源於臺灣知識界更深層更內在的一種需求。

　　影響臺灣學界對「悅納異己」概念產生興趣的另一思想家是法國籍猶太哲學家列維納斯（Emmanuel Levinas 1906-1995）。這同樣可以視為歐美影響的一個典型表徵——在近年的歐美學界出現了列維納斯熱，2006 年甚至被哲學和倫理學界稱為「列維納斯年」，人們越來越關注其有關「他者」的論述。這一影響的發生也和德里達有著某種不可忽視的精神聯繫。《中外文學》2007 年即將推出「列維納斯專題」，專題編輯賴俊雄在徵稿啟事中如是而言：

　　　　『閱讀列維納斯總令我不由自主地顫抖』，德希達如是說。法國籍猶太哲學家列維納斯（Emmanuel Levinas 1906-1995）在世紀末由於德希達的大力引介下逐漸備受國際重視。列維納斯透過與『他者』的『面對面』（face-to-face）倫理分析，細膩地建構一套『他者哲學』（或稱『第一哲學』），探究深埋千年『邏各斯』（logos）層層疊疊土壤下存有的原初狀態，開顯『他者』對『自我』不能反逆性的優先與絕對關係，以挑戰西方傳統以『自我』為基石的『主體』哲學。簡言之，對列維納斯而言，倫理的核心在於『他者』的激進他異性（alterity）對『自我』整體霸權欲望與幻想作當下性的永恆干擾與抵抗；亦即，倫理的抵抗是永恆的當下（The ethical resistance is the presence of infinity）。[1]

1　參見《中外文學》2006 年第 35 卷第 7 期的「徵稿啟事」。

　　其實，臺灣學界對德里達和列維納斯「悅納異己」思想的興趣恐怕不只在於賴俊雄所説的以「在地」的方式積極「介入」國際學術的交往和大循環，也在於應對和闡釋當代臺灣的現實問題，更在於表達當代臺灣人文知識份子十分內在的一種精神需求。在為《中外文學》的「論悅納異己」專輯而寫的弁言中，傅士珍先生已經談到了這一現實背景。她把 2005 年發生在高雄的泰國勞工事件和法國對有色外來移民的排斥聯繫起來思考，直接指出了「論悅納異己」之關切所在，「乃在今日社會無可避免的『外來者問題』。由於全球無時無刻不在進行的人口、資本、文化流動，幾乎没有一個地區可以不去面對『異』族與『異』文化對『自己』的存在與生活造成的衝擊與影響，以及在衝擊中形成的扞格齟齬，甚至衝突與災難。」[2] 這一在全球各地常常發生的衝突引發了人文知識份子對自我與他者關係問題的思考。「自我」與「他者」如何進行對話？我們如何在一起共同生活？需要重新啟用人類思想史中有哪些理論資源來理解、闡釋當今這一愈發顯得迫切的問題？哪些思想有助於解決這種「自我」與「他者」的緊張和衝突關係？於是，人們找到了德里達的「友愛的政治學」和列維納斯的「他者哲學」，以及孕育出「友愛的政治學」和「他者哲學」更源遠流長的精神脈絡，即其背後深遠的人類思想史中的愛與寬容傳統。

　　臺灣知識界對「悅納異己」思想的熱情，還有傅士珍未曾説出的深層原因，一個與當代臺灣精神生活的內在普遍困境關係更密切的深層原因。在我看來，「悅納異己」思想的引入如果與多年來臺灣進步知識界所一再討論的「和解」説產生某種有機的接合，為「和解」論述提供思想上的支援和倫理學上的支援。儘管

2　傅士珍《「論悅納異己」專輯弁言》《中外文學》2006 年 1 月，第 34 卷第 8 期，第 6 頁。

這一接合迄今仍未發生，但「悅納異己」論述的引入與傳播已經深刻而隱蔽地表達出了人文知識份子欲求衝破精神困境的內在心靈需要。這一精神生活根本困境突出表現在，臺灣社會長期籠罩在「悲情意識」的陰影下，更經極端政治意識形態的操作和操縱而形成了一種普遍的「怨恨」情結。在我看來，從「悲情意識」到「怨恨情結」，從「怨恨現代性」到「大和解」論述，從「和解」論述到「悅納異己」，其實是有著內在的精神脈絡可尋的。「悅納異己」論述，作為臺灣知識人學術話語生產的一個產品，並非純粹的學術行為，我們應在這樣的脈絡和語境中來理解其倫理實踐的意義。

第二節　「悲情意識」與怨恨政治學

　　眾所周知，臺灣的「悲情意識」與其特殊的歷史際遇和命運直接相關，正如黎湘萍所言：「在臺灣的中國知識份子，除了與內地的知識份子一樣一起承受著國家的憂患所帶來的沉重的精神負荷外，還同時面臨著『認同』的危機。臺灣特殊的政治境遇或意識形態的特殊性，釀造了臺灣特有的文化與文學情緒，這是臺灣文學特有的悲情，它是臺灣文學的一種基調。」「悲情意識」的產生是其歷史創傷體驗的一種情感表現形式，一種情感結構的顯現。如果追溯其起因，無疑要上述到近代以來的兩大歷史事件，一是 1895 年甲午中日戰爭中國的戰敗所導致屈辱的「馬關條約」的簽訂，臺灣從祖國的懷抱中被割出去，淪為日本殖民地。由於日本殖民統治所造成的「殖民的傷痕」是形成臺灣「悲情意識」的歷史基礎；二是發生在 1947 年 2 月 28 日的「二二八」事件及其之後漫長的威權白色統治。近代史的殖民傷痕和當代史的創傷記憶，為「悲情意識」埋下了生長的種子。而這個種子的逐漸發芽和今日的瘋長並演變為「怨恨的政治學」，則顯然是一種

政治意識形態的有意操作的結果。

　　近代史的「殖民傷痕」造成的臺灣「悲情意識」，其核心即「孤兒意識」。吳濁流的長篇小說《亞細亞的孤兒》準確地把這種臺灣人精神上的「殖民創傷」概括為「孤兒意識」。作家透過男主角胡太明來敘述一個在日本殖民統治下的臺灣知識份子的認同危機和內心深處的「孤兒意識」，他們一方面為日本殖民者所歧視，另一方面又不為祖國所信任。想擺脫這一精神和現實的困境卻又找不到出路。胡太明的引路人曾導師說過這樣一段話：「我們無論到什麼地方，別人都不會信任我們。……命中注定我們是畸形兒，我們自身並沒有什麼罪惡，卻要遭受這種待遇是很不公平的。可是還有什麼辦法？我們必須用實際行動來證明自己不是天生的『庶子』，我們為建設中國而犧牲的熱情，並不落人之後啊！」[3] 就直接表達了吳濁流對「孤兒意識」的理解和超越「孤兒意識」的強烈渴望。

　　但這種由於歷史的特殊際遇和苦難命運而產生的「悲情意識」逐漸被臺灣一些政客所利用，透過政治意識形態的有意操作逐漸演變為一種普遍的「怨恨」情結。1994年，李登輝和日本右翼作家司馬遼太郎進行了一次對談，對談內容以〈場所的苦悶……生為臺灣人的悲哀〉為題刊登在日本的1993年4月30日《朝日週刊》上，臺灣《自立晚報》翻譯轉載。李登輝用「生為臺灣人的悲哀」接納了「悲情意識」，企圖把「臺灣人的悲情」演變成為其「分離主義」台獨意識形態的情緒基礎。在〈我是臺灣人，我不悲哀——給李登輝先生的公開信〉中，著名作家龍應台曾經這樣質問李登輝「歷史學家早就指出：受壓迫的族群經過悲情意識的凝聚而取得新的權力時，往往面臨一個危機，就是悲情意識膨脹所必然帶來的自我中心和排他情緒。我們臺灣人是不是

3　　吳濁流《亞細亞的孤兒》，臺北：遠行出版社，1977年版，第120頁。

有足夠的智慧避免這個危機？」[4]

　　龍應台質問得對，但卻問錯了對象。從李登輝到陳水扁，為了使其「分離主義」意識形態合法化或為了奪取政治權力，有意識地刺激、培育和放大臺灣的「悲情意識」，他們需要的正是「悲情意識膨脹所必然帶來的自我中心和排他情緒。」他們並且把這種「自我中心和排他情緒」發展為一種「怨恨」情結，在兩岸之間、在族群之間形成分裂和對立的緊張關係，使「愛臺灣」變成唯一政治正確的意識形態符碼，並且把大陸視為他者，進而把「愛臺灣」推向「恨中國」的極端，「悲情」話語在在不斷的操縱下變形扭曲：如果「愛臺灣」，那麼就要與「中國」劃清界限！「中國 NO！臺灣 YES！」，恨「中國」越深，表明你「愛臺灣」越切。恨中國越深的人，才是真正「愛臺灣」的人；認同中國的人，就是臺灣的「叛徒」。這顯然是一種「仇恨的政治學」，一種與後期德里達所闡述和宣稱的「友愛的政治學」根本對立的「仇恨的政治學」，而與卡爾‧施密特的劃分敵我的政治學以及黑格爾的「主奴辯證法」頗為接近。在施密特看來，政治在本質上就是「劃分敵人和朋友」，就像倫理學劃分善惡，美學區分美醜一樣（卡爾‧施密特《政治的概念》，上海人民出版社，2003 年版，第 138 頁）。

　　在〈現代共同體當中的怨恨心態：一個對「臺灣經驗」的初步反省〉一文中，臺灣學者汪宏倫曾經指出：臺灣的「國族」／「族群」政治當中，充滿了複雜糾葛的情緒問題，過去也曾有論者借用尼采的「怨恨」（或譯「妒恨」）概念，嘗試加以剖析。無論是指責他人或自我反省，這些文章都明確指出：臺灣的「本省族群」與「外省族群」，在歷史上的不同時空當中，或多或少

4　龍應台《乾杯吧！托瑪斯曼》，時報文化出版社，1997 年版，第 25 頁。

都懷有「妒恨」的心理情緒。這種彼此妒恨的心理，一方面強化了（狹隘的）族群民族主義的興起，一方面加深了族群之間的猜疑與不信任，因此也有礙於自由民主政治的發展，乃至一個健全的公民社會（civil society）或共同體意識的形成。汪宏倫認為這樣的分析還遠遠不夠，他引入了德國思想家馬克斯・舍勒（Max Scheler）的「道德建構中的怨恨」理論對臺灣的怨恨情結進行現象學與社會學的闡釋。舍勒認為資本主義精神的本質即是「怨恨」，其根源在於宗教和形而上學的絕望感。舍勒把「怨恨」定義為「肇始於不公正處境引來的傷害，因無力反擊，而只得強抑情感波動，使其不得發洩而產生的一種自我毒害的心態」，這種心態是仇恨、嫉妒、陰惡、幸災樂禍等種種負面情感的混合物，是無能意識與報復衝動的結合。「怨恨」的危險結果就在於「價值顛覆」。馬克斯・舍勒如是而言：

　　　　怨恨引起的價值假像在現象上的獨特方式、一個人的內心舉止得體言行的獨特之處（比如詆毀）使他壓抑的他人價值並不在於：他人的正價值在他的體驗中根本就未被『當作』正性的、當作「高的」的價值，他人的正性價值對他的體驗根本就『不存在』。在這種場合下，也談不上一種『欺瞞』。不過，這種獨特方式也不在於：他雖然在感覺時體驗到了正價值，但歪曲了它，對此作出的、說出的只是誤斷，就是說，與所體驗到的東西相悖的判斷。這倒是『錯覺』或謊言。我們要描繪他的行為，大約只能說：價值對依然還是正價值、高貴的價值，但蒙上了假像價值的陰影，同時價值本身仍『透明地』透射──透過陰影發出些許微光。怨恨錯覺與真實、客觀的價值截然對立，但真實的價值穿透虛假價值，『透射』在一個非真實的幻影世界中生活的冥暗意識使人們看到它究竟是什麼，

真實價值的這種『透明』依然是整個體驗關係的一個無法
取消的組成部分。[5]

在汪宏倫看來，舍勒所分析的產生「怨恨」的兩個基本社會
學條件都已經具備。怨恨的主體與客體之間的「可比較性」和實
際存在的不平等都已經存在。汪氏認為：這種揉雜著報復衝動與
無能意識的怨恨心態，不是只見於所謂的「獨派」或「基本教義
派」，也不是僅只針對「中國」而已。怨恨心態，普遍見於不同
黨派、不同立場、不同族群背景的個人與集體當中。儘管這些人
對臺灣前途的願景可能南轅北轍、乃至相互扞格，但是，他們所
共用的是一種怨恨與無奈的心態[6]。汪宏倫關於臺灣「怨恨心理」
形成的複雜機制所作的現象學闡釋頗為細膩深入，並且頗富啟發
意義地指出：「臺灣民族論者」的「妖魔化中國」與「去中國
化」論調，是一種怨恨心態所導致的「價值位移」的結果。但汪
氏的分析卻忽視了另一個重要的緯度，即對「怨恨心理」生成機
制的意識形態分析。當代臺灣社會「怨恨心理」的強化乃至轉變
為仇恨，顯然與「政治意識形態」的操作與操縱脫不了干係。
「怨恨」在臺灣已經變成了黨派、族群或意識形態的對立與鬥爭
進行政治動員的情緒工具，變成了新的「威權民粹主義」的情感
基礎。這才是最危險的社會狀態。

5　舍勒《價值的顛覆》，三聯書店，1997 年版，第 26 頁。
6　汪宏倫〈現代共同體當中的怨恨心態：一個對「臺灣經驗」的初步反
　　省〉，發表於「重建想像的共同體：國家、族群、敘述」國際研討會，
　　2003 年 12 月 20 日臺北。

第三節　容忍、理解與「大和解」

　　那麼，如何「超越怨恨、告別悲情」？汪宏倫提到宗教界的呼籲：以「愛」和「寬容」來化解族群對立或社會當中的暴戾之氣。但「一個不瞭解怨恨如何形成的人，就無法真正寬容。」理解怨恨有助於理解他者。這裡，汪氏強調了「反求諸己」的重要性。在他看來，面對自己、反省自己、超越自己、改造自己，是化解怨恨、避免怨恨的一個開端。汪宏倫的結論和許多學者提出的「和解」論述其實相差不遠。在 2001 年的〈為什麼大和解不／可能？〉一文，陳光興就以臺灣新電影《多桑》和《香蕉天堂》為分析對象，討論臺灣社會「省籍情結」的形成及其情感結構特徵，並從中探討和解的可能性。汪宏倫和陳光興都注重對情緒結構及其形成機制的分析，不同的是，前者援引的是尼采和舍勒的「怨恨」理論，在「怨恨現代性」的理論框架中闡釋臺灣「怨恨心理」的形成與特徵；而後者則在「殖民主義」和「冷戰」所形成的結構中闡釋「省籍情結」的基礎即「情緒的感情結構分歧」。陳光興的分析有以下兩個方面尤其值得關注：

　　第一，冷戰的結束並不意味著「後冷戰時期」的到來。冷戰的長期效應已經根植於在地歷史，成為國族史乃至於家族與個人歷史的重要地層。冷戰結構快速「接收」了全球性的殖民體系，關閉了前／殖民者與前／被殖民者開始批判性反思的契機與空間，導致人們對歷史與殖民問題的思維往往成為殖民時期問題的一種複製。第二，殖民主義與冷戰這兩個不同的軸線製造了不同的歷史經驗，主體的結構性經驗以不同的方式在情緒／情感的層次上被構築出來，這種結構性經驗的分裂與差異正是省籍和解和兩岸和解的障礙。《多桑》和《香蕉天堂》這兩個文本恰好呈現了這一差異：前者是「日本後／殖民效應的再現」，後者則是

「冷戰效應的描寫」。透過對兩個文本的對位元閱讀，陳光興發
現當代臺灣「本省人」和「外省人」的苦難和悲情有著「截然不
同的特定歷史軌跡」，在「情緒結構」上也存在巨大的差異。陳
氏使用了「文化想像階序結構」的概念來分析這一差異：「多
桑」們的想像階序是「現代化的日本」、「現代化中的臺灣」和
「落後的中國大陸」，而所謂「外省人」正好顛倒了這一想像階
序。這樣就形成了兩者間的互相不理解：「外省人因其在大陸期
間的抗日經驗而無法體認本省人的日本殖民情結及苦難，本省人
則不能理解因冷戰而強制遷移的戰敗政權下子民的戰爭傷痛經
驗。」這構成了當代臺灣社會以及兩岸之間排斥分裂乃至對立的
情緒基礎。[7]

　　在對「情緒結構」和「文化想像階序結構」進行歷史的和結
構的辯證分析基礎上，作者提出了「大和解」是否可能的問題。
在他看來，「大和解」的前提首先在於承認「彼此的悲情歷史的
差異」，理解兩者之間的不可通約性，在於達成情緒層面的相互
理解，這樣才可能相互的容忍。而這一相互理解和相互容忍的形
成有賴於被冷戰壓抑掉的歷史記憶的重新開啟，所以，對於批判
的知識份子而言，「大和解」就必然是一項「去殖民」和「去冷
戰」的思想啟蒙工程。2003 年 10 月，在《臺灣社會研究季刊》
十五周年學術研討會上，《台社》發表了〈邁向公共化、超克後
威權──民主左派論述的初構〉的「基調論文」，把「和解」視
為「民主左翼」構想的一個重要方面，主張歷史的和解、族群的
和解、兩岸的和解，主張破除各種「和解的壁壘」。「如果能透
過此岸進步人民的論述與行動集結，展開兩岸人民的歷史大和

7　陳光興：〈為什麼大和解不／可能？─〈多桑〉與〈香蕉天堂〉殖民／
　　冷戰效應下省籍問題的情緒結構〉，《臺灣社會研究季刊》2001 年，
　　第 43 期，第 41-110 頁。

解，從而回過頭來重新啟動民主化過程，超越後威權，進而開創歷史新篇，那麼，在這麼一個偉大的實踐中所獲得的社會改革經驗，將不僅僅為臺灣社會自身解除（後）威權魔咒，也將為對岸人民顯現一個相對於既存路徑的激進替代方案。果能如此，我們方能不厚顏地稱得上這是給對岸人民的一個珍貴禮物，也或許才可以揚眉吐氣地說：這是在二十一世紀初，臺灣人民對人類文明的貢獻。」這表明臺灣進步知識份子業已形成一項思想共識：族群和兩岸的「大和解」是臺灣民主建設不可或缺的一項內容，因而，左翼進步知識界必須承擔和實現「去殖民」和「去冷戰」的啟蒙工程。

第四節 從「寬容」到「悅納異己」

當代臺灣思想史上，「寬容」一直是自由主義知識份子追求的思想境界。早在 50 年代，《自由中國》知識份子已經開始了為爭取寬容和自由的鬥爭。《自由中國》雜誌一再闡述了「容忍與自由」的思想：一九五九年三月十六日的《自由中國》發表胡適的〈容忍與自由〉一文，提出：容忍（tolerance）比自由更重要，容忍是一切自由的根本：沒有容忍，就沒有自由。胡適指出：「容忍是一切自由的根本……我們若想別人容忍諒解我們的見解，我們必須先養成能夠容忍諒解別人的見解的度量。至少我們應該戒約自己決不可『以吾輩所主張者為絕對之是』。我們受過實驗主義的訓練的人，本來就不承認有『絕對之是』，更不可以『以吾輩所主張者為絕對之是』。」[8]第二十卷第七期發表了總編輯毛子水的〈〈容忍與自由〉書後〉和殷海光的〈胡適論〈容忍

---

8 胡適：《胡適文集》第 11 卷，北京大學出版社 1998 年版，第 827-828 頁。

與自由〉讀後〉，進一步闡發胡適的「容忍」與自由的關係論。
之後，《自由中國》第二十一卷第十一期又刊登胡適的演講稿
〈容忍與自由〉。由此可見，一代自由主義知識份子對「寬容」
的重視以及為爭取「容忍與自由」所付出的努力。而威權統治的
歷史事實又一次從反面證實了胡適的論斷：沒有容忍，就沒有自
由。迄今，在「後威權時期」，「省籍路徑民主化」和排除異己
的狹隘本土主義以及覆蓋一切的所謂「國族」話語霸權，仍然在
不斷地損害著「容忍與自由」。所謂的臺灣民族主義具有一種反
寬容的仇外傾向，如同霍布斯鮑姆的分析：「他們可以藉定義誰
不屬於它，誰不該屬於它，誰永遠不該屬於它？這就是仇外心
理。」（Hobsbawm, 1992; ibid., p.37）所以，迄今，「寬容」仍
然是許多人文知識份子夢寐以求的目標。

　　21世紀之初，臺灣重要的思想刊物之一《哲學與文化》月刊
就推出了「寬容思想與中西哲學」專刊。「時序已步入西元的第
三個一千年。本刊在這個特別的時刻，安排以『寬容』思想為主
題的專號，是寓有一番深意在其中的。」[9]這一寓意就在於，試
圖從人類思想中發掘出「寬容」這一重要的精神遺產，為新世紀
的精神生活和社會實踐提供一個嶄新的視野。這個富有深意的專
刊包括以下內容：

　　第一，關於「寬容」內涵的闡釋。在〈論「寬容」〉一文
中，陳文團從哲學、文化和政治層面闡釋了「寬容」的內涵。他
認為「寬容」根源於人類的共同感覺，這種共同感覺表達著人類
最基本且最直接的情感，即不想被傷害以及身為人類的感受。因
此，寬容不同於寬恕，它是一種德性，是一種尊重他人尊重人權
的德性。政治上的「寬容」意指：「寬容是一般人類的權力」；

9　　《編輯室後記》，《哲學與文化》2000 年 1 月，第 27 卷第 1 期，第
　　104 頁。

政治寬容的特徵在於：「承認特殊性、多樣性以及錯誤」。「被
尊重、被承認、保留我們自己的語言、思想、宗教、文化等等，
都不是一種特權，而是我們的權力。」[10]因此，政策和道德規範
必須建立在「寬容」原則的基礎上，表現為對人性的尊重和多樣
性權力要求的肯認。某種意義上看，與胡適「容忍與自由」論相
比，陳文團提出的寬容是人類擁有的一種權力，應該説在思想上
已經有了很大的跨越。

　　第二，「寬容」與中西傳統思想資源。當代「寬容」思想的
建構與實踐必須開啟中西傳統人文思想的資源。如墨家的「兼
愛」、莊子的「寬容」思想、儒家的「恕道」，基督教的「寬容」
……等等。從《哲學與文化》月刊的「寬容思想與中西哲學」專
刊我們可以看出臺灣知識界的這一返本開新之意圖及其初步嘗
試。李賢中在〈寬容與兼愛〉中如是而言：「兼愛」是超越時
空、親疏關係、地位高低的平等關係，兼愛的方法在於「視人若
己，愛人如己」，其最終的根據在於「天志」。而寬容以超越一
己之私愛為基礎，以平等為原則，其最終根據也是超越的。因
此，墨子的「兼愛」與現代的「寬容」是相通的，兩者可以相輔
相成：寬容是兼愛的表現，而兼愛則可以成為寬容的動力。莊子
説過：「常寬容於物，不削於人，可謂至極」（《莊子·天
下》），袁信愛從中解讀出的莊子的寬容思想：人若能體認「德
無不容」，那麼無需文化的規範或宗教的勸誡，人自然就會去尊
重一切存在之物，而不會加以歧視或傷害，這種發自於人類自然
本性的「愛」就是「寬容」[11]。陳俊輝則比較了基督教的「寬容」

10　陳文團：〈論「寬容」〉，《哲學與文化》2000 年 1 月，第 27 卷第 1
　　期，第 5-21 頁。

11　袁信愛：〈認同與寬容──論莊子的寬容思想〉，《哲學與文化》2000
　　年 1 月，第 27 卷第 1 期，第 30 頁。

和儒家的「恕（道）」，進而從人的有限性與存在性的角度，探
討寬容觀的形上預設，以及兩者因預設的差異達成相互敬重的可
能性。這已經深入觸及了寬容思想的形上根基和中西文化之間的
平等、寬容對話的重要命題。[12]

　　第三，從「寬容」到「寬融」：視域開放和融合的新進路。
黃筱慧的〈重詮「寬容」／「寬融」：一條中文式的進路〉是篇
頗富啟發性的文章，提供了理解和闡釋「寬容」的新路徑。作者
從德里達的差異與延異書寫學進入，延異出「寬容」所蘊涵的
「開啟與拓寬融合」的新義：「我們透過保持在心靈中的寬容概
念，經由承載（或是容忍）與視域的拓寬，亦即所謂的透過在書
寫與言說之間的差異，我們可以指出寬容或是寬融兩項符號型式
所有的差異，指出這一點，唯有透過進入視域之內，與經由與一
者的自身區辨開來的模式，差異的融合才是有可能的。進入他者
的視域意味著由『是』走向外在，並由『不是』走向新的視域融
合。」[13] 黃氏的論述雖然多少有些艱澀，但已經具有了一種「開
新」的意味，重詮出「寬容」思想十分重要的一個面向，即自我
與他者的視域相互開放與融合。

　　我們從中可以看出，《哲學與文化》所體現出的臺灣人文知
識界對「寬容」的思考，已經初步具備了三個突出的特點：其一
是返本開新；其二是中西思想的比較和融合；其三是理論闡釋與
現實關懷的結合。可惜，這樣的思考由於日漸封閉的本土主義思
維和「去中國化」的意識形態操作而未能得到進一步的闡發。但
近兩年來，人們越來越不滿島內愈趨嚴重的不寬容現實，再次引

12　陳俊輝：〈宗教與哲學的對話─基督教的「寬容」與儒家的「恕
　　（道）」初探〉，《哲學與文化》2000 年 1 月，第 27 卷第 1 期，第
　　37-66 頁。

13　黃筱慧：〈重詮「寬容」／「寬融」：一條中文式的進路〉，《哲學與
　　文化》2000 年 1 月，第 27 卷第 1 期，第 82-83 頁。

發了進步知識份子對「寬容」命題的重新思考和闡釋。借助愛德
華·薩依德的《佛洛伊德與非歐裔》、列維納斯的「他者哲學」
和雅克·德里達晚期的「友愛政治學」等等新的思想資源，以
「悅納異己」為核心概念，人文知識界重新詮釋了「寬容」思想
的真義及其在當代精神生活和政治倫理現實中的重要性。這不是
或不只是學術議題的新開掘，而是知識人對現實不滿與焦慮的一
種表述方式，亦是一種願望的學術化表達。

第五節　「身份無解」與「世界一家」

　　薩依德（Edward W. Said）在臺灣的傳播和影響已有經年，其
經典之作《東方主義》出版於 1978 年，針對西方的東方主義論述
提出意義深遠的對抗論述（counter-discourse），成為後殖民論述
的奠基性著作之一。透過外語文學門的引介與援引，在「弱勢」
或「少數」話語論述中，臺灣文學批評界很早就已經片段地接觸
到了「東方主義」概念。1999 年《知識份子論》中譯本的出版，
引發了一場真正的薩依德熱。之後，《東方主義》、《鄉關何
處》、《文化與帝國主義》、《遮蔽的伊斯蘭》等中文版相繼面
世，在臺灣圖書市場和學術生產場域形成熱潮，至今未散。值得
注意現象的是，為薩依德有生之年完成的最後遺作《佛洛伊德與
非歐裔》（Freud and the Non-European）引起了臺灣一些知識份
子特別的興趣。這一興趣顯然與「寬容」或「悅納異己」有著直
接的關係——「此書清楚有力地呈現了如何透過對佛洛伊德《摩
西與一神教》的創意閱讀，展現知識份子的介入，積極有益的對
話，種族之間的寬容、相互瞭解與真誠和解。」[14]

14　單德興：〈誰是外邦人？：析論薩依德的《佛洛伊德與非歐裔》〉，臺
　　北：《中外文學》2006 年 1 月，第 34 卷第 8 期，第 28 頁。

　　《佛洛伊德與非歐裔》以知識考古學的方式重讀了佛洛伊德
的經典著作《摩西與一神教》（Moses and Monotheism），指出
佛洛伊德對「非歐裔」概念的興趣，與其重詮摩西身份的原初歷
史的企圖有關。在《摩西與一神教》中，佛氏提出了一個有趣的
觀點：猶太教創始人摩西並非猶太人，而可能是埃及或者阿拉伯
人，「一神論」的起源始於埃及。這引起了薩依德關注，進而闡
發出一種複雜的歷史觀和身份觀：今天猶太人被理所當然地視為
歐洲裔，其原初的非歐洲歷史和身份已被完全遮蔽和排除。薩依
德對《摩西與一神教》的「重讀」，目的不在於建立某種學術新
觀點，而在於為以色列與巴勒斯坦之間難解的現實衝突提供某種
歷史參照，一種相互「和解」和「寬容」的可能性。從佛洛伊德
對族裔身份問題複雜無解的探詢出發，薩依德認為以色列與巴基
斯坦在彼此的族裔歷史與現實世界裡，都可能成為彼此的一部
分，走向和解和共生：「在其國度內，以色列與巴勒斯坦在雙方
的歷史與內在現實中均佔一部分，而非各自對手？」這正是臺灣
知識界對其產生興趣並引起不小的思想震撼的根本原因。「非歐
裔」命題構成了「對於當下臺灣『他者』思考缺乏的一種提
示。」在這個意義上，知識界一些有識之士把《佛洛伊德與非歐
裔》引入到臺灣的論述生產之中，期望它能為臺灣擺脫身份問題
的糾葛和社會生活的分裂乃至兩岸關係的困局，走向寬容、和解
與共生，提供一種思路。

　　在各種各樣的評論文章中，黃孫權的〈身份無解正是世界一
家的本質〉和單德興〈誰是外邦人？〉最值得一讀，都表達出了
對《佛洛伊德與非歐裔》真實內涵與意圖的一種透徹領悟。前者
指出了身份無解與世界一家的關係：「以色列的巴勒斯坦人、阿

15　黃孫權：〈身份無解正是世界一家的本質：《佛洛伊德與非歐裔》〉，
　　臺灣《破報》復刊 341 期。

拉伯人、猶太人；巴勒斯坦的猶太人、阿拉伯人、巴勒斯坦人，迦薩走廊與聖城的人們，無論東西左右都是身份不明，『身份本身無法僅就其本身來進行透徹思考或通透工作；如果沒有抑制不了的根本起源斷裂或瑕疵（radical originary break or flaw），它就不可能建構或甚至想像自身』。身份無解正是世界一家的本質，這不僅是薩依德終身志願，也再度呼應了薩依德『知識份子無家論』的回歸。此書，是對於歷史重讀——如果世俗之人真有此能力的話——最好的示範。」[15] 後者接合齊傑克的《意識形態的崇高客體》對幻象生產機制的意識形態分析，指出：我族與他者的二元對立源於一種意識形態宰制的需要：為了創造出一個同質社會的幻象，必須創造出外邦人、外來者甚或外敵，以便將社會內部的敵對投射其上。《佛洛伊德與非歐裔》的意義就在於破除這種意識形態幻象，解構了本質主義身份觀念：「薩依德訴諸佛洛伊德這位『非猶太的猶太人』（「the non-Jewish Jew」），因為他是『異端思想家』以及『最先被本身社群迫害、驅逐的先知及反叛者』之一，更因為他對摩西身份的顛覆性解讀。在薩依德眼中，佛洛伊德『重建猶太身份的原初歷史』的努力，其實是試圖『解構』數千年來圍繞著摩西的傳奇性而且同質化的猶太身份。在薩依德看來，佛洛伊德在證明摩西是埃及人而不是猶太人時，大大撼動了『我們』（猶太人／以色列人或『歐』）與『他們』（阿拉伯人／巴勒斯坦人或『非歐』）之間的二元對立。」[16] 黃孫權和單德興在佛洛伊德與薩依德這種顛覆性的闡釋中，找到了自己介入與批判臺灣意識形態場域中「身份」問題的空間。

　　在〈誰是外邦人？〉的結尾，單德興對「誰是外邦人」這一身份的問題，提出了自己的回答：「每個人都不是，但也都

16　單德興：〈誰是外邦人？：析論薩依德的《佛洛伊德與非歐裔》〉，《中外文學》2006 年 1 月，第 34 卷第 8 期，第 36-37 頁。

是！」這頗有些佛洛伊德與薩依德那種顛覆式的意味。回到臺灣
問題的場域，單德興的結語，或許也可以視為是對「誰是臺灣
人」即「臺灣人」身份問題所作出的一種間接而有力的回答。的
確，在今日臺灣，本質化的身份觀念已經成為一種意識形態的偏
執，形成了排斥、排除乃至壓迫異己的政治與文化生態，後威權
時期還在繼續重複著威權時代的意識形態生產方式。因此，破解
身份問題的迷思與偏執，是走向「寬容」和「悅納異己」的必要
思想步驟。

　　許多知識份子都已經認識到了這一點，早在90年代初，《島
嶼邊緣》雜誌就曾經推出「假臺灣人」專輯，提出「我們是假臺
灣人，假臺灣人是臺灣的第五族群」這一企圖瓦解化約主義的
「臺灣人」論的邊緣觀點。直至今日，還有不少知識人在做這樣
的解構工作，如張小虹在對「台客」和「嘻哈文化」做文化研究
時，便把「我們都是臺灣人」轉換為「我們都似臺灣人」，試圖
以後現代的「合成人」（cyborg）和後殖民的「雜種」（hybrid）
概念顛覆那種純正純粹的身份觀念以及壓迫異己的虛構的「國
族」論述[17]。在不同的領域，以不同的形式，從佛洛伊德到薩依
德，從黃孫權、單德興到張小虹，其實都在從事相同或相近的批
判工作，在追尋「悅納異己」的理想上也許可謂是異曲同工、殊
途同歸。

第六節　「對他者的歡迎」

　　「寬容」本質問題就在於如何面對「他者」，如何處理「自
我」與「他者」的關係。它不只是一個一般的文化問題，而且更

17　參見張小虹〈我們都似臺灣人〉，臺北：《中外文學》2006年11月，
　　第35卷第6期，第85-134頁。

是一個倫理學和政治學的重要命題。臺灣人文知識界的一些思想
者已經深刻地認識到，走向「寬容」和「悅納異己」即是要重新
構築自我與他者之間的相互平等、相互關愛、相互「分權」
（power-with）的倫理性關係。於是，列維納斯的「他者哲學」
便成為了建構「悅納異己」論述重要的思想資源之一。賴俊雄在
《中外文學》的「列維納斯專題」徵稿啟事中如是而言：

> 　　二十一世紀初已有多少多元交織（甚至衝突）的價值
> 體系急待重整？全球化權力網路下的後資本主義社會中，
> 又有什麼「公共場域」的議題不關涉到「自我」與「他
> 者」的複雜糾葛關係？何謂正義？何謂暴力？何謂真理？
> 何謂主體性？何謂人性？何謂活著？何謂死亡？何謂是？
> 又何謂非？緊繃於現代人邏輯胡桃核內的困窘與疑惑，常
> 期待像列維納斯這樣思想家巨斧的破解。有鑒於此，深入
> 檢視當代「自我」與「他者」相互依存的內在矛盾關係，
> 處理各種認同（族群、性別、國家、宗教、階級與文化
> 等）的形塑與交擊問題，成為目前哲學與文化研究的新典
> 範。職是之故，列維納斯的倫理哲學不但成為牽引著晚期
> 解構主義世紀末倫理與政治轉向的磁力線，並持續開展後
> 現代哲學、文學、藝術、宗教、法律、心理、文化、生
> 態、全球化等論述景觀再形塑的可能。[18]

其實早在 2000 年 1 月，臺灣著名的人文雜誌《當代》149 期
已經推出了「列維納斯專輯」，其內容包括了李永熾的〈他者‧
身體與倫理——列維納斯飄泊的哲學之旅〉，鄭宇迪的〈生活在
他方——列維納斯飄泊的哲學之旅〉，以及苑舉正翻譯的《世界

18　　參見臺北：《中外文學》2006 年第 35 卷第 7 期的「徵稿啟事」。

報》克利希安・德坎普（Christian Descamps）1980 年對列維納斯
的專訪文章〈揭開〈塔穆德〉的面紗〉，較為全面地引介了列維
納斯的生涯和思想：如人生的「好幾層邊緣性」和思想的後現代
性。如何理解這位被稱為「當代思想界唯一道德家」的思想？
《當代》提醒人們注意對其思想形成起著關鍵影響作用的猶太教
的聖典《塔穆德》（Talmud），因為列維納斯正是從對《塔穆
德》豐盈內含的解讀中延伸出了其思想的前提：存在的已非部分
與全體的關係，而是二分，分割為二。個人的多樣性是真理的多
樣性的條件，「人乃多數存在，缺乏一人，就失去一個意義。」
所以列維納斯反對西方思想史的種種本體論或總體論對多樣性存
在的化約和併吞，批判形而上學的認識論暴力，試圖使第一哲學
從本體論回返到倫理學，一種自我與他者面對面遭遇的「他性現
象學」。所謂「他性現象學」已經退盡了胡塞爾先驗現象學中隱
藏著的所有「唯我論」色彩：「向本我的還原只能是通向現象學
的第一步。還必須發現『他人』，發現主體間的世界。」[19]

那麼，「自我」又如何發現「他人」？如何發現主體間的世
界？列維納斯指出自我與他者的遭遇應該是「面容」對「面
容」，「肉身」面對「肉身」，是自我的敞開和對他者的歡迎。
兩者之間沒有「理論」的阻隔，更沒有總體論對異己性或異質性
的暴力。對於列維納斯來說，建立自我與他者之間的倫理性關係
是根本的，但也是困難的。因為他者的面容是如此的脆弱，自我
的經驗、知識以及主體性輕易就破門而入，侵入並且損傷他者的
他者性。要在道德上同時保護自我的獨立性與他者的他者性是困
難的，但無論如何，列維納斯始終思考的是自我對他者的「接待
包容性」，與他者的目光、他者的臉、他者的身體的遭遇不再是

---

[19]　參見柯林・大衛斯：《列維納斯》，李瑞華譯，江蘇人民出版社 2006
　　　年，第 26 頁。

對自我的自由的威脅，而是喚醒自我的倫理「責任」。所以，列
維納斯的自我是倫理的自我，道德的自我，「能與他者『分權』
（power-with）、『分責』（responsibility-with），並『共苦』
（suffer-with）。人在此相互性（mutuality）的關係裡，是獨特的
特殊個體，而每個被愛者（beloved）是獨特的、不同的（differ-
ent），不可比較的（incomparable）以及不可被取代的（irreplace-
able）。」[20]

　　正像德里達所言：閱讀列維那斯讓人顫抖。列維那斯的言説
觸及到了我們日益遲鈍磨摑了的倫理神經，列維那斯那種對困難
的烏托邦的追尋與守護讓我們震撼。在一個價值秩序急遽變化的
社會中，在「向上提升」還是「向下沉淪」的迷茫、矛盾和掙扎
之中，在我群與他者不能寬容相待卻互相傾軋排斥的時代裡，臺
灣需要一種自我與他者關係的倫理學重建，重建人與人之間的倫
理性關聯。如此看來，列維那斯引起臺灣人文知識界的某種強烈
共鳴也就不難理解了。我們在《中外文學》上讀到了臺灣知識人
梁孫傑對列維那斯的感受和評論：〈狗臉的歲／水月：列維那斯
與動物〉。「列維那斯常説，從人性面來考慮，所謂的他者，他
人，或是人之為他者，其實就是我的鄰居，就是我的四海弟兄，
也因此待客之道就是『對他者的歡迎』。」作者從《路加福音》
的高度理解列維那斯「悅納異己」的倫理情懷，理解了其克服傳
統人道主義所孕育的集權獨裁式自我的思想真義。但同時也理解
了列維那斯倫理學的困難和痛苦：自我對他者負有無可推卸不求
任何對稱性回報的倫理責任，但假如這個他者是沾滿血腥的屠戮
者納粹呢？對列維那斯來説，這的確是讓人困惑難解的提問，
「但從我的觀點看來，它呼引『我』做出一個肯定的答案。每當

20　駱穎佳：〈列維那斯與後現代倫理〉，http://www.poppop.net/m05/
　　m050508_1904.htm。

此時，這都是充滿苦楚的肯定性的回答。」梁孫傑進一步提問
到，「那生存權力早已被人類剝削到無以復加地步的動物呢？列
維那斯也認為他們擁有面貌嗎？」梁氏以列維那斯的《一條狗的
名字，或是自然的權利》為中心所作出的闡釋頗有意義。他指
出：動物和人類之間不可逾越的鴻溝其實是列氏對納粹經驗痛苦
思考的結果，假如人類是動物的話，那納粹的暴行就可解釋為生
物演化中自然的一環。基於這樣的邏輯，列維那斯的倫理學卻架
構在物種位階體系的必然性之上，如此，動物也就被排斥在「客
人」之外了。[21]

第七節　邁向「友愛的政治學」如何可能？

　　列維那斯在西方思想界影響的發生與德里達有著密切的關
係。1964年德里達發表了長文〈暴力與形上學〉（「Violence and-
metaphysics」）專門討論列維那斯的思想，此文後收入德里達著
名的文集《書寫與差異》（Writing and Difference）中。在列維那
斯和德里達之間存在一種亦師亦友的關係，在思想上互相啟迪相
互影響。臺灣學界注意到這樣的學術接力關係，李永熾發表在
《當代》第149期的文章〈他者‧身體與倫理——列維納斯飄泊
的哲學之旅〉就論及了這一情況，說列維納斯受到德里達〈暴力
與形上學〉一文的影響，改用德希達關於「踪跡」的論述來說明
他的「他者」，並完成了第三部重要的著作《以別的方法論存
在，或到存在的彼岸》（Antrement qu'etre, ou au-dela de l'essence
1974）。而列維那斯的他者倫理學也深刻地影響了德希達的解構
哲學尤其是後期的「友愛的政治學」。在《再會，列維納斯》一

21　梁孫傑：〈狗臉的歲／水月：列維那斯與動物〉，臺北：《中外文學》
　　2006年1月，第34卷第8期，第123-150頁。

書和列維納斯的紀念會中，德里達多次討論了列維納斯的「他者哲學」和「對他者的歡迎」，指出：在列維納斯的倫理學世界中，他者面容中的全然他者性恰恰構成了自我與無限之間的神秘關聯。在德里達看來，這個「他者的殘疾」是人類無法逃避的存在論處境。自我與他者相遇，始終處於不斷的調整和定位之中。德里達意識到了列維納斯「對他者的歡迎」，是不能從知識學的推論得出的，如同面容本身，沒有不包含歡迎的面容。所以這些語詞都隱含有「準先驗」的意味，我們必須先思想「歡迎」的可能性，然後才能開啟第一哲學的空間。這樣的思考自然地與德里達的「差異」概念銜接了起來，也與其「友愛的政治學」直接相通。

德里達對臺灣人文思想界曾經產生了深遠的影響。著名的《當代》和《島嶼邊緣》雜誌都出過德里達專輯。在 2004 年 11 月出刊的《當代》「永別了，德希達：最後的德希達」專輯裡，臺灣人文知識界對解構大師德里達的表達了深沉的敬意和悼念，認為「德希達（Jacques Derrida, 1930-）是令人興奮、極具挑戰性，不過也是充滿了爭議性的哲學家，最有名的即醞釀出所謂『解構』的知性運動。」許多跡象表明，與 80 年代中期到 90 年代相比，今天人們越來越關注德里達思想的另一面，或者說「解構」哲學的真實涵義，即「悅納異己」論述，對「解構即是悅納異己」的論斷產生了探究的濃厚興趣。如果說在八九十年代，人們需要德里達來發起一場「解構的知性運動」，徹底瓦解威權統治的思想體系和思維慣習，那麼現今人們對「解構即是悅納異己」的興趣則呼應了一種內在的心靈需求，即重建社會倫理性關係的需求。我們在一些人文雜誌或網路上讀到了這樣一些文章，如傅士珍的〈德希達與「悅納異己」〉、林麗珊的〈從傅柯的「自我關照」到德希達的「悅納異己」〉、羅立佳的〈世界主義如何可能？〉以及李翠玉的〈獨在異鄉為「異／客」〉……。人

們或直接討論德希達的「悅納異己」思想涵義及意義，或以「悅
納異己」為理念展開文本的閱讀與闡釋，或把德希達的「悅納異
己」放到世界人文思想的當代狀況中予以討論……。這些都表明
臺灣知識人對德里達的接受已經發生了從「解構」到「悅納異
己」的調整與轉移。

　　這一轉移的發生當然和德里達論述重心的轉換有著直接的關
係。20世紀90年代以來，「悅納異己」已經成為德里達持續關心
的命題，相繼出版了《關於悅納異己》（Of Hospitality），《友
愛的政治學》（Politics of Friendship），《告別列維納斯》（Adieu to Emmenuel Levinas），《論世界主義與寬恕》（On Cosmopolitanism and Forgiveness），《恐怖年代裡的哲學》（Philosophy in a Time of Terror）等著作。對西方思想的變化十分敏感的臺灣知
識人已經認識到這一思想脈動，並且意識到德里達所闡發的「友
愛的政治學」可以發展為反思臺灣經驗的一種理論參照。

　　傅士珍的〈德希達與「悅納異己」〉是近年來臺灣理解和闡
述德希達「悅納異己」思想最重要的文章之一。第一，該文清晰
地梳理了「悅納異己」概念形成的現實語境和歷史脈絡，為人們
更好地理解德希達後期思想提供了現實和歷史背景。從現實上
看，「悅納異己」論的出場與全球化背景下國際性的「移民、難
民與勞工」問題息息相關，是人文知識份子對歐洲國家建立在所
謂「容忍的門檻」基礎上的不容忍乃至反外來移民的政策和社會
情緒的一種批判。從概念的起源和歷史譜系看，「『悅納異己』
是法文 hospitalité 的翻譯，也就是英文的 hospitality，源自於拉丁
文的 hospitalitas。在西歐語文裡，這個字涵括了對來訪者，尤其
是外來者的歡迎款待。」[22] 因而「悅納異己」銘刻著希臘和希伯

22　傅士珍：〈德希達與「悅納異己」〉，臺北：《中外文學》2006年1
　　月，第34卷第8期，第87-106頁。

萊「神聖的待客習俗」的文化印記。而在希臘和希伯萊文化與德
希達「悅納異己」之間的一個重要思想仲介,即啟蒙哲學家康德
的「永久和平」思想和「世界公民」概念。指出這一點十分重
要,它顯示出了德里達與啟蒙精神之間的傳承關係,也是我們理
解「悅納異己」內涵的一個關鍵。傅士珍概括而準確地分析了康
德的「悅納異己」思想:

> 康德從同為地球住民的視野,賦予『外來者』來訪而
> 不受到敵視的權利。『所有』的人都共同擁有這個地球,
> 也因而擁有自由到訪的權利。在這樣的前提下,『我們』
> 對『外來者』的差異性必須加以容忍,與之和平共處。這
> 裡,康德的『悅納異己』架構在『世界公民』的觀念上,
> 以『容忍』的倫理要求,維護『外來者』有尊嚴的作客權
> 利。既然所有的人除了自己的國籍外,也都同時具有『世
> 界公民』的身份,任何一個地區的住民都必須體認,外來
> 者也有權利來到這塊土地,『我們』不當加以排斥,而必
> 須容忍外來者迥異的風俗、宗教與習慣。在十七、八世紀
> 這個全球文化社會雛形初現的時代,康德從「悅納異己」
> 的思維,提出了外來者的訪視權利,而建立友善對待外來
> 者的倫理責任。

而正是在與康德「世界公民」思想的對話與辯證中,德希達
建立了自己的「悅納異己」論述。第二,傅氏提出了德里達「悅
納異己」的主體性問題:「悅納」者是「主人」還是「人質」?
這的確是理解德里達「悅納異己」的一個核心,也銜接上了德里
達和列維納斯的思想淵源:「『我』的主體性並不架構在傳統論
述中的『自主權』(autonomy)上,卻架構在『他者主權』(het-
eronomy)之上。」這是對傳統主體論思想的反動。第三,傅氏指

出了德里達對無條件的「悦納異己」和有條件的「容忍」的分辨
是對啟蒙思想的一種批判性繼承，認為德里達「跳脱啟蒙時期的
框架局限」。「從無條件的悦納異己的視角出發，德希達更指出
康德世界主義理想的局限，探索著另外的，新的世界主義圖像的
發展。」23

　　在〈世界主義如何可能？〉一文中，羅立佳進一步深入討論
了「全球化和世界主義」問題。從康德到德里達，從德里達到克
莉絲蒂娃，從杭曦耶（Jacques Rancière）到洪妮葛（Honig），羅
立佳引入了更多的理論資源。在當代「悦納異己」的論述框架
中，「兄弟」、「共同體」、「世界」和「世界公民」等一系列
概念都被賦予了新的意義，「世界主義的理想，因此取得一『異
質性』的『統合』」。在一種整合多種思想資源的論述中，作者
表述了一種樸素而艱難的世界主義理想：所有人都有責任去培養
和增進人類作為一個整體，並盡其所能提供人類的豐富性。這便
連結到人性的兄弟情誼概念，以及人類如何是一個整體，必須彼
此相連與互助。24

　　我們說過，臺灣人文知識份子對「悦納異己」的興趣，不只
是一種純粹學術的熱情，而是一種願望的表達，也是對今日臺灣
精神狀況的焦慮與不滿的表達，透過對「悦納異己」的闡釋，介
入當下現實，為重建人與人之間、族群與族群之間、兩岸之間、
本土與外邦之間的倫理性關係，尋找一種哲學倫理學的參照。從
「怨恨現代性」的分析到對「和解」可能性的探討，從「大和
解」論述到「悦納異己」說的引入，都一再表明當代臺灣人文知
識份子對「寬容」精神的堅持，這或許可以成為改變當前臺灣社

23　傅士珍：〈德希達與「悦納異己」〉，臺北：《中外文學》2006 年 1
　　月，第 34 卷第 8 期，第 87 頁。

24　羅立佳：〈世界主義如何可能？〉，臺北：《文化研究月報》第 61
　　期，2006 年 10 月 25 日。

會狀況的一種力量。當然，以論述的方式把「仇恨政治學」轉換為「友愛的政治學」則還只是一種理想和願望。但在一個日趨實用主義化的現實語境中，這種理想化的知識論述或許能夠起到某種制衡和超越的作用。

行文至此，突然想起主張「大和解」的《臺灣社會研究季刊》雜誌編輯委員趙剛說過的一段頗耐人尋味的話：「就臺灣的狀況而言，我倒是希望能多幾個泰戈爾，少幾個 Nabinchandras。」兩者同樣是印度的知識份子，有著不同的選擇。Nabin 走的是甘地的政治運動路線，泰戈爾堅持的是自由主義信念。那麼，趙剛為什麼希望臺灣都出幾個泰戈爾，而少一些 Nabin 式的人物呢？其原因在於：已經高度都市化和資本主義化的臺灣原本應該發展出相對成熟的市民社會，也理應誕生許多泰戈爾式為普世的公民權奮鬥的自由主義知識份子。但情況恰恰相反，臺灣沒有泰戈爾，卻產生了大批的「臺灣版 Nabins」，在近十年來這甚至成為了一種政治時尚，「本土、人民、集體記憶、紀念碑，簡而言之，一種保守的地方政治正在形成霸權。」在趙剛看來，更糟的是一些臺灣製造的 Nabins（如「澄社」份子）打扮出一幅泰戈爾的模樣，甚至自以為就是泰戈爾[25]。這的確是當代臺灣知識界的狀況，臺灣需要泰戈爾式的真正的自由主義知識份子群體，去為傳播、爭取和維護包括公民權力在內的普世價值而努力。其實，「寬容」、「和解」和「愛」也是這樣一種普世的人文價值。「寬容」是一種公民的權力，是每一個社會公民都應該擁有的文化和政治權力。但這樣的權力不會從天而降，臺灣社會需要更多的泰戈爾式的知識份子去為之奮鬥。趙剛之言，確有發人深省之處。

---

25   趙剛：《In Praise of Weak？》，陳光興主編《發現政治社會—現代性、
     國家暴力與後殖民民主》，臺灣：巨流圖書公司 2000 年版，第 167 頁。

結語

　　過去 20 年來（1987 年「解嚴」至今），臺灣社會思潮風起
雲湧，思想和理論領域也發生了許許多多事件，產生了一系列或
充滿差異或迥然不同乃至對抗性的話語。但無庸諱言，迄今，我
們對這一時期臺灣理論思潮的觀察和理解還存在一些難以令人滿
意之處。這是本文寫作的緣起之一。本書的分析試圖返回到錯綜
複雜的臺灣當代理論場域，對後現代主義、後殖民話語、本土主
義以及臺灣社會獨特的左翼論述的歷史演變、複雜糾葛和種種問
題作出較為深入的脈絡化的和結構性的分析，指出「解嚴」後的
理論思潮深刻地嵌入臺灣當代的社會和政治思潮之中，形成意識
形態領域的複雜張力和諸種分歧乃至衝突。當代臺灣知識界引入
各種理論資源對「何謂臺灣」和「如何闡釋臺灣」這兩個重要問
題提出了充滿歧義的觀點和看法，這形成了一種極其複雜的理論
格局，也帶來了理論的緊張和焦慮。

　　對這一時期的臺灣理論思潮的演變脈絡的理解和認識，本書
給出了如下的描述：解嚴以來，以國民黨「威權統治」為抗爭對
象的「反對運動」也就進入終結的歷史時期，這導致了思想的轉
折和人文思想界的分化。一方面以「本土論」和「臺灣民族論」
以及「國族」話語為核心的「新意識形態」浮出歷史地表，並且
形成強大的話語力量，逐步獲得文化霸權的位置，一種大敘事被
另一種大敘事所取代；另一方面反抗「新意識形態」的聲音也浮

出水面。一些參與「反對運動」的人文知識份子轉變為「新意識形態」話語的生產者、闡釋者和傳播者；另一些人文知識份子則對權力結構的翻轉所形成的新的壓迫始終保持著警惕和批判的立場，他們試圖重構「反對運動」和「反對論述」，試圖發展出一種反抗「新意識形態」霸權的「新反對運動」的文化論述。本文嘗試把一系列的理論問題——包括後現代與後殖民話語轉換、後殖民論述在臺灣的分歧、殖民現代性的幽靈、本土論的興起與演變、傳統左翼的困境與復蘇、後現代與新左翼思潮的關係——都放置在這個結構和脈絡中予以理解和考察，

從本書對「解嚴」後二十年臺灣理論思潮的觀察、梳理和具體分析中，我們形成了以下幾個基本結論：

第一，1980 年代中後期至 1990 年代中期，臺灣理論領域曾經產生了「後現代主義」與「後殖民論述」之間的論辯，這意味著知識界對解嚴後臺灣社會性質與狀況的認識產生了分歧，即「後現代臺灣」與「後殖民臺灣」的分歧。一方面，「後殖民理論」取代「後現代主義」成為主導話語，並快速演變為「本土論」新意識形態至關重要重要的理論資源之一；另一方面，「後現代」話語並沒有終結，而是逐漸與新左翼論述結合形成後現代左翼的知識立場，並對本質主義化的本土主義意識形態構成一種有力的挑戰和解構。

第二，後殖民理論思潮在臺灣的「在地化」發展頗為複雜，它與性別、族群、階級、本土、跨國文化政治以及所謂的「國族」想像和認同建構存在深刻的關聯，因而也產生了一系列的根本性分歧。這些分歧包括：本土論內部關於後現代與後殖民兩種論述策略的分歧；「中華性」與「臺灣性」之關係的認識分歧；「國族主義」與超越「國族主義」之分歧；「後殖民本土論」與「後殖民民主論」的分歧。其中，「後殖民本土論」與「後殖民民主論」分歧的確意義重大，「後殖民民主論」提供了跳脫出

「國族」話語和「族群政治」思維的囿限而重構後殖民批判論述的可能。

第三，日據時期的殖民地知識份子曾經深陷於殖民現代性的悖論和認識論困境之中。迄今，「殖民現代性」的幽靈還在徘徊在臺灣的知識場域和日常生活之中。「殖民現代性」對臺灣的知識生產和情感結構乃至身份認同的形構產生著潛隱而又微妙的影響。當代臺灣的理論家已經認識到，回到賴和和楊逵重新反思現代性問題是跳出「殖民現代性」框架限制的有效方式。賴和和楊逵的精神遺產是臺灣知識份子建構「反殖民的現代性」的思想基礎。但重新認識現代性問題的複雜性，重新反思「殖民現代性」的矛盾與曖昧，並發展出一種真正具有批判性的、多元的和開放的現代性觀念，迄今仍然是擺在後殖民知識份子或批判的知識份子議事日程上一項重要的思想課題。

第四，在當代臺灣文化思想場域，「本土」是一個具有高度政治化意涵的概念。何謂「本土」？何謂「臺灣」？兩個問題似乎早已經深刻地糾纏在一起。如何定義或重新定義「本土」？這顯然構成了一種文化政治的實踐。從 80 年代到 90 年代直到新世紀的最初幾年，「本土論」在臺灣已經從原來的「反抗論述」翻轉為一種霸權話語，一種「政治正確」的「新意識形態」。「本土論」的本質主義化已經構成了對他者的巨大壓迫。因而，對這一「新意識形態」霸權的反抗與解構就成為批判的知識份子和自由主義知識份子的一項重要工作。左翼的批判針對的是「本土論」對階級差異和底層庶民真實生活的遮蔽；後現代主義和後結構主義以及「民主左翼」的批判鋒芒則直指「本土論」和「國族論」的本質主義傾向；自由主義對本土論的批判則直指本土論的民粹化傾向。

第五，在 1950 年代-1987 年臺灣的政治和文化場域中，左翼思想和實踐受到國民黨威權統治的長期的壓抑。這種壓抑產生了

兩種結果，一是左翼思想以潛流的方式存活下來，在威權統治受到外力影響有所鬆動時，左翼思想出現復蘇的跡象；二是左翼的力量十分孱弱，不足以對臺灣社會產生某種決定性的影響。1987年「解嚴」後，以陳映真為代表的傳統左翼遭遇到新的困境和復蘇的契機。這些困境包括：臺灣社會的布爾喬亞化、傳統左翼知識界的分裂、國際社會主義運動的重大挫折等方面。我們認為，隨著社會經濟日益私有化和自由化，隨著新自由主義的全面入侵，臺灣社會結構也出現了微妙而深刻的變化，傳統左翼的復蘇已經出現了新的歷史契機和跡象。但傳統左翼思想的重構必須尋找新的思想資源，進而發展傳統的馬克思主義並形成系統的批判論述，才能有效地應對日漸複雜的當代現實。

第六，後現代主義與左翼的接合形成後現代的知識左翼是「解嚴」後臺灣理論思潮的重要現象。我們認為，臺灣的新左翼論述的形成和發展經歷了三個階段：《南方》雜誌的「民間社會」理論；《島嶼邊緣》的「人民民主論」和《臺灣社會研究季刊》的「民主左翼」。在臺灣新左翼的發展歷史中，90年代後的《台社》意味著一個新的理論高度。《臺灣社會研究季刊》「接合」了傳統左翼、自由主義、後現代主義、後殖民批評、後馬克思主義、女性主義以及文化研究等論述資源，試圖恢復政治經濟學批判和意識形態分析的歷史關聯重建「臺灣研究」的知識範式，進而確立所謂「民主左翼」的知識立場。但迄今為止，《台社》知識份子還難以提出某種真正有效的實踐性方案和鬥爭策略。

本書的第七章指出了一個新的理論傾向。2000年以後，臺灣知識界對康德的「世界公民」概念、列維納斯的「他者哲學」以及晚期德里達的「友愛政治學」的強烈興趣，試圖從中發展出一種「悅納異己」的哲學倫理學，為重建人與人之間、族群與族群之間、兩岸之間、本土與外邦之間的倫理性關係，尋找一種哲學

倫理學的參照。但，毫無疑問，這只是一種善良願望的知識化表
達。

　　我們認為，「解嚴」後臺灣理論界的種種分歧隱含著一種
「闡釋臺灣」的緊張與焦慮，臺灣知識界如果不能回返到歷史、
文化和政治以及人文價值的基本面，如果不能真正重構出一種有
關秩序和正義的思想，這種理論的緊張和焦慮還將持續存在。

參考文獻

南帆：《後革命的轉移》，北京大學出版社，2005 年版。

南帆：《文學的維度》，上海：三聯書店，1998 年版。

南帆：《五種形象》，復旦大學出版社，2007 年版。

南帆：《問題的挑戰》，海峽文藝出版社，2002 年版。

劉登翰等主編：《臺灣文學史》，海峽文藝出版社，1993 年。

朱雙一：《近二十年臺灣文學流脈》，廈門大學出版杜，1999 年版。

朱雙一、張羽：《海峽兩岸新文學思潮的淵源和比較》，廈門大學出版社，2006 年版。

黎湘萍：《臺灣的憂鬱》，三聯書店，1994 年版。

黎湘萍：《文學臺灣》，人民文學出版社，2003 年版。

趙稀方：《翻譯與新時期話語實踐》，中國社會科學出版社，2003 年版。

古遠清：《世紀末臺灣文學地圖》，臺北：揚智文化事業出版公司，2005 年版。

趙遐秋、曾慶瑞：《文學台獨面面觀》，九州出版社，2001 年版。

呂正惠、趙遐秋主編：《臺灣新文學思潮史綱》，昆侖出版社，2002 年。

朱立立：《知識人的精神私史》，上海：三聯書店，2003 年版。

古繼堂：《臺灣文學理論批評史》，瀋陽：春風文藝出版社，1993 年版。

古遠清：《臺灣當代文學理論批評史》，武漢出版社，1994 年版。

周憲：《20 世紀西方美學》，南京：南京大學出版社，1997 年版。

特里・伊格爾頓：《後現代主義的幻象》，華明譯，商務印書館，2000 年版。

巴特・莫爾——吉伯特等編撰：《後殖民批評》，楊乃喬等譯，北京大學出版社，2001 年版。

愛德華・W・薩依德：《東方學》，王宇根譯，三聯書店，1999 年版。

托多洛夫：《巴赫金、對話理論及其它》，百花文藝出版社，2001 年版。

傅科：《規訓與懲罰》，北京：三聯書店，1999 年版。

愛德華・W・薩依德：《文化與帝國主義》，三聯書店，2003 年版。

彼得・卡贊斯坦：《地區構成的世界》，秦亞青、魏玲譯，北京大學出版社，2007 年版。

德里克：《跨國資本時代的後殖民批評》，王寧譯，北京大學出版社，2004 年版。

麥克爾・哈特、安東尼奧・奈格里：《帝國》，楊建國、范一亭譯，江蘇人民出版社，2003 年版。

舍勒：《價值的顛覆》，三聯書店，1997 年版。

胡適：《胡適文集》，北京大學出版社，1998 年版。

布迪厄：《遏止野火》河清譯，廣西師範大學出版社，2007 年版。

臺灣期刊

《中外文學》
《南方》
《島嶼邊緣》
《當代》
《臺灣社會研究季刊》
《聯合文學》
《文學臺灣》
《哲學雜誌》
《思與言》
《哲學與文化》
《臺灣文學學報》
《人間思想與創作叢刊》
《思想》
《印刻》
《臺灣文學評論》
《文化研究月報》

戴國輝:《臺灣近百年史的曲折路:「寧靜革命」的來龍去脈》,臺北:南天書局,2000 年版。

戴國輝:《臺灣史對話錄》,臺北:南天書局,2002 年版。

荊子馨:《成為日本人:殖民地臺灣與認同政治》,臺北:麥田,2006 年版。

呂正惠:《戰後臺灣文學經驗》,新地文學出版社,1992 年版。

廖炳惠:《回顧現代:後現代後殖民論文集》,臺北:麥田出版社,1994 年版。

李有成:《在理論的年代》臺北:允晨文化實業股份有限公司,2006 年版。

周慶華：《後臺灣文學》，秀威，2006 年版。

周慶華：《臺灣當代文學理論》，臺北：揚智文化事業出版公司，1996 版。

陳光興主編：《文化研究在臺灣》，臺北：巨流圖書公司，2000版。

陳光興：《去帝國——亞洲作為方法》臺北：行人出版社，2006年版。

蔡源煌：《從浪漫主義到後現代主義》，雅典出版社，1987 年版。

羅青：《什麼是後現代主義》，臺灣：學生書局，1989 年版。

葉維廉：《解讀現代‧後現代：生活空間與文化空間的思索》，東大圖書公司，1992 年版。

孟樊：《後現代的認同政治》，揚智文化，2001 年版。

黃瑞祺：《後學新論》，臺北：左岸文化，2003 年版。

周英雄、劉紀蕙編：《書寫臺灣：文學史、後殖民與後現代》，麥田出版社，2000 年版。

林耀德：《都市終端機》，臺北：書林出版公司，1988 年版。

宋國誠：《後殖民論述——從法儂到薩依德》，臺灣：擎松出版有限公司，2003 年版。

斯皮瓦克：《後殖民理性批判：邁向消逝當下的歷史》，張君玫譯，群學出版有限公司，2006 年版。

邱貴芬：《後殖民及其外》，麥田出版社，2003 年版。

楊澤主編：《狂飆八〇——記錄一個集體發聲的年代》，臺灣：時報文化出版社，1999 年版。

周慶華：《後臺灣文學》，臺北：秀威資訊科技，2004 年版。

殷海光：《中國文化的展望》，臺北：文星出版社，1966 年版。

廖咸浩：《愛與解構——當代臺灣文學評論與文化觀察》，聯合文學出版社，1995 年版。

陳光興：《發現政治社會：現代性、國家暴力與後殖民民主》，巨流圖書公司，2000 年版。

Tani Barlow Formations of Colonial Modernity in East Asia Durham：Duke University Press, 1997.

Gi-Wook Shin & Michael Robinson Colonial Modernity in Korea, Harvard University Press，Cambridge and Londong, 1999.

Andrew F. Jones Yellow Music: Media Culture and Colonial Modernity in the Chinese Jazz Age, Duke University Press, 2001。

施敏輝編：《臺灣意識論戰選集》，臺北：前衛，1985 版。

若林正丈、吳密察主編：《跨界的臺灣史研究——與東亞史的交錯》，臺北：播種者文化有限公司，2004 年版。

陳芳明：《殖民地摩登：現代性與臺灣史觀》，臺灣：麥田出版社，2004 年版。

陳建忠：《日據時期臺灣作家論：現代性、本土性、殖民性》，臺灣：五南出版社，2004 年版。

垂水千惠：《臺灣的日本語文學》塗翠花譯，臺北：前衛出版社，1998 年版。

藤井省三：《臺灣文學這一百年》張季琳譯，臺北：麥田出版社，2004 年版。

游勝冠：《臺灣文學本土論的興起與發展》，前衛出版社，1996 年版。

陳昭英：《臺灣文學與本土化運動》，臺北：正中書局，1998 年版。

石之瑜：《社會科學知識新論》，北京大學出版社，2005 年版。

李亦園、楊國樞、文崇一：《現代化與中國化論集》，桂冠書局，1985 年版。

楊國樞、文崇一：《社會及行為科學研究的中國化》，中央研究院：民族學研究所，1982 年版。

江宜樺：《自由民主的理路》，臺北：聯經出版社，2003 年版。

鄭鴻生：《青春之歌——追憶 1970 年代臺灣左翼青年的一段如火歲月》，臺北：聯經出版社，2002 年版。

鄭鴻生：《百年離亂：兩岸斷裂歷史中的一些摸索》，唐山出版社，2006 年版。

陳映真：《孤兒的歷史，歷史的孤兒》，臺灣：遠景出版社，1984 初版。

郭紀舟：《70 年代臺灣左翼運動》，海峽出版社，1999 年版。

尉天驄主編：《鄉土文學討論集》，臺北：遠景出版事業公司，1980 年版。

劉進慶：《臺灣戰後經濟分析》，王宏仁、林繼文、李明俊譯，臺北：人間出版社，2001 年版。

陳筱茵：《〈島嶼邊緣〉：一九八、九〇年代之交臺灣左翼的新實踐論述》，臺灣交通大學／社會與文化研究所碩士論文。

霍華德・威亞爾達：《新興國家的政治發展：第三世界還存在嗎？》，劉青、牛可譯，北京大學出版社，，2005 年版。

陳映真：《陳映真文集》，中國友誼出版公司，1998 年版。

艾倫・梅克森斯・伍德：《民主反對資本主義：重建歷史唯物主義》，呂薇洲、劉海霞、邢文增譯，重慶出版社，2007 年版。

洪鎌德：《跨世紀的馬克思主義》，臺北：月旦出版社，1996 年版。

艾倫・伍德：《新社會主義》，尚慶飛譯，江蘇：人民出版社，2002 年 1 月第 1 版。

許津橋、蔡詩萍編：《一九八六年臺灣年度評論》，圓神出版社，1987 年版。

蕭新煌：《社會力——臺灣向前看》，臺灣：自立晚報出版社，1989 版。

杭之:《一葦集》,三聯書店,1991年版。

杭之:《邁向後美麗島的民間社會》,臺灣:自立早報出版社,1989年五版。

于爾根‧哈貝馬斯:《公共領域的結構轉型》,北京:學林出版社,1999版。

黑格爾:《法哲學原理》,商務印書館,1982年版。

拉克勞和慕芙:《文化霸權與社會主義戰略》,陳墇津譯,臺北:遠流出版社,1994年版。

柯林尼可斯:《阿圖塞的馬克思主義》,遠流出版公司,1990年版,杜章智譯。

葛蘭西:《葛蘭西文選》,人民出版社,1992年版。

葛蘭西:《獄中箚記》,北京:人民出版社,1983版。

葛蘭西:《論文學》,人民文學出版社,1983版。

柯林尼可斯:《阿圖塞的馬克思主義》,遠流出版公司,1990年版。

Jorge Larrain:《意識形態與文化身份:現代性和第三世界的在場》,戴從容譯,上海:教育出版社,2005年版。

陳光興、楊明敏編:《內爆麥當奴》,臺北:島嶼邊緣雜誌社,1992年版。

機器戰警主編:《臺灣的新反對運動》,臺北:唐山出版社,1991年版。

孟繁華:《眾神狂歡——世紀之交的中國文化現象》,中央編譯出版社,2003年版。

Stuart Hall,陳光興:《文化研究:霍爾訪談 》,台北:元尊出版社,1998年版。

傅大為:《知識‧空間與女性:臺灣的邊緣戰鬥》,台北:自立晚報,1993年版。

傅大為:《知識與權力的空間》,臺北:桂冠出版社,1990年

版。

迷走，梁新華編：《新電影之死》，臺北：唐山出版社，1991 年
　　版。

錢永祥：《縱欲和虛無之上——現代情境裡的政治倫理》，生
　　活·讀書·新知，三聯書店，2002 年版。

陳師孟等：《解構黨國資本主義》，澄社，1991 年版。

陳光興、錢永祥：《全球化與知識生產：反思臺灣學術評鑒》，
　　臺北：唐山出版社，2005 年版。

布迪厄：《遏止野火》，河清譯，廣西：師範大學出版社，2007
　　年版。

陳光興主編：《反思〈臺灣論〉》，唐山出版社，2005 年版。

夏鑄九：《空間、歷史與社會》，臺灣社會研究叢刊，1995 年
　　版。

吳濁流：《亞細亞的孤兒》，臺北：遠行出版社，1977 年版。

龍應台：《乾杯吧！托瑪斯曼》，時報文化出版社，1997 年版。

柯林·大衛斯：《列維納斯》，李瑞華譯，江蘇：人民出版社，
　　2006 年。

愛德華·薩依德：《佛洛伊德與非歐裔》，易鵬譯，臺灣：行人
　　出版社，2004 版。

劉亮雅：《後現代與後殖民：解嚴以來臺灣小說專論》，麥田出
　　版社，2006 版。

劉紀蕙編：《他者之域：文化身份與再現策略》，臺北：麥田出
　　版社，2001 年版。

王德威：《歷史與怪獸：歷史，暴力，敘事》，臺北：麥田出
　　版，2004 年版。

盧建榮：《臺灣後殖民國族認同》，臺北：麥田出版社，2003 年
　　版。

霍布斯邦：《民族與民族主義》，臺北：麥田出版社，1997 版。

陳芳明：《殖民地摩登：現代性與臺灣史觀》，臺北：麥田出版社，2004 版。

梅家玲：《性別論述與臺灣小說》臺北：麥田出版社，2001 版。

簡瑛瑛：《認同‧差異‧主體性──當代文化論述》臺北：麥田出版社，1997 版。

朱耀偉：《後東方主義──中西文化批評論述策略》。臺北：駱駝出版社，1994 版。

瓦勒迪‧甘乃迪：《認識薩依德──一個批判的導論》，邱彥彬譯，臺北：麥田出版社，2003 版。

呂紹理：《展示臺灣：權力、空間與殖民統治的形象表述》，臺北：麥田出版社，2005 版。

呂紹理：《水螺響起：日據時期臺灣社會的生活作息》，臺北：遠流出版，1998 年版。

龔鵬程：《臺灣文學在臺灣》，臺北：駱駝出版社，1997 版。

龔鵬程：《美學在臺灣的發展》，嘉義：南華管理學院，1998 年版。

洪鐮德：《西方馬克思主義》，揚智文化事業股份有限公司，2004 年版。

Mosco：《傳播政治經濟學：再思考與再更新》，馮建三、程宗明譯，臺北：五南出版社，1998 年版。

彭懷恩：《臺灣政治變遷四十年》，臺北：自立晚報，1989 年版。

小林善紀：《臺灣論》，臺北：前衛出版社，2001 年版。

江冠明等：《臺灣論風暴》，臺北：前衛出版社，2001 年版。

孫歌：《亞洲意味著什麼：文化間的「日本」》，臺北：巨流出版有限公司，2001 版。

陳光興、李朝津編：《反思〈臺灣論〉：台日批判圈的內部對話》，唐山出版社，2005 年版。

後記

　　本書的寫作得以順利完成，首先要感謝南帆先生多年來的悉心指導！感謝楊華基、劉登翰、孫紹振、顏純鈞、方克強、朱志榮、俞兆平、黎湘萍、朱雙一、楊健民、管甯、鄭家建等教授給予的幫助和鼓勵！感謝呂正惠老師和黃美娥教授的熱情鼓勵！

　　感謝福建省臺灣文獻資訊中心人文社科館劉傳標館長、林毅先生和《台港文學選刊》主編楊際嵐先生！感謝福建社會科學院文學研究所的諸位同仁！在本文的資料準備過程中，他們曾經給予了不少的幫助和支持。

　　感謝我所服務的研究機構福建社會科學院，我慶幸自己能夠在這個集體所提供的良好的人文環境中工作。

　　這裡，我還要感謝朱立立女士和劉舒源同學，對我而言，他們的愛與幫助至關重要。

　　這本小書寫於 2005 年至 2007 年間，受資料和視域的限制，本書的討論還很不深入和全面，只是一份個人的閱讀報告。不當和疏漏之處，敬請批評指正。

劉小新

國家圖書館出版品預行編目資料

闡釋臺灣的焦慮 / 劉小新著. -- 初版. -- 臺北
市：人間, 2012. 04
面； 公分
ISBN 978-986-6777-49-3（平裝）

1. 臺灣文學　2. 現代文學　3. 文藝思潮

863.1　　　　　　　　　　　　101005324

臺灣新文學史論叢刊 13

闡釋臺灣的焦慮

著◎劉小新

出版者　人間出版社

發行人　呂正惠

社長　林怡君

地址　台北市長泰街 59 巷 7 號

電話　02-2337-0566

郵撥帳號　11746473 人間出版社

排版印刷　龍虎電腦排版股份有限公司

電話　02-8221-8866

登記證　局版台業字第三六八五號

初版　2012 年 9 月

定價　新台幣 330 元